L'ENVOL DES AMAZONES

Reine Andrieu

L'ENVOL DES AMAZONES

ROMAN

PRÉLUDES

Couverture : Studio LGF. © Muhamad Rizal Firmansyah / Unsplash.

Préludes est un département de la Librairie Générale Française.

ISBN : 978-2-253-10520-6

À mon père.

« Chaque créature, unique et incomparable, aurait mérité depuis que le monde existe de laisser son témoignage ; ce serait celui d'une vie, toujours pathétique, et riche, et imprévue, même pour les plus humbles et les plus méconnus. »

José CABANIS (1922-2000)

« À l'oubli succède l'indifférence de l'oubli comme un écho muet qui prolonge la durée et augmente l'espace de l'oubli. »

Jacques FERRON (1921-1985)

Chapitre 1

Décembre 2015 – La fin

Aujourd'hui, elle va tourner une page de son existence. Elle devine que ce n'est qu'une question d'heures. Quelques petites heures, guère plus. Et qu'il y aura un *avant*, et un *après*.

Le gyrophare du camion tournoie dans le brouillard matinal. Les hanches calées contre l'évier, Lola regarde par la fenêtre les élagueurs qui taillent les grands arbres au bord de la route en contrebas. Le résultat la consterne. Il ne reste que des moignons de branches. Elle se demande si les arbres souffrent.

Lola déteste l'hiver. Le manque de lumière et de chaleur durant ces longs mois la précipite chaque année dans une déprime hivernale, un ras-le-bol chronique, un tunnel dont elle ne voit pas le bout. La nature est grise, comme son paysage intérieur. Aujourd'hui, c'est encore autre chose. Elle sait que cette journée sera de celles que l'on n'oublie pas, au cours desquelles le temps s'arrête, où le fil de la vie est suspendu. De celles dont la mémoire s'applique à retenir le moindre détail : une odeur, un goût, une chanson, un visage, la couleur du ciel.

La clinique va l'appeler. Elle en est sûre. Aussi sûre qu'elle s'appelle Lola et qu'elle se trouve là, dans la cuisine, dans sa maison, à Toulouse, quelque part en France, quelque part dans le monde, à attendre l'indicible. Tout petit point sur la planète, vu d'en haut, mais tellement présente à elle-même en cet instant. C'est le jour J. Hier, elle l'a trouvé tellement affaibli, frigorifié, un peu comme si la chaleur vitale le quittait déjà. Le médecin lui a annoncé : « Madame Adam, maintenant, ce n'est qu'une question de jours, peut-être même d'heures. »

On est mercredi. Lola, professeure des écoles, ne travaille pas. Elle se dit que cela tombe bien et se reproche aussitôt cette réflexion stupide. C'est le genre de pensée décalée qui surgit quand l'extraordinaire s'invite dans l'ordinaire.

Ses enfants sont partis pour une journée de ski dans les Pyrénées. Avec le temps qu'il a fait depuis la Toussaint, elle sait qu'ils auront de la neige et qu'ils reviendront contents. Elle s'imagine déjà leur annonçant la nouvelle à leur retour, et le simple fait de se figurer leur tristesse la déchire.

La maladie ne s'est manifestée que cinq semaines plus tôt, mais elle devait le grignoter en silence depuis quelques mois déjà. Elle l'a réduit en quelques jours à l'état d'homme totalement décharné, dévitalisé, survivant dans le déni de son mal. L'alcool et le tabac, ses compagnons indéfectibles, ont lentement fait leur œuvre. De jour en jour, au fil des examens, le diagnostic s'est aggravé : cancer foudroyant du duodénum, métastases aux poumons, ou l'inverse, elle ne s'en souvient plus avec précision, et ce qu'ils appellent un *point* aussi sur les reins. Bref, trois cancers pour un seul homme, cela fait beaucoup, a résumé le spécialiste en guise de conclusion. Sans ironie, du reste, juste un constat, une vérité à accepter. Pronostic vital ? Peut-être quelques semaines s'il n'y a pas d'invasion médullaire... Quelques jours dans le cas contraire.

Elle a conscience qu'elle va vivre des instants dramatiques, que le vide qu'il va laisser sera abyssal. Que c'est la fin de quelque chose de considérable pour elle, pas seulement la fin d'un être cher, mais d'une relation, un statut, une voix, des rituels plus ou moins fins mais si rassurants, comme autant de repères qui font ce qu'elle est au sein de sa propre famille. Mais elle ignore encore la force de l'impact. Elle a l'impression d'être au pied du mur, sans échappatoire possible, et que cela va lui tomber dessus inexorablement...

Le téléphone sonne. Son cœur fait une embardée. Elle reconnaît le numéro de la clinique sur son portable. Ses pensées s'affolent et sa main tremble quand elle décroche. Elle approche rapidement une chaise, elle en aura besoin. Paralysée par l'émotion, elle n'entend pas les premiers mots prononcés. Seuls « votre père est décédé ce matin à 9 heures » sont ceux que son cerveau parvient à identifier. Elle ne comprend pas non plus la suite et demande à son interlocutrice de répéter.

— Je disais, il faudrait nous apporter dès que possible le livret de famille, pour les formalités, ainsi qu'une tenue vestimentaire propre pour le défunt.

— Entendu, je m'en occupe, répond Lola mécaniquement.

— Je n'ai pas encore appelé votre maman, ainsi que vous nous l'aviez demandé. Souhaitez-vous que je le fasse ou préférez-vous le lui annoncer vous-même ?

— Merci, je… je vais le faire.

— L'équipe médicale de la clinique vous présente ses sincères condoléances, madame Adam.

Avant même de réaliser ce qu'elle vient d'apprendre, le coup qu'elle reçoit dans ses entrailles fait jaillir de sa gorge un son effrayant qu'elle ne reconnaît pas et qui la plie en deux. C'est comme si son ventre, foyer de vie par ailleurs, devenait aussi celui de la mort, cristallisant à lui seul la douleur de la perte. Puis surgissent les larmes, puis les sanglots. Forts, puis très forts. Lola pleure de tout son corps. Ses yeux, son nez, les pores de sa peau, tout en elle pleure. Les fluides semblent s'unir pour évacuer son chagrin. Enfin, lorsque les spasmes s'espacent, il ne reste que le chaos intérieur, la dévastation. Elle revoit l'image, furtive, des arbres mutilés, sur la route en contrebas.

Elle concentre ses forces pour tenter de recouvrer ses esprits. Il faut qu'elle appelle sa mère, ou qu'elle aille la voir. Elle ne sait pas encore. Et préparer son annonce à David, aux enfants et à son frère Paco, de trois ans son cadet. Mais, auparavant, elle a besoin de calme et de recueillement pour comprendre ce qui se passe en elle et accueillir la douleur pour mieux la dompter. Il faut qu'elle *gère*, comme elle dit souvent. Mais la situation est inédite et l'ampleur, la violence de ce qui l'attend la terrorise.

Elle se lève et regarde à nouveau le jardin. La lumière est triste, opaque. Dans le ton, finalement. Bon sang, qu'elle n'aime pas cette saison !

Lola a toujours été ce qu'on appelle une femme dynamique, efficace, aimant prendre les choses en main. Rien ne l'agace tant que l'immobilisme et l'inertie. C'est pour cette raison qu'elle a toujours accepté facilement des responsabilités, que ce soit dans sa vie professionnelle ou personnelle, au sein d'associations. Responsabilités dont elle se prend parfois à regretter les contraintes et les désagréments inhérents, mais sans lesquelles l'ennui poindrait vite. Pas de situation idéale, donc, sinon un juste équilibre qu'elle s'attache à trouver chaque jour et en toute chose. Cet équilibre, c'est aussi David qui le lui apporte. Même si l'année dernière le couple a traversé une zone de turbulences, qui a fait craindre le pire à Lola, la vie a repris son cours tranquille. David est son mari depuis dix-huit ans. Cela la surprend elle-même lorsqu'elle réalise que malgré tout le couple reste un vrai couple, avec ce que cela suppose de partage, de soutien réciproque, de convergence de points de vue, tout en se rejoignant sur leur manière d'envisager l'avenir. Sans parler de l'amour qu'ils se témoignent dans l'intimité. Elle a choisi de ne pas porter son nom, non par défi ou désamour. Juste l'expression d'un brin de féminisme ainsi qu'un argument : nous naissons avec une identité, pourquoi en changer ?

Bien sûr, elle a parfois été séduite par d'autres hommes, plus sensible au charme qu'à la beauté. Souvent, même, certains l'ont draguée, plus ou moins ouvertement, avec plus ou moins de finesse. Mais, à bien des égards, elle n'a jamais rencontré d'autre homme avec qui elle aurait pu partager sa vie.

Lola suscite facilement la sympathie. Plutôt grande, brune, cheveux courts et souples autour d'un visage agréable, les traits souriants malgré un air sérieux, elle pose un regard ouvert et franc lorsqu'elle s'adresse à quelqu'un. Dans sa famille, elle incarne celle qui a du caractère, qui dit ce qu'elle pense, et on lui reconnaît une assurance, une solidité qu'elle est loin d'éprouver. De fait, aujourd'hui, elle se sent perdre pied. Elle ne parvient plus à maîtriser la situation et se trouve dans un état de stress émotionnel inconnu d'elle.

Le grabuge du perroquet dans sa cage la tire de son hébétude. Il sent qu'il se passe quelque chose d'inhabituel. C'est son père qui le lui a offert, un hiver où elle avait été longuement malade, clouée chez elle. Il s'était dit que ça lui ferait de la compagnie. Et pour cause ! La bestiole, un amazone d'un vert étonnant, ne lui laisse pas un instant de répit. Elle est tombée sur un bavard. Et artiste, qui plus est. Enfin, si tant est que siffler *L'Internationale* puisse être considéré comme de l'art. Son père lui avait appris l'air de la chanson et l'avait baptisé sans lui demander son avis. *Ernesto.* En hommage au célèbre révolutionnaire. Le ton était donné. Depuis huit ans, Ernesto faisait partie de la famille. Elle s'approche de lui pour le rassurer. Il la regarde en hochant la tête de côté, semblant dire : « Ça ne va pas ? »

— Jean-Pierre est mort, Ernesto.

Elle se met à pleurer. L'amazone dresse les plumes de sa tête comme pour accuser réception de l'information. Au nom de *Jean-Pierre*, il se met à siffler sa chanson préférée, répondant à une espèce de réflexe pavlovien. Lola ne peut s'empêcher de sourire malgré elle. Ce perroquet est décidément attachant. Après avoir ouvert la cage et caressé l'oiseau, elle entreprend de se préparer pour se rendre chez sa mère. Mais, avant toute chose, elle a besoin d'entendre la voix de David. Il décroche immédiatement. Il attendait, lui aussi.

— Chéri, c'est moi… C'est fini… La clinique a appelé. Il s'est éteint à 9 heures.

— Je suis désolé, Lola.

— Je crois qu'elle m'a dit qu'il était parti dans son sommeil, sans souffrir. Mais ils doivent raconter ça à tout le monde, non ?

— Il s'est peut-être effectivement éteint dans son sommeil. Ne t'inquiète pas. Avec l'effet de la morphine, il n'a pas dû souffrir. Tu veux que je vienne ?

— Non, je vais aller chez maman. Elle ne le sait pas encore. J'appellerai Paco de là-bas. Je vais aussi devoir me rendre à la clinique et leur apporter le livret de famille pour les formalités de décès.

Les émotions affluent de nouveau. La situation lui paraît tellement surréaliste. Mais de quoi parle-t-elle ? de qui parle-t-elle ?

— Appelle-moi quand tu partiras de chez ta mère, je te rejoindrai à la clinique. Ça risque d'être un moment pénible.

— OK. Je t'embrasse.

— Moi aussi. Courage. Je t'aime fort.

Lola réunit quelques affaires, cherche ses clés de voiture, écrase en passant la queue du chat, qui, le museau dans sa gamelle, braille de protestation, puis elle se dirige vers la porte de la maison.

Elle monte dans sa Polo et démarre. Lola habite un quartier du sud toulousain. Pour rejoindre le domicile de sa mère, situé dans le quartier des Chalets, proche du centre-ville, elle emprunte les boulevards. Il y a peu de circulation à cette heure-ci. Elle allume la radio pour faire diversion. Vaine tentative car l'habitacle s'emplit de la voix de Gloria Lasso, l'idole de sa mère, interprétant *Ne me quitte pas*. La chanteuse est pourtant devenue rare sur les ondes. Le hasard fait des siennes. Lola aime les mots d'Albert Einstein, selon lequel « le hasard, c'est Dieu qui se promène incognito », semant par-ci par-là des signes et accompagnant chaque personne dans sa vie et ses choix. Elle n'est pas croyante au sens dogmatique du terme, mais dans la notion *Dieu* elle imagine des forces invisibles, qui font que les choses arrivent ou n'arrivent pas.

La chanson lui arrache de nouveau des larmes. Cela lui fait du bien. Elle remercie mentalement la station de radio pour ce cadeau. Pour elle, pour son père, qui adorait Brel, et sa mère aussi, pour qui les mois à venir vont être difficiles.

Gloria Lasso... Combien elle et son frère ont raillé leur mère au sujet de sa dévotion pour cette chanteuse. Il faut dire que, d'origine espagnole, Carmen est fille de réfugiés de la guerre civile. Sa propre mère était déjà une fervente admiratrice et avait converti sa fille. Dès que le poste de radio diffusait une de ses chansons, on augmentait le son, voire on chantait avec elle. Ainsi, toute la famille s'était entichée de la chanteuse. Car Gloria Lasso incarnait une époque, celle où, dans les années 1950, la famille de Carmen commençait à être heureuse sur sa terre d'exil.

Lola quitte le boulevard de Strasbourg pour entrer dans le quartier résidentiel où sa mère habite une coquette maison toulousaine.

Arrivée devant le portail, elle respire profondément devant l'épreuve qui se présente à elle : annoncer à sa mère que son mari a pris congé. De manière définitive, cette fois. Rien à voir avec son habitude d'aller rompre la monotonie quotidienne avec une femme, jamais la même, pour se prouver qu'il était encore en âge de séduire. Ce que sa mère avait fini par accepter, de guerre lasse, amoureuse de son galopeur, picoleur et fumeur de mari. Grâce à sa vivacité intellectuelle et à sa curiosité, il l'avait entraînée, elle, fille issue d'une famille déracinée en mal de repères identitaires, dans un tourbillon culturel où se mêlaient la littérature, le cinéma, la danse, la musique, la peinture, mais aussi les débats politiques, économiques, sociétaux, bref, tout ce qui lui permettait de mieux comprendre le monde dans lequel elle vivait. Et cela, tout en écoutant Gloria Lasso. Elle lui en savait un gré infini et cela valait bien tous les pardons, du moins dans sa philosophie de vie à elle.

Lola sonne pour s'annoncer et pousse la porte qui n'est jamais fermée. L'idée la traverse chaque fois qu'il n'est pas raisonnable, à l'âge de sa mère, de laisser sa porte déverrouillée en pleine ville. Mais Carmen n'est pas de ces personnes qui psychotent à la moindre alerte médiatique sur l'insécurité, et encore moins celle des personnes âgées. Lola évacue cette pensée pour se concentrer sur une autre : la mauvaise nouvelle. Depuis son accident vasculaire cérébral survenu quelques années plus tôt, Carmen est fragilisée. C'est pour cette raison que Lola a pris les rênes concernant l'hospitalisation de son père. Elle ne voulait à aucun prix que sa mère en subisse les tourments. Les moments pénibles adviendraient bien assez vite. Depuis l'annonce du diagnostic médical, quelques semaines plus tôt, la famille se préparait à une issue fatale et, en toute vraisemblance, rapide. Mais quelques semaines, c'est peu, à l'aune de la vie d'un couple de septuagénaires. Non pas que l'harmonie ait toujours régné… Jean-Pierre avait un caractère entier, une sensibilité d'écorché vif et une mauvaise foi inébranlable, qui faisaient de lui un compagnon difficile à vivre au quotidien. Mais, par ailleurs, sa personnalité offrait tellement d'autres facettes, positives celles-là. D'un esprit très fin, sa vivacité à déplacer des montagnes, son alacrité, sa capacité à aimer et être aimé rachetaient ses côtés sombres. Ou encore sa générosité frisant parfois la naïveté. Il préférait se dire : « Dans le doute, je donne, quitte à me faire avoir, plutôt que de risquer de ne pas donner à qui en a réellement besoin. » Cela exaspérait Carmen, mais l'attendrissait aussi. Ainsi, Carmen avait toujours trouvé son compte dans sa relation avec son mari et, bon an mal an, le couple avait tenu. Les enfants avaient souffert de cette relation compliquée mais qui, finalement, parvenait à trouver un équilibre.

En entendant la porte d'entrée, Carmen se lève pour venir à la rencontre du visiteur qu'elle devine être sa fille, car c'est mercredi. En voyant Lola se diriger vers elle le visage ravagé par le chagrin, elle ferme les yeux et ouvre grand ses bras pour l'accueillir tout contre elle. Un reste de culture espagnole où, dans ces circonstances, la chaleur humaine prévaut sur la pudeur. Ses propres larmes accompagnent celles de sa fille.

Inquiète pour sa mère, toujours debout dans ses bras, Lola prend un peu de recul pour jauger l'état de celle-ci et si besoin la diriger vers le canapé. Mais Carmen, bien qu'en état de choc, ne vacille pas. Elle demande d'une voix assourdie :

— Quand ?

— Ce matin, à 9 heures. Ils m'ont appelée et m'ont dit qu'il s'était éteint dans son sommeil, sans souffrir.

— J'aurais dû être près de lui.

Carmen se laisse de nouveau submerger par les larmes.

— Tu sais bien que ce n'était pas possible, maman. Ne te tourmente pas pour ça.

— Si, j'aurais dû être avec lui, insiste-t-elle, comme s'il lui était impossible de retenir l'information essentielle, celle qui lui énonçait que son mari n'était plus, et que la vie dorénavant ne serait plus jamais la même.

— Ils m'ont demandé d'apporter le livret de famille et une tenue propre pour lui. Tu sais où il est, le livret de famille ?

— Je ne l'ai pas vu depuis bien longtemps… il doit être dans les papiers. Il y en a aussi au coffre.

— Au coffre ? quel coffre ?

— À la banque.

— Papa a un coffre à la banque ? Mais pour y mettre quoi ?

L'idée lui paraît si saugrenue de la part d'un homme qui a toujours eu des idées politiques franchement ancrées à gauche et qui tenait la finance avec un grand F pour l'ennemi à abattre, le tyran qui faisait tourner le monde à l'envers. Lui qui n'entretenait avec sa banque que des relations réduites au minimum, et encore, parce qu'il n'avait pas le choix… Enfin, se dit-elle, la preuve que non. Elle a les nerfs tellement à fleur de peau qu'elle a envie de faire un trait d'humour tant la situation est risible, puis se ravise.

— Je ne sais pas, des papiers auxquels il tenait, sans doute, peut-être des souvenirs, des bijoux…, répond Carmen dans un murmure. Je ne lui ai jamais posé la question… Il m'a juste dit que la clé était… quelque part dans le bureau. Il a sûrement été plus précis, mais bon, tu vois bien quoi, j'ai dû oublier depuis…

Après son AVC, Carmen a dû dire adieu à sa mémoire. Du moins celle-ci est-elle devenue très capricieuse. Tandis que Lola appelle son frère, Carmen entreprend de chercher dans le bureau. Elle se souvient vaguement que les documents importants, passeports, carnets de santé, actes d'état civil, sont regroupés dans un tiroir. Elle l'ouvre et y cherche le livret de famille. En vain. Elle pense au coffre. En toute logique, la clé doit être rangée dans le dossier « banque ». Elle inspecte le placard contenant les dossiers et en trouve un portant la mention « banque ». Elle l'ouvre et se rend compte que, sur le rabat de celui-ci, est scotchée une petite enveloppe qu'elle détache. Elle devine sous ses doigts la forme d'une clé. Elle la retire, ainsi qu'une feuille à l'en-tête de la banque, comportant la signature de son mari. Elle la parcourt rapidement et lit son nom parmi les lignes. Carmen comprend qu'il doit s'agir d'une procuration. Jean-Pierre avait bien fait les choses.

Elle entend toujours Lola parler au téléphone avec son frère. Satisfaite de sa découverte, elle attend que sa fille mette un terme à sa conversation. Lola raccroche et se tourne vers la porte du bureau d'où sa mère l'observe depuis quelques instants.

— Comment va Paco ?

— Comment veux-tu qu'il aille, maman ? fait-elle d'une voix douce. Comme quelqu'un qui vient de perdre son père. Il va nous rejoindre à la clinique tout à l'heure, avec David. Tu as trouvé quelque chose ?

— Je n'ai pas trouvé le livret. J'espère qu'il est dans le coffre. Regarde, ton père a fait faire une procuration à mon nom pour l'accès au coffre. Et voici la clé.

— Parfait, maman. Allons-y.

La banque de ses parents se trouve non loin de la maison, sur le boulevard de Strasbourg. Elles se présentent au guichet, munies des justificatifs, procuration, pièces d'identité, clé, et Lola expose la raison de leur visite. On appelle un responsable pour les accompagner dans la salle des coffres. Le leur est parmi les plus petits. Cela reste cohérent. Lola, qui a tout ignoré au sujet de ce coffre, a le cœur battant. Et s'il contenait autre chose que de la paperasse ou des bijoux ? Dans les films, ces lieux sûrs recèlent souvent des surprises, pas toujours bonnes, d'ailleurs…

À l'ouverture, les deux femmes découvrent un casier, d'un format quasi identique à celui du coffre. Jean-Pierre y a consigné un certain nombre de documents et d'objets. Elles regardent rapidement si ce qu'elles cherchent s'y trouve. Le livret apparaît. Ouf ! Elles prennent congé des employés de la banque, en emportant la boîte moyennant une signature.

De retour chez Carmen, pendant que celle-ci leur prépare un café, Lola s'isole dans le bureau de son père pour satisfaire sa curiosité. Elle ouvre la boîte. Elle écarte les quelques bijoux et passe rapidement en revue les papiers. Une petite enveloppe jaunie par le temps apparaît. Lola la sort, intriguée. Puis elle l'enfouit à nouveau parmi les papiers. Elle regardera cela plus tard. Une chose après l'autre. Elle pose le casier sur une étagère du bureau et rejoint sa mère dans le salon.

Chapitre 2

Septembre 1919 – L'amoureux

Léon sortit de chez lui en claquant la porte. Une fois de plus, il venait de se disputer avec son père, et, non, il n'avait aucune envie d'aller travailler avec lui, dans l'atelier de ferronnerie familial. Certes, l'idée de ne pas avoir de patron sur le dos le tentait beaucoup. Mais il aurait son père à la place, ce qui, au regard de leur relation plutôt tendue depuis que celui-ci était revenu du front, n'avait rien d'un projet exaltant, ni même viable. Et puis il nourrissait d'autres ambitions. Son patron, M. Batignes, lui avait laissé entendre que, vu ses capacités, il pourrait bien vite grimper dans la hiérarchie de l'entreprise. Son père le mettait en garde : « Mais tu rêves, mon pauvre fils ! Il t'endort avec son boniment et tu ne t'en rends même pas compte ! » N'empêche. Léon s'y connaissait mieux que personne, dans l'usine, pour réparer et entretenir les machines de la mégisserie. Son patron, dès l'entrée en apprentissage de Léon, avait compris que le jeune homme était non seulement intelligent, mais aussi curieux et inventif.

Léon remonta la rue d'un pas décidé, la cadence de ses pensées rythmant sa marche. La fin de la guerre avait remis beaucoup d'hommes au travail, du moins ceux qui avaient eu la chance de revenir du front à peu près entiers, et l'activité reprenait de plus belle. Bien que très jeune, Léon était devenu un des piliers de l'entreprise en brillant par son ingéniosité et son énergie. Son impétuosité, en particulier lorsqu'il s'agissait de son engagement syndical, surprenait tout le monde. Il n'avait pas son pareil pour défendre les justes causes dans les joutes avec le patronat. Il pressentait qu'il avait beaucoup à y perdre, notamment auprès du patron qui lui vouait, malgré tout, respect et affection – confinant au paternalisme, selon Léon –, mais c'était plus fort que lui : regarder ailleurs alors que sous ses yeux se jouaient de terribles injustices, ce n'était pas dans son tempérament et ne le serait jamais. « Je vois bien que tu es au-dessus du lot, mon garçon. Ne te laisse pas influencer par les râleurs. Sois patient et je te mènerai loin », lui avait dit un jour M. Batignes, signifiant par là « laisse tomber le syndicat, tu vaux mieux qu'eux et tu risques d'y laisser des plumes ». Léon espérait bien un jour user de son capital de sympathie auprès de ce dernier pour essayer de faire évoluer les choses, moins en force, plus en douceur.

Depuis son adhésion au syndicat, il militait avec ses camarades pour défendre la cause des travailleurs : pour les temps de pause, les jours de congé, le nombre d'heures hebdomadaire, la pénibilité du travail dans l'usine. Et, bien sûr, pour les salaires, surtout celui des femmes. Malgré la longue grève des ouvriers des mégisseries de Camalens en 1910, elles étaient toujours payées presque deux fois moins que les hommes.

Mais un autre événement avait contribué à forger l'âme rebelle de Léon. En 14, il avait vu son père et tous les hommes mobilisables du village partir sous le prétexte fallacieux que quelques hommes de pouvoir, bien à l'abri par ailleurs, avaient décidé qu'il devait en être ainsi, au nom d'idéologies peu avouables ou dépourvues de sens. Rien selon lui ne justifiait que des millions d'hommes fussent tenus de se rendre sur une ligne de front, où leur vie se jouerait à pile ou face, au hasard de la trajectoire d'une balle, voire de celle d'un obus… Et on avait tellement réussi à leur *bourrer le mou*, ironisait Léon, à ces pauvres hommes, qu'ils partaient la fleur au fusil, heureux d'incarner un patriotisme vain et surtout hypocrite. Quelle mauvaise pièce on leur avait fait jouer ! Au prix de millions de vies humaines, la guerre avait, prétendait-on, été gagnée… Une victoire à la Pyrrhus, oui ! Et la poignée d'hommes qui avaient eu la chance d'en revenir, parmi eux son propre père, n'existaient plus. Ils étaient vivants, mais n'existaient plus. Leurs regards s'étaient éteints. Même quand ils partageaient la traditionnelle tournée du dimanche midi, au café du village. D'ailleurs, ils ne s'y rendaient même plus, dépossédés de leur joie de vivre et habités de leurs cauchemars respectifs. Ils avaient essayé, pourtant, de reprendre le cours de leur vie d'avant. Sans succès. Un jour, peut-être y parviendraient-ils…

Au début de la guerre, Léon n'avait que douze ans. Il intégra la mégisserie Batignes et, au fil des quatre années que dura le conflit, il vit les femmes et les enfants s'éreinter au travail pour pallier l'absence masculine. Il vit les familles recevoir à tour de rôle la funeste enveloppe et sombrer dans le désespoir, puis des hommes blessés, cassés, défigurés revenir du front. Ces quatre années le transformèrent et façonnèrent ses convictions. Témoin de tant de souffrances et de misère humaine, il décida alors qu'il serait un homme libre. Il n'admettrait pas que d'autres tiennent la barre pour diriger sa vie. Il ne courberait pas l'échine. Et il ferait en sorte, lui, Léon Adam, que d'autres, notamment les plus vulnérables, n'eussent pas à la courber non plus. Il ne pouvait se douter, alors, qu'il ne suffisait pas de convoiter la liberté et la justice pour qu'elles s'invitent à sa porte.

Alors, la ferronnerie paternelle, non, décidément, ça ne le tentait pas. Il se sentait déjà tellement prisonnier dans un village comme Camalens… Un jour, sans doute, il quitterait le Tarn et chercherait du travail à Toulouse.

Il repensa à son oncle Jacques, le frère de sa mère, avec qui il avait entretenu une relation quasi filiale. Tout petit, il avait compris que cet homme pourtant vieux garçon et sans enfants saurait le comprendre et le guider, et effectivement celui-ci l'avait aidé à grandir. Plus que son propre père. Il était devenu peu à peu une sorte de mentor. Malgré sa modeste condition de paysan, son oncle se débrouillait pour se procurer et lire la presse, ainsi que des ouvrages de toutes sortes. Il avait accompagné Léon dans sa découverte du monde. Il l'avait encouragé à développer son esprit critique, le mettant en garde contre les apparences et les opinions taillées à l'emporte-pièce. Léon avait été inconsolable lorsque celui-ci était mort, en 1917, frappé par la foudre dans son champ. Pour sûr, il devait à son oncle d'être celui qu'il était devenu. N'en déplût à son père qui ne voyait pas d'un très bon œil que son beau-frère vînt se mêler de l'éducation de son propre fils, et semer des graines subversives dans sa tête d'enfant, en friche mais bel et bien fertile.

Pour l'heure, Léon avait quelque chose de plus important à faire que de ruminer sur son avenir professionnel. Il avait un rendez-vous qu'il se plaisait à qualifier de galant. Avec Marguerite, une jeune ouvrière de la mégisserie Batignes. Elle occupait, avec d'autres femmes, le poste de corroyeuse, un travail physique qui consistait à éliminer les résidus de chairs animales sur les peaux sèches, et à travailler celles-ci pour les nettoyer, les assouplir, tout cela à l'huile de coude. Plutôt petite et menue, Marguerite n'avait pas vraiment le physique de l'emploi. Il était étonnant que cette petite bonne femme accomplisse un travail aussi dur.

Mais Marguerite était d'un caractère joyeux, affichant toujours le sourire de celle qui se contente de ce qu'elle a, estimant que d'autres étaient moins bien lotis qu'elle. C'était une des raisons pour lesquelles Léon l'avait remarquée, car lui, c'était l'inverse : toujours bougon, à râler ou à remettre en question. C'était la première fois que son regard se posait avec intérêt sur une fille. Non pas qu'il eût les yeux dans sa poche, ni que la gent féminine lui fût indifférente, mais les autres jeunes femmes n'avaient jamais éveillé en lui que sympathie ou amitié, tout au plus. Si Léon savait user d'audace avec le patron, il n'en était pas de même avec les demoiselles. Elles l'intimidaient tant qu'il en avait pris son parti et avait même décidé de ne rien mettre en œuvre jusqu'à ce qu'une prétendante lui agrée suffisamment pour justifier un dépassement de soi. Or il semblait que ce jour fût arrivé. Depuis quelque temps, ils se voyaient, en cachette. Souvent à la sortie de l'usine. Pour parler de tout et de rien, ou simplement être ensemble. Leur timidité ne les avait pas menés plus loin qu'une relation amicale enjouée, douce et tranquille. Mais, aujourd'hui, c'était dimanche et ils disposeraient de plus de temps.

Marguerite était différente des autres. Elle était loin de ces gamines insipides à la gentillesse mièvre, comme celles qu'il pouvait rencontrer au bal de Camalens ou dans les sorties au bord de l'eau, le dimanche. Bien qu'elle n'eût que dix-huit ans, elle était plus mature que ses semblables. Elle maniait l'humour avec finesse, révélant une tournure d'esprit très vive. En outre, son visage plutôt rond, aux traits doux, sa peau claire qui faisait ressortir l'incarnat de sa bouche joliment dessinée et un regard chocolat, contrastant avec ses cheveux blonds, la rendaient très séduisante. Elle avait coupé récemment ses cheveux à la garçonne. C'était beaucoup moins féminin que les cheveux longs, mais Léon devait reconnaître que cette coupe lui allait très bien et lui donnait même un petit air frondeur qui n'était pas pour lui déplaire. D'autant que Marguerite n'avait rien d'une virago. Il émanait d'elle une vraie féminité. Elle avait les jointures très fines, le cou délicat, et ses gestes étaient souples et raffinés, à l'inverse des autres travailleuses en mégisserie.

Ils se connaissaient depuis longtemps déjà, car ils avaient fréquenté la même école. Cependant, c'est à la mégisserie qu'ils avaient échangé leurs premiers mots. Souvent, Marguerite riait aux plaisanteries que Léon lançait à la cantonade, lorsque la sirène de 11 heures sonnait et que tous partaient déjeuner.

Ce qui surprenait beaucoup Léon, c'était la joie manifeste de Marguerite lorsqu'elle se trouvait en sa compagnie. Il n'était pourtant pas ce que l'on appelle un beau garçon, mais la détermination que son caractère imprimait sur son visage lui conférait un charme que bien des jeunes femmes remarquaient, à son insu. Il était brun, de taille moyenne, souvent mal rasé, les sourcils toujours froncés comme s'il était né en colère. Son regard, d'un bleu clair troublant, trop ouvert, trop franc, pouvait provoquer un sentiment de gêne chez qui s'aventurait à plonger dedans. Mais son côté renfrogné et soupe au lait était largement compensé par une gentillesse naturelle et un sens de l'humour au vitriol qui en faisaient un compagnon agréable et souvent drôle.

Ils s'étaient donné rendez-vous un peu à l'extérieur du village, pour être à l'abri des regards curieux et, de fait, des commérages, derrière une usine de mégisserie abandonnée depuis la guerre. C'était la fin de l'après-midi et le dimanche s'étirait dans la clarté des dernières journées de l'été. L'air était doux. Les arbres profitaient encore un peu de ces ultimes journées chaudes et ensoleillées, avant de se séparer bientôt de leur feuillage qui, en attendant, frémissait sous la brise.

Lorsqu'il arriva, un peu en retard à cause de la dispute avec son père, Marguerite était déjà là, assise sur les dernières marches de l'escalier qui menait au bâtiment. C'était une construction tout en longueur, derrière laquelle on devinait le bruissement de la rivière. La végétation commençait à reprendre ses droits, formant autour d'elle d'épais massifs. Léon rejoignit Marguerite en haut de l'escalier et s'assit à côté d'elle. Il remarqua qu'elle avait revêtu – était-ce pour l'occasion ? – une robe qu'il ne lui connaissait pas, étant habitué à la voir vêtue de son long et peu seyant tablier de travail.

Après les salutations d'usage et un court échange sur leurs occupations de la journée, Léon en vint à la question qui le préoccupait depuis la veille :

— J'ai vu que tu parlais avec M. Batignes, hier ?

Marguerite rosit imperceptiblement.

— Et je n'ai pas le droit de parler avec M. Batignes ? fit-elle, jouant l'ingénue.

— Bien sûr que si, Margot ! Mais j'ai bien vu que ce n'était pas anodin comme conversation. Tu semblais gênée, comme s'il te mettait… je ne sais pas, moi… mal à l'aise.

— Non, non, tout va bien, répondit-elle sans conviction, en baissant la tête. Il veut me changer de poste de travail et me mettre au conditionnement des peaux, soi-disant pour que je ne m'abîme plus les mains.

Elle fixait son regard sur l'espace laissé libre entre eux deux et s'amusait négligemment avec les gravillons qui s'étaient accumulés là, en faisant de petits tas bien alignés. Léon resta dubitatif. Que Marguerite changeât de poste, en soi, cela ne pouvait être que positif, mais la gêne qui s'emparait d'elle, soudain, laissait présager autre chose. Il chercha son regard mais elle se dérobait.

— Et que lui as-tu répondu ?

— Que je ne savais pas… que le corroyage, ce n'est pas si mal…

— Tu plaisantes, j'espère ?

Elle réagit vivement :

— Moi, Léon, je ne suis pas comme toi, à vouloir toujours plus, toujours mieux !

— Non non non ! mitrailla-t-il. Il y a autre chose, Margot ! Y en a qui donneraient n'importe quoi pour ne pas être au corroyage, alors ne me raconte pas de fadaises, pas à moi ! En même temps, je le connais, le père Batignes, et je me dis qu'il se pourrait bien qu'il ait une idée derrière la tête en te proposant ça, et même quelque chose de pas très net !

À ces mots, Marguerite rougit pour de bon, ce qui n'échappa pas au garçon. Il posa sa main sur la sienne et s'adoucit.

— S'il te plaît, Margot, veux-tu bien m'expliquer ce qui se passe ?

— Comment te dire, bredouilla-t-elle, vaincue, en regardant devant elle dans le vide, je ne sais pas, je me trompe peut-être, c'est qu'une impression, un...

— Oui, je t'écoute...

— J'ai l'impression qu'il veut me mettre au conditionnement parce que... parce que c'est près de son bureau..., fit-elle en baissant le regard.

— Pour t'avoir à l'œil, tu veux dire ?

— Oui, si on veut... Dit comme ça...

Ses mots restèrent en suspens. Elle craignait tellement la réaction de Léon, si impulsif dès que quelque chose ne tournait pas dans le bon sens. Ajouté à cela, qui sait, même, un peu de jalousie, elle n'osait imaginer ce qui pourrait arriver. Elle sentait sa gorge se serrer jusqu'à lui faire mal.

Les propos évasifs de Margot n'avaient pas dupé Léon. Percevant la crainte de la jeune fille et ne souhaitant pas l'effrayer davantage, il lui attrapa délicatement le menton pour chercher son regard, et adopta un ton qu'il voulut le plus doux possible.

— Tu veux dire qu'il souhaite te mettre au conditionnement non pas pour te surveiller, mais pour t'avoir près de lui ?

Elle hocha la tête, le menton toujours prisonnier de la main de Léon. Une larme roula sur sa joue.

Il lui prit la tête entre ses mains et l'attira contre son épaule. Les pleurs amplifiés de Margot laissaient deviner le dilemme dont son esprit était la proie sous ses mèches blondes. Le désarroi de la jeune femme face à l'autorité du patron ébranla Léon. Il déposa un baiser sur sa joue. Tout en caressant ses cheveux dans l'espoir de la calmer et d'amoindrir ses tourments, il lui souffla :

— On va arranger ça, tu verras, on va arranger ça.

Elle releva la tête, doucement, à la fois reconnaissante et incrédule.

— Mais comment ? Je n'ai guère le choix si je veux garder mon travail à la mégisserie !

— Je pense que, dans un premier temps, on peut lui demander de te mettre… je ne sais pas, moi… au séchage ? ou au mesurage ? ou au contrôle final ? Si son objectif est vraiment de te proposer un poste moins pénible, il n'y a aucune raison qu'il refuse.

— Je crois qu'il veut profiter du départ de Fernande à la retraite pour que je prenne sa place au conditionnement. Il me dit que c'est plus de responsabilités, et que ce sera plus intéressant pour moi, surtout si je veux progresser dans l'entreprise. Mais moi je m'en moque de progresser dans l'entreprise ! Il me flatte, là, comme on flatte une vache pour lui faire comprendre qu'elle est bien gentille, mais qu'on voudrait bien qu'elle avance dans l'enclos !

— Alors, nous ferons intervenir le syndicat.

— Oh, bon sang, Léon, je ne veux pas que tu te mettes dans une situation délicate à cause de moi !

— Le syndicat, Margot, le syndicat, insista-t-il. Pas moi personnellement. Et quand bien même il faudrait que j'étrangle le patron de mes mains pour qu'il ne te fasse pas de mal, je le ferais ! dit-il en riant pour faire descendre la tension.

Elle rit à son tour, tout en se disant qu'il en était bien capable. Il lui offrit son mouchoir.

— Essuie-toi les yeux et le museau, et regarde-moi.

De nouveau, il lui prit le menton et accrocha son regard.

— Tu me fais confiance, Margot ?

Le regard franc de Marguerite lui donna la réponse. Tout à coup, sans réfléchir, elle approcha sa bouche de celle de Léon qui l'accueillit dans un même élan. Surpris tous deux de cet échange inattendu, ils s'écartèrent l'un de l'autre, les yeux dans les yeux, étonnés et émus. Puis leurs lèvres se fondirent à nouveau et leurs bras, complices, les rapprochèrent.

Le lendemain, Margot arriva à l'usine un peu avant lui. Étonnamment, l'atmosphère puante et humide de l'usine rendue irrespirable par les émanations des produits indispensables au traitement des peaux lui parut plus désagréable que les autres jours. Pourtant, rien n'avait changé. En tout cas dans l'usine. En revanche, Margot n'était plus tout à fait la même et sa perception des choses s'en trouvait différente. La douceur de sa relation naissante avec Léon lui faisait prendre conscience de la laideur, de la saleté et de l'inconfort de son environnement quotidien. Elle avait maintenant un fiancé qui lui témoignait de l'affection et pour qui elle était quelqu'un d'important. Marguerite repensa à leurs baisers et au plaisir qu'ils avaient éprouvé tous les deux à être l'un près de l'autre. Elle n'avait jusqu'alors jamais embrassé personne de cette façon-là et ignorait tout de ce bonheur qui pouvait jaillir en étant simplement dans les bras d'un homme. Être bien, tout naturellement, sans affectation ni rôle à jouer. Cette sensation de plénitude et de bien-être, elle pensait bien ne l'avoir jamais ressentie.

L'usine Batignes, comme la plupart des nombreuses mégisseries concentrées à Camalens, dont c'était devenu la spécialité au fil du temps, était située au bord de la rivière, le Dadou, et était organisée sur trois niveaux. L'activité consistait à tanner les peaux d'ovins, arrivées de Mazamet où elles avaient, au préalable, été débarrassées de leur laine. Au niveau le plus bas, celui de la *rivière*, étaient effectuées les opérations humides requérant comme l'indiquait son nom l'usage de l'eau de la rivière. De grands bacs y étaient disposés pour les différentes phases du tannage. Les hommes étaient les plus nombreux à travailler là. À l'étage du dessus, la partie sèche du travail des peaux, la corroierie, employait surtout les femmes. C'est là que Margot et ses consœurs opéraient. Les peaux y étaient raclées, lissées, étirées, pour les rendre souples, jolies et faciles à travailler pour la destination finale. Entre les deux étapes, les peaux avaient subi un séchage au troisième niveau, ouvert aux quatre vents, où l'un d'entre eux en particulier, le vent d'autan, fréquent dans la région, contribuait très efficacement au séchage des peaux. Dans cette usine, comme dans toutes les autres, régnait une ambiance bruyante composée à la fois du bruit des machines et des cris des ouvriers obligés de parler fort pour communiquer.

Toute à ses pensées, alors qu'elle enfilait son tablier de travail, elle vit arriver Léon. Il la chercha rapidement du regard et lui fit un clin d'œil. Margot lui sourit.

Les autres ouvrières surprirent leur connivence, et Odette, la plus délurée d'entre elles, lui lança :

— Alors Margotton, tu l'as enfin ferré ton joli cœur ?

Marguerite rougit. Le sourire qui fendit son visage fut plus bavard qu'un aveu.

— Boudu ! Depuis le temps qu'ils se cherchaient ces deux-là ! renchérit Victorine, une femme forte, entre deux âges, que ce genre d'aventures émoustillait. « Le lion et la souris » !

— Fais quand même attention qu'il te mette pas un polichinelle dans l'tiroir ! brailla Odette.

— Tu abuses, Odette ! la réprimanda Marguerite tout en lui faisant signe de baisser la voix.

Toutes tournaient le dos à la porte de l'atelier et aucune n'avait vu M. Batignes entrer.

— Qui risque d'avoir un polichinelle dans le tiroir, Odette ?

Elles sursautèrent. Depuis quand était-il arrivé exactement ?

— Ah, bonjour, monsieur Batignes ! Je plaisantais, pensez donc ! Vous savez bien qu'on se charrie toujours entre nous ! répondit-elle, comme prise en faute.

— Détendez-vous, Odette, sinon je vais finir par croire que ce que vous disiez est vrai. Vous êtes en train de vous trahir, railla-t-il.

Odette s'enfonça davantage dans ses explications vaseuses :

— Mais non, monsieur Batignes, je vous assure... Oh, et puis je peux bien vous le dire sans que ça prête à conséquence vu qu'elle n'habite pas ici : il s'agit de ma nièce, la fille aînée de ma sœur qui vit à...

Il ne la laissa pas finir, n'apportant aucun crédit à la pirouette d'Odette, qui décidément mentait très mal.

— Ça va, Odette, c'est bon, laissez tomber, ça frise le ridicule..., fit-il avant de se tourner vers Marguerite : Vous venez dans mon bureau, mon petit ?

Ayant suivi la scène dans une grande confusion mentale tout en feignant de s'occuper, Marguerite bredouilla un « oui » puis lui emboîta le pas.

Chez les Batignes, on était patron de père en fils. À la mort de son père, en 1912, Joseph Batignes avait repris la mégisserie familiale. Mobilisé en 14, il avait laissé l'entreprise aux bons soins de sa mère et des ouvrières de l'usine, qui, vaille que vaille, avaient réussi à maintenir l'activité grâce à leur courage et au système D. Du haut de ses trente-cinq ans, meurtri comme les autres rescapés par ces années de guerre, Batignes avait tôt fait d'oublier cet épisode de la vie de l'usine sous le prétexte discutable que ceux qui étaient au front avaient souffert plus que les autres. Il manifestait ainsi beaucoup d'ingratitude envers les personnes qui avaient fait tourner son entreprise, en son absence, au prix d'énormes efforts. Plutôt grand, bel homme, la moustache fière et le port altier, il dégageait de lui une suffisance qui justifiait à elle seule son célibat, malgré son physique avantageux. Parfois accessible et sympathique envers ses employés, blaguant avec eux, leur demandant des nouvelles de la famille, il pouvait par ailleurs se montrer impitoyable lorsque quelqu'un s'avisait de ne pas exécuter un ordre. En 1914, il avait été élu député de la circonscription de Camalens, bourgade du Tarn non loin de Toulouse, sous l'étiquette Fédération républicaine, une droite libérale et conservatrice, et se préparait avec fierté pour les nouvelles élections législatives qui se dérouleraient en novembre de cette année. Batignes compensait son extrême solitude dans l'exercice du pouvoir, et la gestion patriarcale de son entreprise.

Margot et son patron traversèrent les ateliers successifs de l'usine pour se rendre dans le bureau. Ils passèrent devant Léon qui feignit de ne pas les voir, mais qui adressa mentalement des mots d'encouragement à Margot. Elle suivait son patron d'un pas rapide pour ne pas se laisser distancer, tout en se remémorant le scénario que Léon et elle avaient imaginé, la veille, avant de se quitter. Les mots qu'elle allait devoir prononcer s'entrechoquaient dans sa tête.

Ils arrivèrent dans le bureau. M. Batignes s'effaça pour laisser entrer Marguerite, puis ferma la porte derrière lui. Il l'invita à s'asseoir. La pièce, pas très grande, était assez sombre, car la seule source de lumière provenait de la demi-cloison vitrée donnant sur l'atelier d'emballage et d'expédition, lui-même peu éclairé. En outre, dossiers et papiers encombraient l'espace en piles désordonnées. L'ensemble sentait la poussière mêlée à l'odeur nauséabonde de l'usine et de l'eau de Cologne dont Batignes s'aspergeait chaque matin.

Marguerite se demanda avec appréhension si elle annonçait d'entrée de jeu sa proposition ou si elle le laissait commencer la conversation, en espérant de toutes ses forces que celle-ci tournerait en sa faveur et qu'elle n'aurait pas besoin de plaider sa cause.

Mais il ne lui laissa pas le temps de tergiverser.

— Marguerite, j'ai l'intention de faire de vous ma secrétaire !

Interdite, sentant la nervosité la gagner, Marguerite ne parvint qu'à bafouiller :

— Votre… secrétaire ? Mais… mais je ne suis pas secrétaire. Et puis… et puis je n'aime pas les papiers… Je… non, ça ne m'intéresse pas de faire ça, monsieur Batignes. J'allais vous proposer, justement, de…

Il la coupa :

— Mais je ne vous demande pas votre avis, Marguerite. Je suis sûr que vous vous acquitterez très bien de ces nouvelles tâches. Vous avez de l'instruction, vous avez même votre certificat d'études, donc je ne vois pas pourquoi vous échoueriez dans cette fonction.

Il se leva et vint se poster derrière Marguerite.

— Vous ne pouvez pas me demander cela, monsieur Batignes, s'alarma-t-elle.

Elle se sentait prise au piège et détestait ça. Le sentir derrière elle la mettait très mal à l'aise. Lorsqu'il mit les mains sur ses épaules, elle se leva d'un bond et se tourna vers lui, outrée.

— Et ne me touchez pas, monsieur Batignes.

— Tout doux, mon petit ! fit-il en levant haut les mains. C'était juste pour vous apaiser. C'est mon côté paternel, vous savez bien… Mon geste n'avait d'autre but que de vous aider à garder votre calme et vous assurer de ma protection. N'allez pas vous imaginer autre chose, ma petite Margot.

— J'ai déjà un père, merci, et n'ai nul besoin d'être protégée. Si vous voulez que je garde mon calme, laissez-moi faire mon travail en paix !

Elle se dirigea vers la porte pour sortir et se retourna avant de franchir le seuil.

— Et mon prénom est *Marguerite* !

Elle s'étonnait elle-même de sa hardiesse. Alors qu'il y avait seulement quelques jours elle n'aurait en aucun cas tenu tête à son patron, l'énergie et le courage de Léon lui couraient maintenant dans les veines. Elle se sentait si forte ! Pour autant, les propos de Léon prononcés la veille lui revinrent en mémoire et Marguerite convint qu'il avait raison : elle aurait sans doute besoin du syndicat, à son corps défendant.

Quand elle repassa devant Léon pour rejoindre son poste au corroyage, Marguerite paraissait si agitée que celui-ci comprit que l'entretien ne s'était pas déroulé selon le scénario prévu. Pourtant, il crut lire sur les traits de la jeune femme un voile de satisfaction, dont la cause, dans l'immédiat, lui échappa.

Chapitre 3

Janvier 2016 – Le coffre

Ils lèvent tous leur verre.

— Une pensée pour papa…, dit Paco.

— À papa ! À papi ! À Jean-Pierre ! répond le brouhaha autour de la table.

Un mois est passé depuis les obsèques et tous se retrouvent à l'invitation de Carmen. C'est un dimanche froid et sec. La cheminée, dans la salle de séjour, diffuse une chaleur agréable que viennent renforcer les vapeurs alcoolisées de l'apéritif. Et, bien sûr, la chaleur familiale, le plaisir d'être à nouveau réunis. Il y a là Paco et sa femme Célia, Lola et David, et les deux enfants de chaque couple. Même Bernard, le frère de Jean-Pierre, et sa femme Blanca, que Carmen n'invitait qu'occasionnellement du vivant de son époux, sont présents. Aux yeux de Carmen, il est important de maintenir le lien avec la famille de feu son mari, pour elle comme pour ses enfants. Jean-Pierre et son frère entretenaient des relations parfois houleuses, mais l'affection qu'ils se portaient n'avait jamais faibli, même si une pudeur un peu idiote, mais tellement banale, les maintenait dans la retenue dès qu'il s'agissait d'exprimer émotions et sentiments.

À dire vrai, Jean-Pierre n'avait de relations faciles avec personne et Bernard, en frère aîné conciliant, avait toujours fait l'effort de s'adapter au caractère difficile de son cadet. Il est vrai que la vie n'avait pas toujours été un long fleuve tranquille pour les deux garçons. Ils avaient été élevés quasi exclusivement par leur mère, Marie, et sa sœur, leur tante Victoire, dans le village de Camalens. Bernard avait très peu de souvenirs de leur père et Jean-Pierre, plus jeune de cinq ans, encore moins. La relation des deux frères s'était donc construite sur l'absence de père, et Bernard avait pris l'habitude d'user d'une autorité pseudo-paternelle visant à seconder sa mère dans l'éducation du plus petit. Ils n'avaient aperçu leur père que de loin en loin, durant leur enfance, et avaient appris sa mort alors que l'un entrait dans l'adolescence et l'autre en sortait. Leur mère leur en avait si peu parlé que s'était instaurée, de fait, une vague impression de tabou familial ayant pour effet d'interdire toute question aux enfants. Une forme d'autocensure était née de cette absence d'information. Et leur mère, Marie, une femme gaie, à la fois fantasque et douée de bon sens, avait donné le change durant toutes ces années. Marie était morte dans les années 1980, sans avoir livré plus d'éléments sur la figure paternelle, et les enfants n'avaient pas non plus cherché à en savoir plus. Manque de curiosité ? Crainte de ce qu'ils risquaient d'apprendre ? Respect du silence de leur mère ? S'étaient-ils seulement posé toutes ces questions ? Pour eux, l'état civil leur avait fourni un père, ou du moins un géniteur, et ils semblaient s'en contenter.

Le déjeuner se déroule gaiement, le chagrin de chacun en arrière-plan, mais dense, presque palpable. Il ne s'agit pas d'une gaieté factice. C'est juste que l'un d'entre eux n'est plus là, mais la vie doit continuer, avec ses bons moments de partage, le plaisir d'être ensemble, unis par un lien invisible mais fort. Celui du sang. Parfois, une voix se serre ou les yeux s'embuent, à l'évocation d'un souvenir, mais, rapidement, la joie de vivre de la tablée reprend le dessus et les conversations se poursuivent naturellement. Les enfants ont l'autorisation de quitter la table entre les plats pour se retrouver entre cousins, loin des adultes rabat-joie.

La conversation tourne autour des formalités liées à un décès, qui peuvent durer plusieurs mois, voire plusieurs années. La paperasse que cela engendre, les déclarations à faire, la froideur avec laquelle on est obligé d'accomplir ces tâches parce qu'il faut bien avancer, et tout le reste... Lola, plongée dans ses pensées, se remémore la recherche du livret de famille, le jour de la mort de son père.

— Au fait, on ne vous a pas raconté..., déclare Lola, au milieu de cet échange. Quand papa... enfin... le jour du décès, on a dû chercher le livret de famille. Vu que c'est papa qui classait tous les papiers, panique à bord : où chercher ? Comme on ne trouvait pas le livret de famille dans le bureau, maman s'est souvenue que papa avait un coffre à la banque.

— Jean-Pierre ! Un coffre dans une banque ? fait Bernard, le plus surpris de tous.

Lola leur raconte l'épisode. Occupée par les formalités liées au décès de son père, elle n'a pas encore pris le temps de trier le contenu du coffre. Pressée par les questions fusant autour de la table, pourquoi un coffre, et qu'y avait-il dedans, Jean-Pierre avait-il quelque chose à *cacher* ou à *protéger* – la nuance était de taille –, Lola finit par se lever.

Pendant que le reste de la tablée débarrasse, elle se dirige vers le bureau, ressentant tout à coup le besoin presque inquiet de découvrir ce que son père avait choisi d'enfermer. Elle se remémore la petite enveloppe, perdue parmi les papiers et les bijoux, qu'elle avait préféré ignorer, un mois auparavant.

Elle regarde par la fenêtre. Le soleil est bien présent malgré la morsure de l'hiver. La lumière lui remonte le moral et, ces jours-là, elle se sent animée d'une belle énergie. Elle a souvent l'impression qu'il ne peut rien lui arriver tant que le soleil brille.

La boîte est toujours posée là où elles l'ont laissée le mois précédent. Lola s'en empare avec une pointe de culpabilité à ne pas demander l'avis de sa mère. Mais, depuis son AVC, Carmen a pris l'habitude de laisser sa fille décider. Des petites choses comme des grandes. Lola se demande si le moment est bien choisi, en réunion de famille, pour explorer le contenu de cette boîte. Elle balaie ses doutes en se disant que le cercle familial présent aujourd'hui est très proche et que ce sera sans doute l'occasion d'évoquer un peu le souvenir de son père. Quitte à plomber l'atmosphère et à susciter les émotions, un mal pour un bien indispensable au travail de deuil de chacun. Ne dit-on pas que les morts ne meurent vraiment que lorsque l'on cesse de parler d'eux ? Elle apporte la boîte dans la salle à manger où la table a été débarrassée et la pose au milieu, bien visible de tous.

— Que comptes-tu faire ? demande Carmen, étonnée.

— Il serait temps de l'ouvrir, tu ne crois pas ? intervient Paco à la place de sa sœur. Déjà que vous ne m'avez pas parlé de ce coffre, j'aimerais être présent lorsque la boîte de Pandore va s'ouvrir...

Carmen s'offusque :

— Pourquoi une boîte de Pandore ? Nous ne sommes pas endettés, nous n'avons pas de secrets de famille... Papa ne jouait pas, ne boursicotait pas... Il avait beaucoup de défauts, mais pas ce genre de vices. Vous risquez fort d'être déçus si vous vous attendez à des révélations !

— Il n'était pas un enfant de chœur non plus, murmure Paco dans sa barbe, juste assez fort pour que sa sœur et son oncle, assis à côté de lui, l'entendent.

Tous trois se regardent, sans un mot, sentant poindre l'appréhension. Ils redoutent que Carmen ne soit le dindon de la farce. Lola prend la boîte sur ses genoux et en soulève le couvercle.

Elle en sort tout d'abord une liasse de documents, à l'en-tête de la banque, titrant *Assurance Vie*. Elle la tend à sa mère, qui y jette un œil pour conclure rapidement :

— Je savais qu'il avait une assurance vie, je ne vois pas pourquoi il a mis ça au coffre. Cela dit, il faut que je m'en occupe. Encore de la paperasse à gérer !

Elle lève les yeux au ciel.

— Oui, enfin, ce n'est pas que de la paperasse, une assurance vie, maman. Tu vas sûrement percevoir quelque chose, précise Paco.

— Si tu savais comme je m'en moque ! J'ai bien assez pour vivre.

Pendant ce temps, Lola continue de vider la boîte. Elle en sort quelques bijoux ainsi que les alliances de ses parents.

— Vous voyez, je vous l'avais dit ! C'était pour les bijoux… Je ne les mettais plus depuis mon AVC, et les alliances sont devenues trop petites pour nos doigts de vieux.

Puis apparaissent de vieux documents. A priori antérieurs à la génération de Jean-Pierre et de Carmen. Un vieux livret de famille, d'abord, que Bernard reconnaît.

— Montre-moi ça, Lola. Je crois qu'il s'agit du livret de famille de mes parents.

Lola le lui tend et il l'ouvre.

— Oui, c'est ça, fait-il en hochant la tête. Saviez-vous que votre grand-père s'appelait Léon ?

— Je me souviens bien de mamie Marie, mais elle ne nous parlait jamais de votre père, répond Lola. En quelle année se sont-ils mariés ?

— En 1930.

— Ça date ! lance Paco, finalement pas très concerné par ces trouvailles.

— Merci ! Je suis né juste après, je te signale ! se défend Bernard, qui lui, au contraire, prend tout ça au sérieux.

Il a tellement peu de souvenirs de ses parents ensemble que voir leurs noms réunis sur un document officiel lui fait tout à coup réaliser qu'ils avaient bel et bien formé un couple et fondé une famille. Il enchaîne :

— Je me souviens que, quand notre mère est morte, en 1986, j'avais récupéré de vieux papiers lui ayant appartenu. Comme je ne voulais pas les conserver, Jean-Pierre avait souhaité les récupérer.

Lola continue de sortir le contenu de la boîte, jusqu'à ce que la fameuse enveloppe surgisse. Elle avait dû prendre l'eau et l'adresse s'était effacée. Seuls un cachet

Retour à l'envoyeur ainsi qu'un autre *N'habite plus à l'adresse indiquée* avaient résisté au temps. Elle retourne l'enveloppe. L'adresse de l'expéditeur, elle aussi très délavée, est illisible. Elle est décachetée et la lettre s'y trouve toujours. Une lettre manuscrite, d'une écriture dont les déliés témoignent de son ancienneté. Les yeux de Lola courent au bas de la lettre pour identifier l'expéditeur, mais, là où devrait figurer une signature, il n'y a rien, un espace vide. Acte volontaire ou le temps et l'humidité ont-ils rendu cette lettre anonyme ?

Sous le regard interrogateur de l'assemblée, Lola entreprend de déchiffrer la lettre. Après avoir lu pour elle-même la première phrase, elle sent le silence peser autour d'elle et reprend en lisant à voix haute.

Saint-Laurent, le 8 avril 1925

Ma bien-aimée,

Ta dernière lettre m'a fait bien plaisir. Je suis heureux que tu aies pu trouver du travail chez Mme Ségur. C'est une femme bonne. Nul doute que tu vas te plaire dans ce nouvel emploi. Si tu te formes bien chez Mme Ségur, peut-être pourras-tu un jour ouvrir ton propre atelier ?

C'est dommage que tu aies dû déménager à Souloumiac, mais, dans un sens, cela te protège sûrement des ragots qui courent sur mon compte à Camalens...

Les nouvelles de Camalens semblent bonnes. À part, bien sûr, la mort de Félix, intervenue beaucoup trop tôt, et de méchante façon. Qui aurait pu croire qu'un homme aussi solide et rompu aux travaux d'une ferme périrait dans ces conditions ?

Tu m'apprends que les deux ordures (pardonne-moi ma vulgarité, mais je ne peux me résoudre à trouver d'autres termes...) qui ont causé ma perte et notre malheur ont trouvé la mort dans un accident. Même si je ne suis pas trop chrétien, je ne peux m'en réjouir, mais j'espère quand même qu'ils ne l'emporteront pas au paradis et que quelqu'un, là-haut, les tourmentera à hauteur de leurs méfaits. Car eux ils sont bien tranquilles, maintenant, mais moi je continue à croupir ici pour rien !

À part ça, ici, ça ne change pas. On mange mal, on dort mal, on nous traite mal. Et encore, je ne suis pas le plus à plaindre.

Mais je ne vais pas t'ennuyer avec ça, ma petite fleur, car ça ne changerait rien à mon sort et ça t'attristerait. Je préfère penser à toi, à nos bons moments passés ensemble, à notre mariage à mon retour. Aux enfants que nous aurons. Si tu as la patience de m'attendre. Pour moi, tu es et resteras la seule et l'unique.

Il va falloir que je te laisse, ma douce, car la cloche sonne pour le retour aux travaux. Le moindre retard est sévèrement puni, comme tout manquement, si minime soit-il, aux règles du camp et à la discipline.

Je t'embrasse tendrement,

La fin de la lecture laisse l'assemblée sans voix, frappée par l'intensité de l'émotion qui émane de cette lettre. Des sentiments très forts et beaucoup de souffrance pourtant à peine suggérée... Qui que soit l'auteur de cette lettre, ces phrases qui semblent avoir été écrites à la hâte les plongent dans une perplexité et un silence que personne ne vient rompre. Pourtant, maintes questions leur viennent à l'esprit sans que personne n'ose se lancer. Par où commencer, d'ailleurs ?

Naturellement, les yeux se tournent en premier vers Bernard, le doyen de la famille, puis Lola ouvre le feu :

— Tonton, tu as déjà vu cette lettre ? Qui peut bien l'avoir écrite ?

— Aucune idée, Lola. L'auteur parle de Camalens, donc ça doit être quelqu'un de la famille, sans doute. Peut-être votre grand-père Léon…

— Tu as bien dit qu'il écrivait de *Saint-Laurent* ? demande Paco dont l'intérêt est de nouveau en éveil.

— Oui, c'est bien ça. Mais de quel Saint-Laurent s'agit-il ? ajoute Lola.

— Quoi qu'il en soit, l'auteur a l'air d'être en fâcheuse posture… À votre avis, il est où ? au service militaire ? intervient David.

— Je ne pense pas, répond Bernard. Ma mère m'a dit, un jour, que notre père n'avait pas fait le service militaire, je ne sais plus au juste pour quelle raison.

— Tonton, en admettant que ce soit grand-père Léon qui ait écrit, à qui s'adressait-il ? À mamie Marie ? poursuit Lola, les sourcils froncés par la réflexion.

— J'imagine… Voyons voir, la lettre a été écrite en 1925 et ma mère est née en 1910, donc elle avait… quinze ans.

Puis, revenant sur sa déclaration :

— Ah non, ça ne colle pas… Elle était trop jeune. D'autant que la lettre évoque d'autres échanges antérieurs. Et je n'ai pas souvenir que maman ait déménagé à Souloumiac pour travailler chez quelqu'un à quinze ans…

— Elle faisait quoi, au juste, comme métier, mamie Marie ? questionne Paco, de nouveau dans le sujet.

Bernard fouille dans sa mémoire.

— Il me semble qu'elle a toujours travaillé à la maison, ouvrière à façon, disait-elle. C'est-à-dire qu'elle était employée par une entreprise de maroquinerie qui la payait à la tâche pour faire le travail chez elle. Je me souviens qu'elle avait une machine à coudre. On lui apportait les matériaux, elle cousait – des ceintures, je crois –, et quelqu'un venait rechercher le travail fini. Tante Victoire faisait ça aussi.

— Ça pourrait correspondre pourtant, puisqu'il est question d'un atelier…, reprend Lola. Dans ce coin du Tarn, il doit forcément s'agir du travail du cuir… Ou alors de la filature ? Mais la filature, c'est plutôt vers Castres et Mazamet, non ?

— Oui, Camalens, Souloumiac et les communes des environs sont les villes où on travaillait le cuir. C'est toujours le cas, du reste, mais de nombreuses entreprises ont disparu. Et il y avait aussi beaucoup d'ateliers de maroquinerie, et des travailleurs à façon, comme ma mère.

— « Ma petite fleur », poursuit Lola à voix haute… C'est mignon tout plein, carrément romantique… Ça correspond à l'image que tu te faisais de ton père, tonton ?

— Pas vraiment, pouffe-t-il. En tout cas pas avec ma mère. On les a tellement peu vus ensemble, nos parents. Et pourtant, la lettre évoque un mariage…

— Tu penses qu'il y a un rapport entre cette lettre et le fait que vous ayez peu connu votre père ? demande Lola, intriguée.

— S'il y en a un, je ne vois pas lequel. La date est bien antérieure à notre naissance.

— Quelle date de décès indique le livret de famille, pour le grand-père ? demande Lola.

— 1952…

— Donc, il est mort bien après. Tu avais vingt ans, c'est ça, tonton ? Cela faisait déjà longtemps que tu ne le voyais plus ?

— Oui, il a cessé de venir à Camalens, je devais avoir dans les onze ou douze ans… Je sais juste qu'il était obligé de travailler à Toulouse pour nous faire vivre et s'assurer que l'on ne manque de rien. Il bossait chez Air France, il avait une bonne place. Il nous faisait rêver, Jean-Pierre et moi, quand on était petits, en nous racontant les exploits des pionniers de l'aviation. Ma mère nous avait dit qu'il était mort accidentellement…

— Pourquoi a-t-il cessé de venir vous voir ? C'est vrai, ça, on n'a jamais parlé des raisons qui l'ont poussé à partir de chez vous… Et pourquoi papa aurait-il gardé cette lettre ? L'a-t-il vue, seulement ? Et pourquoi il n'y en a qu'une ? Il devrait y avoir aussi celles qu'il recevait de la « petite fleur ». Et toi, tonton, quand tu as donné les papiers à papa en 1986, tu ne savais pas qu'elle était dedans ?

— Que de questions, Lola… non, personnellement je ne l'avais pas vue. Quant à savoir pourquoi Jean-Pierre l'a gardée, je n'en sais fichtre rien !

— Léon et mamie, ils s'aimaient ?

— Je suppose… En tout cas, ils se respectaient beaucoup, il n'y avait jamais d'éclats de voix à la maison. Mais notre père a peu vécu avec nous. Il est parti très tôt travailler à Toulouse. Il revenait parfois le week-end pour nous voir. Et il semblait vraiment heureux d'être en famille… Et puis, petit à petit, il a cessé de venir. On était gosses. On ne nous disait pas tout. Parfois, les gens du village tenaient des propos pas très sympas sur son compte. C'étaient toujours des sous-entendus, on sentait de l'ironie, le truc pas clair. Mais, comme je vous dis, on était gosses et on ne comprenait pas tout. J'ai longtemps pensé que les gens lui reprochaient de ne pas vivre avec nous. Il ne correspondait pas au modèle classique du père de famille et, pour certains, si on n'entrait pas dans le cadre, on était mal jugé...

— Bon, personne ne veut de dessert ? interrompt Carmen, qui s'impatiente que l'on disserte si longuement sur une lettre datée de quatre-vingt-dix ans auparavant.

La belle affaire... Les protagonistes sont morts depuis belle lurette, de toute façon, et savoir de qui il s'agit lui importe à peu près autant que la première chemise de Jean-Pierre. Elle enchaîne :

— Vous voyez, je vous avais bien dit qu'il n'y avait rien d'intéressant dans cette boîte !

Pour faire plaisir à Carmen, tout le monde se remet à table. On appelle les enfants pour le dessert. Après quelques instants, la vie normale reprend son cours. Seule Lola reste pensive. Cette lettre soulève trop de questions sans réponses. Personne n'a jamais été en mesure de lui parler de son grand-père. Elle ne sait même pas à quoi il ressemblait... Pas une photo, pas un papier, à part le livret de famille. Et peut-être maintenant cette lettre. Finalement, dans le foyer de Jean-Pierre et de Carmen aussi le grand-père était devenu, sans y prendre garde, un sujet tabou. Tout le monde s'était toujours comporté comme s'il n'y avait jamais eu de grand-père. Et quand on l'évoquait, c'était celui-qui-a-laissé-tomber-sa-famille. Pas très glorieux, tout ça. Ni d'un côté ni de l'autre. Que s'est-il passé pour que cet homme, né a priori dans une famille sans histoire, dans une petite ville du Tarn, ait disparu de la circulation, ou, tout au moins, ait dû partir loin de ses enfants ? Elle ne sait pourquoi, mais l'argument du travail à Toulouse pour subvenir aux besoins de la famille ne tient pas. Rien ne l'empêchait de revenir voir sa femme et ses enfants à Camalens. Si le grand-père Léon est bien l'auteur de cette lettre, Lola a l'intime conviction que l'absence de son grand-père au sein du foyer familial et le contenu de cette lettre sont étroitement liés. La détresse du ton de la lettre laisse à penser que l'auteur a vécu un mauvais moment. De ceux qui marquent une vie, voire l'infléchissent. Là où personne n'a jamais eu d'explications – en ont-ils seulement cherché ? –, elle veut en trouver. Il faut qu'elle comprenne. Elle prend alors la décision d'aller chercher ce que personne n'a pu ou voulu savoir jusque-là. Elle ignore encore quel sera le modus operandi, mais elle sent au plus profond d'elle-même que cette missive n'est pas arrivée sur son chemin par hasard et qu'il lui incombe maintenant d'exhumer la vérité.

Chapitre 4

Octobre 1919 – La lutte

— Camarades ! Écoutons le camarade Léon !

Le brouhaha de la salle s'estompa petit à petit. La réunion du syndicat se tenait dans la salle du foyer communal de Camalens. La fumée de cigarette et les effluves corporels en rendaient l'atmosphère à peine respirable. De nombreux ouvriers avaient répondu à l'appel de l'organisation et chacun s'exprimait dans un désordre que justifiaient la colère et la volonté d'en découdre avec le patronat. Il y avait là Marcel, un des combattants de la première heure, moustachu toujours coiffé de son béret, le poing levé dès qu'il y avait matière à la lutte. Armand était présent aussi, fidèle au combat également, plus modéré mais avec le verbe haut et bien tourné lorsqu'il était question de s'exprimer en public. On pouvait apercevoir aussi les camarades Ernest, Camille, Fidèle, Julien, Edmond, Gustave, Marius, tous ouvriers de la mégisserie Batignes. En outre, depuis les grèves de 1909 et 1910 à Camalens, on pouvait compter aussi sur un groupe de femmes, particulièrement actives à la suite des échecs précédents. Six mois de grève pour quoi ? Rien, aucune avancée ou si peu. Elles avaient lutté pendant ces six longs mois au prix de terribles sacrifices, dont celui d'éloigner leurs enfants, répartis dans des familles solidaires des environs qui pouvaient s'occuper d'eux et les nourrir. Elles étaient déterminées à ne pas baisser les bras, surtout depuis que la guerre leur avait permis de montrer ce dont elles étaient capables en l'absence des hommes. La lutte ne se ferait donc pas sans elles. Pour ces femmes, celle-ci était doublement justifiée : elles se battaient non seulement pour leur condition de femmes, réclamant d'être traitées à égalité avec les hommes, mais aussi pour leur condition d'ouvrières, revendiquant les droits de tous les travailleurs. Marguerite les avait rejointes, un mois auparavant, dès qu'elle avait senti un changement dans l'attitude de Joseph Batignes à son égard.

Mais, incontestablement, c'est autour de la personnalité de Léon que, depuis la fin de la guerre, la lutte s'était organisée. Instruit, fin d'esprit, courageux et habile négociateur, doué d'une grande sensibilité, Léon faisait l'unanimité malgré son jeune âge. Ou presque. Seul Henri, un des mécaniciens travaillant avec lui à l'entretien des machines de la mégisserie, un homme retors qui se livrait peu, hypocrite et calculateur, était systématiquement sur la réserve lorsque Léon exposait ses points de vue. Ce qui ne l'empêchait pas de participer aux réunions syndicales. Cette assiduité avait toujours surpris Léon, car Henri n'était ni force de proposition ni de ceux qui font avancer les choses, au contraire. Certes, tout le monde n'avait pas nécessairement le charisme et la détermination d'un leader, mais Henri n'était même pas un bon suiveur. Sa présence au sein du syndicat agaçait Léon, qui n'avait nul besoin d'un empêcheur de tourner en rond, il était bien assez difficile de se faire entendre de la direction. Léon et ses compagnons en arrivaient à le soupçonner d'être une taupe du patronat au sein de leurs assemblées. Parfois, des informations filtraient sans que l'on sache précisément qui était à l'origine de l'indiscrétion, et les soupçons s'étaient souvent portés vers lui. Mais à part ce cas particulier qu'incarnait Henri, tous étaient conscients que Léon sacrifiait sa propre évolution professionnelle en s'engageant de la sorte pour la cause collective. M. Batignes, leur patron, célibataire et sans enfants, aurait bien fait de Léon son poulain dans l'entreprise. Non seulement ce dernier en avait les compétences, mais les besoins en personnel qualifié se faisaient aussi cruellement sentir au sortir d'un des conflits les plus meurtriers de l'Histoire.

Après avoir pesé le pour et le contre, refusé de travailler dans l'entreprise familiale de ferronnerie pour échapper au joug paternel, imaginé les avantages que lui procurerait une évolution sociale, tant en termes de pouvoir que de confort de vie, pour lui et sa future famille qu'il souhaitait fonder avec Marguerite, Léon avait tout passé en revue pour arriver à une conclusion, toujours la même : il ne pouvait ni ne voulait passer de l'autre côté de la barrière. Son cœur était du côté des petites gens et, tant qu'il y aurait des injustices autour de lui, il se battrait pour plus d'égalité sociale. Oh, il n'était pas naïf, il savait que ce serait au prix de nombreux sacrifices, il faudrait déployer des trésors d'énergie et d'espérances, mais quoi ? Il allait laisser les riches s'enrichir encore plus sur le dos des plus faibles ? Au nom de quoi pouvait-il laisser faire ça, lui qui, de surcroît, en avait les compétences, le talent et, il fallait bien le dire, l'envie. Rien n'était plus cher à ses yeux que la liberté. D'agir, de penser, d'aimer même. Au-delà de son engagement syndical, il se définissait lui-même comme un libertaire, voire un anarchiste. Bien sûr, il n'approuvait pas les exactions commises par certains groupes se prévalant de cette étiquette politique, mais il se trouvait quelques points communs avec, par exemple, Jules Bonnot, le célèbre chef de bande anarchiste d'avant-guerre, et qui, avant de s'illustrer dans le grand banditisme, s'était fait remarquer comme syndicaliste impénitent, affrontant les patrons pour plus de justice dans les classes défavorisées. Mécanicien, comme Léon – et la comparaison s'arrêtait là –, il avait fini par perdre son emploi et plonger dans l'illégalité, en commettant plusieurs braquages, dont certains avaient mal tourné. Cependant, Léon n'approuvait pas l'illégalisme comme moyen de faire la révolution. Pour lui, celle-ci devait se faire les mains propres et la tête haute, pas dans le brigandage et la cavale. Mais il devait reconnaître que ce système politique avait quelque chose de séduisant du point de vue de la défense des libertés individuelles et de sa conception du pouvoir. Léon, qui, encore très jeune, se cherchait un peu sur un plan idéologique et ne savait quelle orientation prendre, se sentait proche des partisans d'un socialisme libertaire, pour une répartition des ressources plus juste entre les travailleurs, et que ces derniers jouissent davantage des fruits de leur travail, récoltés jusque-là exclusivement par et pour le patronat.

Il avait donc, en toute logique, prévu de s'exprimer, ce soir, pour faire le point sur les dernières revendications ouvrières et organiser la résistance. Une de ces doléances concernait la pression dont était victime une employée, Marguerite en l'occurrence. Margot, qu'il avait revue plusieurs fois depuis le jour où elle avait eu sa confrontation avec Joseph Batignes. Le soir même, ils s'étaient donné rendez-vous, comme la veille, vers l'ancienne usine. Il avait été effaré lorsque celle-ci lui avait rapporté l'épisode des mains sur les épaules de la jeune femme.

— Pour qui se prend-il ?!

— Pour le patron, tiens !

— Mais ça ne lui donne pas le droit de tripoter ses employées, que je sache !

— Certes pas... D'ailleurs, je lui ai bien cloué le bec quand il m'a joué le grand jeu du directeur paternaliste qui considère ses ouvriers comme sa propre famille ! dit-elle avec une pointe de fierté.

— C'est pour ça que tu avais un petit air satisfait, lorsque tu es sortie de son bureau ? Je comprends mieux !

Comme la veille, ils s'étaient assis sur les marches. Il avait passé son bras autour de la taille de la jeune fille qui, d'un même geste, s'était rapprochée de lui. Elle avait posé la tête sur l'épaule de Léon, qui en avait profité pour lui voler un baiser.

— Il va falloir que j'y aille, avait-elle dit à regret.

— Je t'accompagne une partie du chemin ?

— Je ne crois pas que ce soit une bonne idée. Restons discrets encore quelque temps...

Ils s'étaient levés pour repartir, mais Léon avait retenu Marguerite et l'avait prise tout entière dans ses bras. Elle avait répondu bien volontiers à son étreinte, heureuse de s'abandonner contre lui.

— Tu me donnes un baiser, Margot ? lui avait-il chuchoté à l'oreille.

Leurs lèvres s'étaient jointes pour un long baiser qui les avait laissés pantelants. Tous deux expérimentaient depuis peu ces nouvelles sensations et s'émerveillaient d'éprouver autant de bien-être dans la chaleur de l'autre. C'était donc ça, l'amour ? Les promesses étaient vertigineuses ! Ils avaient eu du mal à se séparer et s'étaient promis à voix basse, dans le creux de l'oreille, de se revoir le lendemain et le surlendemain et tous les jours qu'il leur serait donné de vivre.

Puis ils avaient pris le chemin du village.

Les jours suivants avaient été très difficiles pour Margot, au travail. Batignes, les premiers temps, ne lui avait plus reparlé de son projet, mais elle sentait souvent son regard posé sur elle. Elle y lisait le vice. Homme seul dans sa vie privée, il était connu pour aller chercher la tendresse dans les bras des filles de joie, et Margot ne pouvait supporter l'idée qu'il l'assimile à ces femmes qui faisaient de leur corps un objet à vendre. Non pas qu'elle les méprisât – il leur fallait sans doute beaucoup de courage –, mais elle ne pouvait s'imaginer folâtrer avec le premier venu, sans amour, sans désir. L'idée même que son patron posât la main sur elle la révulsait. À présent, Léon l'aimait et elle se donnerait à lui quand elle le déciderait. Elle savait d'avance que ce serait délicieux. Rien à voir avec les étreintes achetées.

Puis Batignes était revenu à la charge, lui intimant l'ordre de venir travailler dans son bureau. Margot avait finalement réussi à négocier de travailler à l'empaquetage des peaux. Mais elle savait que la trêve serait de courte durée et qu'il chercherait, coûte que coûte, à parvenir à ses fins.

C'était la raison pour laquelle elle avait rejoint les assemblées syndicales. Léon l'avait convaincue qu'elle n'arriverait pas à se battre seule et devait s'entourer. Elle l'avait suivi et maintenant, ce soir, elle avait hâte de l'écouter. Margot était tellement fière lorsqu'il se levait pour prendre la parole. Il captait l'attention avec une telle force que la plupart des participants le regardaient avec admiration.

— Camarades ! Je sais que vous avez tous des revendications justifiées. Mais nous devons procéder par priorités pour que notre action ait du sens et soit la plus efficace possible. Et, avant toute chose, il faut que nous gardions toujours à l'esprit que notre combat est légitime, vous entendez ? Il n'existe pas de loi qui stipule que les travailleurs doivent travailler aussi dur, dans des conditions aussi difficiles, pour un salaire aussi dérisoire !

Il y eut des applaudissements.

— Souvenez-vous, pendant les grèves de 1909 et 1910, à la suite desquelles le patronat n'a rien lâché ! Je sais bien, certains d'entre vous diront que j'étais très jeune pour me souvenir, mais j'ai entendu les anciens, je me suis informé. Et je sais que le grand Jaurès soutenait votre action puisqu'il était venu ici même, à Camalens ! Si ce n'est pas une caution, une garantie de légitimité, ça ! Ce qui nous réunit ce soir, c'est l'injustice que nous subissons. Depuis la fin de la guerre, l'activité de la mégisserie a repris de plus belle, et cela grâce à toutes ces femmes, très courageuses, qui l'ont tenue à bout de bras pendant les années terribles où les hommes étaient au front.

— Tu en étais aussi, petit ! dit une voix dans l'assemblée.

— Mais je n'étais qu'un gosse ! Ce sont vos épouses, vos sœurs, nos mères qui ont fourni les plus gros efforts et enduré les plus grandes souffrances ! Oui, la mégisserie tourne à plein régime ! Oui, elle se développe ! Et nous, nous recevons quoi en retour ?

Une clameur d'approbation accueillit à nouveau les propos de Léon.

— Avec quoi en retour ? Du mépris, de l'ingratitude et une fin de non-recevoir lorsque nous avons l'audace de demander un meilleur salaire ou la diminution de la durée du travail hebdomadaire ! Par conséquent, je propose qu'une délégation se présente demain au bureau de M. Batignes pour lui demander une dernière fois de revoir ses positions quant au niveau des salaires, avant d'enclencher une grève ! Qui vote pour ?

— Qui fera partie de la délégation ? intervint Henri-le-fourbe.

— Pas toi, rassure-toi ! ironisa Marcel. Léon, je t'accompagne, si tu veux. Avec Armand peut-être ? On ne sera pas trop de trois.

— C'est vendu ! répondit Armand. On y va tous les trois, si tout le monde est d'accord.

Léon redemanda :

— Qui est pour ?

La majorité des mains se levèrent.

— Qui est contre ?

Henri leva la main et, voyant qu'il était seul, la rabaissa furtivement.

— Qui s'abstient ?

Là, Henri la leva, ainsi que quelques autres personnes que la menace de grève rendait frileuses.

— Camarades, j'aimerais aussi attirer votre attention sur un problème que rencontre une des ouvrières de l'usine. Cette jeune femme est victime des agissements de plus en plus déplacés, voire outrageants, de la part de M. Batignes.

— Là, tu prêches pour ta paroisse, Léon, t'as peur qu'il te la pique ? clama une voix masculine au fond de la salle, assez fort pour être entendue et reconnue.

— Comment ça, je prêche pour ma paroisse ? Je prêche pour une camarade comme les autres qui a besoin de notre soutien. Ça te pose un problème, René ? répliqua Léon malgré le brouhaha que la remarque avait suscité.

Assise dans son coin, Marguerite avait rougi. Ainsi, certains savaient... Cela n'était pas surprenant car il y avait maintenant plus d'un mois qu'elle fréquentait Léon et, dans une ville de la taille de Camalens, les secrets ne restaient pas gardés bien longtemps. Margot n'avait pas honte. Tant que l'amour guiderait sa conduite, il n'y avait pas lieu de s'alarmer. Seule la réaction de ses parents était à craindre. Mais, après tout, autant vivre leur histoire au grand jour puisque très bientôt ils annonceraient leur mariage.

— Mais non, ça ne me pose pas de problème, c'était juste pour te charrier ! Parce qu'il a pas les yeux dans sa poche, le Joseph !

Des rires fusèrent, qui mirent Léon mal à l'aise.

Henri ne perdait pas une miette de ce qui se disait et ne tarda pas à intervenir.

— Mais de qui vous parlez, bordel, c'est quoi ces sous-entendus ?

— Mais de la petite Margot, tiens ! T'as du crottin dans les yeux ou quoi ? fit une voix d'homme.

— Bon, ça suffit ! dit une autre voix, féminine celle-là. Que ce soit Margot ou quelqu'un d'autre, qu'est-ce que ça change ? Par contre, vos remarques, ça fait pas avancer la réflexion !

Un bourdonnement d'approbation se fit entendre. Léon profita de cette intervention pour poursuivre :

— Je disais donc que Marguerite, pour ne pas la nommer, subit un abus de pouvoir malsain de la part de M. Batignes. Certains ont-ils des idées à proposer ?

— On lui coupe les couilles ! hurla quelqu'un.

La salle rit de bon cœur devant la répartie. Léon, qui riait aussi, en profita pour faire un peu d'humour :

— Je ne pense pas que ce soit prévu par les textes de loi ! On pourra peut-être en demander la révision pour que la disposition y figure ! Plus sérieusement, je pensais que l'on pourrait en toucher deux mots à M. Batignes demain en même temps que les autres revendications. Peut-être qu'en lui faisant seulement un peu peur il se calmera… et pourra ainsi conserver ses attributs masculins !

Un chahut rigolard répondit par l'affirmative. La réunion avait été longue et tout le monde avait hâte d'en finir.

— Merci de votre confiance, camarades ! Nous nous réunirons en fin de semaine pour vous annoncer le résultat de notre démarche et pour décider de la suite à donner. Bonsoir à tous !

Les applaudissements fusèrent.

Margot buvait les paroles de Léon et se délectait de chacun de ses gestes. Il croisa son regard brillant. Il y lut de l'admiration et, à peine voilé, un désir contenu.

Il rejoignit Margot dans l'assemblée et lui murmura à l'oreille :

— Tu connais la grange de Félix, au bout de la rue du cimetière ?

— Oui, je crois…

— Peux-tu m'y retrouver quand nous serons sortis d'ici ? Il faut la contourner par la rue du lavoir, l'entrée est juste derrière.

— D'accord. Mais pas longtemps, car il se fait tard et mes parents risquent de s'inquiéter.

— J'ai envie de te serrer dans mes bras, souffla-t-il.

Puis il se laissa happer par les camarades qui venaient le féliciter pour sa prestation et lui dire qu'ils seraient unis dans la lutte.

La salle se vida peu à peu et Marguerite en profita pour s'esquiver. Quelques instants plus tard, c'était au tour de Léon. Il marcha rapidement dans la nuit fraîche d'octobre. Cela calma un peu l'exaltation dans laquelle son intervention l'avait plongé. Il arriva devant la grange de Félix et espéra que Margot avait bien trouvé l'endroit. Un petit sifflement lui donna la réponse. Malgré l'obscurité, il la devina juchée dans le grenier où les bottes de foin étaient stockées pour l'hiver à venir. Il grimpa pour la rejoindre. L'ambiance rassurante de la grange et la présence de Margot le comblèrent, tout d'un coup. La bouffée de bonheur qu'il ressentit fut telle qu'il ne put réprimer un élan un peu vif vers Margot et l'embrassa avec fougue. C'est ce qu'elle aimait, chez Léon, ce mélange de douceur et d'impétuosité. Puis ils s'allongèrent tout doucement dans le foin. Les caresses qu'ils échangèrent d'abord furent timides et lentes. Tout en l'embrassant, Léon posa une main sur un sein, appréciant sa rondeur sous la robe, rêvant du contact de sa peau nue. Puis il descendit sa main le long des côtes, puis du bassin, pour aller doucement la poser plus bas. Elle frémit et le caressa à son tour, totalement décomplexée, découvrant sous ses doigts le sexe enhardi de Léon, prisonnier du pantalon. Les gestes devinrent naturels, et l'intensité de leur émoi les entraîna dans un flot de désir tel que leurs corps prirent les commandes pour leur offrir leur première nuit d'amour. Essoufflés, un peu affolés par tant de volupté, mais tellement heureux, ils se cherchèrent du regard dans l'obscurité et se sourirent. Puis ils se rhabillèrent rapidement, inquiets du temps qui avait sûrement passé sans qu'ils en eussent conscience. Ils descendirent de leur perchoir et, après avoir rejoint la rue discrètement, Léon raccompagna Margot jusque chez elle. Se cachant derrière une charrette laissée là, ils échangèrent un dernier baiser, encore étourdis de l'expérience qu'ils venaient de partager.

Le lendemain de la réunion, le personnel arriva à l'usine, comme à l'accoutumée. Quelques groupes discutaient çà et là avant d'entrer dans les ateliers. Marguerite, comme chaque matin, prit son poste à l'emballage. Le directeur était déjà dans son bureau. Henri était avec lui. Sur le moment, Margot n'y prêta pas attention, puis elle repensa aux interventions de ce dernier, la veille, durant l'assemblée syndicale. Que diable faisait-il dans le bureau du patron, alors qu'une délégation avait été désignée pour aller parler avec celui-ci ? Elle se dit que ce type mangeait décidément à tous les râteliers et qu'il y avait vraiment lieu de s'en méfier. Discrètement, elle jeta un œil sur les deux hommes qui parlaient. Joseph Batignes hochait la tête, sourcils froncés. Margot crut distinguer de la colère sur ses traits, une colère sournoise lui donnant un sourire mauvais. Elle jugea que ce n'était pas bon signe pour la suite des événements.

Lorsque Henri sortit du bureau, elle décida d'aller prêcher le faux pour savoir le vrai. Elle s'adressa à lui de son ton le plus cordial :

— Un problème sur les machines, Henri ?

Il bougonna une réponse inintelligible, visiblement gêné d'avoir été surpris en conversation avec Batignes.

— Pardon ? Je n'ai pas compris, insista Margot.

— Non… oui… enfin, c'est bon, c'est réglé.

Margot sentit une vague inquiétude. Elle traversa l'usine pour aller à la recherche de Léon. Il venait d'arriver. Elle lui fit un petit signe pour l'inviter à la suivre. Ils allèrent dans l'entrepôt adjacent, plus tranquille.

— Henri sort du bureau de Batignes. Je ne sais pas ce qu'ils manigancent, mais ça ne sent pas bon, Léon. Je pense qu'il est au courant pour ce qui s'est dit hier à la réunion et il doit préparer ses arrières en ce moment même.

— Ne t'en fais pas, ma douce, j'ai l'habitude de traiter avec ce filou. Quand je pense que je travaille toute la journée avec ce félon d'Henri et qu'il ne laisse rien transparaître. Je vais lui expliquer de quel bois je me chauffe à cette raclure !

— Je ne te demande qu'une chose, Léon : sois prudent. Il ne faudrait pas que tout cela tourne mal.

Léon s'avança dans l'atelier pour retrouver Marcel et Armand, avec lesquels il devait rencontrer le patron. Au passage, il aperçut Henri qui l'interpella :

— Dis, Léon, tu peux me prêter tes gants de protection, s'il te plaît ? J'ai perdu les miens et Batignes veut que j'intervienne à la chaufferie.

Léon trouva qu'Henri ne manquait pas de toupet de le solliciter pour un service alors qu'il venait probablement de lui planter un couteau dans le dos. Néanmoins, il obtempéra de mauvais gré, se disant qu'il réglerait ses comptes plus tard.

Lorsque les trois collègues se rendirent dans le bureau de Joseph Batignes pour évoquer les questions définies en réunion syndicale, ce dernier les accueillit très cordialement. Il promit de réfléchir aux salaires, ainsi qu'à la situation de Margot, et il demanda à Léon de rester à la fin de l'entretien.

— Pourquoi Léon devrait-il rester ? s'étonna Marcel. Si vous avez quelque chose à lui dire, on est tous du syndicat et on n'a rien à se cacher.

— Ce dont je dois parler à Léon n'a rien à voir avec vos réclamations, déclara-t-il, excédé. Il s'agit de son travail personnel. Maintenant, mettons les choses au point, je suis le directeur de cette usine et je peux encore décider de qui je veux voir dans mon bureau ou pas. C'est clair ?

Les ouvriers se méfiaient de ce ton. La colère fielleuse qu'ils lisaient sur le visage du patron confirmait leurs craintes. Néanmoins, ils obéirent et Léon resta. Batignes lui intima de s'asseoir. Léon n'en fit rien, conscient que la position assise le mettrait dans la posture du dominé. Batignes le regarda, agacé par son effronterie, mais n'insista pas. Les deux se préparaient visiblement à une joute verbale. Batignes attaqua, avec une gentillesse feinte :

— Ça va, Léon, tu te sens bien dans ton travail ?

— Oui, monsieur Batignes.

— Tu sais que j'ai de grandes ambitions pour toi ?

Tout de suite, les grands mots qui flattent, songea Léon. Mais il ne se départit pas de son calme.

— Allez au fait, monsieur Batignes, s'il vous plaît. Si c'est pour me dire que je ne devrais pas m'occuper du syndicat, vous connaissez ma position à ce sujet, nous en avons déjà parlé, gagnons du temps !

Batignes ne tint aucun compte de la remarque de Léon, comme s'il suivait un texte déjà rédigé, quelque part dans sa tête.

— Et ta famille, mon petit Léon, tout va bien ?

Puis, sans attendre la réponse :

— Et dis-moi, on te prête une amourette, à ce que j'ai appris ?

Nous y voilà, se dit Léon. Son problème, son *vrai* problème, ce ne sont pas les salaires, c'est ma relation avec Margot.

— Et ?... En quoi cela vous concerne-t-il ?

— La petite Margot ? C'est ça ?

— Marguerite, monsieur Batignes. Son prénom, c'est Marguerite. *Margot*, c'est pour les proches.

Léon se rendait compte de son insolence, mais il ne pouvait la réprimer. Il ne voulait pas laisser son patron gagner du terrain sur le plan de l'affect.

— Cela me concerne car elle travaille ici, sous mon toit. Tout simplement, ajouta Batignes entre ses dents.

— Mais ça ne change rien au fait que Marguerite fasse son travail et moi le mien. Vous n'avez pas le droit de vous immiscer dans notre vie privée, poursuivit Léon qui veillait à maîtriser ses nerfs.

— Sauf que Marguerite... j'ai d'autres projets pour elle... que de la laisser continuer à travailler ici, dans cette usine.

— Vous voulez dire quoi, au juste ? Lui avez-vous au moins demandé son avis ? s'inquiéta Léon.

Il se demanda où diable son patron souhaitait l'emmener dans la conversation. Batignes enchaîna, un peu moins sûr de lui :

— Tu ne crois tout de même pas qu'une jeune femme comme Marguerite…

— Qu'une jeune femme comme Marguerite, quoi ?

— Écoute, Léon, je pense qu'il vaut mieux que tu laisses Marguerite tranquille, c'est un conseil que je te donne.

Léon sentait la rage lui monter au cœur, mais il voulait garder son sang-froid. Néanmoins, son corps commençait à se raidir et ses poings à se serrer.

— Vous me menacez, monsieur Batignes ? Avez-vous seulement une idée de la nature de nos sentiments ? répliqua Léon, qui se reprocha immédiatement d'avoir abattu ses cartes.

Maintenant, Batignes savait à quoi s'en tenir et allait comprendre qu'il ne s'agissait pas d'une vulgaire idylle d'enfants. Il répéta avec grandiloquence :

— La *nature de vos sentiments* ! Tu t'entends parler, Léon ?

Puis il ajouta avec dédain :

— Tu n'es qu'un petit ouvrier, un anarcho-syndicaliste de mes deux, et moi, Margot, tu vois, je vais en faire une princesse !

Léon reçut le choc dans l'estomac. Il comprenait avec horreur ce que cela signifiait pour Margot et lui, pour leur avenir dans cette usine et peut-être bien leur avenir tout court… Batignes ne les laisserait jamais en paix.

La journée fut très dure pour Léon. Il essaya de faire parler Henri pour savoir s'il était à l'origine de la découverte de sa liaison avec Margot, sans grand résultat. Ce type était une anguille. Mais, somme toute, qu'Henri eût vendu la mèche ou pas, cela ne changeait rien au problème : Batignes voulait Margot et tôt ou tard il aurait eu vent de leur histoire. La question était maintenant de savoir comment empêcher Batignes de nuire. Le mieux était sans doute de partir tous les deux, de quitter l'entreprise. Léon savait trop bien qu'avec de l'argent et du pouvoir, un homme pouvait en broyer quantité d'autres. Et Batignes disposait de l'un et de l'autre.

Le lendemain, lorsque Margot arriva à l'usine, une agitation inattendue régnait dans les ateliers. En se dirigeant vers son poste de travail, près du bureau de M. Batignes, elle aperçut de loin Léon, ensanglanté, entre deux gendarmes. Elle eut du mal à se frayer un chemin, mais plus elle approchait, plus elle sentait un sentiment de panique la gagner. De là où elle était, elle lisait sur les traits de Léon un mélange de colère, d'incompréhension et de terreur. Alors qu'elle atteignait enfin l'endroit où celui-ci se tenait, les deux gendarmes le prirent chacun par un bras et l'emmenèrent. Léon, cependant, avait eu le temps d'apercevoir Margot dans le groupe compact des ouvriers témoins de la scène. Il hurla à son intention, alors qu'il lui tournait déjà le dos, contraint par les agents de la force publique :

— Ce n'est pas ma faute, Margot, il faut que tu me croies ! Ce n'est pas moi !

Chapitre 5

Janvier 2016 – L'insoumis

Valéry Feldman laisse le couple refaire le tour de l'appartement seul. C'est plutôt bon signe. Quand un logement ne plaît pas à la première visite, les clients ne s'attardent pas et prennent congé poliment, en promettant de le tenir au courant. Quoi qu'il en soit, il n'est heureux de vendre que lorsqu'il sent les acheteurs heureux d'acheter. Il n'a jamais vraiment eu de goût pour la vente. À vrai dire, cela lui répugne même un peu. Il a eu du mal à se lancer dans le métier avec la seule idée de *vendre du logement*. Il ne nourrit aucun goût pour les pavillons de banlieue sans caractère, ressemblant en tous points, dans la rue, à celui d'avant et à celui d'après, voire au suivant, si ce n'est la rue entière. C'est pourquoi, après un énième stage dans le cadre de son cursus d'école de commerce, il a décidé d'être agent immobilier spécialisé dans la vente de biens de caractère, plutôt anciens, et pour lesquels les arguments de vente sont si évidents qu'il est inutile de les servir aux acheteurs. Et puis le marché est porteur. Les bobos qui poussent la porte de son agence à la recherche d'*un bien qui ait une âme* sont légion et il a presque du mal à répondre à la demande. La formule l'amuse beaucoup, du reste, car, pour peu que l'on croie aux entités post mortem, il se pourrait que, parmi les maisons et appartements qu'il a vendus depuis qu'il fait ce métier, il y en ait qui abritent bel et bien une âme en errance. Et si l'on s'arrête sur le nom de son agence, « L'esprit occitan », trouver une maison *avec une âme* relève presque du devoir ! Mais, au-delà de ces considérations farfelues, faire visiter et vendre des logements anciens met un peu de poésie dans un métier où le pragmatisme, les questions financières et juridiques régentent le quotidien. Tous ces vieux murs suintent des tranches de vie dont ils ont été les témoins. Ils semblent appeler l'occupant suivant afin de poursuivre l'aventure et ainsi ne pas rester à l'abandon trop longtemps.

Valéry entend le couple revenir vers lui. Quelques paroles murmurées entre mari et femme lui font comprendre qu'ils vont bientôt lui demander si le prix est négociable ou quelque chose de ce genre. Lui répondra qu'il verra avec la propriétaire, mais que le prix est déjà très ajusté… bref, du quotidien. Son métier, quoi.

La visite terminée, Valéry regarde son agenda et constate avec satisfaction qu'il n'a plus de rendez-vous cet après-midi. Pourtant, une lassitude s'empare de lui. L'idée de rentrer chez lui ne le tente pas. Isabelle, sa femme, infirmière-anesthésiste, doit se reposer avant d'entamer sa nuit de garde au CHU de Montpellier. S'il rentre, il sera chez lui, mais contraint au silence. Âgé de quarante-huit ans, Valéry a toujours vécu par défaut. Ce sont les circonstances de la vie qui ont souvent choisi pour lui, et non l'inverse. Il rentrera donc chez lui faute d'autre chose.

De taille moyenne, Valéry a l'attitude étudiée de quelqu'un qui a eu une éducation rigide. L'ovale de son visage, renforcé par le début d'une calvitie frontale, est barré de sourcils bruns, qui mettent en évidence un regard aigue-marine. Son sourire en coin lui donne l'air désinvolte et innocent de celui-qui-est-toujours-content, mais ne reflète pas toujours sa pensée du moment. Un atout, selon ses proches, car même la colère ou l'agacement n'effacent pas ce rictus labial, ce qui dans son métier présente un réel intérêt. Il l'aide parfois à jouer la comédie de l'hypocrisie commerciale qui l'agace tant. Il démarre sa voiture et songe qu'il doit au préalable repasser à son agence pour régler deux ou trois dossiers avec Marco, son assistant. À cette idée, il sourit.

Marco doit être la seule personne, dans sa vie, qui le fait rire un peu. Jeune homme flegmatique d'origine italienne, grand échalas à la démarche dégingandée, ennemi juré de la hâte, il traite néanmoins les dossiers avec une efficacité qu'il sort d'on ne sait où. Un petit côté Gaston Lagaffe émane de son attitude, à ceci près que son travail à lui est toujours fait dans les temps, et de manière irréprochable. Son léger accent italien agit comme une pointe de fantaisie dans les négociations, parfois âpres. D'ailleurs, Marco est très apprécié des clients, qui lui vouent une confiance aveugle. Non, vraiment, Valéry ne peut que se féliciter du choix de son collaborateur.

Il gare sa voiture devant l'agence et voit à travers la vitrine Marco en grande conversation avec un jeune homme. Tiens donc. Il sourit pour lui-même en se disant que Marco doit être tout à son affaire à chercher comment combler les désirs de son interlocuteur. Lorsqu'il entre dans l'agence, Marco ne manque pas de lui faire un clin d'œil dès que le client n'est plus dans son champ de vision.

Lorsque le client quitte l'agence, Valéry sort de son bureau pour rejoindre Marco.

— Alors ?

— Mignon, n'est-ce pas ?

— Pas mal... mais ce n'est pas son charme qui va nous faire vivre..., plaisante Valéry.

— Ce n'est pas son charme, c'est le mien, Valéry ! se défend Marco le plus sérieusement du monde. C'est important dans la vente, la séduction ! Je crois bien qu'il est intéressé par le petit appartement près de la Comédie. Le T2 avec le beau parquet et les hauts plafonds. Les photos lui ont plu. Tu veux le lui faire visiter ? Le jeune homme est libre maintenant. Si tu n'as plus de rendez-vous, il suffit de l'appeler...

— On va faire mieux que ça, Marco, c'est toi qui vas y aller. Moi, je vais rester à l'agence pour faire un peu de paperasse.

Ainsi, Marco va passer un moment agréable et Valéry n'aura pas à rentrer chez lui. C'est gagnant-gagnant...

— Bon, puisque tu insistes, concède Marco en souriant.

Sa réplique fait pouffer Valéry qui se surprend d'un coup à le trouver séduisant.

Jusque-là, seules les femmes ont stimulé sa libido. Quoique pour l'heure sa sexualité ne soit pas des plus exaltantes. Marié à Isabelle depuis plus de vingt ans, sa vie sexuelle déjà fort plan-plan au début du mariage a d'abord été réduite à l'utile, puis à néant. Encore que le problème ne vienne pas tant du nombre d'années de mariage que d'Isabelle elle-même. Issue d'une famille de catholiques traditionalistes, sa femme n'a jamais eu d'appétence pour les joies du sexe et a souvent considéré l'acte comme un épiphénomène du mariage, tout juste utile pour procréer et assurer sa descendance. Et comme elle n'a voulu qu'un enfant, mauvaise pioche pour lui.

La famille d'Isabelle, engluée dans ses convictions rétrogrades, fait partie de ceux qui se sont insurgés contre le projet de loi du gouvernement Hollande autorisant le mariage des homosexuels, et sont descendus dans la rue lors de la Manif pour tous.

Valéry n'est pas intéressé par la politique en général, ou plutôt par la manière dont elle est exercée. Néanmoins, il a assez mal vécu au sein du cercle familial les années 2013 et 2014, au plus fort des manifestations contre la fameuse loi, car il n'arrivait pas à concevoir que l'on puisse déployer autant d'ardeur à empêcher que d'autres jouissent des mêmes droits que soi. La distance entre les époux s'est encore accrue à ce moment-là. De bons amis, ils sont devenus de simples colocataires ou plutôt copropriétaires d'un logement cossu dans lequel Valéry ne se reconnaît plus. Le quartier dans lequel ils vivent, l'immeuble, l'appartement lui-même, tout exsude une opulence et un mode de vie qu'il a fini par abhorrer. À quoi rime tout cela ? Il est las de boire son vin dans du cristal de Baccarat. Il est las d'entendre ses prétendus amis dénigrer les pauvres, les chômeurs, les étrangers, tous ceux qui ruinent la France en percevant – de manière abusive, cela va sans dire – des prestations sociales et, le pire du pire, les migrants. Il est las de ces discours allant à l'encontre, sans que nul s'en formalise, des bienveillantes valeurs chrétiennes et morales auxquelles tous sont subitement si attachés le dimanche matin. Le monde bien-pensant dans lequel il évolue marine tellement dans son jus qu'il n'a aucune conscience des réalités de ce monde.

Et quand par hasard il se trouve quelqu'un de démuni ou de moins fortuné que soi dans l'entourage proche, on en parle avec une condescendance appuyée qui indigne Valéry. Il a envie de leur objecter haut et fort que la gardienne de cet immeuble – *la pauvre !* – possède, elle, la vraie richesse. Elle est douée d'une bonté désintéressée, prodigue son attention sans compter aux personnes seules de l'immeuble, et fait coïncider ses actes avec sa pensée. Mais il n'en a jamais eu le courage.

Leurs familles respectives partagent les mêmes valeurs, ce qui n'a pas été étranger à leur union, bien entendu. Issu d'une famille de banquiers du côté de son père, Valéry a toujours eu du mal à trouver sa place aussi bien chez lui que dans sa vie sociale et professionnelle. Enfant gâté, né entre sa sœur aînée et la benjamine, il a grandi au sein d'une sorte de clan où les biens n'ont pas de prix, où le luxe est la norme, tout comme disposer de personnel domestique. Si bien qu'à l'adolescence il a éprouvé le besoin d'aller se frotter à d'autres codes. Les rallyes mondains lui ont répugné d'emblée et il a cherché ailleurs ce que son milieu social ne lui offrait pas, à savoir une ouverture d'esprit et une liberté de penser, d'agir, de dire n'importe quoi, de tomber amoureux. Or les Marie-Chantal du gratin, avec leur physique ringard, leur regard canin et leur arrogance, lui apparaissaient comme de véritables tue-l'amour. Valéry a donc fui à dessein l'univers feutré et insouciant de son enfance, réduisant ainsi l'opulent hôtel particulier familial à la fonction d'hôtel tout court.

Quand Valéry a eu son bac, de justesse, au grand dam de la famille, son père l'a menacé de lui couper les vivres s'il ne s'inscrivait pas dans un cursus post-bac digne de ce nom. Inutile de parler de fac ou autres filières de fainéants. Par défaut, Valéry a opté pour une école de commerce, se disant que cela lui laisserait le choix ensuite d'un secteur d'activité. Et s'il voulait vendre des fleurs, il serait fleuriste ! Parfois, il usait de cet argument pour tenir tête à son père qui affichait un vrai mépris pour les professions dites manuelles, oubliant trop vite que ces artisans habiles étaient aussi les meilleurs clients de la banque. Pour autant, il ne fallait pas s'y tromper. Valéry, à cette époque-là, était plus dans une démarche de provocation visant son milieu social que de défense du bas peuple. Papa Feldman signait donc mensuellement le chèque pour les études dispendieuses de son rejeton, et tout le monde était content.

Pendant ses études supérieures, Valéry a, de fait, mis de côté son dédain adolescent pour l'argent et a peu à peu renoué avec le style de vie familial. C'est ainsi qu'il a rencontré Isabelle, fille d'un ami de son père. Enfin, il serait plus juste de dire que c'est ainsi que la rencontre entre Isabelle et Valéry a été *orchestrée*, afin d'envisager une éventuelle union entre ces deux enfants de familles respectables. Plutôt mignonne et d'apparence moins coincée que ses homologues, Isabelle n'a pas eu de mal à le séduire. Valéry, lui, d'un physique assez classique, aux traits avenants, d'une intelligence vive mais dont il usait peu, n'a pas déplu à la jeune fille. On a donc célébré un mariage, un peu par défaut, mais bon, on n'allait pas ergoter, les vrais sentiments viendraient avec le temps.

Effectivement, le temps a rapproché les deux jeunes mariés, mais l'état de grâce a été de courte durée. Peu après la naissance de leur fils Louis, la mère a chassé l'épouse et Valéry s'est retrouvé un peu satellisé, trouvant difficilement sa place au sein du trio.

Souvent, lorsque Valéry traverse des périodes difficiles, il se tourne vers sa mère qui, issue d'un milieu bien plus modeste – il se demande d'ailleurs comment une telle union a été possible –, n'adhère pas toujours aux valeurs de sa belle-famille. En épousant Charles, elle a épousé son statut. Elle était à l'évidence très amoureuse de lui, mais son milieu social la mettait mal à l'aise, elle, fille de maroquiniers. Certes, ses parents dirigeaient à l'époque une entreprise prospère dans une bourgade du Tarn, mais sans commune comparaison avec le groupe bancaire qu'administrait son beau-père. Elle a donc renoncé à la simplicité et s'est coulée, plus ou moins malgré elle, dans le moule déformant de la famille Feldman. À la mort de son père, survenue prématurément dans sa soixante-cinquième année, en l'an 2000, Valéry s'est encore davantage rapproché d'elle. Il se rend régulièrement à Toulouse pour la voir et vérifier que tout va bien. Ses deux sœurs ont, elles aussi, fui l'arrogance paternelle depuis longtemps et c'est ainsi que l'une s'est retrouvée à Lille pour y exercer la profession d'orthophoniste et l'autre à Lyon où elle est avocate.

Valéry trouve auprès de sa mère le réconfort, le bonheur et toute la richesse d'une relation simple, sincère, dépourvue du souci des apparences. Mais, peu habitué aux épanchements par son éducation, Valéry reste malgré lui dans la réserve tant dans les mots que dans les gestes envers celle qui lui a donné le jour.

Le réconfort, il le trouve aussi à bord de son bateau, *L'Insoumis*. Lorsqu'il a compris que sa femme ne partagerait plus grand-chose avec lui, à commencer par le lit conjugal, Valéry s'est acheté un voilier qui lui procure beaucoup de plaisir. Un matin, alors que leur fils devait avoir environ huit ans, il a annoncé à Isabelle que, vu le peu de zones d'intersection dans leurs vies parallèles, il avait l'intention d'acheter soit un chien, soit un bateau. Elle n'a pas voulu du chien. Il a acheté le bateau. Un voilier d'occasion. Il a choisi un modèle traditionnel en bois, un Plan Cornu des années 1960, de onze mètres, dont il est tombé amoureux. Une embarcation pleine de charme et de qualités pour la navigation. Il en a fait son refuge et, lorsque les week-ends arrivaient et qu'il appréhendait le tête-à-tête, il prétextait alors du bricolage à y faire et s'échappait au port de Carnon, non loin de Montpellier, où est amarré le bateau. Il lui arrivait d'emmener Louis lorsqu'il était enfant, mais à l'adolescence la compagnie du daron n'avait plus trouvé grâce aux yeux du garçon, ni même le bateau, devenu un signe extérieur de richesse encombrant pour un ado qui prétendait aller à rebours des valeurs familiales.

Ce qui attriste le plus Valéry, aujourd'hui, c'est la relation difficile l'unissant à son fils. Celui-ci est parti quelques mois plus tôt, après avoir décroché son bac, pour un tour du monde sac au dos d'une durée indéfinie. Il a littéralement fui le giron familial, refusant ses références, ses codes et, bien pire finalement, son inertie. Louis a reproché à son père son manque d'engagement, quoi qu'il entreprenne. Pas d'opinion politique tranchée, peu d'esprit critique, ni heureux ni franchement malheureux, indifférent à l'argent, mais l'aimant quand même, étonnamment soupe au lait, mais pas toujours pour la bonne cause, et, dans les faits, reproduisant le schéma familial des Feldman, conservateur et pétri de bien-pensance. Pour Louis, son père est quelqu'un de tiède, avec une vie sans rêves ni fantaisie – à l'exception, peut-être, du bateau –, pas même frappé du moindre vice, alcool, tabac, sexe ou autre, qui pourrait donner l'impression qu'il est un tout petit peu vivant, en proie à une vie intérieure pas toujours étale. Une demi-vie, en somme, pour quelqu'un de très ordinaire. Le réquisitoire est terrible pour un père, et, le plus triste, c'est que Valéry trouve qu'il a raison. Mais comment sortir des ornières lorsqu'elles sont tracées depuis toujours, pas forcément par soi-même ni *pour* soi-même ? Il sait que son fils a bien fait de partir. Il ne sera pas pris au même piège que lui. Il tracera sa route, celle qu'il choisira, qui le rendra heureux. Il s'affranchira du carcan de ses origines et ira là où son cœur le porte. Comment a-t-il pu être aussi aveugle lui-même ? Comment a-t-il pu se satisfaire de l'entre-deux et du compromis permanent quand la vie peut se dévorer à pleines dents ? À l'approche de la cinquantaine, quel bilan peut-il tirer de sa vie qui puisse un jour, à l'aube de sa mort, lui permettre de dire : « Ah oui, ça a valu le coup ! » ? Il a lu un jour, ces mots d'Oscar Wilde : « J'aime mieux avoir des remords que des regrets. » Cette phrase, jusqu'alors tapie dans un petit coin de son cerveau, remonte à la surface pour se rappeler à lui.

Lorsque Marco est de retour, souriant, volubile, satisfait de sa visite, même s'il n'a pas conclu la vente, il émane de lui une telle joie de vivre que Valéry statue dès cet instant que quelque chose devra changer dans sa propre vie. Il n'est plus question de vivre à moitié. Il ne se mettra plus de limites là où il n'a pas besoin d'en mettre. Il cessera de se borner au raisonnable quand la promesse de l'exaltation lui tend les bras. Que diable a-t-il à perdre ? Il va mettre du piment dans sa vie. Du piment fort.

Chapitre 6

Fin février 2016 – Le grand-père

Même à la vitesse maximale, les essuie-glaces ne parviennent pas à évacuer la pluie déferlant sur le pare-brise. Lola a dû ralentir car elle ne distingue plus les panneaux indicateurs. Elle n'a pas choisi l'option la plus courte, mais les conditions météo lui ont fait écarter les petites routes.

Elle profite des vacances de février pour amorcer ses recherches sur la mystérieuse lettre trouvée dans les papiers de son père. Depuis le déjeuner dominical, cette énigme l'obsède. Camalens est le berceau de sa famille du côté paternel, cette lettre doit donc concerner quelqu'un de proche. Et si c'est le cas, il doit bien rester des traces, des personnes qui sauront quelque chose. À sa connaissance, aucun membre de sa famille ne vit encore à Camalens. Son grand-père Léon était fils unique. Le livret de famille mentionne un autre enfant, mort-né en 1904, un garçon. Et sa grand-mère Marie n'a eu qu'une sœur, Victoire, restée célibataire, décédée trois ans après Marie, en 1989. Elle a décidé de commencer les recherches à Souloumiac, le village mentionné dans la lettre. Elle a une trentaine de kilomètres devant elle pour définir son mode opératoire. Elle allume la radio en pensant que cela l'aidera à prendre du recul, mais elle l'éteint aussitôt : le calme sera encore le meilleur moyen de se concentrer sur son projet. D'autant que la pluie, qui après une courte accalmie s'est mise à redoubler de force, contribue considérablement au niveau sonore dans l'habitacle. Ses pensées se tournent un instant vers ses enfants, qu'elle a confiés pour la semaine aux parents de David. Ainsi, elle aura toute latitude pour mener son enquête. Celle-ci va peut-être tourner court et n'aboutir à aucun résultat probant, l'éclairant tant soit peu sur sa famille et le possible secret que, a priori, tous les protagonistes ont emporté dans la tombe. Elle a fait quelques recherches préalables sur Internet à partir des éléments de la lettre et a trouvé des débuts de pistes.

La lettre donne un certain nombre d'indices. Tout d'abord, la jeune femme destinataire devait, comme sa grand-mère Marie, travailler dans le cuir, le secteur d'activité prédominant à l'époque. Le terme « atelier » la conduit vers cette voie. Elle mentionne également que pour la « petite fleur » – ne disposant pas de son prénom, c'est ainsi que Lola la nomme – il s'agissait d'un nouveau métier auquel elle devait se former. Elle laissait un métier à Camalens pour en trouver un autre à Souloumiac. Ensuite, bien sûr, ce nom de Ségur est une piste principale. Pour ce qui concerne les « ragots » et les « ordures », cela devient plus opaque. Elle va procéder par ordre et commencer par chercher avec le travail du cuir et le nom de Ségur. Elle a aussi trouvé les traces d'une maroquinerie Ségur, dont l'activité a cessé en 1990. A-t-elle un rapport avec la famille auprès de laquelle la jeune femme a travaillé ? « Ségur » est un patronyme courant dans le Tarn. Enfin, elle a cherché où pouvait se situer Saint-Laurent, en France, et là les réponses ont été nombreuses, bien entendu. Il faudra qu'elle approfondisse et qu'elle trouve si l'un de ces *Saint-Laurent* a été un lieu d'enfermement ou un camp militaire, quelque chose comme ça. Elle a même trouvé un Saint-Laurent-du-Maroni, en Guyane française, ce qui l'a fait sourire.

À l'approche du village, elle s'engage sur un pont enjambant un cours d'eau rendu turbide par les torrents célestes.

En arrivant à Souloumiac, gros bourg du Tarn, elle cherche en premier lieu la mairie. Elle la trouve sans difficulté. À l'accueil, elle demande si quelqu'un est en mesure de lui fournir des informations sur la maroquinerie Ségur, fermée il y a vingt-cinq ans. Elle se dit qu'elle pourrait mettre une croix sur le calendrier comme le premier jour d'une longue quête. Ou pas...

— Solange, tu te souviens, toi, de la maroquinerie Ségur ? demande l'employée de mairie à une de ses collègues, visiblement plus âgée et davantage en mesure d'avoir connu l'établissement en question.

— C'est celle qui se trouvait sur la route du moulin, je crois ? Le bâtiment a été utilisé pour y installer la bibliothèque municipale.

L'employée Solange s'approche de l'accueil et de Lola, qui en profite pour lui demander :

— Pensez-vous que je puisse rencontrer quelqu'un qui y travaillait ?

— Alors là... attendez que je réfléchisse... Elle a fermé il y a longtemps, donc les personnes sont âgées maintenant.

L'employée fait un réel effort de réflexion. Puis son visage s'éclaire un peu. Elle se tourne vers ses collègues.

— Les filles, vous vous souvenez quand on a fait les journées sur les anciens métiers de Souloumiac, il y a deux ans, vous vous rappelez cette dame, assez âgée, qui a témoigné sur le travail en maroquinerie autrefois ? C'était quoi, déjà, son nom ?

Les employées de mairie se regardent. Toutes voient très bien de qui il s'agit, mais aucune ne parvient à retrouver le nom recherché.

— Écoutez, reprend Solange en s'adressant à Lola, je vais me renseigner auprès des personnes qui se sont occupées de l'organisation de la manifestation dont je parlais. Elles, elles se souviendront du nom de cette dame. Laissez-moi votre numéro de téléphone et je vous appellerai dès que nous l'aurons retrouvé.

— Je vous remercie. Une dernière question, si je puis me permettre : savez-vous s'il y a beaucoup de familles portant le nom de Ségur à Souloumiac ? En fait, je suis à la recherche de traces de ma famille, se sent-elle obligée de préciser, pour justifier ses questions inquisitrices.

— Pas tant que ça, je pense.

L'employée de mairie consulte son ordinateur.

— Les listes électorales mentionnent six personnes, soit environ deux ou trois familles, mais qui sont pour certaines issues de la même… Plus celles qui ne sont pas inscrites sur les listes, mais il ne doit pas y en avoir beaucoup…

Lola sort de la mairie. Bien qu'un peu déçue, elle s'accroche à l'espoir qu'elles l'appelleront rapidement et que la fameuse dame sera encore en vie, et surtout en bonne santé mentale pour évoquer le passé avec elle. Elle se rend à la bibliothèque municipale pour voir le bâtiment dont les murs ont abrité jadis la maroquinerie Ségur. C'est une bâtisse d'environ trente mètres sur quinze, sur deux niveaux, avec de larges ouvertures vitrées, d'où on devine à l'intérieur les rayonnages de livres. Excepté les murs extérieurs, l'édifice n'a probablement plus grand-chose à voir avec le bâtiment d'origine. Sa réhabilitation a été complète et plutôt réussie. Elle s'approche de l'entrée pour regarder à l'intérieur par les portes vitrées. Dans le hall d'accueil, elle peut voir affichées quelques photos en noir et blanc, agrandies sur des panneaux d'environ soixante-dix centimètres de côté, présentant ce que devait être le bâtiment du temps de son activité artisanale. Plus intéressante encore, une photo d'apparence assez ancienne a immortalisé un groupe de personnes devant l'édifice. Sans doute le personnel de la maroquinerie. Lola se demande de quand peuvent bien dater ces photos. De petits cartels, fixés sous les photos, apportent des précisions, mais ils sont illisibles de là où elle se trouve. Elle cherche les horaires d'ouverture sur la devanture. La bibliothèque ouvre à 11 heures. Lola a une heure devant elle.

Elle présume que dans ce type de bourgade le café peut être un lieu où glaner des informations. Elle retourne au centre du village. En fait, il n'y a pas un café, mais trois. Elle opte de manière arbitraire pour le plus vieillot des trois.

Elle entre, s'installe au comptoir et commande un café. Quelques habitués commentent les nouvelles du jour dans un brouhaha animé. Une télévision que personne ne regarde est allumée en sourdine. Alors qu'elle s'apprête à interroger le patron du bistrot, elle sent son téléphone vibrer dans sa poche.

— C'est Solange Martel, de la mairie, à l'appareil. Le nom que nous cherchions est Élisabeth Chassagne. Nous l'avons appelée pour lui demander l'autorisation de vous communiquer son nom. On lui a expliqué que vous cherchiez des informations sur votre famille et elle est disposée à vous recevoir.

*

Élisabeth Chassagne ôte ses lunettes et repose la lettre sur la table. Elle regarde Lola en hochant la tête.

— Je comprends que vous ayez envie d'en savoir plus sur ces deux correspondants…

— C'est-à-dire… je ne saurais dire pourquoi, mais j'ai le sentiment que cette lettre touche de très près à l'histoire de ma famille, et qu'il y a quelque chose d'important qui nous a été caché, comme un secret de famille – appelons les choses par leur nom – dont il ne reste aucun témoin vivant et pour lequel cette lettre représenterait l'ultime chance de retracer la vérité. Depuis que je l'ai eue sous les yeux pour la première fois, c'est-à-dire il y a trois semaines à peine, je ne pense qu'à ça… Et les quelques éléments précis de cette lettre, à savoir les localités de Souloumiac et Camalens, le village de ma famille, le nom de Ségur, la localité de Saint-Laurent, constituent mes seuls points de départ.

Babeth Chassagne est une femme d'environ quatre-vingt-dix ans, assez fatiguée physiquement mais très alerte sur le plan intellectuel. Elle se déplace à l'aide de deux cannes, arguant qu'un déambulateur est un instrument dégradant et dévolu aux très vieux, selon ses propres termes, club dont elle estime ne pas faire partie.

Elle a dû être une très belle femme car son visage fort ridé, mais aux traits fins et réguliers, dégage toujours cette prestance dont peuvent se prévaloir les personnes avec qui la nature a été généreuse. Lola comprend aisément qu'Élisabeth Chassagne entretienne une espèce de déni de sa dégradation physique, laquelle vient, selon cette dernière, entamer sa dignité. Être debout sur ses deux jambes, à son âge, lui permet de se sentir encore bien vivante. Le jour où elle devra vivre assise ou alitée, elle aura déjà un pied dans la tombe. Malheureusement, se dit Lola, ce jour risque d'arriver rapidement vu la difficulté avec laquelle la vieille dame se déplace.

— La jeune femme dont il est question est, d'après la lettre, venue travailler à Souloumiac dans les années 1924 ou 25… C'est à cette époque que je suis née. La famille Ségur qui était propriétaire de la maroquinerie de la route du moulin avait un petit atelier avant de créer leur entreprise. Puis, quand les affaires ont bien marché, ils ont dû se développer et ont ouvert cette fabrique de maroquinerie qui a été prospère jusque dans les années 1980. On devait être dans les cinquante salariés à l'époque. Ensuite, petit à petit, avec la concurrence des pays où l'on fabriquait pour moins cher, l'affaire a périclité puis a fermé complètement en 1994 ou 1995. Moi, j'avais pris ma retraite depuis un petit bout de temps, à ce moment-là. Ça m'a fait mal quand même quand monsieur Jean m'a appelée pour me dire qu'il allait devoir mettre la clé sous la porte. Mais, comme il me disait, il était temps pour lui de prendre sa retraite, alors… Le souci, c'était surtout pour les vingt-deux employés qui restaient. Dans le coin, les possibilités de retrouver du travail étaient minces. On fabriquait de la belle maroquinerie, vous savez. Des porte-monnaie, des portefeuilles, des sacs, des ceintures, tout ça dans de belles peaux de qualité. On était fiers de ce qu'on produisait…

Elle soupire, comme si le fait d'évoquer ce temps révolu la rapprochait de sa propre fin.

Lola prend soin de laisser parler Babeth Chassagne sans l'interrompre. La mémoire des personnes âgées peut être aussi capricieuse que surprenante. Elle ne veut en aucun cas rompre le fil des souvenirs qui semblent surgir du tréfonds de la mémoire de la vieille dame. Lola profite d'une pause pour oser une question, doucement.

— Qui est ce monsieur Jean dont vous avez parlé ?

— Le directeur de l'usine. Il a repris l'affaire de ses parents, les Ségur. J'étais sa secrétaire depuis la reprise, dans les années 1970, jusqu'à ma retraite. Ça a fait un bon moment quand même !

— Et ses parents, vous les avez connus ?

— Oui, bien sûr. Sa mère est morte un peu après la fermeture de l'usine. C'était une femme admirable. Avec du caractère. On ne mène pas une affaire comme ça sans un minimum de répondant ! Elle fait partie de ces femmes, vous savez, qui ont réussi dans la vie parce qu'elles ont eu le courage de porter la culotte, comme on dit ! lance-t-elle en riant à ses propres paroles. Je leur tire mon chapeau à ces femmes-là, surtout à cette époque où la direction d'une usine était une affaire d'hommes. Oh, bien sûr, M. Ségur dirigeait aussi, mais, curieusement, c'est elle qui tenait le plus les rênes. Lui, il s'occupait davantage de la partie commerciale. Ce qui n'est pas rien ! Elle, elle faisait tout le reste. Même dessiner les collections ! Les salariés l'aimaient bien. Marguerite, elle s'appelait. Quand leur fils Jean a repris l'affaire, elle était déjà bien âgée pour être encore en activité. Elle avait dans les soixante-dix ans. Mais tout le monde l'a regrettée. Elle était juste, à l'écoute de ses employés. J'ai travaillé longtemps avec le couple car j'ai fait presque toute ma carrière là.

Lola est véritablement suspendue aux lèvres de Mme Chassagne. Elle ignore où cela va la mener, mais la vieille dame, ravie de coopérer, semble être partie dans ses souvenirs. Lola se dit qu'une de ces réminiscences lui permettra de rebondir sur un élément qui, lui-même, fera jaillir la lumière. Elle en est persuadée. Pour l'heure, elle se demande si cette Marguerite Ségur dont elle parle est la *Mme Ségur* dont il est question dans la lettre. Il y a un hiatus dans les dates car Lola a rapidement calculé que la « petite fleur » devait avoir vingt ans environ quand elle est rentrée au service de Mme Ségur, qui devait en avoir environ trente-cinq ou quarante, en 1925, date de la lettre. Mme Chassagne poursuit comme pour elle-même :

— Parfois, je la regardais, Mme Ségur, et j'avais l'impression qu'elle avait de la douleur dans les yeux. Comme j'étais sa secrétaire, elle s'épanchait un peu, par moments. Un jour, elle m'a raconté qu'elle avait perdu sa meilleure amie, une Juive, Rachel, je crois, pendant les rafles de 1942 en zone libre. Elle avait été déportée à Auschwitz-Birkenau et elle n'a plus jamais eu de nouvelles. Ça l'avait pas mal ébranlée… Et quand j'étais toute jeune, elle me disait souvent : « Si vous avez un amoureux auquel vous tenez, Babeth, veillez à bien le garder ! Un amoureux, un vrai, ça ne se trouve pas sous le sabot d'une mule ! » Je me demandais si elle plaisantait ou si c'était une manière de me parler d'elle… Elle a fait une grosse dépression début 1953 qui a duré plusieurs mois. Je m'en souviens bien car cela faisait juste un an que je travaillais chez eux. Elle faisait peine à voir. L'ombre d'elle-même. Pourtant, elle avait l'air de former un couple harmonieux avec M. Ségur. En fait, elle avait épousé le fils de sa patronne, Raoul, du temps où ils avaient encore l'atelier. J'ai toujours pensé qu'elle avait dû vivre quelque chose de douloureux dans sa jeunesse et que cette dépression en était l'aboutissement ou tout au moins une manifestation…

Lola réagit, tout à coup.

— Attendez un peu, madame Chassagne…

— S'il vous plaît, appelez-moi Babeth, comme tout le monde ici.

— Babeth, si Marguerite a épousé le fils de sa patronne, elle n'a pris le nom de Ségur qu'après le mariage… Et si sa patronne était Mme Ségur mère, se pourrait-il que Marguerite soit la jeune femme destinataire de la lettre ?

Babeth Chassagne regarde Lola dans les yeux comme pour y chercher la réponse à sa question, un peu perdue dans le temps. Lola sent le désarroi de la vieille dame et poursuit en veillant à refréner son excitation :

— Savez-vous à peu près en quelle année Marguerite est venue travailler chez Mme Ségur mère ?

— On doit pouvoir le calculer… Quand je suis entrée au service des Ségur, en 1951, Marguerite Ségur venait de fêter ses cinquante ans, si mes souvenirs sont bons… Je me souviens que, quand j'ai été recrutée, elle me disait souvent pour plaisanter : vous vous rendez compte, Babeth, cela fait déjà la moitié de ma vie que je mets la main au porte-monnaie ! À prendre au sens propre, bien sûr, pour dire qu'elle travaillait dans la maroquinerie. Hi hi ! Du coup, ça nous fait remonter à... 1925 ou 1926. Ça pourrait coller... Ça colle même complètement. À supposer, bien sûr, qu'elle ait fait les vingt-cinq ans au même endroit. Mais je crois bien que c'est le cas car elle ne m'a jamais parlé d'une autre entreprise de maroquinerie. Par contre, un jour, elle a fait une allusion à son premier travail, en mégisserie, qui était très dur. En plus, elle avait un patron qui n'avait ni les yeux ni les mains dans ses poches, ce qui l'avait obligée à partir. Elle avait alors changé de mégisserie pour s'éloigner du bonhomme en question. C'est du temps où elle vivait à Camalens... Ce n'est qu'ensuite qu'elle est venue à Souloumiac.

Lola sursaute.

— Camalens, vous dites ?

— Oui, Camalens.

Babeth tressaille comme si un courant électrique lui traversait le corps.

— Bon sang, Lola, je suis une vieille femme stupide. Bien sûr que Marguerite est la jeune femme de la lettre ! Le problème, voyez-vous, c'est que les souvenirs en appellent d'autres et c'est seulement là, en vous causant, que je me souviens qu'elle me parlait de Camalens, qu'elle avait dû quitter. Pour des raisons qui sont restées mystérieuses, elle avait presque fui...

Elle hoche la tête en repensant à la lettre, et poursuit :

— Alors, elle aurait eu un grand amour avant Raoul Ségur... Pauvre femme, c'était donc ça son secret, cette tristesse qu'elle avait dans le regard. J'ai cru à l'époque que peut-être elle avait perdu un enfant, ou une épreuve de ce genre.

— On ne sait pas, Babeth, ce ne sont pour l'instant que des suppositions…, dit Lola d'un ton apaisant.

— Mais pourquoi diable ce mariage n'a-t-il pu avoir lieu ? murmura-t-elle en laissant s'installer un silence. Et dites-moi, Lola, pensez-vous que Marguerite soit votre grand-mère ?

— Non, Babeth, je pense que l'expéditeur est mon grand-père, Léon Adam. Il est de Camalens. Cette lettre a été retrouvée parmi des papiers de famille, je ne vois pas qui d'autre peut l'avoir écrite. Mais, bien entendu, il faut que je cherche confirmation de cette hypothèse. Une dernière chose, Babeth, et ensuite je vous laisse tranquille. Combien Marguerite et Raoul ont-ils eu d'enfants ?

— Trois. Deux filles et un garçon, Jean, dont je vous ai parlé tout à l'heure. Les filles s'appelaient… Oh, misère, ça ne me revient pas…

— Vous savez ce qu'ils sont devenus ?

— Jean est mort il y a quelques années. D'un cancer. Les deux sœurs habitent à Toulouse, je crois.

— Et le nom de naissance de Marguerite, vous le connaissez ?

— Oh oui, comme c'est moi qui faisais les papiers administratifs dans l'entreprise, ça, je m'en souviens ! C'était Amalric. Marguerite Amalric.

Lola y voit maintenant un peu plus clair. Le témoignage de cette femme est providentiel, elle a beaucoup de chance d'avoir pu la rencontrer. Non seulement elle sait qui est la destinataire, mais le fait que Marguerite ait dû *fuir* Camalens fait aussi écho aux termes de la lettre, notamment les *ragots* dont elle est censée se *protéger*…

En quittant Babeth Chassagne, à qui elle promet de revenir raconter le fin mot de l'histoire, si toutefois elle parvient à le découvrir, Lola songe à se rendre à la bibliothèque municipale, qui entre-temps a dû ouvrir ses portes, pour observer les photos de l'ancienne maroquinerie de plus près. La pluie a cessé et le ciel s'éclaircit peu à peu. Le soleil poindra avant la fin de la journée, se dit-elle. C'est l'un des avantages de vivre dans le sud de la France, où le beau temps ne laisse guère de répit au mauvais.

Elle se sent à la fois satisfaite et émue d'avoir recueilli les premières informations importantes pour sa recherche. Elle a le sentiment d'avoir avancé d'un pas dans la vie de son grand-père, malgré toutes les inconnues qui restent à élucider.

En sortant de sa voiture, sur le parking de la bibliothèque, Lola sent un malaise la gagner. Elle se rassoit dans son véhicule et respire profondément. Cette quête la met décidément dans un état émotionnel qui la surprend elle-même. Elle qui a toujours cru vivre dans une famille comme on dit « sans histoire », elle qui lit des romans, voit des films dont l'intrigue tourne autour de secrets de famille, elle s'est toujours dit, presque déçue, que ça ne risquait pas d'arriver dans la sienne tant la vision qu'elle en avait était dépourvue d'aspérités. Mais voilà que le vernis craque et qu'elle se trouve justement en plein dedans, à rechercher l'histoire de sa propre famille, car un des membres est soudain sorti de l'oubli dans lequel il avait été consciencieusement enfoui, avec ses fantômes et ses mystères. Lola songe parfois que son père n'a pas laissé cette lettre dans ses papiers sans intention. Certes, il n'a pas fait la recherche lui-même, mais, s'il l'a conservée, c'est peut-être pour que quelqu'un d'autre s'en charge à sa place. Cela ressemblait assez à Jean-Pierre, à y repenser, car toute sa vie il avait excellé dans l'art de faire l'autruche quand surgissaient les vrais problèmes, ceux qui risquaient de laisser des traces. La stratégie d'évitement... Lola s'en veut de penser à son père en ces termes, mais, après tout, la vérité n'est pas toujours obligeante, elle l'a parfois appris à ses dépens.

Après avoir recouvré ses esprits et sa tension artérielle, Lola sort de sa voiture et se dirige vers la bibliothèque. Le hall est ouvert et désert. Elle s'avance vers la photographie du groupe prise devant l'usine. Une légende indique une date : 1955.

Elle connaît mieux maintenant l'histoire de cette entreprise et s'étonne de se sentir si concernée par cette photo. Elle cherche Marguerite du regard, parmi la trentaine de personnes. Elle n'a aucun mal à la trouver. Une jolie femme, de chevelure claire – la photo est en noir et blanc –, d'une cinquantaine d'années, se tient au milieu de ses employés. Elle porte un tailleur très élégant et, malgré sa petite taille, elle domine la scène. Lola comprend ce qu'a voulu dire Babeth Chassagne. Dans son regard sombre d'une profondeur surprenante et ses traits énergiques, on lit que ce petit bout de femme a tracé son chemin avec détermination. La vie a sans doute été vacharde avec elle dans sa prime jeunesse, mais elle a pris sa revanche dans l'entreprise qu'elle a créée puis gérée avec son mari. Le groupe photographié, façon photo de classe, est hilare. Quelqu'un a dû dire ou faire quelque chose de drôle car tous sourient franchement, voire rient à pleines dents. Une tranche de vie. Avec un avant et un après. Il émane de cette photo une ambiance insouciante. À cet instant précis, ils ont tous joué le jeu de la photo, fait une pause dans leur journée de travail et ont décidé d'en faire un moment agréable et gai. Le photographe a figé cette gaieté sur le papier pour que, des années plus tard, les yeux venant s'y poser en apprécient l'atmosphère. Le regard de Lola se promène sur les rangées, puis il s'arrête sur une personne dont les traits lui évoquent quelqu'un. Babeth, bien sûr ! Recrutée au début des années 1950, selon ses dires, elle devait avoir à peu près trente ans sur la photo. Plus en retrait, un homme, quinquagénaire, brun moustachu aux traits sévères, droit comme un I, paraît poser à contrecœur. Le rituel de la photo ne doit pas être une occupation assez sérieuse pour qu'elle l'éloigne trop longtemps de ses activités quotidiennes jugées moins frivoles. Il doit s'agir de Raoul Ségur.

Lola reste absorbée encore quelques instants dans le cliché. Elle attrape son téléphone et prend une photo du groupe. Elle se demande comment procéder, à partir des informations dont elle dispose maintenant. Il est vraisemblable que Camalens soit l'endroit le plus approprié pour apprendre quelque chose de nouveau. L'ancienneté des événements peut paraître rédhibitoire, mais elle doit tenter quand même sa chance de ce côté-là.

Elle décide de s'arrêter à Camalens sur le chemin du retour vers Toulouse. Sa grand-mère Marie est décédée en 1986 et Lola n'y est pas revenue depuis. Sa grand-tante Victoire, qui partageait le quotidien de Marie, avait alors décidé d'aller vivre en maison de retraite. La famille n'avait donc plus aucune raison de se rendre à Camalens depuis longtemps.

Les quelques kilomètres qui séparent les deux bourgades lui permettent de mettre au point une stratégie.

À Souloumiac, elle avait la maroquinerie Ségur comme point d'appui. À Camalens, seul son nom de famille représente une entrée pour en apprendre plus sur Léon. L'idée d'aller faire un tour au café lui paraît inutile, contrairement à Souloumiac. Les personnes très âgées se déplacent peu au café. D'ailleurs, elles se déplacent peu tout court… C'est bien le problème… Une maison de retraite ? Il est possible que des personnes ayant entendu parler de l'histoire de Léon et de Marguerite soient encore en vie dans une maison de retraite. Mais comment les identifier et les trouver ? La mairie ? Hormis l'état civil des membres de sa famille, dont elle dispose déjà sur le livret de famille, elle ne voit pas ce qu'elle pourrait glaner à l'hôtel de ville. Des archives ? La plupart des communes de la taille de Camalens versent leurs documents aux Archives départementales et ne conservent rien sur place. Il faudra qu'elle cherche de ce côté-là quand elle en saura un peu plus. Pour l'instant, seuls des témoignages, du type de celui de Babeth Chassagne, sont susceptibles de lui apprendre quelque chose. Mais la roue du temps a tourné.

Elle arrive au bourg de Camalens et cherche à se garer. C'est une petite ville d'environ dix mille âmes. Comme nombre de bourgs de cette dimension, le centre-ville s'organise autour d'une place centrale, lieu de vie, de fête et de rassemblement, mais aussi l'incontournable parking, où se situe en général l'hôtel de ville. Des platanes honorent la place de leur présence, et doivent générer, en plein été, une fraîcheur appréciée des passants. La brique est largement présente dans l'architecture, conférant aux bâtiments cette chaleur propre aux édifices de la région toulousaine.

À l'instar de maints villages similaires, l'exode rural a fait son œuvre. L'industrie du cuir, tradition d'autrefois, y est moribonde, et les habitants de Camalens travaillent la plupart du temps dans les grandes villes proches, Albi et Toulouse, transformant la ville en cité-dortoir où les commerces ont bien du mal à perdurer. L'agriculture, quant à elle, a suivi la tendance générale de l'intensivité, réduisant la population agricole à quelques exploitants. Seules les agences immobilières et les banques semblent tirer leur épingle du jeu, à la faveur de Dieu sait quel levier économique. Leurs enseignes, plus nombreuses que les boulangeries, donnent au village des allures de paradis fiscal, sans les grosses cylindrées, toutefois. Camalens est devenu le bourg d'une classe moyenne fuyant les tarifs prohibitifs de la grande ville voisine tout en recherchant une qualité de vie liée à la proximité de la campagne. La population s'est renouvelée et l'esprit de village a disparu, laissant place à l'anonymat.

Lola décide de marcher un peu dans la ville pour s'éclaircir les idées et surtout en faire naître d'autres. Son père lui avait parlé quelquefois du « banc des menteurs », un banc sur la place du centre-ville où se rencontraient ceux qu'il appelait les « petits vieux », qui autrefois refaisaient le monde à leur façon, selon leur réalité et surtout leur vérité. S'il est bel et bien arrivé quelque chose de fâcheux à Léon, son histoire a sûrement alimenté les conversations à l'époque… Mais des générations ont dû se succéder sur ce banc, projetant dans l'oubli les cancans d'autrefois pour se nourrir d'affaires neuves tout aussi croustillantes.

Arrivée sur la place du centre, elle cherche des yeux le fameux banc. Elle n'a aucun mal à le trouver, un bel ouvrage en fer forgé qui a défié le temps. Il trône là, face à la large devanture d'une célèbre banque retirant toute poésie à l'histoire de ce petit bout de mobilier urbain. Vide. Les « menteurs » ne s'y sont pas trompés et ont délaissé le banc pour préférer un autre lieu.

Lola s'y assoit. Elle imagine une scène ayant eu lieu un siècle plus tôt, à cet endroit même. Elle a bien les images, mais il manque le son. Qu'ont-ils bien pu se raconter à l'époque ?

En l'absence d'autre idée, elle se dit qu'elle va procéder comme à Souloumiac : une petite visite à la mairie pour prendre contact avec la population. À la mention du nom d'*Adam*, les employées municipales qui l'accueillent sont dubitatives. Ça ne leur dit rien. Elles consultent leurs fichiers, mais plus personne ne porte ce nom à Camalens. Elles encouragent Lola à se rendre à la maison de retraite. Elle pourrait trouver là-bas quelqu'un qui aurait connu Léon ou entendu parler de lui. C'est assez peu probable si l'on tient compte des dates de naissance et de mort de Léon, mais qu'a-t-elle à perdre, sinon son temps ?

Lola entre dans la maison de retraite. L'endroit l'oppresse instantanément. Pourvu qu'elle n'ait jamais à vivre dans un tel lieu, se dit-elle. Après avoir écouté la requête de Lola, une employée accepte de demander aux résidents les plus âgés mais toujours alertes si le nom de *Léon Adam* évoque quelque chose pour eux. Lola l'accompagne le cœur battant. Les réponses sont toujours négatives. L'employée est désolée pour Lola. Se prenant au jeu, elle décide de l'orienter vers une dame frisant la centaine de printemps.

— Parfois, elle « part » un peu, mais il arrive qu'elle ait des éclairs de lucidité et, dans ces cas-là, elle peut être très pertinente. Il s'agit de Simone Berthier, notre doyenne.

Elles s'approchent toutes deux de la dame qui est en train de regarder un jeu télévisé, installée dans son fauteuil roulant.

— Madame Berthier, excusez-moi de vous déranger. Vous avez toujours habité à Camalens ?

— Si j'ai toujours habité Camalens ? C'est quoi « toujours » quand on a cent ans ? lance-t-elle en riant de la question.

— Vous avez connu un monsieur qui se nommait Léon Adam ?

La vieille dame fait un effort visible pour se souvenir.

— Peut-être… Enfin, je ne l'ai pas connu, mais j'en ai entendu parler… Autrefois…

L'employée se tourne vers Lola et lui fait un clin d'œil.

— Et que disait-on sur lui ?

— Ouh ! des commérages ! Je ne sais plus exactement ! J'étais bien jeune à l'époque…

Lola attrape une chaise pour s'asseoir à côté de Simone Berthier et lui prend doucement la main.

— Je m'appelle Lola. Je suis la petite-fille de Léon Adam, mais je ne l'ai pas connu. C'est très important pour moi de savoir ce qui s'est passé à l'époque. Vous souvenez-vous de ce que disaient ces commérages sur lui ?

— Je ne sais plus, ma belle, c'est bien loin tout ça. C'est un nom que j'ai entendu quelquefois dans les conversations, quand j'étais gamine. C'est quelqu'un qui faisait jaser. Et puis ça s'est calmé. Mais, de temps en temps, son nom ressortait, par-ci par-là.

— Quel âge aviez-vous alors ?

— Dans les dix ou quinze ans, peut-être.

Lola calcule que cela devait se situer entre 1925 et 1930.

Devant l'évidence que Simone ne livrerait rien de plus, elle remercie la résidente. Elle lâche sa main, mais c'est Simone cette fois qui attrape la sienne.

— Merci, lui dit-elle en la serrant, le regard planté dans celui de Lola. Cela fait longtemps que je n'ai pas reçu de visites. Vos mains sont très douces…

Émue, Lola pose un baiser sur le front de la centenaire et prend congé, non sans laisser ses coordonnées à l'employée, au cas où…

Découragée d'avoir été si près du but sans résultat, Lola se laisse tomber sur le siège de sa voiture. C'est sûr maintenant, elle ne trouvera plus personne suffisamment alerte et sain d'esprit pour lui parler de son grand-père.

Elle se souvient qu'en entrant à Camalens elle est passée devant le boulodrome. Un groupe d'hommes, visiblement retraités, jouaient à la pétanque. Il n'est pas loin de midi mais, dans une ultime tentative, elle décide de s'y rendre quand même, espérant que les joueurs n'auront pas bougé. Arrivée là, elle constate avec satisfaction que c'est le cas et elle s'approche des personnes absorbées dans leur activité. Lorsque la partie en cours est terminée, elle s'aventure à demander si par hasard quelqu'un, parmi eux, aurait connu ou entendu parler de Léon Adam. Question tout à fait saugrenue, ce dont elle se rend compte en même temps qu'elle la formule. Les trois personnes en face d'elle répondent par la négative. Sans surprise. Deux autres se sont éloignées pour aller récupérer leurs boules au fond du boulodrome.

— Vous avez entendu parler d'un Léon Adam, vous ? lance un des joueurs de pétanque à l'adresse de leurs partenaires de jeu s'affairant à l'opposé du terrain.

— Léon comment ?

— Adam, comme dans la Bible.

Il rit bêtement, satisfait de sa trouvaille. Les deux autres donnent la même réponse.

— Faudrait demander au *rusé*, poursuit-il en désignant du menton les plantations qui bordent le boulodrome.

Entre les bacs floraux longeant le terrain de jeux se trouvent des bancs, et, sur l'un d'eux, un petit monsieur décharné, très âgé, ne perd pas une miette de ce qui se passe sur le boulodrome. Une manière de passer le temps, au grand air et pas trop mal installé. Lola s'approche de lui.

— *Léon Adam* vous dites ?

Un fort accent du Sud-Ouest colore ses paroles.

— Oui, c'est ça.

— Alors, je crois bien l'avoir connu.

Ce vieil homme, assis sur le banc, le menton posé sur sa canne, l'ouïe et l'œil en éveil, apparaît aux yeux de Lola comme une vision, un lutin que le destin lui aurait envoyé. Le corps sec, les joues creuses, une vivacité dans l'expression, il hoche la tête en souriant.

Le cœur de Lola s'emballe, partagé entre l'exaltation d'avoir peut-être trouvé un témoin intéressant et la crainte d'une déception. Elle redoute que le vieil homme n'ait dit ça que pour le plaisir d'engager un brin de conversation.

— Vous pouvez m'en dire plus ?

Effectivement content d'avoir quelqu'un à qui parler, il poursuit :

— Le Léon Adam que j'ai connu, il est mort depuis longtemps, si c'est lui que vous cherchez…

— Oui, bien sûr. Je cherche des informations sur un Léon Adam qui serait né en 1902 et mort en 1952.

Et, pour encourager le vieil homme aux confidences, il lui semble utile de préciser :

— Cette personne fait partie de ma famille. C'était mon grand-père, pour tout vous dire.

— Ah bon…, fait le vieil homme, l'air ennuyé. Votre grand-père…

Il semble s'être perdu dans ses pensées, comme Babeth Chassagne et Simone Berthier, un peu plus tôt.

— Il faut que je rentre, il est midi et je vais me faire gronder si je suis en retard. J'ai l'aide à domicile qui me prépare le repas et il ne rigole pas avec les horaires. C'est un monsieur charmant, qui cuisine très bien, il faut juste ne pas être en retard !

Lola manque de s'étrangler. Elle vient de trouver la personne qui pourrait la renseigner et voilà qu'elle lui file entre les doigts.

— Est-ce que cela vous ennuierait beaucoup que je passe chez vous cet après-midi pour que vous me racontiez ce que vous savez sur Léon Adam ?

— Hé… c'est qu'après mon déjeuner, je fais ma sieste ! Vous en avez de bonnes, vous, vous êtes jeune et en forme. Moi, j'ai besoin de me faire dormir les yeux avant de retourner à la vie civile !

— Je comprends. Pas de souci, dites-moi à quelle heure vous serez disponible.

— En général, si le temps le permet, je reviens ici sur le coup des 15 h 30. Si ça vous va…

— Je serai là. Je peux compter sur vous, monsieur… ?

— Pour de vrai Camille Goupil. Mais on me surnomme le *Rusé* ici. Goupil… le *Rusé*…, dit-il en faisant appel, d'un geste des mains, à l'indulgence de Lola.

La vivacité et l'intelligence du vieux Camille interpellent cette dernière.

— Moi, c'est Lola, monsieur Goupil. À tout à l'heure ?

— À tout à l'heure, si Dieu me prête vie. Vous savez, à mon âge…

Il ne finit pas sa phrase et entreprend de se lever en s'aidant de sa canne.

Les mots du vieil homme laissent Lola songeuse. Et si Camille Goupil venait à rendre l'âme durant la pause déjeuner ? Honteuse de cette pensée liée à la prégnance de sa quête, elle l'aide à se redresser et à dégourdir ses vieux membres ankylosés.

— Mais dites-moi, ose-t-elle ajouter, êtes-vous sûr que l'on parle bien du même Léon Adam ?

Il la regarde dans les yeux.

— J'ai passé ma vie à Camalens et je n'en ai connu qu'un, lui répond-il avec un petit sourire, comme si la faire attendre lui procurait de l'amusement.

À l'heure prévue, Lola se rend de nouveau au boulodrome. La pluie s'est remise à tomber et elle craint que Camille Goupil n'ait décidé de rester chez lui. Le temps passe et il n'arrive pas. Lola commence à désespérer. La pluie tombe de plus en plus fort et son parapluie ne la protège plus vraiment. Une voiture s'arrête à sa hauteur et le conducteur, un homme d'une soixantaine d'années, lui fait signe de s'approcher.

— Vous êtes Lola ? Je suis un ami de M. Goupil. Il m'a demandé de venir vous chercher pour vous emmener chez lui. Avec ce temps, il ne va pas sortir.

Tellement soulagée de voir que son témoin principal ne lui fait pas faux bond, Lola, sous le coup de l'émotion, a du mal à refermer son parapluie dont les baleines s'empêtrent, réduisant ainsi à néant toute possibilité de le fermer jusqu'à la fin des temps. Agacée, Lola le jette au sol dans la voiture et s'assoit à côté du conducteur.

Devant le domicile de Camille Goupil, l'ami-providentiel invite Lola dans la maison où le vieil homme vit seul. Le temps paraît n'avoir pas eu d'impact sur ce logis figé dans une décoration des années 1970. À l'invitation de son chauffeur, Lola pénètre dans le salon où le vieil homme est installé dans un fauteuil. La grande pendule à balancier rappelle à Lola la chanson de Jacques Brel, *Les Vieux*. Et l'image de l'artiste interprétant le refrain, de toute sa personne comme s'il la vivait de l'intérieur, suant, jouant de ses grandes mains, s'impose à son esprit :

Et s'ils tremblent un peu,
Est-ce de voir vieillir la pendule d'argent,
Qui ronronne au salon, qui dit oui qui dit non,
Qui dit : je vous attends.

Les paroles de cette chanson prennent tout leur sens, dans cette maison méticuleusement nettoyée et rangée, à la décoration désuète, et dont l'unique hôte amadoue le temps.

— Entrez, entrez, jeune dame. Installez-vous.

— Je vous remercie de ne pas m'avoir oubliée. Il se peut que ce que vous avez à me raconter soit très important pour moi, vous savez.

Pendant que l'ami providentiel apporte un plateau avec des tasses à café, Camille Goupil entre dans le vif du sujet.

— J'ai connu Léon Adam quand j'étais coursier pour la maroquinerie Alquier. J'avais seize ans, donc ça devait être dans les années… euh… juste après la guerre. Lui devait avoir quarante-cinq ans à peu près. Il me paraissait déjà vieux, alors que maintenant, du haut de mes quatre-vingt-six ans, je sais bien qu'il ne l'était pas !

Lola sent son émotion remonter à l'évocation de son aïeul. Mille questions tournoient follement dans sa tête : Que va-t-elle apprendre ? Et si elle était déçue ? Et si… ? Et si… ? Elle craint qu'une incohérence dans les dates ou les faits ne vienne contredire la certitude de Camille Goupil quant au fait que ce Léon-ci soit le bon.

— La femme de M. Adam était maroquinière à façon, comme on disait, c'est-à-dire qu'elle travaillait chez elle, à la tâche, pour le compte d'une entreprise de maroquinerie. Moi, j'étais chargé d'apporter la marchandise chez elle et de reprendre ce qu'elle avait cousu depuis ma dernière visite.

À ces mots, qui viennent confirmer ce qu'avait raconté son oncle Bernard, Lola sent son cœur battre plus vite. Les propos du vieil homme sont très clairs, malgré son accent rocailleux. La précision de ses paroles dénote un esprit encore vif et clairvoyant. Elle le laisse poursuivre.

— Je crois qu'en fait il ne vivait pas à Camalens avec sa femme et ses enfants.

Il évoque les deux sœurs élevant seules les garçons, les passages éclairs de Léon, le dimanche, le fait qu'il ne traînait jamais au village, du moins rarement. Il donnait souvent la pièce au jeune livreur.

— J'ai le souvenir de quelqu'un d'assez sombre, vous voyez, qui ne rigolait pas beaucoup… Parbleu, il avait vécu la guerre. Ceux qui l'ont faite ont mis du temps à retrouver le sourire... Et puis un jour, je crois qu'il n'est plus venu du tout.

Il s'arrête. Lola attend un peu et, voyant qu'il ne reprend pas, en profite pour poser une question :

— Savez-vous pourquoi il ne vivait pas avec sa famille ?

Elle voit bien que le *Rusé* réfléchit à la réponse qu'il va faire.

— En fait, je crois qu'il ne vivait pas avec sa famille non pas par choix, car il aimait énormément ses enfants, mais parce qu'il ne *pouvait* pas vivre à Camalens.

Il se tait de nouveau, visiblement gêné.

— Mais pourquoi ? Il s'était passé quelque chose ?

— Ce que je dois vous dire, madame, n'est pas facile...

Lola sent l'appréhension s'emparer d'elle alors que Camille poursuit :

— Léon Adam, quand je l'ai connu, était, comment dire... un ancien forçat.

Chapitre 7

Juin 1923 – Le bagne

Fernand Tassin fit une dernière fois le tour des cellules. Tout était prêt pour la nuit. Comme tous les soirs, entre 18 et 19 heures, les condamnés étaient enfermés dans leur cellule. Fernand était chargé des cases collectives où une cinquantaine de forçats, une fois la porte close, étaient libres de leurs mouvements. Ces geôles partagées étaient constituées de deux rangées de hamacs séparées par une allée médiane, le coursier. C'est là que les bagnards se réunissaient par petits groupes pour s'adonner, le soir, à diverses occupations.

L'enfermement, la promiscuité, la chaleur accablante, les mauvaises conditions d'hygiène et l'alimentation aussi insuffisante qu'infecte les rendaient agressifs et bruyants. On l'eût été à moins. Pour autant, ceux-là n'étaient pas le plus à plaindre. Les travaux forcés auxquels ils étaient assignés consistaient à entretenir les abords du camp et de la ville de Saint-Laurent-du-Maroni, construire des bâtiments, nettoyer les écuries, travailler à l'hôpital ou dans les services publics. Le pire était pour ceux qui exécutaient leur peine en forêt. Là, point de salut, la moitié d'entre eux périssaient des conditions de vie et de travail effroyables. Quand ce n'était pas le travail qui les tuait, c'étaient les habitants de la forêt. Ceux à zéro, quatre, six ou huit pattes. Ou encore les maladies et parasitoses, souvent transmises par cette faune grouillante et trouvant un terrain de propagation favorable dans le climat humide et chaud de Guyane. Fernand considérait qu'il avait eu de la chance d'être affecté au camp de la transportation de Saint-Laurent car, pour les surveillants aussi, les conditions de vie étaient dures en forêt. Et voir les pauvres hères mourir d'épuisement à force de charrier des grumes d'arbres centenaires n'avait rien d'enviable.

Puis il y avait ceux qui croupissaient dans les pavillons disciplinaires ou dans celui que l'on appelait le « blockhaus ». Dans ce bâtiment, doté de minuscules ouvertures vers l'extérieur, où étaient enfermés ceux qui avaient tenté une « belle », autrement dit une évasion, les hommes dormaient sur des planches, chevilles retenues dans des fers qui provoquaient de douloureuses lésions, qui le plus souvent s'infectaient. La chaleur était suffocante et l'odeur pestilentielle. Les toilettes y étaient constituées d'un seau commun vidé une fois par jour. Voilà pourquoi Fernand considérait que les bagnards dont il partageait le quotidien au camp de Saint-Laurent n'étaient pas les plus malheureux, d'une certaine façon. Cela dit, Fernand trouvait que la vie de forçat s'apparentait à celle de bêtes de somme, à ceci près que ces dernières étaient parfois gratifiées d'un geste affectueux de la part de leur maître pour le travail docilement exécuté. Ici, les sentiments n'avaient point de place. Seules la violence, la colère, la tristesse, la jalousie, la peur, la douleur, la haine, la honte étaient les émotions autorisées et les plus vivaces parmi une palette infinie de souffrances psychologiques et physiques.

Tout cela engendrait des comportements en rapport avec le martyre subi. Le caïdat était roi. Violence morale ou physique allant parfois jusqu'au meurtre, viol des plus faibles ou des plus jeunes, vols et rapines, trafics en tout genre représentaient le lot quotidien des détenus. Il fallait un moral et une constitution d'acier pour ne pas sombrer dans la folie. D'aucuns s'y réfugiaient, d'ailleurs, se dérobant ainsi à une impossible existence.

Ces hommes avaient été envoyés là pour débarrasser la République de criminels, voleurs récidivistes, ou encore de simples empêcheurs de tourner en rond, anarchistes ou fauteurs de troubles. On avait fait miroiter à certains l'octroi d'une concession à cultiver à l'issue de leur peine, cherchant ainsi à peupler un territoire colonial encore peu valorisé. Mais bien peu étaient exaucés et, leur peine terminée, la liberté recouvrée, la plupart se retrouvaient sans ressources, errant dans les rues de Saint-Laurent ou de Cayenne, n'ayant ni toit, ni travail, ni espoir de retour au pays, condamnés cette fois à l'exil forcé. Ils retombaient alors, par la force des choses et pour leur survie, dans l'illégalité.

Fernand, qui n'était pas pour autant un cœur sensible, ne voyait pas d'un bon œil le sort infligé à la population carcérale. Nul ne méritait cela. Il lui arrivait d'en référer aux responsables de l'administration pénitentiaire – l'A.P. – qui, suivant les personnes, soit s'en émouvaient, soit le tenaient pour faible. D'autres surveillants, notamment, le raillaient pour sa supposée sensiblerie, là où Fernand, lui, voyait juste un peu d'humanité. C'était quand même grâce à lui, et il en était fier, que des gars avaient pu bénéficier d'un sort un peu amélioré. Des hommes qui, brisés par le bagne dès leur première année de détention, avaient pu retrouver un semblant de dignité.

Léon Adam, par exemple, arrivé dans les tout derniers jours de 1920. Il était à peine âgé de dix-neuf ans et présentait toutes les caractéristiques de la future victime. Jeune, d'une constitution solide mais trop intelligent pour résister à l'inconcevable barbarie, il avait été très vite la cible des anciens, qui lui avaient tout de suite attribué le rôle de tête de Turc. Au début, il ne s'était pas laissé faire. C'était un jeune homme qui avait l'habitude du combat, au sens moral du terme, toutefois. Il avait dû en fatiguer quelques-uns, en métropole ! Du caractère et de l'argument. Mais, soumis à la violence immanente du bagne, il était passé en quelques mois du statut d'homme libre à celui de condamné, puis forçat, et enfin à celui de bête. Voyant ce jeune, qui pourtant ne s'en laissait pas conter, broyé sous la coupe des anciens les plus vicieux, Fernand était intervenu. Il avait décidé de faire quelque chose pour lui. Il avait tout d'abord sollicité son changement de cellule pour l'éloigner de ses bourreaux. Puis, il y a quelques mois de cela, considérant le bon niveau d'instruction de Léon, il avait demandé au directeur de l'administration pénitentiaire de le faire entrer au service d'un membre du personnel de l'A.P. pour devenir « garçon de famille », ainsi que cela se produisait parfois lorsque l'on détectait des compétences particulières chez un détenu. Ce statut n'était pas prévu par les divers règlements mais constituait une tolérance de l'administration. Le personnel pénitentiaire profitait ainsi d'une domesticité facile à contraindre, corvéable à merci, peu regardante et gratuite. La proposition de Fernand avait été d'emblée validée par le directeur. Léon était donc entré au service du sous-directeur du camp, père de quatre enfants. Bien sûr, Léon n'échappait pas au quotidien du camp, avec sa mauvaise nourriture, la promiscuité, la violence latente et intrinsèque du bagne, mais il n'était plus astreint aux travaux forcés et sa présence au sein d'une famille améliorait un peu son ordinaire, notamment quant à l'alimentation. Il n'était pas rare qu'on lui offrît une collation en même temps qu'aux enfants, ou qu'on lui permît de laver son linge, faveur non négligeable car le rituel de la lessive dans le camp n'avait lieu qu'une fois par semaine.

On lui avait également découvert des talents de mécanicien, compétences précieuses et rares parmi la population pénitentiaire. On l'avait mis à contribution aussi dans ce domaine, ce qui avait semblé le satisfaire.

Oui mais voilà, tout cela ne reposait que sur la volonté d'un seul ou au mieux de quelques hommes plus sensibles que les autres au sort de ces malheureux. Les autres surveillants ne partageaient pas cette manière de voir les choses et considéraient que ceux qui étaient arrivés là l'avaient bien cherché et que la prison ne devait pas constituer une partie de plaisir. Contrairement à Fernand, ils oubliaient que ces hommes, envoyés loin de leur patrie, de leur famille, n'avaient plus ni racines, ni culture, ni identité, et que, en soi, ce châtiment était déjà terrible. Ajoutés à cela, les travaux forcés, l'enfermement, les abominables conditions de détention et la maltraitance, toutes les conditions étaient réunies pour un châtiment d'exception.

On était en 1923 et le bagne fonctionnait ainsi depuis plus de soixante-dix ans. Fernand Tassin avait entendu dire qu'un journaliste français était présent en Guyane pour témoigner de la cruauté du bagne et avait prévu de faire un reportage dans son journal, *Le Petit Parisien*, un quotidien jouissant a priori d'une bonne audience. Fernand espérait rencontrer cet homme auquel il aurait bien des choses à dire. Car une République digne de ce nom ne pouvait cautionner le fonctionnement d'un tel purgatoire et il ne concevait pas que les pouvoirs publics ignorassent la réalité du bagne. Au mieux, ils excellaient dans la politique de l'autruche… Mais Fernand se demandait lequel des deux primait sur l'autre, de l'ignorance ou de l'autruche. Régulièrement, des forçats écrivaient aux autorités pour dénoncer les mauvais traitements, les difficiles conditions de vie, les injustices dont ils étaient victimes. Mais si quelques-uns obtenaient parfois justice pour eux-mêmes et une légère amélioration de leur détention, le fonctionnement en général ne changeait pas. Les travaux forcés n'étaient pas une sinécure et, pour ce qui est de la dignité humaine, le gouvernement s'asseyait dessus, pénitence oblige. Alors, deux ou trois fois par an, le bateau *Martinière*, vaisseau du malheur, partait de l'île de Ré avec sa cargaison d'un éventail varié de criminels qu'il venait déverser sur le ponton de Saint-Laurent-du-Maroni. Là, on faisait un tri : les relégués – ceux qui ne rentreraient jamais en métropole – d'un côté, les transportés de l'autre, on les classait suivant leur degré de dangerosité ou la durée de leur peine, et on les envoyait dans l'un ou l'autre des multiples camps guyanais. Et *bang* ! Dans tous les cas résonnait alors pour ces nouveaux venus le terrible son de la lourde ferraille liberticide, loin des oreilles de la mère patrie.

⋆

Léon s'essuya les mains sur un chiffon. La chaleur matinale le faisait transpirer à grosses gouttes malgré les fréquentes averses. On était en fin de saison des pluies et la touffeur moite enveloppait la ville. Pourtant, une belle luminosité inondait les flots du Maroni. Léon venait de terminer la réparation de la coque d'une des embarcations de l'administration pénitentiaire et en éprouvait une certaine satisfaction. Il se disait que tant qu'il était utile à l'A.P. – ou la *tentiaire*, comme la surnommaient les bagnards –, celle-ci lui ficherait la paix. Depuis deux ans et demi qu'il était au bagne de Saint-Laurent-du-Maroni, il avait fini par trouver ses marques et considérait qu'il ne s'en sortait pas trop mal comparé à d'autres. Ceux qui, comme lui, avaient des compétences particulières et pouvaient travailler dans les ateliers de la *tentiaire* bénéficiaient d'une certaine liberté de mouvement.

Il aperçut Fernand Tassin venir vers lui. Il était 10 heures du matin et le gardien faisait le tour des sites où œuvraient des bagnards pour s'assurer que tout se passait bien. Ils se saluèrent.

— Tu as pu réparer le canot, Léon ? Ils vont en avoir besoin cet après-midi pour la visite de l'île aux Lépreux, avec le journaliste.

— Oui, c'est bon, l'eau ne devrait plus filtrer. Ça n'a pas été simple, j'ai calfaté avec les moyens du bord. Pour bien faire, il m'aurait fallu du brai. J'espère que les mèches d'étoupe suffiront. Mais ça devrait aller. On va pouvoir remettre le canot à l'eau. Un journaliste est là, dites-vous ?

— Oui, il vient en Guyane pour rencontrer des bagnards et faire une chronique dans son journal. Histoire de raconter un peu ce qui se passe ici. Si seulement il pouvait réveiller un peu les consciences par chez nous !

— Et… je… on peut le rencontrer ?

— Oui, il cherche justement des volontaires pour parler avec lui. Va donc voir au camp du côté du réfectoire. Tu iras chez les Woillemont ensuite.

Léon quitta les bords du Maroni où la barque était en cale sèche et revint vers le camp. Chemin faisant, il entendit un bruit en hauteur et leva les yeux. Un couple d'amazones, ces jolis perroquets vert vif, venait de se poser sur la branche d'un cocotier. Il les observa un instant, s'amusant du chant qu'ils émettaient, *craaaïk, craaaïk craaaaaaaïk*. Il envia leur liberté et leur chance de vivre à deux, unis et fidèles. Pour eux, la vie était simple.

Il entra dans le camp et vit un inconnu barbu et chapeauté, probablement le journaliste, qui parlait à l'un des surveillants. Lorsque ce dernier aperçut Léon, il l'apostropha :

— Tiens, toi là, le fort en thème, tu ne voudrais pas discuter avec un journaliste, par hasard ?

— Il n'y aura pas de représailles ?

— Bien sûr que non ! Tu ne seras ni le premier ni le dernier à t'entretenir avec lui.

— J'ai effectivement rencontré un bon nombre de forçats depuis mon arrivée en Guyane. N'ayez aucune crainte à ce sujet, confirma le journaliste.

Méfiant, Léon évalua la crédibilité de ces paroles, puis se dit que c'était l'occasion ou jamais de faire entendre sa voix. Dans sa vie, il avait toujours dit ce qu'il pensait. Quand une situation ne lui convenait pas, il s'était chaque fois arrangé pour le faire savoir d'une manière ou d'une autre afin que les choses évoluent favorablement, partant du principe qu'il fallait au moins se donner les moyens du changement. Il se décida.

— Alors, c'est d'accord.

Le journaliste lui sourit et l'invita à entrer dans la salle, mais c'est Léon qui lui adressa la parole en premier.

— Vous êtes ?

— Albert Londres, journaliste au *Petit Parisien.*

— Londres ? Ce n'est pas un nom, ça, s'amusa Léon qui décelait de la bienveillance chez l'homme qu'il avait en face de lui.

— Quel est le vôtre ?

— Adam !

Les deux hommes rirent de l'à-propos.

— Léon Adam, reprit Léon, soulagé de la tournure que prenait l'entretien.

— Pourquoi êtes-vous ici ?

— En fait, je n'ai rien à faire ici. Je suis innocent de ce dont on m'accuse. Si j'ai accepté de vous voir, ce n'est pas pour vous parler du bagne, mais de ce qui se passe en France. Vous m'avez dit avoir rencontré déjà de nombreux forçats. Ils ont dû vous raconter les conditions de vie ici, je suppose ?

— Effectivement...

— Moi, je voudrais vous parler de la manière dont on juge les gens en métropole. Je ne suis ici que sur la base de faux témoignages et de la toute-puissance d'un seul homme. Un député qui a fait de moi un coupable parce que ça l'arrangeait.

Léon lui exposa les faits, et la manière dont s'était passé son procès.

— Trop d'innocents croupissent derrière les grilles du bagne de Guyane. Vous n'avez pas idée du nombre de voleurs de poules qui subissent ce sort. Récidivistes, peut-être, mais des voleurs de poules, monsieur Londres. Et d'innocent, on finit par devenir coupable car forcément, à un moment ou à un autre, on essaie de s'en sortir et il n'existe pas de façon honnête de s'en sortir, ici. Moi, pour l'instant, je n'ai pas trop à me plaindre car je suis à la fois mécanicien et garçon de famille. Mais si je commets le moindre faux pas, c'est le quartier disciplinaire direct avec le fer aux pieds et le régime sec.

— Et des violences, vous en avez subi ?

— De la part des gardiens, pas trop, parce que je me tiens bien, comme ils disent. À part quelques *porte-clés*[1] qui font du zèle... Autrefois, j'étais rebelle, mais j'ai dû me calmer, par la force des choses. En revanche...

Léon baissa les yeux, se demandant s'il devait évoquer les sévices subis de la part des anciens. Puis il se ravisa.

— Il faut absolument attirer l'attention de l'opinion publique sur les erreurs judiciaires et sur le fait que les châtiments infligés ne sont pas en rapport avec les fautes commises. Voyez le cas de Dieudonné, le présumé compère de la bande à Bonnot. Il croupit dans un cachot de l'île Saint-Joseph alors qu'il n'a rien fait ! J'ai eu l'occasion de le croiser et on s'est raconté nos infortunes respectives. Cet homme n'a pas commis le crime dont on l'accuse. Les vrais coupables, dont Bonnot lui-même, l'ont innocenté avant d'être guillotinés. Il faut que vous y alliez, aux îles du Salut – avouez que c'est un drôle de nom ! –, pour vous rendre compte. C'est terrible ce qu'il s'y passe. Ce n'est pas étonnant qu'il ait tenté de se faire la belle plusieurs fois. Ramasser la perpète alors qu'il n'a

1. Bagnards de bonne conduite, auxiliaires des surveillants.

tué personne... Qu'a-t-il à perdre ? Alors il passe sa vie à ça : il tente de s'évader, il est repris, il est mis au quartier disciplinaire chez les *inco*[1], il en ressort, et rebelote. Voilà sa vie. Moi, je n'ai pris que six ans, plus le doublage[2], bien sûr. C'est toujours trop quand on est innocent, mais je ne supporterais pas le cachot, je le sais. Donc je préfère me tenir à carreau tant qu'on ne me fait pas trop de misères. Voilà, c'est surtout ça que je voulais vous dire. Hurlez-le sur tous les tons : il y a trop d'innocents au bagne. Et trop de maltraitance, des gardiens et des détenus entre eux. C'est la loi de la jungle et personne ne semble vouloir intervenir parce que ça arrange bien tout le monde. Maintenant, il faut que j'aille travailler. Merci, monsieur Londres, de vous intéresser à nous.

— Mais si vous êtes innocent, pourquoi ne cherchez-vous pas à faire éclater la vérité ? Dieudonné est accusé d'avoir participé à un meurtre. Pas vous, vraisemblablement, puisque vous n'avez pris que six ans. N'avez-vous aucun moyen d'obtenir de nouveaux éléments qui pourraient aboutir à une révision de votre procès ? Ou une grâce présidentielle ?

— Parce que l'homme qui m'a envoyé ici, mon ancien patron qui est aussi député et même maintenant sénateur, fera tout ce qu'il peut pour m'y maintenir. Je me suis beaucoup battu, les premiers mois, car je suis sûr que certains savaient des choses, voire la vérité tout

1. Les incorrigibles.

2. Le doublage consistait, pour les forçats condamnés à moins de huit ans, à rester en Guyane à l'issue de leur peine autant d'années que le délai de condamnation. Les autres devaient rester à perpétuité sur le sol guyanais.

entière, mais ils craignaient pour leur travail et leur famille. Personne n'est venu témoigner en ma faveur lors de mon procès. Et pourtant, je revois le regard tourmenté de l'un d'entre eux surtout, qui m'a vu partir entre les deux gendarmes. C'était un veuf père de six enfants qui ne pouvait se permettre de perdre son travail. Et c'est ce qu'il risquait s'il témoignait contre son patron ou un de ses protégés…

Le plus difficile pour Léon avait été la première année. Clamant son innocence, il ne comprenait pas ce qu'il faisait là, loin de sa famille, de sa fiancée, à accomplir une peine qu'il ne méritait pas. Il se disait victime d'une erreur judiciaire dans sa forme la plus criante puisque ce qui lui était reproché avait été inventé et mis en scène de toutes pièces dans le seul but de lui nuire. Et quand bien même eût-il été l'auteur du méfait, ce qu'on lui reprochait était loin de valoir cet exil barbare. Il avait eu beaucoup de mal à s'adapter à la discipline du camp, lui, le libertaire impénitent, mais aussi et surtout à la vie en détention, tant d'un point de vue matériel que relationnel avec la population carcérale. La nourriture était immonde et insuffisante, ce qui lui avait fait perdre plusieurs kilos. Quant à la sauvagerie et à la roublardise de certains forçats, elles le désemparaient tellement qu'il ne pouvait s'y accoutumer. Là où l'entraide eût été la bienvenue – tous subissant le même sort, il eût été logique que l'on se serrât les coudes –, il n'y avait que méfiance, jalousie, méchanceté, délation. Le viol que lui avaient infligé certains de ses codétenus avait été le moment charnière de sa vie au bagne : soit il fallait que quelque chose change, soit il allait devenir fou. Il se remémora l'horrible scène. Il était entré un soir dans la cellule collective et s'était aperçu que quelques détenus l'attendaient vers son hamac, formant une sorte de haie. Ils devaient être cinq ou six.

— Alors, petit, avait dit l'un d'entre eux, t'es nouveau ? Comment tu t'appelles ? Tu sors à peine des jupes de ta mère, toi !

Léon n'avait pas répondu. Il pressentait qu'il allait passer un sale moment, mais il était loin de se douter à quel point.

— Ben alors, on répond pas ? avait lancé un autre. Il va avoir la fessée alors !

Et tous les autres d'enchaîner en criant et en riant, de leurs gueules effrayantes marquées par la rudesse du traitement pénitentiaire :

— La fessée ! la fessée ! la fessée !

Là, Léon avait réellement pris peur et avait cherché à se réfugier vers d'autres détenus qui s'occupaient dans leur coin, indifférents ou blasés, ou simplement impuissants, il n'aurait su dire. Mais ses agresseurs l'avaient arrêté et jeté au sol. Le bas de son uniforme avait été mis en pièces. On lui avait demandé de se mettre à quatre pattes, mais, comme il ne bougeait pas, deux d'entre eux avaient entrepris de le tenir de force dans la position. Il avait reçu au passage quelques coups violents pour le punir de sa résistance. Puis, tour à tour, ils l'avaient violé. Avec conscience et méthode. C'est la honte qui l'avait submergé en premier. Être livré ainsi à ces individus, devant témoins, lui avait donné envie de mourir pour ne pas avoir à soutenir une telle humiliation. Puis, rapidement, c'est la douleur qui l'avait terrassé. Chaque nouvelle agression faisait monter d'un cran l'abominable supplice, le blessant jusqu'au sang. Ensuite avait surgi le dégoût. Le dégoût de lui-même et des autres. Le dégoût de la nature humaine qui était capable de générer autant de souffrance sans la moindre commisération. Ils l'avaient enfin laissé à terre, sans aucune possibilité de se laver, ni bien entendu de se soigner. Par la suite, quelqu'un, sans doute parmi les codétenus témoins malgré eux, avait révélé l'agression à un gardien.

Heureusement pour lui, Fernand Tassin avait été sensible à son désespoir et s'était démené pour que Léon ait une existence supportable. Depuis plus d'un an, il était au service de la famille Woillemont, un peu jardinier, un peu précepteur, un peu coursier, et parfois, à son corps défendant, confident de sa patronne. Tous ces menus travaux lui valaient de temps en temps une petite pièce qu'il conservait précieusement dans une boîte qu'il avait confiée à Mme Woillemont. Son *plan*, l'étui métallique dans lequel chaque bagnard conservait ses économies, photos ou autres papiers bien à l'abri dans son anus, lui avait été volé au moment du viol avec tout son pécule à l'intérieur, ainsi que la seule photo de Marguerite dont il disposait. C'était pour cette dernière qu'il avait été le plus contrarié, ses bourreaux ayant pris un malin plaisir à la détruire sous ses yeux. Il avait alors décidé de trouver une autre solution afin que son derrière ne lui serve plus de coffre-fort et retrouve un usage conventionnel. Quant à la photo, il avait de nombreux souvenirs dans la tête, et ça, nul ne pourrait les lui voler.

De là à dire qu'il n'était pas malheureux au bagne, c'eût été exagéré. Il se rendait simplement compte que son sort n'avait rien de comparable avec celui de beaucoup d'autres. Il faisait donc son possible pour ne pas se faire remarquer. Il n'aurait pas pour autant de remise de peine, mais il échapperait au moins au quartier disciplinaire. Il savait qu'il avait six ans de bagne à faire, puis autant de doublage. Douze ans. Une éternité.

Plus il y réfléchissait, plus il se disait que le doublage était une injustice absolue et qu'il s'arrangerait pour l'écourter, d'une manière ou d'une autre, quitte à envisager une évasion. Après tout, certains y parvenaient bien…

Il écrivait une fois par mois à Marguerite, selon la loi du bagne qui limitait à ce rythme les échanges épistolaires et exigeait qu'ils soient écrits sur un papier réglementaire, suivant des normes de correspondance bien précises. Le contenu de toutes les lettres était contrôlé par l'A.P., l'intimité n'avait donc pas de place dans leurs échanges. Il en profitait pour glisser régulièrement un mot pour ses parents. Marguerite lui répondait à peu près au même rythme. Le contact était ainsi maintenu entre les deux jeunes amants. Léon avait besoin de cette correspondance. Elle le reliait à son passé d'homme libre, à sa condition d'être humain, souvent broyée par la géhenne du bagne. Il recevait également, de temps à autre, une lettre de sa mère. La vie de ses parents était devenue un enfer, au village. Aussi prenait-il soin de les rassurer sur son sort. Nul besoin d'en rajouter, chacun portait sa propre croix.

Léon s'accrochait au souvenir de Marguerite, son sourire, son rire, son ton léger lorsqu'ils bavardaient. Il essayait de se remémorer encore et toujours la douceur de ses mains, pour tromper l'oubli qui menaçait de lui voler cette sensation. Et il redoutait plus que tout la lettre où elle lui annoncerait qu'elle ne l'attendrait plus.

Chapitre 8

Juin 1926 – La Saint-Jean

Le village avait revêtu ses habits de fête. Les girandoles et les lampions se disputaient l'éclairage de la place où était posé le parquet pour le bal nocturne. Le temps promettait d'être sec. Le bûcher avait été préparé pour le feu de la Saint-Jean tant attendu par la jeunesse de Souloumiac. La journée s'annonçait belle et la soirée festive.

Marguerite pénétra dans l'atelier, le bras chargé de son panier à provisions. Pour ce jour de fête, les quelques employées de la maroquinerie avaient prévu de prendre leur déjeuner ensemble et Margot avait été désignée pour le ravitaillement. Il régnait dans l'atelier une ambiance joyeuse. Les employées de la maroquinerie Ségur étaient, comme chaque année, surexcitées par les préparatifs du bal de la Saint-Jean. La jeunesse, qui était la reine de la fête, donnait à celle-ci une tonalité insouciante et gaie. À l'atelier, la promesse de cette soirée mettait tout le monde de bonne humeur.

— Tiens, voilà Marguerite qui est de retour ! Alors, que nous as-tu trouvé pour ce midi, ma belle ?

Toutes se groupèrent autour d'elle.

— Repas de fête ! Confit de canard et patates à la graisse d'oie ! clama Marguerite. Et pour le dessert ?… devinez quoi ? fit-elle, en prenant soin de ménager son effet. Des fraises !

Une clameur enthousiaste accueillit l'annonce du menu.

Puis les conversations tournèrent autour des cœurs à prendre à la nuit tombée.

— Tu sais quoi, Marguerite, Adèle pense que Maurice va se déclarer ce soir !

— Mais je n'ai rien dit de tel !

— Mais tu l'as sous-entendu, ce qui revient au même !

— Et Anaïs a jeté son dévolu sur Raoul !

— Raoul… Ségur ?

— Lui-même. Tu ne mises pas sur le plus mauvais cheval, dis donc, Anaïs, le fils de la patronne !

— Ce vieux garçon ?

— Pas si vieux que ça, quand même ! il n'a que vingt-sept ans. Pour un homme, il n'y a pas d'âge pour se marier… Ni pour faire des enfants ! Et puis, un vieux avec son physique, je prends !

— Chut ! il est peut-être par là !

— Mais non, il est parti chercher du fil chez Tournier !

Marguerite se rendit dans la pièce qui servait de cuisine et de salle de pause au personnel de la maroquinerie. Ces gamineries avaient tendance à l'agacer, elle qui, à vingt-cinq ans, n'était toujours pas mariée. Le souvenir de Léon était encore très présent, même si elle avait mis un terme à la correspondance qui les liait, depuis plusieurs mois déjà. Il lui avait fallu beaucoup de courage pour prendre cette décision, devinant l'impact qu'elle aurait sur la vie de Léon qui lui confiait régulièrement combien leurs échanges lui apportaient de réconfort dans sa pénible existence. Elle avait continué à recevoir ses lettres qui arrivaient chez ses parents à Camalens. Elle avait dû résister à la tentation d'y répondre. Puis, un jour, elle avait demandé à ses parents de dire au facteur qu'elle n'habitait plus avec eux et que les lettres soient retournées à l'envoyeur. Dieu qu'il lui en avait coûté de prendre cette décision ! Mais la situation n'était pas tenable. Ils ne pourraient se revoir, au mieux, que dans six ans. Elle souhaitait fonder une famille et pour cela elle ne pouvait se permettre d'attendre davantage. Et puis il y avait toute cette affaire autour de Léon, l'arrestation, la prison, et le bagne…

Elle commença à s'activer pour la préparation du repas. La pièce abritait un poêle destiné à la cuisine et au chauffage en hiver, ainsi qu'un mobilier sobre. Une table, six chaises et un vaisselier dont la partie supérieure vitrée laissait voir une série d'assiettes et de bols en faïence, dépareillés. Pas d'ornement sur les murs, à l'exception d'un almanach des postes et des télégraphes de l'année en cours et d'un crucifix, une lubie de la patronne qui ne plaisantait pas avec la protection divine. La table en bois massif portait encore les reliefs du casse-croûte du matin. Un évier en pierre trônait sous l'unique fenêtre par laquelle pénétrait une lumière vive, si caractéristique des belles matinées de juin. De l'autre côté de la porte, elle percevait les piailleries futiles de ses collègues.

Tandis qu'elle rangeait ce qui était resté sur la table, ses pensées revinrent vers Léon. Bien sûr, elle le pensait innocent de ce dont on l'accusait, mais qu'adviendrait-il de lui à son retour ? Et elle ? Pourrait-elle assumer sa condition d'épouse d'un ex-forçat ? Alors que, longtemps, son amour pour lui n'avait imprimé aucun doute dans son esprit quant à son désir de le retrouver et de partager sa vie avec lui, quelles qu'en fussent les conditions, aujourd'hui, elle n'était plus sûre de rien. Elle revit la scène de Léon partant entre deux gendarmes, sous l'œil haineux de M. Batignes. Que s'était-il vraiment passé entre ces deux-là ? Elle n'avait pu rencontrer Léon qu'une fois au tout début de sa détention, lorsqu'il était encore sur le sol métropolitain. Il lui avait exposé sa version des faits. Elle l'avait cru.

C'est le cœur déchiré que Margot avait vu son fiancé incarcéré, d'abord, puis envoyé au bagne tel un criminel. Elle avait vécu les premiers mois comme un véritable cauchemar. Non seulement elle perdait son amour, mais elle enrageait aussi de voir leur ennemi juré s'en sortir si bien.

Ses yeux se remplirent de larmes à ces pensées. Oh non, pas encore, pas aujourd'hui ! Elle s'essuya les mains pour chercher le mouchoir qui était dans une des poches intérieures de sa jupe. Après avoir séché ses larmes, elle entreprit de laver les fraises et s'attabla pour les équeuter.

Un groupe de jeunes garçons passant devant la fenêtre en criant la fit sursauter. Elle poursuivit le nettoyage des fraises. Qu'elle aimait ce parfum dense des fraises que l'on coupe ! Elle porta à ses narines ses doigts couverts de jus et ferma les yeux. Elle se revit dans le jardinet de ses parents, petite, lorsqu'elle allait les cueillir en catimini et s'en remplissait la bouche à la pleine saison. Quel délice ! Depuis, elle vouait à ce fruit un véritable culte et ne manquait pas d'en profiter dès qu'il pointait son nez rouge au printemps.

Anaïs entra en ouvrant la porte à la volée.

— Besoin d'aide, Margotton ?

Puis, repérant les yeux humides de sa camarade, elle ajouta :

— Boudu… ça va toi ? C'est pourtant des fraises que t'épluches, pas des oignons !

— Je pensais juste… à quelque chose de triste, ne t'inquiète pas. Non, merci, je n'ai pas besoin d'aide, tu vois, ça avance. Je vais mettre les pommes de terre à rissoler et chauffer les confits sur le poêle.

À cette seule évocation, elle eut l'eau à la bouche. De nouveau ses pensées la guidèrent vers Léon et son cœur se serra. Quelle soupe infâme devait-on leur servir au bagne ? Elle imagina le jeune homme amaigri, tendant la main vers une gamelle remplie sans égard par une autre main, déversant à la chaîne un jus douteux à l'odeur écœurante. Elle vit le regard bleu transparent de Léon observant sa pauvre ration, et sa main se mettre en mouvement pour porter la cuillère à ses lèvres. Sans plaisir. Peut-être même avec dégoût… Mais il fallait bien se nourrir.

Après avoir volé une fraise dans le saladier, Anaïs s'en était retournée dans l'atelier.

Ici, personne n'était au courant de son passé. Elle était à Souloumiac depuis un an et demi et s'y sentait bien, loin des médisances circulant à Camalens. Parfois, l'ambiance de l'usine lui manquait. Surtout la mégisserie Méric, où elle avait travaillé après avoir quitté celle de Batignes par la force des choses. Elle devait toutefois reconnaître que le travail en maroquinerie était beaucoup plus gratifiant que la mégisserie. Moins pénible aussi. Finies les odeurs nauséabondes du sumac et du quebracho, celle des peaux en cours de traitement ou de la putréfaction, finie la fatigue de la fin de journée à racler les peaux avec sa lunette. C'était surtout l'ambiance humaine et rigolarde qu'elle se prenait à regretter. La solidarité, les plaisanteries – même si ça manquait de finesse, la plupart du temps –, la franchise, aussi. Mais ici, elle avait changé de vie, d'histoire. Personne ne connaissait son passé, à part Rachel, sa meilleure amie. Elle se sentait plus légère et disposée à tourner cette page si douloureuse. Il ne lui restait qu'à trouver l'amour. Cette pensée la fit sourire. Cependant, elle se rendait à l'évidence ; depuis le départ de Léon, aucun homme n'avait fait naître en elle un sentiment aussi impérieux que celui qu'elle avait éprouvé pour lui. Mais voilà, le temps passait. Il lui restait la solution d'épouser celui qui voudrait bien d'elle et qui se contenterait en retour d'une relation sans passion, forte d'une amitié et d'une confiance réciproques.

Marguerite repensa à la conversation, quelques minutes plus tôt dans l'atelier, et se demanda quelle mouche piquait Anaïs de jeter ainsi son dévolu sur Raoul, le fils de Mme Ségur. Personne ne semblait donc avoir remarqué que le jeune homme poursuivait Margot de ses assiduités ? Jusque-là, elle les avait accueillies avec humour et complaisance. Mais l'humour n'était pas un registre familier à Raoul, et Marguerite avait eu le sentiment, à plusieurs reprises, de ne pas aborder la relation de la bonne façon, déroutant ou froissant parfois le jeune homme malgré elle. Le fait est qu'elle ne savait que faire des avances de celui-ci qui était pourtant bel homme, elle devait en convenir. Doté de traits réguliers et d'allure élancée, Raoul était sans conteste quelqu'un de séduisant. Mais la comparaison avec Léon n'était pas à son avantage malgré ses évidents atouts physiques. Son côté toujours sérieux, pour rassurant qu'il pût être pour une future épouse, suscitait l'ennui chez Marguerite. En revanche, à plusieurs occasions, elle avait pu remarquer que Raoul nourrissait, comme elle, un intérêt pour les livres et la musique. Cela jouait en sa faveur. Il lui avait même dit posséder un gramophone ainsi qu'un certain nombre de disques, ce qui pour elle était incroyable !

Ses pensées indomptables la ramenèrent à Camalens. Deux mois après le départ de Léon pour la Guyane, après quelques semaines d'une cour discrète, faite de gentillesses et ponctuée d'habiles compliments, Joseph Batignes avait finalement demandé à Marguerite si elle accepterait de venir dîner chez lui. Elle le tenait ! « Oui, avec plaisir, monsieur Batignes, c'est gentil à vous. » Le crétin. Le statut social de cet homme l'aveuglait jusqu'à le laisser imaginer qu'elle pouvait avoir oublié son amour pour Léon et le mal qu'il leur avait fait. Une pauvre jeune femme sans cervelle et sans dignité, attirée par le pouvoir et l'argent, voilà ce qu'elle était à ses yeux. Comme elle allait s'amuser !

Le soir du fameux dîner dans sa belle maison de patron, elle s'était montrée aimable comme jamais, endormant ainsi sa méfiance. Après avoir accepté sa demande officielle et chaussé la bague symbolique, elle espérait qu'il l'attirerait dans sa chambre, ce qu'il ne manqua pas de faire vu l'attitude délicieusement entreprenante de la jeune femme. Que les hommes étaient prévisibles ! Elle ne savait pas exactement où la menait cette aventure, mais, de toute façon, elle était déterminée à se venger de cet homme. Elle improviserait.

Une fois dans l'alcôve, elle lui demanda d'une voix féline de se déshabiller. Elle dut concéder un ou deux baisers pour qu'il entreprît de se dévêtir jusqu'au caleçon. « Totalement », lui murmura-t-elle à l'oreille en lui mordillant le lobe avec dégoût. L'imbécile se retrouva donc aussi nu qu'un ver, devant Marguerite qui l'enveloppa d'un regard énamouré qu'elle avait bien du mal à feindre.

Toujours habillée, elle prit des allures de tigresse en lui disant qu'elle avait très envie de l'attacher, avant de… il voyait bien, quoi. Il y consentit, tout heureux de la sentir ouverte à des pratiques hors normes qui leur vaudraient de vivre ensemble d'inoubliables moments. Quelle diablesse ! Margot prit les chaussettes de Joseph Batignes pour s'en servir de liens et lui ligota les poignets aux barreaux du lit, avec un sourire de délectation que Batignes interpréta à mauvais escient. Sa proie bien arrimée, Margot arbora un sourire carnassier, lui jeta la bague à la figure, ramassa ses affaires et, sans rien dire, se dirigea vers la porte.

— Mais que… que faites-vous, Marguerite ? Marguerite ! Mais…

Ignorant ses cris et les insultes qui commençaient à fuser, elle sortit de la maison. L'air frais de la nuit lui avait procuré un tel bienfait et le soulagement était si grand qu'elle en avait ri de plaisir. Margot n'avait pas eu peur des représailles. Les liens n'étaient pas très serrés, il se libérerait facilement et la honte le musellerait. En revanche, elle venait de perdre son emploi… Cela dit, elle avait confiance. Des places ailleurs, il y en avait à la pelle.

L'évocation de cette soirée arracha un sourire à Marguerite, toujours occupée à préparer le repas. À l'époque, elle aurait donné n'importe quoi pour raconter cela à Léon. Mais la satisfaction immédiate que lui avait procurée sa froide vengeance n'avait pas duré : celle-ci ne lui ramènerait pas son amoureux. Trois ans après, Joseph Batignes s'était tué dans un accident automobile et Margot en avait conçu une indicible joie en se disant qu'un salopard de moins foulait cette terre.

Les préparatifs de la Saint-Jean se poursuivirent. Le repas du midi fut joyeux et arrosé. Les patrons et leur fils s'étaient joints au groupe. Comme il faisait un temps magnifique, une nappe avait été posée sur l'herbe du petit jardin jouxtant la cuisine, donnant ainsi des allures de déjeuner champêtre à cette pause conviviale. Une petite brise atténuait la chaleur de ce tout début d'été. Raoul Ségur avait apporté son gramophone, et bientôt l'air résonna des chansons de Fréhel, de Maurice Chevalier et de Mistinguett.

Tout le monde était assis dans l'herbe et avait laissé de côté les soucis quotidiens. Seul Raoul ne semblait pas à son aise. Il s'était placé à côté de Marguerite, malgré les efforts ridicules d'Anaïs pour attirer son attention. Les éclats de rire forcés et les minauderies de la jeune femme ne parvinrent pas à détourner Raoul de son intérêt pour sa voisine, ce dont Anaïs finit par se vexer et on ne l'entendit plus, au grand soulagement de tous. De temps en temps, Raoul allait dans la cuisine où il avait installé son gramophone, sur la table près de la fenêtre, et changeait le disque. Marguerite, qui adorait chanter, fredonnait par moments les airs les plus connus. Quand retentit un des succès de Mistinguett, tout le monde se mit à chanter le refrain, avec plus ou moins de justesse mais avec beaucoup d'entrain :

Toujours au turbin
Du soir au matin
Moi j'en ai marre !
De toujours manger
D'la vache enragée
Moi j'en ai marre !

Même les Ségur se prirent au jeu et s'égosillèrent avec les autres en imitant l'accent parisien de Mistinguett. Un éclat de rire général ponctua la chanson.

À la fin du repas, tous félicitèrent Marguerite et entreprirent de ranger le pique-nique. Les employés retournèrent à l'atelier avec des mises en garde amusées de la patronne :

— Avec tout le vin que vous avez bu, attention aux doigts ! Les aiguilles ne feront pas la différence !

Dans l'appartement qu'elle partageait avec son amie Rachel, Marguerite se préparait pour le bal. Lorsqu'elle était arrivée à Souloumiac, elle avait cherché un logement. Le jour prévu pour la visite, la propriétaire était arrivée accompagnée d'une autre jeune femme également intéressée par le bien. C'était un meublé au premier étage au-dessus d'une mercerie. À la fin de la visite, Margot avait trouvé que c'était un peu trop grand et cher pour elle seule. L'autre personne avait émis le même jugement. Comme l'une et l'autre étaient pressées de s'installer, elles décidèrent de louer le logement à deux. Ce serait temporaire. Elles s'étaient jaugées rapidement et avaient conclu que cela valait le coup d'être tenté. Elles vivaient sous le même toit depuis maintenant dix-huit mois et Margot avait trouvé en Rachel une amie rare. Le hasard avait en effet bien fait les choses. Les deux jeunes femmes s'étaient tout de suite bien entendues, cultivant les mêmes passions, riant ou s'indignant des mêmes choses. Elles partageaient le quotidien avec entrain, ce dont Margot avait le plus besoin après avoir quitté Camalens.

Rachel était tout l'opposé de Marguerite. De nature extravertie, elle était grande, brune et plutôt gironde. Elle avait quitté le domicile familial situé dans une petite ville voisine car elle y étouffait. Depuis toute petite, elle nourrissait un talent pour le dessin et en avait fait son métier. Elle était très inventive et créait des gammes de porte-monnaie, portefeuilles, sacs féminins, ceintures, vêtements, vestes, manteaux, en s'inspirant de la mode parisienne diffusée dans les magazines. Elle proposait ensuite ses modèles aux maroquiniers et couturières du coin. D'abord rétifs au changement, les professionnels de l'habillement s'arrachaient maintenant ses idées originales et, surtout, plus modernes.

Le soir, devant la cheminée, les deux jeunes femmes avaient souvent de longues discussions sur les sujets qui les préoccupaient : la politique, le vote des femmes, la condition ouvrière, et tant d'autres. Marguerite aimait particulièrement ces moments d'échange, aussi animés que féconds, avec son amie. Au cours d'une de ces soirées, entre deux verres d'eau-de-vie, Rachel lui avait confié, sans arrière-pensée, préférer les femmes, faisant naître un débat dont Marguerite avait apprécié la teneur. Rachel revendiquait son indépendance, ce qui forçait l'admiration de Margot.

L'appartement des jeunes femmes était constitué d'une grande pièce commune, sommairement meublée, de deux chambres, une salle d'eau et une petite cuisine avec sa souillarde. Rachel avait compensé la pauvreté de l'ameublement en ajoutant des rideaux, des tentures, des coussins, des dessus-de-lit, grâce à la complicité de ses parents et à son goût très sûr. Margot s'était extasiée devant tant d'habileté à transformer un logement insignifiant en un joli nid douillet.

*

Margot jeta un œil à son reflet dans la psyché. Pour le bal, elle avait eu l'idée de retoucher une de ses robes afin d'en faire une tenue de fête, à partir d'un modèle relevé dans un exemplaire du *Jardin des modes* déniché par Rachel. Il s'agissait d'une robe chasuble bleu marine, droite, simple, décolletée en V, qu'elle avait raccourcie juste au-dessous du genou. Elle s'était cousu une longue et large ceinture en lamé argent et bleu, qu'elle avait fixée à hauteur des hanches et nouée en un gros nœud souple sur le côté. Un long collier de perles prêté par Rachel et porté en sautoir ornait le devant de sa robe. Le résultat était d'un bel effet et ne lui avait pas coûté cher. Elle se coiffa avec l'aide de son amie, en peignant ses cheveux courts ondulés vers l'avant et en prenant soin de garder une mèche devant les oreilles, que Rachel lui plaqua sur les joues en créant une petite volute. Elle vérifia sa tenue dans la glace, et se dit que pour une provinciale elle était très à la mode. Le regard de Rachel la conforta dans son jugement.

— Tu es magnifique ! Si tu n'aimais pas tant les hommes, je te ferais du plat !

— Tu es sûre que tu ne veux pas venir ?

— Qu'irais-je y faire ? Je n'aime pas danser, je ne cherche pas à me marier et ces fêtes-là m'ennuient. Propose-moi d'aller au théâtre, à l'opéra, au musée et j'y cours. La fête de la Saint-Jean à Souloumiac, excuse-moi, mais non !

— Mademoiselle ne veut pas se mélanger au peuple !

— Bien sûr que je peux me mélanger au peuple ! Quand il faut manifester, faire la grève, aller au feu d'artifice du 14 Juillet, enfin, il faut que ça ait du sens ! Mais ne me demande pas de partager ses divertissements. Je m'y ennuie, je n'y peux rien. Entendre de la mauvaise musique, jouée par de mauvais musiciens et dansée par de mauvais danseurs, merci bien !

Margot la taquina :

— Ce que tu peux être snob ! Moi, j'aime voir les gens s'amuser. Je me dis que tant qu'ils font la fête, ils n'ont pas de soucis. Je ne sais pas comment te dire… ça me rend heureuse, tout simplement.

— Mais parfaitement ! D'accord à cent pour cent. Pourvu qu'on ne me demande pas de m'associer aux flonflons ! Et j'admire ta faculté à te mettre à la place des autres, railla Rachel.

— Tu n'éprouves donc à aucun moment le besoin de te vider la tête ?

— Bien sûr que si. Un bon livre ou une bonne revue de mode font l'affaire.

— Bon, si c'est ton dernier mot…

— Et toi, qu'attends-tu de ce bal ? Tu penses que Raoul va se déclarer une bonne fois ?

Margot n'avait pas beaucoup de secrets pour Rachel. Cette dernière connaissait toute son histoire et avait accueilli ses confidences concernant la cour discrète du fils de la patronne.

— Comment veux-tu que je le sache ? Je ne sais même pas s'il sera là. Je crois qu'il est un peu comme toi, il n'est pas friand des amusements populaires. Mais moi j'aime danser, je suis sûre de ne pas m'y ennuyer. Et puis il y a des gens que j'aime bien, au village. Je suis contente à l'idée de m'amuser avec eux. Même si je sais que je ne vais en sortir ni plus maligne ni plus intéressante, mais peut-être tout simplement plus… vivante… humaine ?

— Accuse-moi de misanthropie, tant que tu y es ! plaisanta Rachel.

— Non, je n'ajoute plus rien et j'y vais.

Elle se posta devant Rachel et l'interrogea d'un regard sur sa tenue de soirée.

— Tu es parfaite ! Tu vas faire frémir son intimité, à ton Raoul ! Au fait, tu crois qu'il est encore vierge, à vingt-sept ans ? Allez, file, je suis sûre qu'il sera au bal, et uniquement pour toi. Moi, je vais lire ça.

Elle désigna un livre dont la couverture représentait une femme dans une posture alanguie.

— Mais où as-tu trouvé ça ?

— Par le curé de la paroisse, pardi !

Elles éclatèrent de rire. Rachel poussa son amie par la porte d'entrée et c'est le cœur et le pas allègres que Marguerite se rendit sur la place du village.

Chapitre 9

Février 2016 – Souvenirs

Valéry se réveille lorsque les rayons du soleil lui lèchent le visage à travers le hublot. Il faut qu'il envisage d'installer un occultant s'il ne veut pas vivre au rythme du soleil, surtout quand viendra l'été. Il frissonne. Le petit appareil de chauffage de la cabine a dû s'arrêter dans la nuit. La condensation commence à perler au hublot. Il s'emmitoufle sous la couette et sonde ses pensées. Il se sent bien, tel un animal libéré d'un joug supporté jusque-là avec docilité faute de connaître autre chose, et découvrant la légèreté de sa subite absence. Il se lève, enfile une grosse veste d'intérieur, remet le chauffage en route et se prépare un café.

Depuis une semaine, il vit sur *L'Insoumis*, son voilier. Le lendemain du jour où il a pris sa décision, il a annoncé à Isabelle qu'il avait besoin de prendre du recul. Elle n'a même pas fait semblant d'être étonnée. Cette vie doit lui peser à elle aussi. Ç'a été tellement simple qu'il se demande pourquoi il ne l'a pas fait plus tôt. Il a presque été déconcerté : c'était donc si facile de se quitter ? Car nul n'est dupe. La vie à deux ne reprendra pas. Mais réflexion faite, la transition est une bonne solution, ne serait-ce qu'aux yeux de la famille pour qui l'annonce d'un divorce risque d'être un peu indigeste. On préfère nettement l'hypocrisie d'un mariage au réalisme d'un divorce. Il n'est pas si difficile de faire semblant de s'aimer. Valéry pose son bol de café sur la table et s'installe sur la banquette du carré. Il regarde son nouveau chez-lui avec satisfaction. Fonctionnel, l'intérieur de son bateau est en grande majorité aménagé en bois, d'un bois clair et patiné. Il dispose d'un coin cuisine, d'un autre pour les repas et d'un minuscule cabinet de toilette. Une cabine destinée au couchage se situe dans la partie avant du bateau. Une autre couchette se trouve dans le carré, escamotable, celle-là. Ce qui en fait un véritable logement, pas grand, spartiate, mais rien n'y manque. Le tout a été entretenu avec soin par Valéry, au cours de ses week-ends *bricolage*. Valéry a hésité entre venir vivre dans son bateau ou louer un petit appartement. Puis, mis à part le fait que le port de Carnon l'éloigne un peu de son agence, il n'a pas trouvé d'avantages à habiter un studio en ville plutôt que son bateau. L'idée elle-même lui plaît. La rupture est d'autant plus nette avec son ancien mode de vie, tout en restant en terrain familier. Là, il pourra faire le point, se préparer à sa nouvelle existence.

Ses yeux se posent sur la cafetière italienne qu'il a héritée de sa grand-mère. À la mort de celle-ci, ses affaires ont été réparties entre les différents membres de la famille et Valéry a souhaité récupérer cette cafetière qui non seulement faisait un excellent café mais lui rappelait par ailleurs tant de bons moments conviviaux dont sa grand-mère avait le secret. Parfois, cette dernière lui manque encore. Elle aurait été d'une aide précieuse en ce moment. Elle avait le chic pour mettre le doigt là où la plaie faisait bien mal, pour vous tirer les vers du nez et vous aider à aller de l'avant en trouvant les mots justes. Mais voilà, Manou n'était plus là. Il se souvient d'une des dernières visites qu'il lui a faites dans sa maison de repos où elle avait été accueillie à la suite d'un léger problème cardiaque, et où elle résidait depuis qu'une maladie dégénérative du cerveau avait été diagnostiquée et que ses jours étaient comptés. L'expression avait amusé Valéry : à quatre-vingt-quatorze ans, ses jours étaient forcément comptés. C'était en 1995. Valéry se souvenait bien, il avait alors vingt-sept ans et était sur le point d'épouser Isabelle. Ils habitaient encore Toulouse à l'époque. Il s'était rendu, à la demande de Manou, dans cette belle bâtisse qui accueillait les personnes comme elle et leur assurait une fin de vie aussi digne que possible. Moyennant finances, et non des moindres, la famille s'épargnait ainsi la prise en charge de l'aïeule à la raison défaillante. Jusque-là, elle avait pu rester chez elle, à Souloumiac, grâce à une auxiliaire de vie, mais, avec ses quatre-vingt-quatorze ans et la maladie, le maintien à domicile était devenu impossible. Qu'à cela ne tienne, s'était-elle contentée de dire, rendue à l'évidence qu'elle ne finirait pas ses jours chez elle. Elle était bien dans cette prison dorée. Qu'attendre de plus à son âge sinon une fin douce entourée de ses enfants et petits-enfants.

Mais, bizarrement, ce n'était pas à ses enfants qu'elle avait fait appel, ce jour-là. Valéry s'était toujours demandé pourquoi lui. Elle lui avait demandé de venir car elle avait des choses à lui dire, avait-elle annoncé, énigmatique, au téléphone. Valéry avait mis cette demande farfelue sur le compte de l'âge et de la solitude, un subterfuge pour recevoir une visite, et s'était rendu de bon gré auprès de sa grand-mère. Il lui raconterait les préparatifs de son mariage et lui parlerait de son projet d'ouvrir une agence immobilière.

Et, une énième fois, il se repasse le film de son tête-à-tête avec sa grand-mère.

Ce jour-là, il arriva au domaine *La Charmoye* dont rien n'indiquait dans le nom qu'il était question d'une résidence pour personnes fatiguées, convalescentes ou vieilles. Il s'agissait d'un refuge moelleux et confortable, retiré du monde, au milieu d'un magnifique jardin. Ici, la sélection se faisait manifestement par l'argent, ce qui suscita une pointe d'irritation chez Valéry. En allant rejoindre Manou qui prenait l'air dans le parc, il croisa une jeune fille à peine sortie de l'adolescence, d'une maigreur maladive. Valéry imagina les raisons qui avaient pu la conduire ici : drogue ? anorexie ? dépression ? En tout cas, papa et maman n'avaient pas lésiné sur les moyens pour sa guérison. Perdu dans ses pensées railleuses, il aperçut sa grand-mère, déambulant cahin-caha avec ses cannes. Il l'observa avec tendresse.

Ce petit bout de femme aux cheveux blancs, tenant tant bien que mal sur ses jambes, avait été jeune, elle aussi. Elle avait mis au monde trois enfants, travaillé sa vie durant, vécu deux guerres. Elle allait bientôt disparaître, laissant la place à sa descendance qui vieillirait à son tour, et ainsi de suite. La roue du temps tournait, implacable. Et si Manou avait réellement quelque chose à lui révéler ? Valéry se raisonna. Même si l'idée que sa grand-mère perde la tête l'insupportait, il fallait se rendre à l'évidence : elle était déjà un peu partie ailleurs. Le reste suivrait bientôt. Son cœur se serra à cette idée.

Pourquoi lui ? La même question lui revenait sans cesse. Sa grand-mère avait toujours manifesté beaucoup d'affection à l'égard de ses petits-enfants en général, Valéry en particulier, mais rien ne justifiait vraiment qu'il ait été désigné parmi les autres. Quand elle le vit s'approcher, son visage s'illumina.

— Oh, Valéry, comme c'est gentil d'être venu aussi vite ! J'avais si peur de partir avant de te voir.

Il la serra dans ses bras très délicatement par peur de la briser tellement elle semblait fragile. Elle parut deviner ses pensées.

— Ne t'inquiète pas, je ne vais pas me casser ! C'est la tête qui ne va pas bien. Encore que… Ils disent que je suis maboule, mais c'est faux. Je le sais moi ! Sénile, oui, maboule, non ! À mon âge, on ne peut avoir un cerveau de jeune fille, tu es d'accord ? Tu repars à quelle heure ?

— Je ne sais pas, Manou, quand tu en auras assez de me voir ! plaisanta-t-il.

Ils s'assirent sur un banc, à l'ombre d'un arbre immense, d'un âge voisin de celui de l'aïeule. Elle prit la main de Valéry et commença à parler comme si le temps lui était réellement compté. Elle paraissait avoir l'esprit tout à fait clair. Elle regardait fixement devant elle, semblait lire sur un prompteur imaginaire le fil de ses pensées.

— Tu sais, je n'ai pas peur de mourir. À mon âge, je n'attends plus rien de la vie, sinon mourir tout doucement. Je ne suis même pas sûre de vouloir que quelqu'un me tienne la main… C'est intime, la mort… Je n'ai pas peur de mourir car lorsque je regarde derrière moi, que je fais le point sur ce que j'ai accompli, ce que j'ai construit, et ce que je vais laisser, je n'ai pas à rougir. Je n'ai pas été une personne parfaite, loin de là, mais qui l'est vraiment ? La perfection n'existe pas, on peut, tout au plus, faire de son mieux, en son âme et conscience. Parfois, on fait du mal et on le sait, mais c'est peut-être parce qu'on ne peut pas faire autrement… Il ne nous reste alors qu'à demander pardon, mais ce n'est pas toujours possible… Au fond, je n'ai qu'un seul regret. Mais je l'ai depuis tellement longtemps qu'il me pèse maintenant, au seuil de la mort, encore plus qu'avant…

Elle fit une pause.

— J'ai vécu, autrefois, un grand amour. C'était un jeune homme séduisant, pas spécialement beau, mais avec tellement de charme… J'étais sa première amoureuse aussi. Puis il a dû partir. Loin, très loin. C'était avant de connaître ton grand-père.

Elle regarda Valéry et tressaillit.

— Pourquoi est-ce que je te raconte tout ça ?

— Je ne sais pas, Manou. Tu voulais me parler de ton seul regret. Je t'écoute.

— Tu n'as pas faim ? Moi si ! En fait, j'ai toujours faim, dit-elle en gloussant comme si elle disait une bêtise. C'est un des seuls plaisirs terrestres qui me restent !

Puis, après quelques instants de silence :

— Tu repars à quelle heure ?

Valéry comprit qu'elle subissait un petit accès de sénilité. Mi-curieux mi-inquiet, il proposa à sa grand-mère d'aller lui chercher quelque chose à grignoter mais se fit rembarrer.

— Mais qu'est-ce que tu me racontes, il n'est pas l'heure encore pour manger ! Tu repars à quelle heure ?

— Si tu ne veux pas manger, tu peux continuer ton récit. Donc ton amoureux est parti loin ?

— Quel amoureux ?

— Celui de ta jeunesse, d'avant grand-père. L'homme séduisant.

— Comment tu l'as su ?

— Tu viens de me le raconter.

— Ah bon...

Puis, s'abîmant de nouveau dans le puits sans fond de sa mémoire, elle reprit la lecture de sa vie sur son écran imaginaire.

— C'était un excellent mécanicien... Puis il a dû partir loin, mais contre son gré. Il a été condamné au bagne... On me l'a... arraché.

Elle accompagna ses derniers mots d'un geste simulant une éviscération.

— Pourquoi ?

— Pourquoi quoi ?

— Pourquoi il a été condamné au bagne ?

Elle éluda la question et poursuivit :

— On a voulu l'éloigner de moi... Il a fini par revenir, huit ans après. Mais j'étais déjà mariée. Au début, quand il est parti, on s'écrivait. Puis j'ai arrêté avant de me marier. Je l'ai laissé tout seul avec son chagrin et sa peine à accomplir. Il était innocent de ce dont on l'accusait. C'était un jeune homme très droit et épris de justice. Et j'ai arrêté de lui écrire... j'ai arrêté, tu entends. Je ne me rendais pas compte du mal que je lui faisais. Je m'en suis tellement voulu, après. J'ai été égoïste.

— Et quand il est rentré, il a dit quoi, grand-père ? Il était au courant ?

— Tu repars à quelle heure ?

Valéry commençait à être captivé par cette histoire qui semblait cohérente en dépit de l'état mental de sa grand-mère.

— Manou, tu l'as revu quand il est rentré du bagne ?

— Oui, mais je l'ai chassé de ma vie. Je l'aimais, tu comprends, il ne fallait pas qu'il reste. J'avais déjà mari et enfant. Lui habitait Camalens, pas très loin de Souloumiac. Tu te souviens de Souloumiac ?

C'est lui cette fois-ci qui éluda la question, impatient de connaître la suite.

— Et ensuite ?

— Il s'est marié. Tu vois, c'est mon seul regret : de ne pas avoir quitté ton grand-père pour vivre cette histoire d'amour avec Léon. Mais ça ne se faisait pas, à l'époque. J'avais une famille, des devoirs d'épouse et de mère. Sauf que ton grand-père, je ne l'aimais pas. Je l'aimais *bien.* C'était un homme bon. Mais je ne l'*aimais* pas.

Valéry était stupéfait que sa grand-mère ait pu connaître un tel sentiment pour un autre homme que l'Officiel, lui qui l'avait toujours connue vieille. Il essayait d'imaginer : un homme venant en cachette voler quelques baisers à sa grand-mère – sous ses traits de jeune femme – déjà mariée et mère de famille, et quémandant une ultime étreinte avant d'accepter de disparaître de sa vie.

— Et ensuite ? demanda Valéry.

— Ensuite ? Ensuite, rien. Je crois qu'il est parti vivre à Toulouse. Puis il est mort. Quand je l'ai appris, j'ai fait une dépression. Pour moi, il était perdu pour toujours. Je n'avais plus le moindre espoir que l'on se retrouve un jour… Mais, tu vois, il est tout de même présent, à sa façon, dans ma vie. J'ai beaucoup, beaucoup souffert.

Puis, après une pause :

— Tu repars à quelle heure ?

— Je ne vais pas tarder, Manou.

— Tu es venu pour quoi, au juste ?

— Pour discuter avec toi.
— Tu n'es pas bavard !
— Je t'écoute !
— Que veux-tu que je te raconte. Je ne suis qu'une vieille folle !
— Mais non, Manou, vieille, peut-être, mais folle, certainement pas, tu l'as dit toi-même !
Puis, un instant après, il reprit :
— Pourquoi m'as-tu raconté tout cela, Manou ?
— Pour que tu saches où est l'essentiel, dans la vie. Dans *ta* vie.
— C'est tout ?
— Ce n'est pas rien, mon garçon ! À quelle heure tu repars ?
— Et pourquoi m'avoir raconté cela à moi ?
— Je ne voulais pas emporter ça dans la tombe. Tu me ramènes à ma chambre, s'il te plaît ?
Valéry comprit qu'elle ne lui dirait rien de plus et qu'elle était lasse. Il prit congé de son aïeule et rentra chez lui. Pendant quelques jours, le récit de sa grand-mère l'avait obsédé. Il se le repassait en boucle dans sa tête. Il avait même rendu visite à sa tante Léonie, l'aînée des enfants de Marguerite, pour tâter le terrain et voir si elle en savait plus sur cet homme que sa grand-mère avait connu. Sans succès. Mais, à la réflexion, sa tante n'avait pas paru très surprise.
— Et qu'est-ce que ça peut bien faire, après tout ? Ce ne sera ni la première ni la dernière à avoir aimé un autre homme avant son mari.
Ayant considéré à l'époque cette réponse comme une fin de non-recevoir, Valéry n'avait pas insisté. Puis, pris par les préparatifs et le mariage lui-même, il n'y avait

plus pensé. Sa grand-mère avait tiré sa révérence deux semaines après cette visite.

Pour que tu saches où est l'essentiel, dans ta vie.

C'était bien la peine ! Pour ce qu'il en avait tiré comme leçon… Jusque-là, il était passé totalement à côté, de l'essentiel. Mais sa décision de rompre allait le lui faire toucher du doigt. Repensant à la conversation avec sa grand-mère, ce jour-là, il songea qu'elle avait sans doute voulu lui exprimer quelque chose de bien plus important qu'il n'y paraissait de prime abord. Mais quel crédit apporter aux paroles décousues d'une vieille femme, arc-boutée sur une histoire datant de soixante-dix ans ? Si sérieuse qu'avait pu sembler la révélation de sa grand-mère, il ne pouvait écarter l'idée qu'elle avait fabulé.

Au volant de sa voiture, en ce début de matinée, Valéry se rend à son agence tout en se repassant le film de la conversation avec Manou. Il l'a tellement ressassé, depuis vingt ans, que tout est encore très clair dans sa mémoire et que les mots résonnent encore dans sa tête. Que diable avait-elle voulu lui dire ? Avait-elle des doutes sur son mariage avec Isabelle, pour le mettre en garde de la sorte ? Les mots de sa grand-mère avaient semblé anodins, mais, au fond, quel besoin avait-elle eu de lui confier, à l'orée de sa mort, des bribes de sa vie jusque-là restées dans l'ombre ? Et ce ton qu'elle avait employé pour lui parler…

Peu concentré sur sa conduite, il ne voit qu'au dernier moment le véhicule arrivant en face de lui, ce qui le force à donner un coup de volant, provoquant une embardée qui l'envoie violemment dans le fossé.

Chapitre 10

1923 – La folle

Ce matin-là, Léon devait se rendre chez les Woillemont, la famille pour laquelle il travaillait. Leur maison se situait tout près du camp de la transportation. À Saint-Laurent, tout était localisé dans un mouchoir de poche. La ville avait été construite par les forçats à partir de la fin du XIXe siècle. La mairie, la perception, la succursale de la Banque de France, la caserne, l'église, l'hôpital, puis tous les bâtiments destinés à l'A.P. et à son personnel. La maison où il travaillait était de plain-pied avec une galerie extérieure sur deux côtés, dans laquelle étaient disposés une table, des chaises, une méridienne et un fauteuil. Elle était bordée d'une rambarde en bois. Le tout était peint en blanc, à l'exception du plancher en bois qui avait été laissé dans sa couleur naturelle. Trois larges marches séparaient la maison d'un jardin d'environ vingt mètres sur vingt, où quelques arbres, arbustes et fleurs d'essences tropicales poussaient généreusement. Au pied des marches, une petite allée menait jusqu'au portillon de l'entrée qui donnait sur la rue. À cette heure de la matinée, la chaleur était déjà intense mais adoucie par les alizés. Il avait prévu de faire le jardin, à moins que ses patrons n'aient décidé autre chose pour lui. Une pointe d'irritation le piqua quand il se rappela que son absence de liberté touchait aux moindres décisions quotidiennes sans importance, comme choisir de faire le jardin ou nettoyer les boiseries, ou encore laver le linge, activité qu'il faisait souvent en compagnie de Mme Woillemont.

Les relations qu'il entretenait avec ses patrons étaient plutôt bonnes. Ils semblaient lui faire confiance. Mais Léon restait très circonspect lorsqu'il était chez eux, tout comme au camp, d'ailleurs. La crainte de commettre un faux pas ou de dire une parole malheureuse le cantonnait dans une réserve permanente. Il avait pris cette posture assez rapidement en arrivant à Saint-Laurent, pour se protéger lui-même, ce dont il avait du mal à se départir maintenant, même en présence de personnes de confiance ou censées l'être.

François-Xavier et Héloïse Woillemont, couple d'une trentaine d'années, avaient compris qu'ils n'avaient pas affaire à un forçat comme les autres et, jour après jour, ils lui avaient confié davantage de responsabilités, notamment celle d'encadrer les devoirs scolaires des enfants, lesquels avaient tendance à se laisser vivre. Or, depuis que Léon s'occupait d'eux, ils s'étaient mis au travail, à la grande satisfaction des parents. Néanmoins, les patrons restaient les patrons et ils ne pouvaient s'empêcher, malgré leur attitude permissive et pseudo-complaisante, de lui rappeler de temps en temps, l'air de rien, qu'il restait le larbin de service et que son unique droit était celui d'obéir. Situation inconfortable pour Léon, et rendue d'autant plus embarrassante qu'Héloïse Woillemont, femme très esseulée dans la communauté pénitentiaire et de nature dépressive, s'était mis en tête d'en faire son confident. Elle y était surnommée « la Bovary du bagne », à son insu, bien entendu. Léon était partagé entre le mépris et la compassion pour cette femme qui, il le sentait bien, n'était pas méchante, au fond. Mais son esprit torturé la rendait instable. Un jour, elle se croyait obligée, pour tenir son rang, d'humilier Léon. Le jour d'après, elle pouvait au contraire le convoquer dans son cabinet ou sur la galerie pour deviser avec lui comme on l'eût fait avec un ami.

Elle lui prêtait de nombreux livres que Léon lisait dans sa chambrée, le soir, avec le peu de lumière dont il pouvait disposer. Il recevait, par ces pages qu'il tournait, un tel souffle de liberté qu'il ne pouvait s'imaginer vivre au bagne sans cette lucarne sur l'extérieur visible de lui seul. C'était sa belle à lui. La lecture ne lui ferait pas retrouver Marguerite plus tôt, mais elle lui permettait d'attendre que le temps passe, lentement, trop lentement, mais sans trêve. Puis ils échangeaient leurs avis respectifs sur les lectures. Ce que Léon redoutait plus que tout, c'était l'étrange relation de séduction qui s'instaurait progressivement, ou du moins que sa patronne se plaisait à entretenir. Car Léon n'éprouvait aucune attirance pour elle. Héloïse Woillemont n'était ni belle ni laide. Son corps maigre lui donnait un aspect général souffreteux. On ne pouvait pourtant pas dire que la faim la taraudait, mais les états d'âme, probablement. D'une pâleur surprenante dans un pays où l'on vivait en plein air, son regard d'un bleu intense était altéré par des paupières tombantes qui masquaient une partie de l'iris. Son visage était peu harmonieux, sans toutefois être laid, assez bizarrement. En fait, le charme d'Héloïse Woillemont résidait surtout dans sa conversation, que Léon appréciait beaucoup. La vie au bagne favorisait tellement peu les échanges autres que les sujets triviaux ou les discussions sans intérêt que Léon prenait un réel plaisir à deviser avec sa patronne, dotée d'une érudition hors du commun. Ce qui le préoccupait, en revanche, c'était combien elle y prenait plaisir elle aussi, au point qu'elle lui demandait de négliger ses autres tâches pour passer du temps avec elle. Il lui arrivait également de s'épancher sans aucune pudeur sur sa vie, sa relation conjugale, ce qui plongeait Léon dans une gêne malsaine. Dans ces cas-là, il coupait court à la conversation et s'échappait en prétendant avoir entendu un bruit, un appel, ou en prétextant un engagement pris, bref, il cherchait à toute force une diversion. Léon avait eu vent d'histoires dramatiques, survenues à la suite d'une relation intime entre la femme d'un membre de l'A.P. et son garçon de famille. Des forçats accusés de viol avaient été condamnés par le tribunal maritime spécial à des peines de réclusion à l'île Saint-Joseph, dans un des pires quartiers disciplinaires de Guyane, celui où l'on enfermait les candidats à l'évasion notamment, dans une semi-obscurité, avec pour seule nourriture du pain sec et de l'eau deux jours sur trois. Parfois même, la peine capitale avait été prononcée. D'où l'extrême prudence de Léon vis-à-vis de sa patronne et son souci de maintenir la juste distance.

Léon fit tinter la clochette de l'entrée pour s'annoncer, puis appela :

— Madame Woillemont ?

— Léon, entrez ! Je suis sur la terrasse !

Léon s'avança jusqu'à la galerie où Héloïse Woillemont était allongée sur une méridienne.

— Je m'occupe du jardin aujourd'hui ?

— Croyez-vous ? Asseyez-vous cinq minutes avant de commencer.

Léon savait ce que cela signifiait : la matinée allait être consacrée à la conversation. Ma foi, du moment qu'elle ne dérivait pas vers des sujets personnels… D'autres forçats étaient en train de charrier des grumes au camp forestier de Charvein, l'un des pires du bagne, il n'allait pas se plaindre.

— Tenez, Léon, je vous ai mis de côté des articles parus dans la presse sur les exploits de vos héros !

Elle lui tendit quelques journaux.

— Merci, madame Woillemont ! C'est bien aimable à vous.

— Vous y croyez vraiment à cette aventure ?

— Bien sûr ! Ils ont déjà réussi à franchir les Pyrénées pour créer la ligne Toulouse-Rabat, c'est certain qu'un jour ces avions parviendront à traverser l'Atlantique. En tout cas, c'est leur projet… Vous vous rendez compte ? Le courrier distribué en à peine une semaine en Amérique du Sud ! Quelle révolution ! Bien sûr, il faudra attendre un peu pour la Guyane…

— Certainement ! Je ne pense pas que l'on soit leur priorité ! Mais vous voulez vraiment voler sur ces machines, Léon ?

— J'aimerais tellement… Vous savez, les pilotes sont avant tout de très bons mécaniciens. Quand ils arrivent à la compagnie des lignes Latécoère, Didier Daurat, le chef de la base, leur met d'abord les mains dans le cambouis. Ils travaillent dans un premier temps à la maintenance des avions. Il faut bien qu'ils soient en mesure de réparer en cas d'avarie. Ensuite seulement ils peuvent voler s'ils en montrent l'envie et bien sûr les compétences. C'est vrai qu'il faut aussi du courage... Mais quelle expérience incroyable, quelle chance de participer à une telle aventure !

— Quand vous aurez purgé votre peine, vous pourrez tenter votre chance... L'entreprise est à Toulouse, pas très loin de chez vous, si je ne m'abuse ?

— C'est exact. Si celle qui va devenir ma femme est d'accord pour s'installer à Toulouse, c'est ce que je souhaiterais faire. Mais ça me paraît bien lointain, encore...

— Vous y parviendrez, Léon, j'en suis certaine. Vous êtes quelqu'un de tellement déterminé ! Et qui sait ? Vous entrerez peut-être dans l'Histoire avec un grand *H* ?

— Vous êtes bien aimable, madame Woillemont, mais j'ai des doutes... Je suis déjà entré par la mauvaise porte dans l'histoire avec un petit *h*. Alors la grande...

Puis elle changea subitement de sujet :

— Ah, Léon, je vous ai obtenu, par l'entremise de mon mari, un deuxième costume, enfin, je veux dire, une deuxième tenue... pour que vous puissiez vous changer plusieurs fois dans la semaine et lessiver celui que vous portez, pour faire un roulement...

— Je vous remercie de penser à mon confort. Et ce sera aussi plus agréable pour vous !

Il regretta aussitôt ses paroles qui faisaient allusion aux nombreuses heures passées ensemble, presque côte à côte. Elle sourit d'un air entendu et ajouta en désignant la porte de la chambre conjugale :

— Il est sur le lit, si vous voulez en profiter pour vous changer. Ainsi, nous pourrons laver celui que vous portez dès demain.

— Oui, bien sûr.

Léon n'eut d'autre choix que de s'exécuter. Il se dirigea vers la chambre de ses patrons. C'était une vaste pièce, assez cossue, reproduisant les décors des chambres de métropole, où trônait un large lit protégé d'une moustiquaire. Sous celle-ci était posé un exemplaire de la tenue aux rayures verticales rouges et blanches, l'uniforme des bagnards. Que n'eût-il donné pour porter autre chose.

Léon commença à se dévêtir pour procéder au change.

Héloïse Woillemont, qui passait dans le couloir, se rendit compte que Léon n'avait pas bien tiré la porte de la chambre. Elle s'approcha pour la fermer et protéger l'intimité du jeune homme. Lorsqu'elle s'approcha, elle vit Léon à moitié dévêtu, de dos, le torse nu. Elle resta plantée là, médusée, ne pouvant ni détourner le regard ni fermer la porte. Le dos de Léon, qui avait dû être large avant de venir fondre au bagne, était fin et énergique. Ses épaules bronzées, légèrement luisantes d'un voile de sueur, subjuguèrent la jeune femme. Que son mari avait piètre allure à côté de ce simple bagnard ! Elle en oublia toute honte et, prise de sidération, se tint devant la porte entrebâillée à admirer Léon en train de se dénuder. Lorsqu'il se débarrassa de son pantalon, puis de son caleçon, elle crut être emportée par une lame de fond émotionnelle. De folles pensées affluaient dans son esprit. Elle se voyait entrer dans la chambre et saisir à pleines mains les fesses rebondies et denses de Léon.

Pour saisir son nouveau vêtement emprisonné dans la moustiquaire, Léon dut faire un mouvement de côté, dévoilant au regard qui l'espionnait le profil de son intimité. Attiré par un bruit, il jeta un œil vers la porte et s'aperçut qu'elle était entrouverte. Héloïse eut juste le temps de s'écarter et de s'adosser au mur à droite de la porte, ivre de confusion et submergée par la violence de son désir. Son cœur battait la chamade et elle était comme prise au piège : si Léon l'entendait, il comprendrait qu'elle était postée là depuis un moment. Elle resta donc contre le mur, figée, incapable de faire le moindre mouvement. Ses jambes se dérobèrent et elle se laissa glisser sur le sol.

Léon se vêtit de la tenue propre et apprécia le contact du linge frais sur sa peau. Dorénavant, il pourrait se changer plus souvent. Cette perspective toute simple lui apporta du réconfort. La dignité se nichait aussi dans ce genre de détails.

Il sortit de la chambre et vit sa patronne, totalement hébétée, d'une rougeur qu'il ne lui connaissait pas, elle d'habitude si pâle, assise à même le sol. Sur l'instant, il crut qu'elle avait été victime d'un malaise et s'accroupit pour lui venir en aide. Il se rendit vite compte qu'il n'en était rien et devina au regard d'Héloïse ce qui s'était passé. Il voulut se relever, mais elle lui attrapa le bras, puis la main. Léon chercha à se dégager, mais elle le serra plus fort. Elle releva ses jupes et tout en regardant Léon droit dans les yeux, haletante, elle le força à poser sa main sur son entrejambe. La panique le saisit.

— Ne m'obligez pas à faire ça, s'il vous plaît ! Vous savez que je risque le quartier disciplinaire, voire la guillotine !

Elle n'était plus maîtresse d'elle-même. Léon était terrifié, partagé entre la crainte de refuser obéissance à sa patronne et celle de voir surgir quelqu'un dans le couloir, qui, en toute vraisemblance, prétendrait avoir assisté à un viol. Et, comble de l'horreur, il ne pouvait par ailleurs réprimer une excitation montante, à son corps défendant. Il était piégé.

— Je dirai que tout est ma faute…, souffla-t-elle.

— Vous savez bien que ce n'est pas comme ça que ça se passe, ici, madame Woillemont. Laissez-moi, je vous en prie. C'est le blockhaus qui m'attend si on n'arrête pas ça tout de suite !

Elle lâcha la main de Léon qui la retira vivement, mais, au même moment, retrouvant son énergie telle une furie, elle se mit à genoux et baissa le pantalon de Léon qui était toujours agenouillé auprès d'elle. Il voulut s'écarter mais il était trop tard. Horrifié par le plaisir fautif qu'il éprouvait bien malgré lui et le caractère diabolique de la scène, il mobilisa toute son énergie pour parvenir à l'éloigner de lui. Ils restèrent un instant prostrés, ahuris de ce qui venait de se produire.

Puis Léon se releva et sortit rapidement sur la galerie. Émergeant peu à peu de son état d'exaltation, Héloïse arrangea ses jupes et tenta de se relever. Un malaise nauséeux la gagnait peu à peu. Qu'avait-elle fait ? Puis vint la honte, une honte comme jamais elle n'en avait éprouvé.

Léon, quant à lui, s'était accoudé à la rambarde de la terrasse, le regard dans le vide. Il avait trouvé un paquet de tabac sur la table et s'était servi. Il fallait qu'il se calme et, au regard de ce qu'il venait de faire, *voler* une cigarette à ses patrons ne représentait pas un grand délit. Qu'allait-il advenir ? Plusieurs sentiments se télescopaient en lui, à commencer par la fureur d'avoir, une fois de plus, subi un outrage. Fureur aussi contre lui-même d'y avoir cette fois-ci pris du plaisir. Et enfin la crainte de ce qui allait se passer maintenant. Autant la première fois il avait été la victime, autant, cette fois-ci, bien que victime, on le jugerait coupable. Il s'imagina la vie au quartier disciplinaire et ne put retenir un spasme de terreur, ni la larme qui coula sur sa joue. Lui qui, depuis le début, se soumettait à une autodiscipline terrible pour qu'on ne le remarquât pas, cette nymphomane venait de tout flanquer par terre. Il avait eu son compte d'injustice dans cet enfer et n'en supporterait pas davantage. Il n'avait pas entendu Héloïse qui s'était approchée de la rambarde pour se poster à côté de lui, à une distance respectable. Il ne la voyait pas car il fixait son regard sur le jardin devant lui, la cigarette dans sa main tremblante. Mais il devinait sa présence. Elle lui dit d'une voix atone :

— Partez, Léon. S'il vous plaît.

Léon posa ses yeux sur elle, cherchant une explication du regard. Qu'avait-elle l'intention de faire ? En parler à son mari ? Le dénoncer pour l'éloigner et ne pas avoir à ressentir cette honte incommensurable dès qu'ils seraient en présence l'un de l'autre ? Il n'osa pas poser la question. Il jeta son mégot de cigarette et tourna les talons sans savoir quel avenir lui réserveraient ces cinq minutes de pure folie.

— À demain pour la lessive ! lui cria-t-elle alors qu'il était déjà sur le seuil de la maison.

Ce qui ne le rassura qu'à moitié.

Chapitre 11

Début mars 2016 – Les archives

Le chat de la maison réveille Lola en sautant sur le lit. Beaucoup trop tôt pour un jour de vacances, mais, vu les projets qu'elle a conçus, ce n'est pas plus mal. David est déjà parti pour la journée. Elle regarde d'un coup d'œil la quantité de lumière filtrant par les volets pour deviner le temps qu'il fait dehors. Beaucoup de lumière. Beau temps, donc. De quoi la motiver pour mettre un pied par terre.

Elle se lève au radar, enfile un gilet sur son pyjama et se dirige vers la cuisine. Toujours dans un état semi-comateux, elle se prépare un thé. Elle s'installe devant son bol et les brumes matinales commencent à se dissiper. Elle peut alors entrevoir comment va se dérouler sa journée.

Depuis qu'elle est allée à Camalens, la curiosité de Lola s'est encore aiguisée concernant l'histoire de Léon. Parfois, elle se demande dans quoi elle s'est fourrée en cherchant à découvrir la vérité sur la lettre trouvée dans le casier. Elle a commencé à tirer un fil qui pour l'instant n'a pas d'extrémité. Maintenant, elle doit à son grand-père d'aller au bout.

Elle a apprécié la délicatesse de Camille Goupil, qui lui a parlé de sa famille avec beaucoup de tact et de respect. La teneur de ce qu'elle a appris l'a abasourdie… À l'annonce que son propre grand-père avait été un forçat, elle a quasiment défailli. Elle se revoit dans le salon du *Rusé*.

— Un ancien forçat ? Que voulez-vous dire ? était-elle parvenue à bafouiller pour inviter M. Goupil à en dire plus.

La suite de la conversation avait été riche en détails.

— Vous savez, c'était un sujet un peu tabou. Beaucoup n'osaient pas lui en parler en face, à M. Adam, mais tout le monde bavardait dans son dos… C'était bien plus facile, vous comprenez, et sans risque… Parce qu'il était du genre sanguin, quand on le taquinait là-dessus.

Lola avait posé la question qui lui brûlait les lèvres :

— Mais qu'avait-il fait pour aller au bagne ? Je suppose que ça devait être grave pour justifier un tel châtiment ?

— À l'époque, il se disait qu'il avait participé à des actions anarchistes ou anarcho-syndicalistes… Vous voyez, il ne pouvait pas être complètement mauvais, votre grand-père ! avait-il précisé avec un clin d'œil. En fait, il se disait tout et n'importe quoi, mais souvent, c'est ça qui revenait, que c'était une forte tête, qu'il avait défié le patronat en participant à des opérations de sabotage… ce genre d'actions. Les médisances allaient bon train et le pauvre M. Adam ne supportait plus tout ça. On le regardait d'un mauvais œil. Il restait bagnard, aux yeux des gens, alors qu'il avait purgé sa peine. J'étais bien jeune mais il me faisait pitié, vous savez. Même à sa femme on lui faisait payer le passé de Léon. Ce n'était pas facile pour elle non plus. C'est pour ça, enfin je pense, qu'il a décidé de s'éloigner de Camalens.

— Il n'avait tué personne, au moins ?

— Non, pas que je sache... Pas que je sache, s'était-il appliqué à la rassurer.

Lola ne connaît rien du bagne à part ce que certaines histoires célèbres en ont dévoilé : l'affaire Dreyfus, Papillon, le feuilleton sans fin du cas de Seznec... D'après ses souvenirs, Seznec a été victime d'une erreur judiciaire et ses descendants se sont battus pour sa réhabilitation. Dans son ignorance sur la question, pour elle, le bagne équivaut à la sentence suprême, se plaçant juste avant la peine capitale. Quoique, à bien y réfléchir, Louise Michel aussi avait été condamnée au bagne, en Nouvelle-Calédonie, pour sa participation aux événements de la Commune de Paris en 1871. On pouvait donc subir cette pénitence simplement pour ses idées, ou en tout cas pour des actes répréhensibles uniquement d'un certain point de vue, idéologique, en l'occurrence. Lola est partagée entre l'incrédulité, l'horreur et la tristesse. Ce que lui a raconté Camille est à peine croyable. Que quelqu'un de sa famille ait pu commettre un acte digne d'un tel châtiment la trouble au plus haut point, elle qui a reçu une éducation qui, sans être religieuse, était souvent fondée sur les notions du bien et du mal. Un instant, elle se demande comment elle va annoncer cela au reste de la famille. Un bagnard chez les Adam... Mais par ailleurs, l'image de son grand-père dépeinte à grands traits par Camille lui donne à voir un homme traqué par l'opinion publique, condamné à vivre éloigné de sa famille parce qu'il était mis au ban de la société camalaise qui pourtant l'avait vu naître. L'enfant du pays ne pouvait plus compter sur ses anciens amis, il n'était même plus digne de leur amitié.

La voix de Camille résonne encore dans sa tête :

— Et, petit à petit, il est moins venu. Je pense qu'il devait aider Marie financièrement, car les enfants semblaient ne manquer de rien, et ce n'est pas avec ce que gagnait leur mère qu'ils auraient été aussi bien soignés.

— Je sais que mon père a très peu connu son père, effectivement. Mais, dans la famille, nous n'en connaissions pas la raison et étions loin de nous douter de… de tout cela.

— Votre père est le plus vieux ou le plus jeune des deux ?

— Le plus jeune.

— Je pense que les enfants ne connaissaient rien du passé de leur père. Dès qu'ils ont été en âge d'aller au lycée, ils sont partis en pension.

— C'est étonnant qu'il n'ait pas cherché à revoir ses fils…

— J'imagine qu'il craignait leur regard s'il leur révélait la vérité… Ou peut-être voulait-il les protéger de la méchanceté des autres… Allez savoir… « Calomniez, calomniez, il en restera toujours quelque chose », comme on dit.

— Ce qui me surprend aussi, c'est que les garçons n'aient jamais appris la vérité sur leur père si les gens étaient si méchants.

— Ils étaient petits. Et à partir du moment où on ne l'a plus vu au village, on n'en a plus trop entendu parler.

— Je peux vous montrer un document ? Une lettre que mon grand-père aurait écrite à sa fiancée. Peut-être depuis le bagne, du coup…

Camille Goupil avait chaussé ses lunettes et pris dans ses mains tremblotantes la lettre que lui tendait Lola. Sa lecture terminée, il avait hoché la tête.

— Vous voyez, il y parle d'un camp, de discipline, des ragots, aussi. Pensez-vous que ce soit Marie, votre grand-mère, la destinataire ?

— Non, monsieur Goupil. Elle était trop jeune à cette époque-là. Mais j'ai rencontré quelqu'un ce matin qui m'a beaucoup appris sur ce qui concerne Souloumiac et les Ségur évoqués dans la lettre. Mon grand-père a été apparemment très amoureux d'une jeune femme du nom de Marguerite Amalric, elle aussi de Camalens. Je pense qu'ils n'ont pu se marier à cause de sa condamnation. Ce serait elle, la destinataire.

De retour chez elle, Lola avait cherché sur Internet de quel bagne il pouvait s'agir. L'association des termes *Saint-Laurent* et *bagne* avait immédiatement livré une réponse : Saint-Laurent-du-Maroni, Guyane. Celle-là même qui l'avait fait sourire quelques semaines plus tôt lorsqu'elle avait cherché où pouvait se situer le « Saint-Laurent » de la lettre. D'autres requêtes lui avaient appris que les archives relatives aux bagnes et à leurs occupants étaient centralisées à Aix-en-Provence, aux Archives nationales d'outre-mer. Elle avait appelé : on ne délivrait aucune information par téléphone ou mail. Il fallait se déplacer. Qu'à cela ne tienne, elle irait à Aix. Au point où elle en était, il fallait qu'elle aille jusqu'au bout, même si le mystère des deux correspondants avait été élucidé. Elle devait connaître l'histoire de son grand-père, notamment ce qui s'était passé entre 1920 et 1930, et par la suite. Elle avait mis le pied dans l'étrier, elle allait monter en selle et voir où la porteraient les pas de sa monture.

Et c'est justement aujourd'hui, alors que les vacances d'hiver touchent à leur fin, que Lola a décidé se rendre à Aix-en-Provence. Pour l'instant, seul David, son mari, est dans la confidence de ce qu'elle a découvert. Elle fera un exposé complet à toute la famille le moment venu. En attendant, elle est déçue par l'attitude de David. Il semble ne pas comprendre les raisons de son acharnement à fouiller dans le passé. Lorsqu'elle évoque le sujet, il prétend qu'elle est beaucoup trop obsédée par ce qu'il nomme avec mépris *cette histoire*. Ce projet de déplacement à Aix n'a pas arrangé les choses. Mais elle n'a pas le choix. Elle n'a *plus* le choix.

Arrivée à Aix, son GPS la mène au pied du bâtiment édifié dans les années 1960 pour conserver les archives de la France d'outre-mer, et des anciennes colonies.

Quand elle pénètre dans l'enceinte du bâtiment, Lola ressent comme une appréhension. L'endroit est pourtant agréable, mais dans son esprit cette bâtisse recèle la réponse à ses questions, du moins l'espère-t-elle. Cela suffit à faire battre son cœur un peu plus vite. Parmi les quarante kilomètres linéaires d'archives conservées ici, selon les informations qu'elle a recueillies, quelques centimètres ou dizaines de centimètres contiennent des bribes de son histoire à elle.

Elle s'inscrit à l'accueil et prend les renseignements sur les modalités de recherche. Elle se rend ensuite dans la salle de lecture visiblement logée dans une extension récente du bâtiment, au décor contemporain en bois très clair. Elle s'installe à la table qui lui est attribuée.

Lola cherche sur les outils informatiques mis à la disposition du public. Elle remplit les cases sur l'interface de recherche et voit apparaître une liste de dossiers mentionnant le nom de son grand-père. Elle sent ses yeux s'humidifier. Elle en relève les cotes pour demander leur consultation. L'archiviste lui annonce une attente d'une vingtaine de minutes. Pour tromper l'attente, elle va prendre un café au distributeur de boissons.

À son retour, les dossiers sont disponibles auprès de l'archiviste de permanence en salle de lecture. Surmontant son émotion, Lola regarde la pile devant elle, et prend une grande inspiration. Elle va enfin comprendre ce qui est arrivé à ce grand-père nimbé d'opprobre.

C'est ainsi que, plongée dans la lecture des papiers jaunis, la concentration à son comble, Lola découvre que Léon Adam a été condamné par le tribunal de première instance de Toulouse le mercredi 9 juin 1920 à une peine de six années de travaux forcés suivie d'autant d'années de doublage, pour avoir saboté les machines de la mégisserie Batignes, sise à Camalens, Tarn, le mercredi 22 octobre 1919, les rendant totalement inutilisables, et pour avoir violemment agressé l'un de ses collègues. Il a agi seul. Pour finir, il s'est rendu coupable d'incitation à la grève et au désordre en fomentant des actions syndicales, lesquelles sont également condamnables. On le rattache même à un mouvement anarcho-syndicaliste réputé pour ses exactions.

Quelle secousse de lire noir sur blanc, sur ces documents vieux de presque cent ans, le sort réservé à son grand-père. Puis, le premier trouble surmonté, Lola trouve que c'est cher payé, six ans, à l'égard de ce qui lui est reproché.

D'autres pièces du dossier lui apprennent que Léon clamait son innocence, accusant un des *protégés* de Joseph

Batignes, le patron de l'entreprise. Les minutes du procès indiquent qu'il se disait victime d'une grave erreur et qu'il n'était pas juste qu'il payât pour d'autres. Quant à ses activités syndicales, tout le monde à Camalens les connaissait et savait qu'il n'avait jamais été question d'un quelconque complot ou révolte. Il ne connaissait pas le réseau anarcho-syndicaliste auquel l'accusation faisait référence et, si organiser des réunions d'information syndicale revenait à commettre des exactions anarcho-syndicalistes, alors la France regorgeait d'illégalistes. Qu'on lui fournisse une preuve de cette affabulation ! Tout cela avait été inventé pour lui nuire. Oui, il avait blessé son collègue qui l'avait provoqué sciemment. Selon lui, Joseph Batignes, chef d'entreprise et député, voulait l'éloigner de Camalens et disposait de tout pouvoir pour le faire, tandis que lui, simple ouvrier syndiqué peinant à se payer un avocat, allait être condamné à un châtiment injuste alors qu'il était innocent. Selon les propos de l'avocat de Léon Adam, le patron Joseph Batignes et le dénommé Henri Prévost auraient été de mèche pour envoyer Léon en prison. C'est ce dernier qui aurait commis le sabotage à la demande de Joseph Batignes dans l'idée de faire porter le chapeau à l'accusé. Il est même vraisemblable qu'une récompense ait été promise à cette personne pour qu'il provoque Léon en vue de déclencher une agression et se fasse blesser volontairement par lui, afin de rendre l'accusation plus plausible. La preuve : il n'avait même pas cherché à esquiver le coup.

Le même dénommé Henri Prévost témoignait avoir vu Léon saboter les machines de bon matin, avant l'arrivée des ouvriers. Il s'était acharné sur le matériel dans l'objectif évident d'empêcher le travail de l'atelier et de porter préjudice à l'activité et par conséquent à son patron. Et quand il avait tenté d'arrêter Léon dans son œuvre de destruction, ce dernier l'avait violemment frappé avec une manivelle. Outre les traces de l'agression bien visibles ce jour-là puisqu'il était couvert de sang, la preuve matérielle de ce qu'il avançait était la paire de gants de protection retrouvée sur le lieu du sabotage : les gants de Léon. Léon avait expliqué qu'Henri Prévost les lui avait empruntés la veille sous prétexte qu'il avait perdu les siens, car le patron lui avait demandé d'intervenir à la chaufferie. Mais tous ces arguments furent réfutés par le patron qui déclara n'avoir jamais rien demandé de tel à Henri Prévost ce matin-là. À quelles fins pourrait-il avoir demandé à un employé de saboter sa propre usine ? de s'arranger pour recevoir un coup risquant de le blesser au sang, voire de le tuer ? Avec une récompense à la clé ? Tout cela était cousu de fil blanc et ne tenait pas debout ! L'avocat de Léon, pour sa part, appelait le jury à une grande prudence : celle de ne pas faire prévaloir la parole du *dominant* sur celle du *dominé* – la graphie du document mettait en évidence ces deux notions témoignant sans doute de l'appui oral de l'avocat sur ces termes – et de ne pas faire triompher la justice des puissants.

A priori, rien n'indiquait qu'il y ait eu le moindre témoignage en faveur de Léon. Il était d'ailleurs étonnant de constater que le seul témoin des faits était un témoin à charge. Étaient-ils seuls dans l'usine ? À la question « Pour quelle raison selon vous votre patron aurait-il manigancé tout cela ? », autrement dit : « Pour quelle raison votre patron souhaitait-il vous *éloigner* ? », Léon n'avait, vraisemblablement, pas répondu.

Cette absence de réponse étonne Lola. Pour quelle raison son grand-père n'avait pas répondu à cette interrogation ? Il devait bien avoir un avis sur la question ? Qu'avait-il à perdre ?

Le document suivant stipule que « le dénommé Léon Adam serait acheminé au camp de la transportation de Saint-Laurent-du-Maroni, bagne de Guyane, le lundi 6 décembre 1920 depuis Saint-Martin-en-Ré, par le bateau *Martinière* ».

Lola frémit à l'idée qu'un homme avait été envoyé tant d'années au bagne sur des accusations aussi peu solides, qui ne reposaient sur rien. C'était une parole contre une autre. Le seul témoin, cet Henri Prévost, était à la fois juge et partie. Quel procès inique !

Tout à coup, Lola se souvient de la lettre et des termes durs de Léon à propos de deux personnes qui avaient a priori trouvé la mort dans un accident. Deux « ordures ». Elle sort la lettre de son sac pour vérifier qu'elle ne se trompe pas.

Elle les tient *les deux ordures* : Batignes et Prévost, son complice. Morts tous les deux en 1925. Quelle fin idiote ! Et pendant ce temps, ironie du sort, son grand-père pourrissait au bagne…

Elle se décide à prendre la chemise suivante où une écriture fine et soignée mentionne en haut à droite « Évasion ». Lola se renverse sur sa chaise. Elle ne sera donc jamais au bout de ses surprises ! Un seul document figure dans la chemise. Il est daté de 1928 et mentionne que le transporté de première classe Léon Adam, effectuant sa période de doublage à Cayenne officiellement depuis le 9 février 1926, est déclaré « évadé ». Incroyable ! Son grand-père a pris la poudre d'escampette ! Mais comment a-t-il pu rentrer en France ? Pour difficile qu'ait dû être l'organisation d'une évasion, elle ne valait pas amnistie. Et pourtant, il est rentré en France sous sa véritable identité, a fondé une famille, travaillé. Il a dû se passer autre chose. Quelque chose de capital pour la suite des événements. Une autre piste s'ouvre devant Lola. Une piste ou un gouffre.

Lola regrette qu'il ne figure pas de photo au dossier. L'archiviste lui précise que bien peu de fiches anthropométriques de bagnards, le document décrivant physiquement le condamné et comportant une photo, sont parvenues jusqu'à eux. Camille Goupil avait raison. Son grand-père devait être quelqu'un de bien. Il a, a priori, été l'objet d'une machination pour l'écarter du chemin de son patron. Saura-t-elle jamais pour quelle raison… Elle repense à Marguerite. Dommage que ces deux-là n'aient pu vivre leur idylle sereinement, comme n'importe quel jeune couple. Mais si cela avait été le cas, son père n'aurait pas vu le jour, ni Lola elle-même. La vie devait se combiner ainsi. Les fameuses vicissitudes… À quoi cela tenait, finalement, d'exister ou pas. Parvenir à naître sur cette terre relevait de la gageure. Il suffisait qu'un bonhomme décide d'en envoyer un autre au diable vauvert et l'enchaînement des chemins de vie s'en trouvait bouleversé.

Lola poursuit la consultation du dossier. Quelques lettres officielles y figurent. Elles règlent certains détails liés à la condamnation. Puis elle ouvre un dossier où des documents relatifs au séjour de son grand-père au bagne de Saint-Laurent-du-Maroni sont réunis. Elle se plonge avec curiosité dans la lecture de ces papiers. L'après-midi passe sans qu'elle s'en rende compte. Jamais elle n'aurait imaginé découvrir autant de choses sur la vie de son grand-père au bagne. Elle se promet de lire des ouvrages sur le sujet afin d'approfondir ses connaissances sur ces lieux de détention très particuliers. A priori, Léon a bénéficié d'une certaine clémence liée à son extrême jeunesse et à sa docilité. Pour autant, la vie a dû être très dure pour lui, éloigné de sa fiancée et de sa famille, privé de liberté, vivant dans des conditions matérielles et physiques terribles… Et comment diable a-t-il réussi à s'évader et à revenir blanchi ? Elle photographie certains documents dont elle souhaite conserver la trace et range tous les dossiers tels qu'ils lui ont été communiqués. Le service va fermer. Elle en a appris suffisamment. Elle pourra rentrer le soir même à Toulouse et profiter des derniers jours de vacances avec ses enfants avant la reprise de l'école. Ces derniers temps, elle n'a pas été très présente pour eux ni pour David, son mari. Son retour à la maison risque d'être tendu.

Sur la route, contrairement à son habitude, elle n'allume pas la radio. Elle veut rester immergée dans le flot des pensées dans lesquelles elle a baigné tout l'après-midi. Le personnage de son grand-père devient presque palpable. Elle se reformule l'éternelle question : comment un tel tabou a-t-il pu naître dans la famille ? Maintenant qu'elle y voit un peu plus clair, elle suppose que le silence a dû appeler le silence, d'année en année, de décennie en décennie, et le rompre aurait équivalu à soumettre la famille à un séisme moral et affectif. Et elle commence à comprendre pourquoi l'omerta l'a emporté sur la transparence. Il ne fallait pas que les enfants sachent. Avoir un papa ex-bagnard, même innocent, avait de quoi impressionner un enfant. Quand ils ont été plus grands, ils ont dû entendre de la bouche de certains gamins les rumeurs dont les propres parents se faisaient l'écho. Marie et Léon ont dû nier les commérages rapportés par leurs garçons à la maison, les balayant d'un revers de la main doublé d'un sonore et dissuasif « n'écoutez donc pas ces sornettes » ! Mais Léon savait que cela ne pourrait durer éternellement et c'est ainsi qu'il a préféré disparaître peu à peu de leur vie, et se faire oublier au village. Mieux valait un père absent-parce-qu'il-travaillait-loin qu'un père ex-forçat. Abnégation ou orgueil ? Plutôt s'éloigner que perdre leur amour, ou s'éloigner pour rester le père d'autant plus admiré qu'il est absent ? Peu importe. Autres temps, autres mœurs. De nos jours, la tendance était de dire la vérité aux enfants, si difficile à accepter soit-elle, pour leur permettre de construire leur propre histoire sur un socle solide et sain. Autrefois, on pensait les protéger en faisant tout l'inverse, et les non-dits, les mensonges qui émaillaient leur vie les faisaient pousser de travers et laissaient des traces souvent indélébiles.

Plus elle pense à son père, à son caractère, à sa relation aux autres y compris dans sa propre famille, plus elle réalise à quel point tout cela l'a marqué. Est-ce l'absence de père ou le déni de vérité qui a le plus pesé dans la balance ? Nul ne le saura jamais. Puis, le temps passant, le principal intéressé mort et enterré, la mère de Bernard et de Jean-Pierre n'avait jamais révélé la vérité, considérant sans doute qu'il était trop tard et qu'il ne sortirait rien de bon d'un tel aveu. L'argument selon lequel il fallait protéger les garçons lui avait épargné finalement du tracas, en mettant au premier plan le bonheur de ses fils et laissant en arrière-plan, bien dans l'ombre, son manque de courage.

Lola réalise qu'elle refait l'histoire et qu'elle se perd en conjectures. L'amertume est en train de la dominer alors que les choses n'ont sans doute pas été aussi simples, ni aussi tranchées. Il est facile de faire le procès des protagonistes a posteriori, sans connaître la totalité des tenants et des aboutissants. Il n'en résulte que des scénarios incertains et délétères. Sur cette résolution, elle allume l'autoradio, choisit une onde musicale et se laisse porter par les hits aux beats répétitifs qui ouvrent un courant d'air salutaire dans sa tête.

Chapitre 12

Mars 1926 – Le projet

Le facteur se présenta à la pension.

— Léon Adam, c'est bien ici ?

— Oui, mais il s'est absenté.

— Je vous laisse un pli pour lui, vous le lui remettrez ?

— Non, j'vais l'bouffer ! se moqua Jeanne.

Elle regarda l'enveloppe. Elle venait de l'administration pénitentiaire. Hum… Rien de bon qui vaille… Quelques instants plus tard, la porte d'entrée s'ouvrit justement sur Léon qui revenait du port, trempé jusqu'aux os. La pluie venait de le surprendre sur le chemin du retour en lui offrant une douche tiède.

— Déshabille-toi, tu vas tout me saloper ! le tança Jeanne, sa logeuse.

Léon se remémora un moment analogue où il avait dû se dénuder sous un regard féminin et cela le renvoya immédiatement à Saint-Laurent, dans la maison d'Héloïse Woillemont. Mais cette femme-là, Jeanne, en avait vu d'autres. Rien à voir avec cette nymphomane d'Héloïse, qui, après avoir abusé de lui, lui avait fait un chantage au sexe abominable pour garantir son silence.

Pour échapper au quartier disciplinaire, Léon avait dû se soumettre pendant des mois aux caprices sexuels de sa patronne, avec chaque fois la peur irrépressible d'être surpris.

Jeanne récupéra les vêtements mouillés et lui désigna d'un mouvement de tête la lettre qui l'attendait sur le guéridon de l'entrée.

Vêtu de son seul caleçon, Léon la saisit et se dirigea vers la pièce qui lui servait de chambre. Depuis qu'il avait commencé sa période de doublage, un mois plus tôt, il était venu à Cayenne pour travailler au port, sur les machineries des bateaux. Il y gagnait une misère, car la main-d'œuvre pénitentiaire locale faisait rudement concurrence aux ex-bagnards en doublage. Il parvenait malgré tout à se nourrir et à se loger grâce, il est vrai, à la bienveillance de Jeanne qui, touchée par la jeunesse de Léon, l'avait pris sous son aile moyennant de menus services, dont notamment l'entretien de sa maison. Quand Léon n'était pas au port, il repeignait, réparait, remplaçait, rapetassait. Au moins avait-il un toit, ce qui n'était pas le cas de nombreux doublards, condamnés à nouveau, à la misère cette fois. L'établissement de Jeanne était un endroit hybride, oscillant entre la pension de famille et la maison de plaisir. Disons que dans la journée la première l'emportait, pour s'effacer devant la seconde, la nuit venue. Il défilait là toutes sortes d'hommes dont le seul point commun était soit des pulsions inassouvies, soit un besoin de tendresse, parfois les deux. Anciens bagnards, chefs d'entreprise, ouvriers, employés, fonctionnaires de tous rangs assuraient à la maison une existence sans histoire. Rien de tel que le mélange des genres pour assurer l'équilibre. Jeanne tenait ce principe pour devise et l'appliquait dans la vie de tous les jours. Le résultat, en général, la confortait dans cette pratique. Elle ne voulait exclure personne de son activité nocturne car tous avaient droit à leur *part de bonheur*, selon ses termes. Sa seule exigence était la propreté. Nul ne passait le seuil de sa maison si la moindre odeur ou trace de crasse était perceptible. Un personnel féminin constitué de femmes jeunes et moins jeunes accueillait ces messieurs. L'expérience primait parfois sur la fraîcheur et Jeanne s'en félicitait, elle qui entrait dans la seconde catégorie. Néanmoins, elle se contentait de gérer son établissement et laissait au personnel le soin d'assurer les prestations. Les locataires de la pension de famille n'étaient pas impliqués dans cette activité. Jeanne ne voulait ni client ni prostituée à demeure. À 23 heures, tout le monde était mis dehors et la maison retrouvait sa normalité tel le carrosse de Cendrillon, avec une heure d'avance.

Léon ouvrit la lettre. Elle contenait une lettre officielle et une petite enveloppe. La lettre de l'A.P. lui confirmait la fin de sa peine, l'ouverture de la période de doublage, et lui en précisait les conditions. Ce qui l'inquiétait davantage, c'était la petite enveloppe qu'il reconnaissait. Il s'agissait d'une des lettres qu'il avait écrites à Marguerite, et celle-ci comportait deux timbres barrant l'enveloppe : *N'habite plus à l'adresse indiquée / Retour à l'envoyeur.* Depuis longtemps déjà, Léon redoutait de recevoir une enveloppe telle que celle-ci. Une missive de sa mère lui avait laissé entendre que les parents de Marguerite ne lui faisaient plus suivre, à la demande de cette dernière, les lettres de Léon arrivées chez eux à Camalens. D'ailleurs, cela faisait plusieurs mois déjà qu'il ne recevait plus rien. Marguerite avait été patiente et manifestait son souhait d'oublier Léon et de reprendre le cours de sa vie. Même s'il en coûtait à Léon de l'accepter, il devait se ranger du côté de la raison. Douze ans, c'était beaucoup trop long pour attendre l'être aimé quand on est jeune et que l'on a la tête pleine de projets. Il ouvrit l'enveloppe pour relire la lettre. Il fut étonné qu'elle ait passé la censure de l'A.P., car il n'y mâchait pas ses mots sur la dure réalité du bagne. Les derniers mots de la lettre lui firent venir des larmes. Une pulsion de colère teintée de rage le submergea à l'idée que sa présence ici était le résultat d'une condamnation inique qui aujourd'hui, le temps passant, amenait sa fiancée à envisager sa vie sans lui. Que lui resterait-il au sortir du bagne sinon une existence de vieux garçon doublée d'une réputation de malfrat ? Car il savait bien que la vie ne serait pas simple et que son retour à Camalens ne lui réserverait pas de bonnes surprises. Léon sortit la bouteille de tafia de son unique placard. Il s'en servit une bonne rasade et l'avala d'un trait. Depuis qu'il était sorti du bagne, il s'adonnait à ce mauvais rhum quotidiennement pour *tenir*, se justifiait-il à lui-même. Il ne pouvait imaginer rester six ans ainsi. Il fallait qu'il se passe quelque chose. C'est ce soir-là qu'il décida d'écrire à sa mère pour lui demander d'aller rencontrer cet homme – parmi d'autres – qui avait assisté à son arrestation. Cet ouvrier, veuf, père de six enfants, qu'il connaissait peu mais dont le regard, le jour de l'arrestation, était totalement halluciné. Il faisait lentement non de la tête comme pour signifier le refus de l'injustice qui se jouait sous ses yeux. Pourquoi une telle attitude s'il n'avait pas vu ou su quelque chose permettant de démentir la version officiellement admise ?

Bien sûr, il n'était pas venu témoigner au procès car l'enjeu était trop important pour lui. Léon ne pouvait l'en blâmer. L'homme avait été témoin de ce dont Batignes était capable et la prudence s'imposait, surtout dans sa situation. Mais maintenant que Batignes et Henri étaient morts, sa parole se libérerait-elle ? Malheureusement, après tant d'années, Léon ne se souvenait plus du nom de cet homme. Qu'importe, il allait demander à sa mère de chercher à partir des quelques éléments qu'il pourrait lui transmettre. Son unique crainte était que l'homme ne travaillât plus à la mégisserie et se soit envolé dans la nature. Sa résolution aida les dernières vapeurs d'alcool à se dissiper. Il s'assit à la minuscule table sur laquelle étaient amassés quelques papiers, un encrier, un vêtement propre plié, probablement posé là par Jeanne, de jolies graines exotiques de toutes sortes récupérées sur la plage à la faveur des marées, et un livre. Il balaya tout du revers de la main à l'exception de l'encrier. Il dénicha une feuille de papier et entreprit d'écrire à sa mère.

À partir de ce moment-là, il ne vécut que dans l'idée qu'il allait enfin être innocenté et qu'il allait pouvoir revenir en métropole la tête haute. Les six années de doublage qui se profilaient devant lui, dont il avait jusque-là accepté la perspective avec passivité, lui apparaissaient soudain comme un obstacle infranchissable, l'épreuve de trop, rédhibitoire, pour l'accomplissement de laquelle il ne trouverait pas l'énergie nécessaire. Lui qui avait vécu ses années de bagne le plus docilement possible, craignant chaque instant que l'épée de Damoclès ne s'abatte sur sa tête, se faisant le plus discret possible aux yeux de la *tentiaire*, non qu'il eût accepté le verdict, mais considérant que, compte tenu de la situation, c'était la seule option qui le mènerait à la libération, il ne pouvait s'accommoder de cette pseudo-liberté qui lui était aujourd'hui concédée. Le peuplement de la colonie pouvait bien aller se faire voir, il lui fallait recouvrer une totale liberté rapidement au risque de ne plus pouvoir prendre sur lui et de commettre l'irréparable.

Dès lors, l'attente de la réponse maternelle fut longue et pénible. Il envisagea les solutions à sa disposition dans le cas où elle tarderait trop. L'évasion, totalement exclue pour lui durant sa détention – trop difficile et trop risquée, il avait été témoin de ce qu'il en avait coûté à Eugène Dieudonné – ne lui semblait plus si impossible, voire totalement envisageable. Cette idée l'obsédait au point qu'il en perdait le sommeil. Il pensait aux différentes options que ses prédécesseurs avaient utilisées pour se faire la belle et se demandait laquelle serait la plus sûre pour lui. La moins coûteuse aussi. Il était certes moins indigent que beaucoup de doublards, mais il ne possédait que quelques centaines de francs dont il n'était pas sûr qu'ils représentent une somme suffisante pour payer un passeur. Et puis comment trouver la bonne personne, digne de confiance ? Il ne voulait pas ébruiter son projet en demandant à d'anciens bagnards, par crainte de voir celui-ci éventé et qu'il ne lui revienne, tel un boomerang, en pleine figure sous forme d'une arrestation et d'un retour au point de départ. Il lui fallait être patient, il en avait conscience, pour trouver le bon moment et en parler avec la bonne personne. Mais de la patience, il n'en avait plus. Il rongeait son frein comme un taureau pressé d'en découdre avec la marionnette qui le martyrisait. Sans doute son meilleur atout résidait-il dans l'exercice de son métier. Les bateaux. Il fallait qu'il trouve un capitaine à soudoyer.

Les semaines passaient sans nouvelles de sa mère. Son projet le mettait dans un tel état d'excitation qu'il devenait irritable, ce qui ne manqua pas d'indisposer Jeanne, qui le lui fit savoir à sa manière, un soir, alors qu'elle épluchait des légumes pour le dîner et que Léon s'énervait après la pompe à eau de la cuisine.

— Dis donc, mon bonhomme, je sais pas ce que t'as en ce moment, mais ce serait un manque de la bagatelle que ça m'étonnerait pas. Je suis bien placée pour régler ton problème, mais tu le sais j'ai des principes et je veux pas tout mélanger : ça ne doit pas se passer sous mon toit. Mes locataires, c'est mes locataires. Mes employées, c'est mes employées. Alors, si t'es grincheux parce que t'as les patates au fond du panier, je peux en parler à une de mes petites. Une mignonne, tu verras. Et vous vous retrouverez où bon vous semblera. Tu la rémunéreras comme elle le veut, je veux pas le savoir. T'en penses quoi ?

Sa franchise fit sourire Léon, qui en resta la clé plate en l'air.

— Merci, Jeanne. Mais tu n'y es pas. Tu sais, on peut être préoccupé sans que ce soit forcément parce qu'on n'a pas… enfin… tu vois, quoi… Je m'interroge sur mon avenir, c'est tout. Je te demande pardon si je ne suis pas facile à vivre en ce moment. Ça va passer.

— Alors, si c'est pas ce que je croyais, c'est que t'as le projet de te faire la belle…

— Mais non, que dis-tu ? Tu crois vraiment que je vais risquer de tout fiche en l'air si près de la liberté ? D'ailleurs, je suis libre. Je suis bien ici, et j'ai mon travail, fit-il d'un ton peu convaincant.

— Te fatigue pas. Je les connais les zozos dans ton genre. Si c'est pas la baise, c'est la belle qui les tenaille !

Par contre, fais pas n'importe quoi. Si t'as vraiment ce projet, parle-m'en, car j'ai des contacts. Tu sais… parmi la clientèle… Ça aide d'être dans le commerce, vois-tu. Et je voudrais pas qu'il t'arrive des misères. T'as mauvais caractère mais t'es un gars bien. Je l'ai vu dès le premier jour… dans tes yeux trop francs pour cacher quelque chose. Et puis on lit en toi comme dans un livre, alors tu peux pas tromper grand monde. C'est pour ça que je te le redis : fais pas n'importe quoi avec n'importe qui. Je peux t'aider. Vu ?

Elle planta son regard dans celui de Léon, qui ne put le soutenir plus de quelques secondes. Il avait du mal à réaliser ce qu'il entendait. Il n'avait confiance en personne dans cette ville et c'était précisément la personne dont il partageait le toit qui lui proposait son aide sans qu'il ait eu besoin de dévoiler son projet. Son cerveau réfléchissait à cent à l'heure. Je le dis. Je ne le dis pas. Après tout, Jeanne ne lui voulait que du bien. Quel intérêt aurait-elle à le livrer à la pénitentiaire ? Pourtant, rompu à l'art de la méfiance, il ne se décida pas. Étonnamment, lui qui était si impatient de quitter la terre du bagne se dit qu'il fallait laisser le temps au temps et que Jeanne serait encore là le lendemain. Un argument dilatoire qui le rassura. Il avait besoin de poser les choses avant de lui parler. Car il lui parlerait, c'était plus que vraisemblable, mais sans hâte ni précipitation. Il termina silencieusement ce qu'il avait commencé, sans plus s'énerver, car les propos de sa logeuse l'avaient calmé comme par magie. Ses paroles avaient agi tel un baume sur ses nerfs en pelote, évacuant ainsi l'irritation que lui procurait la résistance de cette fichue pompe à eau qu'il essayait de réparer, laquelle ne résista plus très longtemps aux gestes de Léon redevenus précis et tranquilles. Il se releva et actionna la pompe qui à nouveau délivra un jet clair. Puis il se tourna vers Jeanne qui le félicita d'un regard. Sans un mot, il se rendit dans sa chambre pour réfléchir à la tournure que prenaient les événements.

Quelques jours après cette conversation, alors que Léon s'apprêtait à livrer son secret à Jeanne, une lettre de sa mère arriva à la pension. Ses recherches avaient été longues car les indications fournies par Léon étaient minces. Elle s'était rendue de nombreuses fois à la sortie de l'usine Batignes – enfin, ex-Batignes –, pour interroger les employés sur l'identité de cet homme que recherchait Léon. Mais, depuis le départ de ce dernier, il y avait eu de nouvelles embauches et, bien souvent, les nouveaux ne connaissaient pas encore les anciens ouvriers. Elle avait même écrit à Marguerite à Souloumiac pour lui demander si elle se souvenait de cet homme, sans succès. Sa mère se désespérait. Bon sang, un veuf père de six enfants, ça ne devait pas passer inaperçu tout de même ! Puis, un soir qu'elle s'était plantée une fois de plus devant la sortie de l'usine, elle vit sortir Armand, un des compagnons de lutte de Léon qu'elle connaissait un peu pour l'avoir vu quelquefois chez eux préparer des réunions syndicales. Elle s'approcha de lui. Il la reconnut d'emblée, la salua puis engagea la conversation.

— Avez-vous de bonnes nouvelles de Léon, madame Adam ?

— Oui oui, justement.

Pressée qu'elle était de poser sa question sur le veuf introuvable, elle ne prit même pas la peine de répondre correctement à la question toute légitime de l'ami de son fils.

— Armand, connaissez-vous un homme, veuf et père de six enfants, qui travaille ici, ou du moins *travaillait* ici, dans cette mégisserie, du temps où Léon était encore… encore à Camalens ?

— Un veuf ? Je ne vois pas…

— J'ai demandé à pas mal d'employés, déjà, mais ils ne voient pas non plus… Mais bon, beaucoup d'entre eux ne sont pas ici depuis assez longtemps pour connaître tout le monde. Enfin, quand même, un homme avec six enfants, ça ne court pas les rues…

— Attendez, il s'agit peut-être de Charles. Charles Escoffier. Mais cela fait longtemps qu'il n'est plus veuf. Il s'est remarié il y a cinq ans. Et il a bien six enfants, ou plus maintenant, depuis son remariage. Il travaille toujours ici. Ils l'ont passé au séchage. Enfin, manière de dire ! Il ne supportait plus l'humidité de la *rivière* et du coup ils l'ont fait grimper au séchoir.

— Jésus-Marie-Joseph ! Merci, Armand !

Elle eut envie de lui sauter au cou. Puis, sur le ton de la demi-confidence :

— Il faut absolument que je rencontre cet homme.

Armand promit de parler à Charles Escoffier pour le convaincre de se rendre avec lui au domicile des Adam.

— Que dois-je lui donner comme raison ? Il va me demander pourquoi vous voulez le rencontrer.

— Écoutez, Armand, je ne peux guère vous en dire plus, si ce n'est que lui, si ce Charles est bien la personne que je recherche, saura pourquoi je veux le voir. Ou du moins en aura-t-il une idée. S'il souhaite vous expliquer, je lui laisse le soin de le faire. Je ne veux pas le mettre dans l'embarras. Vous comprendrez plus tard, Armand, je vous le promets, mais dans l'immédiat, pour l'amour du ciel, faites en sorte que cet homme vienne me voir ! Je vous en conjure !

Armand avait tenu parole et s'était présenté le lendemain avec Charles Escoffier à la porte des Adam. Madeleine Adam ne s'était pas trompée, l'ex-veuf avait deviné la raison de sa requête. Depuis six ans, il vivait avec le souvenir de Léon menotté hurlant son innocence sans comprendre ce qui lui arrivait. La crainte des représailles, s'il parlait, l'avait tétanisé. Depuis la mort d'Henri et de Batignes, il lui était venu à l'esprit qu'il pouvait rétablir la vérité sans en subir les conséquences redoutées à l'époque. Mais il n'avait pas osé, cherchant à se convaincre que c'était de l'histoire ancienne et oubliant – trop vite, il en convenait – qu'un jeune homme subissait encore un injuste châtiment dans une contrée inhospitalière loin de chez lui et de ceux qu'il aimait. Toutefois, le remords le rongeait et cette idée de se présenter au juge revenait régulièrement le hanter. D'une certaine façon, il était soulagé que Madeleine Adam ait fait la démarche de venir le chercher. Il allait devoir prendre ses responsabilités et, s'il pouvait contribuer à la libération anticipée de Léon, il en serait heureux. Il se rendrait chez le juge pour apporter son témoignage, car oui, il avait bien vu Henri s'activer à saboter les machines, et oui, il avait bien vu Henri provoquer Léon pour le faire sortir de ses gonds. Il avait même vu de loin Léon prêter ses gants à Henri. Il expliquerait à la justice pourquoi il n'avait pas témoigné plus tôt.

Lorsque Léon reçut la lettre de sa mère, un immense soulagement l'envahit. Il tenait sa libération. Son procès allait être révisé. Et, pour multiplier ses chances de rentrer chez lui libre, il allait demander une grâce présidentielle. Mais, pour obtenir celle-ci, il devait gagner l'appui de quelqu'un d'important. Il n'eut pas à réfléchir longtemps : Albert Londres. Avec un peu de chance, le journaliste se souviendrait de lui.

Il allait lui écrire pour lui demander d'appuyer sa demande de grâce. Il s'attabla pour écrire ses lettres. Pour sa mère, d'abord, pour la remercier et lui expliquer la démarche qu'il allait entreprendre. Il n'évoqua pas son projet d'escapade, car l'enquête qui s'ensuivrait mènerait les gendarmes directement chez elle. Il valait mieux qu'elle n'en sache rien. Puis il entreprit d'écrire la lettre destinée à Gaston Doumergue, président de la République. Nombreux étaient les bagnards à avoir écrit aux différents ministres, ministres des Colonies, ministres de la Justice et autres personnalités officielles, pour exposer les dysfonctionnements et injustices ayant cours au bagne, parfois avec succès, souvent sans, mais Léon n'avait pas été de ceux-là, estimant que ce serait peine perdue. Sa seule revendication, il l'avait soumise à Albert Londres en 1923 et s'en félicitait aujourd'hui. La fébrilité qui s'emparait de lui en écrivant au président faisait trembler sa main et son écriture s'en trouvait altérée. Léon rédigea la lettre d'un trait, l'ayant maintes fois ressassée dans l'espoir fou d'avoir à l'écrire un jour. Puis il en rédigea une pour Albert Londres. Il mit un peu plus de temps, car il devait trouver les mots justes pour susciter chez le journaliste l'envie de défendre sa cause. Il se souvenait bien d'avoir évoqué avec lui ce témoin discret qui ne s'était pas présenté à la barre. Il en fit référence dans sa lettre. Il lui communiqua les coordonnées de sa mère pour qu'elle puisse faire le lien entre le nouveau témoignage, sa demande de grâce et l'éventuel appui du journaliste. Car son intention n'était pas d'attendre ici, en Guyane, que se déroulent les événements. La justice prendrait son temps, et lui n'en avait plus. Il allait s'évader, rejoindre le Brésil d'abord, puis la France quand il serait sûr de ne plus être inquiété. Entre-temps, les choses auraient évolué et, si tout allait bien, il serait innocenté et pourrait reprendre le cours de sa vie. Bientôt la fin du calvaire ! Pourvu que Marguerite patiente encore un peu avant d'en épouser un autre… L'espoir renaissait dans chaque cellule du corps de Léon, le rendant léger comme il avait oublié qu'on pût l'être.

Il était 18 heures, le bon moment pour aller parler avec Jeanne. Elle devait être en train de préparer le dîner. Ils seraient seuls dans la cuisine pour évoquer en détail le projet de Léon. Il sortit de sa chambre, heureux de voir enfin une petite lueur poindre au bout du tunnel.

Quelques mois après, le 12 juillet 1926, Léon embarqua à bord du navire *Colosso do Rio* en direction de Rio de Janeiro, avec la complicité de Jeanne et celle du capitaine Soarès, fidèle client d'une certaine pension, honorable le jour, coquine la nuit, à la barbe des gardes-chiourmes qui sillonnaient le port pour prévenir toute évasion. Il ne vint à l'idée de personne de contrôler le contenu du cercueil de ce pauvre ressortissant brésilien rentrant chez lui pour y rejoindre sa dernière demeure, que les matelots convoyèrent avec beaucoup d'égards jusqu'au *Colosso do Rio*, et dont le certificat de décès visé par l'Administration était cloué sur l'écrin de bois.

Chapitre 13

24 juin 1926 – Le bal

Le soleil était encore bien visible à l'horizon en ce début de soirée. Le ciel, qui avait été d'un bleu intense toute la journée, se zébrait de rose et de violet. Les platanes verdoyants de la place ajoutaient à cette peinture céleste une note végétale magnifiant le splendide tableau. Les villageois commençaient à arriver, par groupes ou seuls. Tous avaient fait des efforts de toilette. De petits stands tenus par les commerçants proposaient de quoi se restaurer et boire, moyennant quelques pièces. Des tables avaient été disposées tout autour du parquet de bal.

Quand Margot arriva au bal de la Saint-Jean, nombreux étaient les couples sur la piste et, parmi eux, Raoul. Il tenait dans ses bras une jeune femme qu'elle ne connaissait pas. Ils semblaient à leur aise. Elle ne l'avait jamais vu dans ces circonstances et découvrit avec surprise qu'il était un excellent danseur. Un bon point pour lui, se prit-elle à noter mentalement. Décidément, c'était un homme étonnant. Elle retrouva un groupe de connaissances, filles et garçons, auquel elle s'intégra. Elle reçut avec humilité les nombreux compliments sur sa toilette. Cela la rassura secrètement. Peut-être avait-elle envie de plaire à Raoul, finalement. La pointe de dépit qu'elle avait ressentie en le voyant au bras d'une autre femme n'était-elle pas un signe ?

L'orchestre, pas si mauvais que cela, n'en déplût à Rachel, jouait toutes sortes de musiques : valses, polkas, javas, mazurkas, mais aussi ces nouvelles danses comme le tango et même le charleston, qui venaient tout droit des Amériques et qui plaisaient tant à Margot. Elle n'en maîtrisait pas encore les pas, mais qu'importe, elle improviserait ! Raoul était toujours avec sa cavalière. Ils semblaient bien s'amuser tous les deux. Margot avait fini par l'oublier lorsque finalement celui-ci se présenta devant elle en lui tendant la main pour l'inviter à danser un tango. Surprise, sentant le rouge lui monter aux joues, elle bafouilla une phrase sur l'abandon de sa précédente partenaire, phrase ridicule qu'elle regretta aussitôt d'avoir prononcée. Elle n'eut pas le temps de ruminer sa maladresse car elle fut immédiatement happée par l'envoûtement de la danse et l'assurance du danseur.

Lorsqu'elle se leva, le lendemain matin, Rachel était déjà attablée et prenait son petit déjeuner. Sommeillant à demi, les cheveux en bataille, Margot traversa la pièce pour s'installer en face de son amie, marmonnant un bonjour à peine audible. Rachel avait l'habitude des réveils embrumés de Marguerite et respectait son silence jusqu'à ce que celle-ci décide de le rompre. Observant la somnambule qui se servait du café à l'aveuglette, elle découvrit une bague au doigt de Margot qu'elle n'avait jamais vue. Elle eut hâte, tout à coup, que celle-ci émerge de sa nébuleuse pour la presser de questions.

Après quelques minutes et autant de gorgées de café, sortant peu à peu de sa phase de réveil, Margot prit le risque de croiser le regard de son amie.

— Ça va ? réussit-elle à prononcer d'une voix éraillée.

— Hmm, approuva Rachel, guettant le moment opportun pour ouvrir la salve.

Margot l'encouragea en esquissant un sourire.

— Allez, vas-y, tu en meurs d'envie !

Rachel désigna du regard la nouvelle bague.

— Ça y est ? Ça vient de qui je pense ?

Margot sourit, gênée. C'était une bague très fine, en or, rehaussée d'une jolie aigue-marine, toute simple, mais d'une élégance raffinée.

— Il a du goût, c'est bien ! Bon, raconte maintenant que tu es descendue des bras de Morphée !

Margot s'amusait de l'impatience de son amie. Elle prit une tranche de pain qu'elle nappa de miel. Puis, avant même de la porter à sa bouche, elle commença son récit :

— Quand je suis arrivée sur la place, la fête avait déjà commencé et il était là, en train de danser avec une jeune femme, tout à fait charmante. J'ai rejoint mes amis et je suis passée à autre chose. J'ai beaucoup dansé. D'ailleurs, entre parenthèses, le groupe de musiciens était très bien. Très moderne. Je suis sûre que tu aurais apprécié. Bref. J'avais déjà bu deux verres de vin blanc quand il s'est présenté pour m'inviter sur la piste. Tu imagines dans quel état j'étais après deux verres… Pour danser un tango, en plus ! C'était… très agréable. Et très sensuel aussi…

Elle marqua une pause et en profita pour mordre dans son pain.

— Et ?

— On ne s'est plus quittés par la suite. J'ai compris après coup que la jeune femme avec laquelle il dansait en début de soirée était sa cousine. Et puis, lorsqu'ils ont enflammé le feu de la Saint-Jean, il m'a prise par la main, on s'est éloignés un peu de la foule et il m'a fait sa demande.

Elle baissa la voix comme si tout avait été dit.

— Non mais tu plaisantes là, donne-moi des détails !

— C'est peut-être intime, non ? la fit languir Margot qui ne voyait aucune raison de cacher quoi que ce fût à Rachel.

— Certes, mais on est amies, oui ou non ? Moi, si ça m'arrivait, je te raconterais tout !

Elle bougeait sur sa chaise tel un chien attendant un lancer de balle, comme si son avenir dépendait de ce que Margot allait lui raconter. Ce qui, d'une certaine façon, était le cas.

— Minute, ma belle ! Laisse-moi avaler tout de même ! Donc, on marchait côte à côte, quand il m'a dit doucement qu'il éprouvait pour moi des sentiments qu'il n'avait encore jamais ressentis pour personne. Il m'a demandé si je les partageais. Je ne lui ai pas menti. J'ai avoué que mon cœur était encore épris d'un autre que je ne pouvais pas épouser, que lui je l'appréciais beaucoup et qu'avec le temps je parviendrais sans doute à l'aimer autant qu'il m'aimait. Il a souri et dit qu'il comprenait très bien et qu'il était prêt à prendre ce risque. Il m'a demandé de but en blanc si je serais d'accord pour l'épouser. J'ai répondu que oui et il a sorti une petite boîte contenant cette bague. Elle est belle, non ? C'est un bijou venant de sa famille, sa grand-mère, ou sa tante, je ne sais plus. Je ne sais pas si je la mérite. Il me l'a mise et m'a embrassée sur la joue.

— Sur la joue ? Tu veux dire que vous ne vous êtes pas embrassés de toute la soirée ?

Margot rit à l'expression étonnée de son amie.

— Si, mais… comment dire… chastement !

— Le gugusse a vingt-sept ans et il n'est pas capable d'embrasser correctement sa fiancée ? Il va falloir que tu le dessales !

— Il a surtout de l'éducation. Et puis, il ne veut pas me brusquer, je pense. Néanmoins, on s'est mis d'accord pour annoncer d'ores et déjà nos prochaines fiançailles à ses parents et aux miens.

Rachel reprit un ton sérieux.

— Et pour Léon ? Tu en es où ?

Margot baissa les yeux pour réfléchir avant de répondre. Elle semblait sonder au plus profond d'elle-même, se remémorant l'image de Léon et revivant en pensée leurs étreintes, cherchant à la fois la bonne réponse à donner et la vérité sur ce qu'elle ressentait vraiment, comme si elle craignait de se mentir à elle-même.

— Il reviendrait, là maintenant, je laisserais tout tomber pour partir avec lui. Je crois que je l'aime encore. Mais je ne peux plus l'attendre. Je m'imaginais qu'en ne lui écrivant plus ce serait plus facile, mais c'est plus long que je ne pensais. Le problème, c'est que je ne suis même pas sûre qu'il revienne un jour.

Elle laissa sa phrase en suspens, puis reprit :

— Raoul est quelqu'un de bien. Je suis sûre qu'il me rendra heureuse. Et j'ai vingt-cinq ans. Le temps commence à presser si je veux des enfants. Je suis persuadée aussi qu'il sera un bon père.

Margot avait vu le visage de son amie se transformer au fur et à mesure de ses révélations, passant d'une face goguenarde à une moue triste. Puis Rachel eut du mal à retenir ses larmes. Margot se leva et se posta derrière la chaise de celle-ci pour l'entourer de ses bras. Elle lui murmura à l'oreille :

— Ne t'inquiète pas, ma belle, tu seras toujours la meilleure amie que j'aie jamais eue, même si l'on ne vit plus sous le même toit. Et puis on a encore quelques mois devant nous pour en profiter ! Que dis-je, toute la vie !

Elle aussi avait la gorge serrée à l'idée que, dans peu de temps, elle ne partagerait plus le quotidien de Rachel.

Chapitre 14

Début mars 2016 – L'hôpital

Valéry ouvre les paupières alors que les pompiers tentent délicatement d'extraire son corps du véhicule, puis il sombre à nouveau.

Lorsqu'il se réveille pour de bon, il est sur un lit d'hôpital. Il entend la voix d'Isabelle, sa femme, parler avec quelqu'un à l'entrée de sa chambre. Elle est en tenue de travail, une blouse blanche. Elle devait déjà être sur place quand on l'a amené.

— Il n'y a plus qu'à attendre, maintenant. Je vais retourner au bloc, s'il se réveille, appelez-moi.

Avant de partir, elle jette un dernier regard dans la chambre et sourit en découvrant les yeux ouverts de son mari. Elle s'approche du lit. Elle l'entend murmurer :

— Que s'est-il passé ?

— Tu as eu un accident. Tu ne t'en souviens pas ?

Rien. Aucun souvenir d'un quelconque impact. En revanche, il se rappelle très bien l'état d'esprit dans lequel il était avant. Quand il voit les appareils à côté de lui, une angoisse l'étreint.

— Qu'est-ce que j'ai ?

— Rassure-toi, rien de bien grave. Deux côtes cassées. Tu vas déguster pendant quelques semaines mais tu n'auras pas de séquelles. On va te garder un peu pour vérifier l'état de tes poumons. Par prudence. Tu as pris le volant en pleine cage thoracique. Tu t'en sors assez bien grâce à l'airbag. Remercie ton ange gardien !

Il médite sur ce qu'elle vient de dire et pense à voix haute.

— C'est Manou. Elle était avec moi.

— Pardon ?

— Non, rien.

Valéry est à l'hôpital depuis vingt-quatre heures et il commence à trouver le temps long. Les vapeurs liées à l'absorption de substances calmantes se sont maintenant estompées et l'envie de reprendre le cours de sa vie se fait pressante. L'après-midi risque de traîner en longueur. Il cherche la télécommande pour consulter le programme télé. Cela fait une éternité qu'il n'a pas regardé la télévision, il va rattraper le retard. Première chaîne, jeu inepte. Deuxième chaîne, jeu inepte. Troisième, série à l'eau de rose. Quatrième, cryptage inconfortable. Arte, reportage sur l'histoire de la compagnie aérienne Air France. Pourquoi pas ? Zou, c'est parti.

Des images défilent en guise de préambule : l'aérodrome de Montaudran, à Toulouse, petit historique avec les pionniers de l'Aéropostale qui prenaient leur envol depuis cet aérodrome dans les années 1920. Puis les débuts d'Air France, en 1933, basée au même endroit et détenue à vingt-cinq pour cent par l'État français, résultant de la fusion de quatre compagnies en une seule et du rachat des actifs de l'Aéropostale.

Le ronron des voix du reportage achemine doucement Valéry vers un demi-sommeil. C'est l'infirmière qui vient mesurer sa tension qui le sort de sa torpeur. Le reportage télévisuel se poursuit :

« Dans les années 1930, une équipe de mécaniciens est recrutée pour la maintenance des appareils. Léon Adam, notamment, embauché en 1933, prendra rapidement une importance capitale dans la société. Excellent mécanicien, le professionnalisme de cet homme originaire d'une petite commune du Tarn lui permet de diriger alors l'atelier de mécanique et de maintenance de la compagnie… »

Valéry a les yeux rivés sur l'écran et se demande s'il a bien entendu. *Léon, originaire d'une petite commune du Tarn, excellent mécanicien, 1933…* L'infirmière relève la tension :

— Dix-neuf-neuf, monsieur Feldman ! Il doit y avoir une erreur, je vais recommencer.

Une photo de l'équipe de l'atelier crève l'écran avec un zoom sur le chef mécanicien. Valéry tressaille. La photo est en noir et blanc mais n'altère pas les détails du visage de l'homme dont on parle. Valéry a la singulière impression de connaître cet homme. Il n'accorde plus la moindre attention à l'infirmière qui, de nouveau, déplore un résultat peu conforme aux valeurs de référence.

Puis le reportage bifurque sur les premiers vols Air France embarquant des passagers et Valéry s'en détourne pour repenser à ce qu'il a vu sur l'écran. Tout à coup, ce qui a germé dans son esprit depuis le matin de l'accident lui apparaît comme une évidence. Il se demande si sa facétieuse grand-mère est encore dans le coup. Il va bien sûr chercher ce qu'elle a voulu lui dire cet après-midi-là, à *La Charmoye*. Il voulait du piment dans sa vie, il lui était servi sur un plateau.

Son mental commence à mouliner rapidement, récapitulant ses points d'appui pour la recherche et les ressources utilisables. Il écarte d'emblée sa famille, car la seule personne qui aurait pu l'éclairer, sa tante Léonie, ne l'avait pas fait en 1995. Camalens ne lui semble pas non plus une piste à creuser, car les faits dataient de plus de quatre-vingts ans. Le bagne est vraisemblablement une orientation possible dans la mesure où il devait exister des archives conservées quelque part sur les bagnes et les forçats y ayant séjourné. L'Administration française avait dû bien faire les choses. Il espère simplement qu'il lui sera épargné un voyage à… Il s'aperçoit qu'il ne sait même pas de quel bagne il s'agit.

Il attrape son téléphone posé sur la table de nuit de sa chambre d'hôpital et fait une rapide recherche sur les bagnes en activité à cette époque-là. Les réponses l'informent que, les bagnes métropolitains ayant fermé lors de la création des bagnes coloniaux aux environs de 1870, il a le choix entre le bagne de Guyane et celui de Nouvelle-Calédonie. Cela correspond aux propos de sa grand-mère qui a évoqué l'*éloignement* de Léon. Rapidement, il découvre que les archives des bagnes coloniaux sont toutes conservées à Aix-en-Provence. Soit ! il ira à Aix. Dans l'immédiat, ce sera plus simple que de se rendre à Cayenne ou à Nouméa. Il espère que les éléments dont il dispose seront suffisants pour amorcer les recherches. Dès qu'il sera sur pied, il programmera ce déplacement. Mais, avant toute chose, il doit revisionner ce reportage pour s'assurer qu'il n'a pas rêvé sous l'effet des substances intraveinées depuis son accident.

Le lundi suivant, Valéry se présente aux Archives d'outre-mer.

À la lecture des fiches de requête, l'archiviste de salle qui a servi Lola, quelques jours plus tôt, ne cache pas sa surprise.

— Écoutez, je suis tenu au secret professionnel, mais la coïncidence est trop frappante et je ne pense pas nuire à qui que ce soit en vous dévoilant quelque chose…

Valéry le regarde sans comprendre. Il attend que l'employé se décide à en dire plus.

— Il y a trois jours, une dame est venue faire exactement les mêmes requêtes que vous aujourd'hui. Êtes-vous au courant ?

— Pas du tout, je ne vois pas de qui vous voulez parler… Comment était-elle ? Vous pouvez me la décrire ?

L'archiviste s'exécute et tente de décrire Lola le plus fidèlement possible.

— Je ne vois pas de qui il s'agit… Vous pouvez me dire son nom ?

— Ah non, ça, je ne peux pas. Mais si vous le souhaitez, je vous propose de lui communiquer votre nom et votre numéro de téléphone. C'est elle qui décidera de vous joindre ou non.

Valéry accepte, de plus en plus intrigué.

— Et que cherchait-elle précisément, elle vous l'a dit ?

— Je suis désolé, monsieur, je ne peux vraiment pas vous en dire plus. J'ai déjà outrepassé mes prérogatives en vous communiquant cette information.

Valéry n'insiste pas et, comme Lola la semaine d'avant, il compulse les dossiers et découvre la tragique histoire de cet homme que sa grand-mère a tant aimé. Néanmoins, si intéressantes soient-elles, ces découvertes ne le renseignent pas sur ce qu'il cherche : le lien éventuel avec sa famille. C'est dans la sphère privée qu'il doit fouiller. À peine les recherches commencées, il est déjà dans l'impasse. Et cette femme qui cherche, comme lui, des informations sur Léon précisément au même moment… Qui est-elle ? Peut-être aura-t-elle des éléments à lui transmettre ? Son seul espoir réside maintenant dans ce contact inattendu, ce coup de fil qu'il appelle de tous ses vœux.

Chapitre 15

1927 – L'attente

— À toi, Jules ! lança Michel.

— Minute ! On a tout le temps ! J'ai un jeu minable !

— Ben c'est ça, raconte-lui ta vie ! le rabroua Louis, son partenaire de jeu.

— C'est bon, on n'a pas joué d'argent…

— Et l'honneur ? T'en fais quoi de l'honneur ? Ça sert à quoi de jouer si c'est pas pour gagner !

Seul Robert restait imperturbable, regardant les autres avec indulgence. Tous s'étaient évadés du bagne de Guyane et les voir se disputer pour une partie de belote l'amusait beaucoup. Ils n'avaient donc rien appris de leurs aventures respectives, ces bougres de gars ? Tous, après des années abominables au bagne, avaient, au péril de leur vie, entrepris le parcours du combattant en choisissant de s'évader. Certains étaient arrivés au Brésil dans un état déplorable, malades, sous-alimentés, le corps rongé par la vermine, et vêtus de guenilles, maigres vestiges de leur uniforme de forçat qui présentaient l'avantage de le rendre méconnaissable. Jules, en revanche, était arrivé à Rio bien vivant et en parfaite santé, mais dans un cercueil ! Et voilà qu'ils s'étripaient pour le score d'une partie de belote. À croire que leur avenir se jouait là, sur ce tapis de cartes d'un café de Rio de Janeiro, où ils avaient pris leurs quartiers. Certains étaient arrivés de Guyane par Belém, d'autres par Macapa ou comme Jules par Rio. En conséquence de quoi, nul, à Rio, ne connaissait leur passé de bagnards.

— Au fait, vous savez ce que j'ai appris, ce matin ? demanda Michel tout en récupérant les cartes sur le tapis pour en faire un tas à couper.

— Ah ben, oui, on sait ! persifla Jules.

— Et alors, c'est quoi ?

— Comment veux-tu qu'on sache, dugland !

— Il paraît que Dieudonné s'est fait la belle ! annonça Michel.

— Eugène ! Diantre ! Ça fait combien ? La troisième, quatrième fois qu'il tente l'aventure ?

— Je tiens pas les comptes, mais c'est pas la première fois, c'est sûr ! Depuis le temps qu'il clame son innocence, celui-là…

— Je l'ai bien connu, dit Jules. Ce qu'il en a bavé, ce gars-là… Il fait partie de ceux qui ont rencontré Albert Londres, en 23, dit-il comme pour lui-même, un mégot aux lèvres.

— Qui ?

— Albert Londres, le journaliste.

— J'vois pas…

— Laisse tomber. J'espère qu'il va réussir cette fois-ci. On sait par où il est passé ?

— Le Brésil, je crois. On va peut-être le voir débarquer parmi nous un de ces jours !

— S'il y en a un qui mérite ça, c'est bien lui !

Les rues de Rio étaient agréablement animées en ce mois de janvier. La température, très douce pour un début de matinée, et le soleil déjà bien présent faisaient chanter les oiseaux. C'était le moment de la journée qu'avait toujours préféré Jules Martin, alias Léon Adam, et au Brésil encore plus qu'ailleurs. La moiteur des journées de pluie en Guyane était loin derrière lui. Néanmoins, son sort n'était toujours pas réglé et il ne parvenait pas à se départir d'une attitude méfiante, voire défensive.

Au départ, Léon avait eu un peu de mal à se faire à sa nouvelle identité, mais au départ seulement, car, quand il s'agissait d'éviter le retour au bagne, on s'adaptait très vite, même à un nouveau nom. Le malaise n'avait donc pas duré et rapidement il s'était coulé dans la peau de Jules, ce mécano du port, embauché pour la maintenance des bateaux de commerce, en août de l'année précédente. Le *Colosso do Rio* avait accosté le 29 juillet en rade de Rio. Léon avait débarqué à bord de son cercueil, le temps que soient effectuées les formalités de douane, puis il avait été libéré de son sinistre écrin par des complices du capitaine du navire. À bord, peu après l'embarquement à Cayenne, il en était sorti pour effectuer ses premiers pas d'homme libre sur le pont. Il avait travaillé sur le bateau en contrepartie du prix de son passage. Il n'avait pas pleuré à la tâche, trop heureux de se sentir libre, d'autant que l'occupation le divertissait du mal de mer. Arrivé au Brésil, il lui avait fallu changer d'identité. Il avait obtenu, par l'entremise de son employeur, sa *cadernette*, une sorte de carte d'identité délivrée par la police locale, qui officialisait son nouveau nom, photo à l'appui. Puis il avait repris contact avec

Albert Londres pour lui communiquer ses nouvelles coordonnées et demander des nouvelles de sa grâce présidentielle. Bon sang que c'était long !

Il n'avait osé écrire ni à sa mère ni à Marguerite, de crainte que des gendarmes ne surveillent leur courrier, le sachant en cavale. Il aurait voulu dire à Marguerite de prendre patience, que tout cela allait finir bien vite, mais il ne pouvait que piaffer sur place, ses pieds comme pris dans du béton. Il avait même pensé demander à Albert Londres d'entrer en relation avec Marguerite pour lui transmettre son message, mais de lui non plus il n'avait pas de nouvelles.

★

Les mois passaient et Léon ne recevait toujours pas de réponse à sa demande de grâce. Il apprit qu'Eugène Dieudonné avait rejoint le Brésil. Ce bagnard célèbre avait enfin réussi sa belle et faisait l'objet d'un va-et-vient entre la prison et la liberté. Devenu une star dans son pays d'accueil, il était l'otage d'une querelle entre deux régions brésiliennes qui le voulaient l'une libre, l'autre remis aux mains de la justice. D'après ce que Léon avait pu entendre, Dieudonné était âprement défendu par l'opinion publique, ce qui laissait augurer une fin heureuse du côté brésilien. Côté français, Albert Londres était intervenu, aux dires de certains, dans sa demande de grâce en faisant campagne contre l'acharnement judiciaire dont Dieudonné était victime. Léon reprit espoir.

Puis, un jour de septembre, on lui annonça l'arrivée prochaine d'Albert Londres à Rio. Il venait chercher

Dieudonné, pour la libération duquel il s'était battu, et le ramener en France. Léon devait absolument voir le journaliste. Il commençait à s'agiter pour trouver comment entrer en contact avec lui lorsqu'il reçut un télégramme.

Suis en route pour Rio. Devons nous rencontrer.
Vous contacterai sur place. A. Londres

De nouveau un grand soulagement s'empara de Léon. Pourvu qu'Albert Londres ait de bonnes nouvelles pour lui !

Un soir, Léon revenait de son travail lorsqu'il vit arriver au loin une silhouette familière, un homme barbu coiffé d'un chapeau. C'était le journaliste qui venait au-devant de lui. S'étant reconnus, ils se sourirent de loin. Les deux hommes se donnèrent l'accolade comme de vieux amis se retrouvant après une longue séparation. Puis ils reprirent leur marche, côte à côte.

— Ah, Léon ! Je me rendais au port ! J'espérais vous trouver sur votre lieu de travail. Quelle joie de vous revoir dans un autre contexte que celui de Saint-Laurent !

— Je ne vous le fais pas dire, monsieur Londres ! Votre télégramme m'a fait un plaisir que vous ne pouvez imaginer !

— Je ne vous cache pas, Léon, que je suis ici pour Dieudonné qui a été reconnu innocent, dont l'obtention de la grâce présidentielle est imminente et qui en bave depuis quinze ans maintenant…

— Je sais, monsieur Londres, je suis au courant de son évasion, fit Léon, une pointe de déception dans la voix.

— Toutefois, votre procédure est également en bonne voie. La déposition de votre témoin a été jugée tout à fait recevable, donc ce n'est plus qu'une question de temps. Vous êtes bien placé pour savoir que cela risque d'être long et qu'il faudra vous armer de patience…

Léon encaissa le coup, mais relativisa, car, au fond, il y avait une bonne nouvelle : son procès allait faire l'objet d'une révision.

— Je dois vous avouer que je suis au bout de ce que je peux supporter. Il faut que je retrouve ma vie d'avant, sinon je vais devenir fou. Certes, Rio est une belle ville, j'y ai un travail qui me plaît. J'y ai même des amis, maintenant ! Oh, pas de la fine fleur, mais de braves gars qui, comme moi, ont connu l'enfer. Mais cela fait plus d'un an que je suis là à espérer quelque chose qui n'en finit pas d'arriver… Je n'ai même plus mon identité…

— Si je puis me permettre un petit conseil, Léon, méfiez-vous de vos fréquentations, surtout s'il s'agit d'évadés comme vous, car si les pas des gendarmes les mènent à eux, ils les mèneront à vous aussi…

— Mais je suis innocent et ma demande de grâce est en cours !

— Mais si vous tombez sur des fonctionnaires zélés, ils n'auront que faire de vos arguments. Pour eux, *évadé* égale *prison*.

Ils s'installèrent sur un banc bordant une place ombragée pour poursuivre leur conversation. Léon prit une cigarette après en avoir proposé une au journaliste.

— Bon. J'y veillerai, admit-il de mauvaise grâce, en soufflant la fumée. Mais c'est épuisant d'être toujours sur la défensive, avec une épée de Damoclès au-dessus de la tête...

— Quant à votre affaire, dès mon retour, quand celle de Dieudonné sera classée, c'est-à-dire très rapidement, je reprendrai contact avec le ministère pour m'assurer que le dossier avance. Je suis sûr que ce n'est plus qu'une question de mois, maintenant...

Il fit une pause.

— Par ailleurs, votre mère m'a écrit. Elle s'inquiète beaucoup pour vous. Je ne lui ai pas répondu quand j'ai reçu sa lettre car votre sort n'était pas encore déterminé. Maintenant que la demande de grâce est dans les tuyaux – et les bons ! –, je vais lui écrire pour la rassurer.

Le visage d'Albert Londres s'assombrit, ce qui n'échappa pas à Léon. Un chien errant vint les saluer, vérifiant qu'ils n'avaient rien à croquer dans les mains. Léon le caressa, voyant là une manière de retarder l'instant où il apprendrait ce que le journaliste avait en tête et qui ne présageait rien de bon, puis il demanda, inquiet :

— Que se passe-t-il ? Un problème, monsieur Londres ?

— Dans sa lettre, votre mère m'a annoncé une nouvelle. Ça m'embarrasse un peu d'en être le porteur, mais je ne voudrais pas que vous l'appreniez trop tard, ou de la mauvaise façon...

Le cœur de Léon s'emballa.

— Marguerite ? Marguerite s'est mariée ?

— Marguerite ? Non, il ne s'agit pas de cette personne, mais de votre père.

Il marqua une légère pause, laissant ainsi à Léon le temps de digérer ces prémices d'information, puis il ajouta :

— Il est décédé au printemps d'une fluxion de poitrine.

À l'instant où le journaliste avait écarté l'idée qu'il puisse s'agir de Marguerite, Léon avait tout de suite deviné qu'il était question de son père. Il fallait qu'il rentre, résolument. Le film de sa vie se déroulait sans lui, à huit mille kilomètres de là. Plus que du chagrin, il ressentit un violent regret de ne pas avoir pu le revoir vivant. Au moins était-il mort en sachant son fils innocent des charges qui pesaient contre lui. Léon n'aurait pas supporté qu'il en fût autrement.

— Je vous présente mes condoléances, Léon.

— Merci, monsieur Londres. Je vais écrire à ma mère.

— Voulez-vous que je vous laisse un peu seul ?

— Non, ça ira. Au contraire, votre présence me fait du bien.

— Au fait, Léon, vous ne m'avez pas encore raconté comment vous vous êtes retrouvé ici ! Je comprends que vous ayez été économe de détails dans le courrier que vous m'avez écrit il y a un an, mais maintenant je veux tout savoir ! Je suis journaliste, ne l'oubliez pas !

La plaisanterie détendit Léon qui entreprit de raconter la manière peu orthodoxe dont il avait pris congé de ses gardes-chiourmes guyanais. Quand il eut terminé, Albert Londres ne put s'empêcher d'applaudir.

— Alors là ! Elle est fameuse, celle-là ! On m'en a raconté des évasions, mais des comme ça, je dois dire que c'est une première. Grandiose, mon cher Léon, de la belle ouvrage ! Vous pouvez être fier de vous !

— Je n'étais pas seul dans la mise en scène..., plaisanta Léon. Je dois avouer que c'était jouissif !

Puis Albert Londres sortit une enveloppe de l'intérieur de sa veste.

— Tenez, je vous ai apporté un peu de lecture. Vous allez voir, ça va vous divertir ! Vous étiez à peine sorti de votre sarcophage que déjà vous faisiez les choux gras des journaux !

L'enveloppe contenait des coupures de presse de différents journaux français. Toutes étaient datées d'octobre 1926. Léon prit la première qui lui tombait sous la main : *Le Petit Parisien*. Au milieu de la une, un article qu'Albert Londres avait pris soin d'entourer :

EN PLEINE DEMANDE DE GRÂCE,
UN FORÇAT CHOISIT DE S'ÉVADER

Il en prit une deuxième. *Le Matin*. Là, son nom était cité dans le titre :

L'ÉVASION MYSTÉRIEUSE DE LÉON ADAM

Enfin, un article de *L'Humanité* titrait :

L'INCOMPRÉHENSIBLE ÉVASION D'UN FORÇAT

Tous évoquaient la manière fort discrète dont Léon avait tiré sa révérence, sans laisser de traces ni de témoins, et mettaient l'accent sur la demande de grâce en cours. L'incompréhension dominait devant l'inutile et imprudente cavale de ce bagnard zélé. Léon se dit que ceux-là n'avaient jamais goûté aux joies du bagne pour porter de tels jugements. Nul ne savait où il se trouvait aujourd'hui, même si le plus vraisemblable fût qu'il se trouvât au Brésil ou en Guyane néerlandaise, les deux pays frontaliers. Mais les recherches n'avaient rien donné depuis sa disparition et les autorités brésiliennes, comme celles de Guyane hollandaise, affirmaient n'abriter personne de ce nom-là. Et comme l'obtention de la grâce était en cours ainsi qu'une révision du procès, par suite de la découverte d'un nouveau témoignage blanchissant ledit Adam, il était fort probable qu'ayant eu connaissance de cette information les autorités en question ne déployassent pas plus d'ardeur que cela à retrouver un innocent. En outre, l'homme pouvait tout aussi bien avoir rejoint n'importe quel pays d'Amérique…

— Je crois même que le journal local, chez vous, *La Dépêche*, en a parlé ! Je vais devoir vous laisser, Léon, j'ai rendez-vous au consulat pour le passeport de Dieudonné. Je vous promets de faire le nécessaire, mon ami, pour que vous puissiez rentrer chez vous dignement et le plus vite possible. Entendu… *Jules* ?

Il ponctua sa plaisanterie d'un clin d'œil.

Léon n'eut d'autre choix que de reprendre le cours de sa vie brésilienne. Au moins était-il rassuré sur l'avancement de son dossier. L'opiniâtreté du journaliste lui mit du baume au cœur. Il avait pris son affaire en main et il ne la lâcherait que lorsqu'il aurait obtenu gain de cause. Ce n'était plus qu'une question de mois, maintenant. Il lui fallait prendre patience. Ce qui le rendait fou, c'est qu'il ne pouvait pas écrire à Marguerite pour lui demander de l'attendre, lui dire qu'ils seraient à nouveau réunis très bientôt ! Qu'ils pourraient enfin se marier ! Il passait de l'exaltation totale au plus profond des abattements. « Tiens bon, mon gars, se disait-il pour lui-même, tiens bon ! » Il regrettait de ne pas avoir demandé au journaliste de lui transmettre une lettre de sa part. Comment n'y avait-il pas songé ? Tout heureux des nouvelles que lui avait communiquées Albert Londres, il s'était pris alors d'un excès d'optimisme en se disant que tout irait très vite. Hélas ! Cela faisait déjà plusieurs mois qu'ils s'étaient rencontrés à Rio et... rien. Toujours aucune nouvelle de métropole.

Finalement, le 16 décembre de cette même année, Jules Martin reçut un télégramme du consulat de France à Rio indiquant que le Quai d'Orsay avait entériné la grâce présidentielle en faveur de Léon Adam et que ce dernier pouvait venir chercher son passeport pour rentrer chez lui.

Chapitre 16

Mars 1927 – Fiançailles

La dernière pince à linge posée, Madeleine ramassa son seau vide et rentra dans la maison. On avait beau être au mois de mars, les températures restaient fraîches et le printemps ne semblait pas vouloir s'annoncer. Sa journée allait ressembler à toutes les autres : tricoter devant le poêle de la cuisine et penser à son fils.

Depuis que Léon avait quitté la vie civile entre deux gendarmes, l'existence de Madeleine était devenue une épuisante succession de moments d'affliction et d'espérance. Et alors qu'un heureux dénouement semblait se préparer pour lui, voilà que son mari lui faussait définitivement compagnie. Qu'avait-elle fait au Seigneur pour subir tout ça ? De tout temps, elle avait donné beaucoup d'elle-même, notamment pendant la guerre où elle s'était substituée à son mari dans la maison, à l'usine pour faire bouillir la marmite, mais aussi en tant que père. Léon avait grandi prématurément grâce ou à cause de cette guerre interminable, lui forgeant le caractère et l'ambition. Le père avait-il manqué d'autorité en acceptant que Léon continue de travailler à la mégisserie plutôt que dans son atelier ? Elle ne le pensait pas. Léon était Léon, avec ses défauts et ses qualités. Il n'était pas de ceux qui considèrent que là où la chèvre est attachée, il faut qu'elle broute. Il savait que sa voie n'était pas dans la ferronnerie et on ne pouvait lui en vouloir pour cela. La suite des événements n'avait rien à voir avec son entêtement. Combien de fois Madeleine l'avait-elle rabâché à Fernand, qui se sentait responsable de ce qui était arrivé à Léon ?

— Bon sang, Fernand, arrête de te mettre martel en tête. Léon a choisi son chemin. Il n'a pas eu de chance, c'est tout ! Il ne s'est pas fait que des amis, ça, c'est sûr, mais c'est pour la bonne cause. Tu peux pas lui reprocher d'avoir voulu aider les gens en entrant au syndicat, quand même ? Et puis, il aurait travaillé ici, il lui serait peut-être arrivé quelque chose de pire, je sais pas moi, il aurait pu… se brûler dans la forge ou mourir écrasé par une charrette en sortant de l'atelier… bref, n'importe quoi…

Oui, n'importe quoi, elle en venait à dire n'importe quoi pourvu que son mari lâchât l'affaire et comprît qu'il n'était pour rien dans la destinée de son fils. Et puis, d'après Madeleine, Léon aurait été capable de tourner le dos définitivement à son père pour ne pas avoir à l'écouter.

Au début de l'hiver, Fernand avait contracté une pneumonie qui ne lui avait donné aucun répit jusqu'à ce qu'il lâche prise le mois dernier. Elle s'était déclarée au moment où Madeleine remuait ciel et terre pour que le témoignage de Charles Escoffier soit recevable par le tribunal et débouche sur la révision du procès de Léon. Mais c'était aussi la période où on n'avait plus aucune nouvelle de ce dernier. Il s'était évadé de sa période de doublage vers le mois de juillet et depuis, évidemment, il s'était bien gardé de donner des nouvelles, attendant sans doute que son innocence soit proclamée de manière irrécusable. Les gendarmes s'étaient présentés au domicile des Adam plusieurs fois pour s'assurer que ces derniers n'avaient pas reçu de signes de leur fils leur indiquant où il s'était réfugié. Fernand ne s'était pas gêné pour remettre l'insistante maréchaussée à sa place :

— Vous croyez peut-être qu'il est assez crétin pour nous écrire « Bonjour papa, bonjour maman, je me suis évadé mais je vais bien, voici ma nouvelle adresse ! ». Enfin, réfléchissez un peu !

Vexés, les gendarmes avaient reconnu que leurs visites régulières ne servaient à rien puisqu'il était clair que Léon allait faire le mort pendant un certain temps.

Cela faisait plusieurs mois que Charles Escoffier avait déposé son témoignage. Madeleine se languissait. L'absence de nouvelles la rongeait.

La seule idée qui procurait un peu d'apaisement à Madeleine résidait dans le fait que son mari était mort en sachant leur fils innocent et sa libération proche. Car, même si en son for intérieur paternel il en était convaincu, la pauvreté des débats lors du procès n'avait pu écarter complètement l'hypothèse de l'implication de son fils, et le regard des habitants de Camalens se chargeait de le lui rappeler. L'arbitraire de la sentence avait par ailleurs ravagé le cœur des deux parents, qui ne comprenaient pas les raisons d'un tel acharnement. Joseph Batignes à l'époque faisait la pluie et le beau temps sur Camalens, en sa qualité de chef d'entreprise, de député et de nanti. Le pauvre Léon n'avait pas fait le poids… Madeleine refusait de croire que Batignes avait agi ainsi pour écarter Léon de sa route dans son entreprise de séduction à l'égard de Marguerite. C'est ce que son fils prétendait, mais une telle méchanceté dépassait l'entendement. D'autant que Batignes se privait d'un bon élément à l'usine.

Cette pensée lui rappela que l'épicière de sa rue lui avait annoncé quelques jours auparavant le prochain mariage de Marguerite. Cette idée l'avait meurtrie comme si la jeune femme trahissait son fils en décidant de convoler. Elle allait se rendre à Souloumiac pour rencontrer Marguerite et lui dire que Léon allait revenir sous peu. Elle devait la convaincre de l'attendre.

⋆

Madeleine descendit du tortillard qui reliait Camalens à Souloumiac. Une quinzaine de kilomètres séparaient les deux bourgades, mais Madeleine avait toujours le temps de faire quelques rangs de tricot. Ça ou regarder les vaches dans les champs, elle préférait encore s'avancer dans la réalisation d'un pull qu'elle destinait à Léon. Cela lui rendait sa prochaine libération d'autant plus concrète. Parfois, elle jaugeait sa réalisation en tendant les bras devant elle. Peut-être avait-il forci ? À en croire ce qu'on leur donnait à manger au bagne, ce n'est sûrement pas là-bas qu'il avait fait du gras… Mais il n'y était plus depuis huit mois. De toute façon elle avait prévu large. Elle avait fait comme pour le père. Ça irait bien. Et puis le tricot lui évitait de penser. Comment allait réagir Marguerite ? Cela faisait plusieurs années qu'elle ne l'avait pas vue. Après le départ de Léon, la jeune femme leur rendait visite de temps en temps.

Puis elle avait déménagé à Souloumiac. Madeleine avait prévu de la cueillir à la sortie de son travail qu'elle supposait se situer autour de 18 heures. Elle reprendrait le train de 20 h 32 pour le retour. Elle disposait donc de peu de temps pour trouver Marguerite et lui exposer le but de sa visite.

Au sortir de la gare, elle prit la direction de la maroquinerie Ségur. À 17 h 40, elle était devant la porte. Elle sonna et demanda à parler à Marguerite. On lui apprit qu'elle était déjà rentrée chez elle. Madeleine prit le parti de s'y rendre. Elle aurait préféré la rencontrer en terrain neutre, c'eût été plus facile, moins intrusif, mais tant pis.

Lorsque Marguerite lui ouvrit la porte, celle-ci ne parut pas surprise de se trouver face à la mère de Léon. Inconsciemment, elle avait souhaité cette rencontre pour justifier son choix et lever tout malentendu avec celle qui aurait dû être sa belle-mère. La gêne du premier contact visuel fut vite dissipée par la courtoisie de Marguerite, qui balaya les craintes de Madeleine. Elles s'installèrent autour de la table de la cuisine. Marguerite leur servit du café.

— Marguerite, tu sais sûrement pourquoi je suis là ?

— Vous avez appris que j'allais me marier ?

— C'est ça. Je ne suis pas très douée pour les entrées en matière, ni pour la conversation, donc je vais aller droit au but. Tu te souviens que je t'ai écrit il y a pas loin d'un an pour te demander si tu avais connu un employé chez Batignes, un veuf, qui pouvait apporter un nouveau témoignage ? Tu as sûrement eu vent, par les journaux ou les rumeurs, des soubresauts dans l'affaire de Léon ? La révision de son procès, sa demande de grâce… Tu es au courant de tout ça ?

— Bien sûr, madame Adam, j'ai suivi ça avec beaucoup d'intérêt. Mais ça fait presque un an maintenant, et Léon n'est toujours pas rentré.

— Tu sais, c'est très long ces choses-là. Il demande une grâce présidentielle, ce n'est pas rien quand même…

Rachel rentra à son tour de sa journée de travail. Quand elle vit les deux femmes, elle comprit de quoi il s'agissait et fit mine de repartir en s'excusant. Mais Marguerite la retint, voyant en son amie un témoin objectif de la situation.

— Entre, Rachel, ne t'en va pas. Je te présente Mme Adam, la mère de Léon. Il y a du café, si tu veux.

Marguerite l'invita du regard à s'asseoir.

— Madame Adam, je vous présente Rachel, ma colocataire et surtout ma meilleure amie. Elle sait tout de mon histoire avec Léon.

Rachel se servit un café et s'installa avec elles.

— Léon va bientôt revenir, Marguerite, c'est évident. Ça ne va plus traîner, c'est sûr.

— Je me suis engagée, madame Adam, c'est trop tard maintenant.

— Trop tard, ce sera quand tu auras la bague au doigt ! Il n'est pas encore trop tard !

Marguerite ne savait comment introduire ce qu'elle avait à dire. Gênée, elle se triturait les doigts.

— Excusez-moi, je vais peut-être vous choquer, mais comment puis-je être sûre d'aimer encore Léon ? Cela fait sept ans que je ne l'ai pas vu…

— Mais bien sûr que tu l'aimes ! Un amour comme ça, on n'en a pas trente-six dans une vie !

— Mais on oublie… Et quel homme sera-t-il devenu ? Le bagne l'aura changé… marqué…

— Mais tu as bien lu ses lettres ! Tu sais quel homme il est devenu ! Je suis sûre que tu ne penses pas ce que tu dis et qu'au fond de toi tu l'aimes toujours.

Sentant que Madeleine atteignait le point sensible, Marguerite se défendit du mieux qu'elle put :

— Vous n'avez pas le droit de douter de mes sentiments pour mon nouveau fiancé !

— Je ne doute pas de ton choix, Marguerite, mais je pense que c'est celui de la raison, non celui de l'amour.

L'amertume et l'agressivité commençaient à dominer la conversation. Marguerite resta sans voix, muette de tant de clairvoyance de la part de Madeleine. Cette dernière s'en rendit compte et tenta d'enfoncer le clou.

— Qu'est-ce qu'il va t'offrir, ton mari ? Une bonne situation, de beaux enfants ? Et après ? Tu crois que ça suffit au bonheur de quelqu'un, ça ? Et que va dire Léon quand il apprendra que sa chère Margot, censée l'attendre au village, l'a remplacé par un autre qu'elle n'aime pas, mais qui en revanche va lui assurer un bel avenir ?

Elle avait prononcé ces mots sur un ton plus persifleur qu'elle ne l'eût souhaité et regretta d'emblée sa maladresse.

— Vous allez trop loin, madame Adam ! Et je me contrefiche de ce que va dire Léon. Léon, il m'a abandonnée il y a sept ans. Il est peut-être innocent mais il s'est mis dans une situation… compliquée. Et je ne suis pas sûre d'assumer son passé, ce qu'il a vécu au bagne… Son histoire est trop lourde à porter pour moi !

— Tu le laisses tomber, c'est donc ça ? Rachel, vous en pensez quoi que Marguerite épouse le fils Ségur ?

Rachel hésita avant de répondre d'une voix calme.

— Je n'ai rien à en penser. Ce n'est pas de ma vie qu'il s'agit, mais de celle de Marguerite. D'une certaine façon, je la comprends. Comment être sûre, après tant d'années, de s'aimer toujours ? C'est valable aussi pour Léon. Il s'accroche à un souvenir agréable, mais la Marguerite d'aujourd'hui lui plairait-elle autant ? Peut-être que Margot a raison en faisant un choix fondé sur des choses tangibles : un homme présent, amoureux, attentionné et fiable.

Elle voulut ajouter « Et bel homme, qui plus est », mais se ravisa car cette remarque déplacée n'aurait que jeté de l'huile sur un feu déjà bien ardent.

Le ton de Rachel avait eu pour effet d'apaiser les deux femmes. C'est Madeleine qui reprit, s'adressant à Rachel :

— Pour savoir s'ils étaient encore amoureux, il suffisait d'attendre juste quelques mois… C'est quoi quelques mois dans toute une vie ? Dites-le-lui, vous !

— Je n'en peux plus d'attendre, madame Adam, intervint Marguerite.

Elle se mit à pleurer, craquant sous l'effet conjugué de ses incertitudes et de la pression découlant de son futur engagement.

— Je suis épuisée. J'ai tellement, tellement attendu, ses lettres, son retour, tellement rêvé de sa présence auprès de moi. Je me suis repassé tellement de fois dans ma tête nos meilleurs moments. Je l'ai tellement aimé… en vain ! J'ai l'impression de ne plus être capable d'aimer tant mon cœur est fatigué, sec et vide. Alors, Raoul Ségur ou un autre, quelle importance ? Et puis j'ai fait assez de mal autour de moi. Je ne vais pas maintenant rompre ma promesse envers Raoul. Lui aussi est bon et ne veut que mon bien.

— Quel mauvais tour tu joues à Léon... Déjà qu'il va apprendre que son père est mort...

— Ne m'entraînez pas sur le terrain de la culpabilité, madame Adam, s'il vous plaît. J'ai déjà donné. C'est très triste ce qui est arrivé à votre mari, mais cela n'a rien à voir avec notre histoire. Je suis désolée... de tout ça. Maintenant, je vais vous demander de partir, madame Adam, j'ai besoin de sérénité pour entreprendre ma nouvelle vie. Je savais que vous viendriez. Vous n'êtes pas femme à laisser la vie décider pour vous. Vous êtes une femme forte, que je respecte. Léon vous ressemble. Mais j'ai besoin de paix, maintenant.

Madeleine se leva le cœur gonflé d'amertume. Elle avait échoué. Elle regarda Marguerite, s'avança pour la serrer dans ses bras, plus pour lui insuffler du courage que par réelle affection, puis se dirigea vers la porte, saluant Rachel d'un regard.

Toutes trois savaient, au fond, que Marguerite se dirigeait à grandes foulées vers la grisaille en refusant de voir la petite lumière qui commençait à éclairer l'horizon et qui pourrait bientôt se répandre sur le cours de sa vie.

Chapitre 17

Mars 2016 – Rencontre

Lola raccompagne ses élèves à la grille de l'école, puis revient vers sa salle de classe. Une des leçons du jour a amené Lola à évoquer l'existence des départements d'outre-mer avec les enfants, et, bien entendu, la Guyane a été citée. Quelques-uns connaissaient la Martinique, la Guadeloupe ou la Réunion pour y être allés en vacances, mais aucun n'avait entendu parler de la Guyane, pourtant le plus vaste de ces petits bouts de France ultramarins. À l'exception d'un élève, Alexis Rumaud, qui a levé le doigt pour en parler.

— Moi, je sais qu'en Guyane il y a des fusées qui décollent.

— C'est exact, Alexis. Très bien. Qui parmi vous a entendu parler de la fusée Ariane ?

Quelques doigts se sont levés.

— Quelqu'un veut en parler ?

Les mains se sont baissées, sauf celle d'Alexis. Lola l'a invité à parler.

— Les fusées Ariane, elles décollent pour aller très haut dans le ciel et y mettre des satellites. C'est pour le téléphone. Et aussi Internet, je crois. Mais en Guyane, autrefois, il y avait aussi un bagne. C'est comme une grande prison très dure où on envoyait les gens qui avaient fait de grosses bêtises. Moi, j'ai mon arrière… ou arrière-arrière… grand-père, qui est parti là-bas il y a très longtemps. Il n'est jamais revenu, il paraît.

Lola en est restée bouche bée. D'autres familles que la sienne étaient donc concernées par le bagne ! Et apparemment avec plus de transparence que chez les Adam. Les bagnes coloniaux avaient accueilli cent mille forçats en cent ans, cela touchait fatalement de nombreuses familles. Pour elle, il y a seulement un mois, cette pièce du puzzle de sa vie était encore invisible, et tout un pan de son histoire familiale restait dans l'ombre.

Elle a vite repris ses esprits pour féliciter Alexis pour ses connaissances, mais a terminé la journée sans grande concentration sur son travail. Elle repense en particulier à ce message vocal confus de l'archiviste d'Aix lui communiquant les coordonnées d'un homme qui fait les mêmes recherches qu'elle sur Léon. La convergence des événements récents vers la Guyane la trouble. À commencer par ce petit Alexis qui lui balance tout à trac, sans s'émouvoir, qu'il descend d'un bagnard. Elle voulait juste dans sa leçon de géographie sur la France préciser que de petits territoires français détachés du grand se trouvaient un peu éparpillés dans le monde. C'est tout. La Guyane lui revient toujours en pleine figure. Et ce type qui fouine dans la vie de son grand-père. Qui peut-il être ? Elle doit l'appeler, mais elle éprouve une réticence qu'elle ne s'explique pas. Elle ne sait comment gérer cette immixtion dans sa quête personnelle et s'interroge sur la concomitance de ses recherches avec celles de cet inconnu. Mais finalement, qu'a-t-elle à perdre à rencontrer cet homme ? Sans doute aura-t-il des choses à lui apprendre, ou l'inverse. Elle surmonte sa défiance et prend son téléphone pour appeler le numéro donné par l'archiviste. Elle a également noté le nom du fouineur. Feldman. Ce nom n'évoque rien pour elle. Elle s'enferme dans sa classe et compose le numéro. Quand elle entend qu'on décroche, elle prend une grande inspiration.

— Monsieur Feldman ? Lola Adam à l'appareil.

⋆

Le lendemain vers midi, Valéry est attablé à la terrasse d'un café du centre de Montpellier. Il a rendez-vous avec la femme qui l'a appelé la veille. Ce coup de fil tant espéré lui a laissé un goût âpre, qui colle aux dents. La conversation téléphonique n'a pas été très agréable. Il a senti Lola Adam sur la défensive, ce qui l'a laissé perplexe quant à la légitimité de ses propres recherches. Elle au moins partage le patronyme de ce Léon. Néanmoins, elle a proposé de venir le rencontrer à Montpellier pour en parler de vive voix. « Demain ? » a-t-elle proposé. Ils ne se sont pas dit grand-chose de plus. Si ce n'est qu'elle est la petite-fille de l'ancien bagnard et qu'il est le petit-fils d'une femme dénommée Marguerite, qui aurait eu autrefois une liaison avec cet homme… Cette liaison est leur seul point d'intersection. À peine de quoi justifier leur prise de contact. Au nom de Marguerite, Lola Adam s'est adoucie. Elle semblait déjà au courant du lien entre Léon et Marguerite. Le reste, ils se le diraient lors de leur rencontre. La veste crème de Valéry est le signe de reconnaissance. Un tic nerveux agite le pied de Valéry, qui vient taper celui de la table à intervalles réguliers.

De son côté, Lola a fait quelques recherches sur Internet et le site de l'agence de Valéry est apparu. Un agent immobilier. Bof, bof… Après tout, il faut de tout pour faire un monde. Mais ce n'est pas une profession qu'elle tient en haute estime. Surtout, se garder de généraliser… À quoi doit-elle s'attendre, de toute façon ?

Quand elle a annoncé à David qu'elle allait à Montpellier pour rencontrer un homme qui pourrait apporter de l'eau à son moulin, ils ont eu une discussion très vive. « Mais ma pauvre Lola, dans quoi tu t'embarques ? Tu ne le connais même pas ce type ! Lola, je n'aime pas du tout la tournure que prend cette histoire. Réveiller les fantômes n'a jamais rien eu de bon ! Il va falloir que tu reviennes à la raison ! » Elle lui a répondu : « Qu'est-ce que tu y connais, toi, aux fantômes qu'on réveille ? Tu en as réveillé beaucoup dans ta vie ? Et si, au contraire, ils avaient besoin, parfois, de voir la lumière du jour, de sortir des greniers, de se dépoussiérer un peu, histoire de voir ce qu'ils ont laissé derrière eux… S'ils ont de quoi être fiers, ou pas ? » David l'a regardée comme s'il avait une folle en face de lui, en faisant *non* de la tête, comme si la femme qui lui tenait ces propos ne *pouvait* être sa propre femme. À la suite de quoi Lola a fait chambre à part, chacun ruminant son incompréhension dans son coin.

Valéry se demande quel genre de personne est Lola quand il voit s'approcher une femme brune, d'allure assez décontractée, le visage mangé par de grandes lunettes de soleil.

— Monsieur Feldman ?

— Lui-même. Madame Adam je présume ?

Valéry regarde Lola, toujours cachée derrière ses lunettes, s'installer en face de lui. Le fait qu'elle ne les ôte pas l'agace. Ils commandent une boisson et Lola entre dans le vif du sujet sans plus de cérémonie, adoptant un ton froid et arrogant qui la surprend elle-même.

— Bien. Il semble que nous cherchions des informations sur la même personne, Léon Adam, mon grand-père. J'avoue que j'ai un peu de mal à comprendre à quel titre vous vous intéressez à lui. Votre grand-mère n'est, somme toute, qu'une femme que mon grand-père a connue, rien de plus. Du coup, je ne vous cache pas que l'intérêt que vous portez à mon grand-père et à ma famille m'apparaît comme une... disons une intrusion dans notre univers familial.

Valéry s'apprête à renchérir tout aussi vertement en cherchant le regard de Lola pour y planter le sien et montrer à cette mijaurée qu'elle ne l'aura pas à ce jeu-là, mais elle s'entête à conserver ses lunettes.

— Bon, ça, c'est dit. Pas de la manière la plus aimable qui soit, mais c'est dit. Après cette entrée en matière, disons, particulière, je vais essayer de vous exposer mes motivations à m'intéresser à Léon Adam. Avant de mourir, en 1995, ma grand-mère, Marguerite, m'a raconté son histoire sentimentale avec un certain Léon. A priori, votre grand-père. Les mots qu'elle a employés ne m'ont pas surpris, dans un premier temps. Elle m'a exhortée, ce jour-là, à ne pas passer à côté de l'essentiel, dans ma vie, en se servant de son histoire « ratée » avec Léon comme argument. À ce moment-là, j'allais me marier et j'avais d'autres préoccupations en tête que les premières amours de ma grand-mère. Ce n'est que récemment que j'ai compris qu'elle voulait peut-être me dire, ce jour-là, quelque chose d'autre.

— Par exemple ?

— Je ne sais pas, c'est ce que je cherche. N'ayant eu que très peu d'informations de la part de ma grand-mère – je vous exposerai exactement ce qu'il en est si vous m'en laissez la possibilité –, j'ai cherché du côté de l'homme qu'elle m'a dit avoir aimé passionnément. Mais ces recherches, aux Archives d'outre-mer, m'ont mené dans l'impasse puisqu'il n'y était question que de son passé au bagne. J'aurais dû m'en douter, mais j'espérais trouver dans les dossiers un lien qui me conduirait à ma grand-mère. En vain. Je comptais beaucoup sur notre rencontre pour échanger les éléments recueillis de part et d'autre et peut-être aller plus loin, mais je m'aperçois que cela risque d'être plus compliqué que je ne l'avais – naïvement – imaginé.

Valéry a prononcé ces derniers mots sur un ton amer. Bon sang, pourquoi les choses ne peuvent-elles être plus simples ?

Lola ravale sa morgue, se décide à lâcher l'affaire et à ôter ses lunettes. Valéry découvre ses yeux fatigués et rougis.

— Je vous demande pardon. Je suis un peu à cran en ce moment. Cette histoire m'est tombée dessus, si je puis dire, il y a un mois et demi et depuis je ne dors que très peu. Ajoutez à cela un métier fatigant, un mari qui ne me comprend plus, des enfants adorables mais vivants à deux cents pour cent… et voilà le résultat, fait-elle avec un geste las, englobant son visage et l'ensemble de sa personne. Je suis désolée.

Elle se frotte les yeux et se décide à regarder Valéry. L'homme qu'elle a en face d'elle va vers la cinquantaine. Malgré l'irritation visible que Lola a provoquée chez lui, son visage est souriant, mais d'une curieuse façon. Presque charmeur. Probablement dans sa nature, car Lola jurerait qu'à cet instant la colère bout en lui. Son regard clair a quelque chose de magnétique. Elle lui sourit, espérant ainsi désarmer son courroux.

Valéry remarque l'analyse visuelle de Lola.

— Ce n'est pas parce que je souris que je ne suis pas en colère ! déclare-t-il sur un ton mi-sérieux, mi-rieur. J'ai un physique trompeur !

— Je m'en doute, on le serait à moins…

Lola se détend et poursuit d'une voix qu'elle veut le plus aimable possible.

— Si on reprenait cette conversation depuis le début, monsieur Feldman, et surtout sous une autre forme ? Vous voulez bien ?

— Soit. Commencez par m'appeler Valéry, alors. Restons simples.

— Soit. Ce sera donc Lola, pour moi. Je pense que l'on devrait se raconter mutuellement qui nous sommes, l'origine de nos familles respectives, ça me semble un bon début ?

— Soit. Qui commence ? On tire à pile ou face ?

Il a dit ça sans y croire vraiment, pensant lui laisser la politesse de commencer, si elle préfère. Mais Lola le prend au mot.

— Soit.

Lola sort une pièce de sa poche tout en relevant le surréalisme de la scène, à tirer à pile ou face avec un homme inconnu pour savoir qui parlera le premier de ses secrets de famille !

— Vous choisissez quoi ?

— À vous l'honneur.

— Pile.

Elle lance la pièce en l'air et la réceptionne.

— Face, c'est à vous.

— Soit.

Ils rient tous deux, un peu confus de cet échange inattendu qui a eu pour effet de détendre l'atmosphère.

— On en a pour un certain temps, je pense. On pourrait envisager de s'installer quelque part pour déjeuner ?

— Avec plaisir. Je vous laisse choisir l'endroit, vous connaissez Montpellier mieux que moi.

Une fois tous deux bien installés dans un restaurant, Valéry entreprend le récit de ce qu'il sait de la vie de sa grand-mère ; sa relation avec elle, ses vacances à Souloumiac quand ses parents travaillaient et ne pouvaient le garder à la maison, la maroquinerie de son oncle Jean héritée de ses grands-parents, les révélations que Marguerite lui a faites avant de mourir, la fin de son mariage à lui, son accident de voiture et l'impression d'urgence qu'il a éprouvée à rechercher, vingt ans après, la signification de ces révélations, espérant comprendre ce qu'elle avait voulu lui dire. Puis le reportage sur Arte, qui l'a mené aux Archives d'outre-mer. La lecture des récents événements de sa vie lui impose la recherche de la vérité. L'hypocrisie et le mensonge ne sont plus pour lui, il en a soupé, et pour quel résultat ?

Lola ne l'interrompt pas, relevant certaines concordances avec ce qu'elle a appris par elle-même, se contentant de hocher la tête, et notant mentalement çà et là des points sur lesquels elle aura à l'interroger pour approfondir. Elle essaie de rassembler les pièces du puzzle, notamment celui de la vie de Marguerite. Le témoignage de Babeth Chassagne lui a donné à voir une jeune femme pleine d'énergie, alliant autorité et douceur, généralement bien disposée dans la vie mais en proie à une blessure profonde. Valéry, lui, évoque la Marguerite plus âgée, mais toujours femme de caractère, facétieuse, aimante, et apparemment meurtrie par cette même blessure. Tous les éléments convergent. Lola se sent subitement plus proche de Valéry et baisse totalement la garde. Elle a face à elle le petit-fils de Marguerite. Celle-là même sur laquelle elle est allée se renseigner à Souloumiac pour chercher à qui son grand-père Léon destinait sa lettre, son point de départ. Qu'elle le veuille ou non, leurs histoires sont liées.

Quand il a fini son récit, il regarde Lola d'un air interrogateur auquel elle répond :

— Je crois qu'il n'y a pas de doute, votre grand-mère est bien la femme que mon grand-père a aimée. J'ai besoin d'une précision : Marguerite a déclaré que Léon avait été condamné à cause d'elle ? C'est bizarre, il ne figure rien de tel dans le dossier.

— Il semblerait que *quelqu'un* ait eu intérêt à l'éloigner d'elle.

Lola réfléchit et hoche la tête.

— D'où le sabotage organisé. Et le silence de Léon quand on lui a demandé, à son procès, pour quelle raison son patron aurait voulu l'éloigner… Un complot en quelque sorte… Par amour à votre avis ? Son patron n'aurait pas supporté d'avoir Léon dans les pattes ? Léon dont elle était très amoureuse…

Valéry approuve de la tête. Lola enchaîne :

— J'ai quelque chose à vous montrer.

Elle sort de son sac la lettre de Léon et la tend à Valéry, qui observe tout d'abord l'enveloppe.

— Hum, retour à l'envoyeur… Très ancienne, cette lettre : 1925 ! Mince alors !

Puis, quand il a fini sa lecture :

— Effectivement, ça me semble clair… Votre grand-père a dû être très malheureux… Les *deux ordures* seraient les personnes qui auraient orchestré tout ça… Quelle vacherie. Oui, l'histoire passionnelle se tient. Si c'est ça, c'est franchement odieux.

— C'est sûr que ça n'a pas dû être facile tous les jours pour lui. J'ai découvert pas mal de choses aux Archives d'Aix-en-Provence, comme vous, je suppose. Mais je vais peut-être vous raconter, à mon tour, ce qui m'a entraînée dans cette recherche.

Lola s'engage dans le récit de ces dernières semaines, depuis la mort de son père, jusqu'à l'évasion. L'impasse…

Valéry, sans s'en rendre compte, a adopté la même attitude que Lola un peu plus tôt, hochant régulièrement la tête comme pour confirmer que ce qu'il entend correspond bien à ce qu'il imaginait ou savait déjà.

— Ce que l'on peut dire, c'est que votre grand-père, dans les années 1930, a travaillé chez Air France à Toulouse… Et qu'il s'est passé quelque chose entre son évasion et son retour en France, sinon, il n'aurait pas pu travailler sous son vrai nom, la police l'aurait cherché pour le renvoyer en Guyane.

— Il avait fini sa peine, apparemment, et effectuait ce qu'ils appelaient le doublage… Vous croyez qu'ils étaient vraiment recherchés quand ils s'évadaient pendant le doublage ?

— Et comment ! J'ai un peu lu sur le sujet après ma visite à Aix. Bien sûr qu'ils étaient recherchés. Jusqu'en métropole, voire à l'étranger, si besoin. Parfois, ils étaient retrouvés et repris plusieurs années après, et ils étaient renvoyés d'où ils venaient en écopant au passage de mesures disciplinaires, et quelques années de bagne supplémentaires.

— Il a donc dû se passer quelque chose pour qu'il ait pu rentrer en France, libre…

Puis elle poursuit en changeant de sujet :

— Il faudra que j'essaie de retrouver ce reportage d'Arte pour le visionner. Je ne sais même pas à quoi ressemble mon grand-père.

— Inutile. J'ai essayé de le retrouver, il n'est déjà plus en ligne.

— J'ai une question, disons… abrupte : à votre avis, Léon et Marguerite ont pu avoir un enfant ensemble ?

— Je n'en sais rien… Elle m'a dit qu'elle l'avait repoussé à son retour du bagne et qu'ensuite il s'était marié… Et je n'ai plus de piste à explorer. Ma grand-mère était quand même bien atteinte mentalement quand elle m'a parlé. Mais pourquoi m'avoir raconté cela à moi, un de ses petits-fils ?

— Sans doute pour qu'il y ait moins d'affect. En s'adressant à vous, une génération après, de deux choses l'une : soit vous ne comprenez rien et hop ! l'histoire passe aux oubliettes, soit vous comprenez mais, étant moins directement concerné, vous réagissez de façon moins passionnelle et vous réfléchissez avant d'agir. La preuve, vous avez attendu vingt ans ! Ça doit être très violent pour quelqu'un d'apprendre que son père n'est pas son père. Alors qu'un grand-père… Mort, qui plus est… Votre grand-père Raoul était déjà mort au moment où elle vous a parlé ?

— Oui, depuis longtemps. Ils s'étaient mariés un peu tard, en âge, pour l'époque. Et pour cause, elle devait attendre le retour de Léon.

— Admettons : Léon s'évade du bagne. Il revient en métropole dans les années 1930, a priori innocenté, puisqu'il parvient à travailler sous son vrai nom. Il s'installe à Toulouse. Non, à Camalens puisqu'il s'est marié là-bas.

— En quelle année s'est-il marié ?

Lola attrape dans ses affaires le livret de famille et cherche l'information dans les pages.

— 1930. Il a été déclaré évadé en 1926. Il a dû revenir dans l'intervalle. Ensuite, on sait qu'il s'est marié, qu'il a eu des enfants et que, a priori mis au ban, il s'est installé à Toulouse.

— En quelle année est-il mort ?

— En 52. Je pense qu'il a dû être mobilisé en 39… Mais là non plus, je n'ai pas de traces…

Lola a l'impression de nager en pleine enquête policière. Valéry et elle incarnent l'incontournable binôme des séries télévisées. Valéry, lui, poursuit la réflexion.

— En gros, si on récapitule, il vous reste à découvrir les détails de son évasion et de son retour en France. Quant à moi, si Léon et Marguerite ont eu un enfant ensemble, je dois trouver lequel… Et si cet enfant avait été abandonné à la naissance ? Il n'est peut-être pas dans ma famille, après tout.

— J'en doute, on a quand même un bon aperçu de la personnalité de Marguerite, et surtout de l'amour qu'ils se portaient tous les deux. Vous l'imaginez vraiment abandonnant à l'Assistance publique le fruit de son amour avec Léon ? De toute façon, quand Léon est revenu, elle était déjà mariée, non ?

— Oui, je crois. Mais on ne sait pas avec précision quand Léon est revenu du bagne. Mes grands-parents se sont mariés en 1927.

— Ce que je voulais dire, c'est que, si elle était déjà mariée, elle pouvait faire passer l'enfant pour celui de votre grand-père. Solution pas très honnête, mais une mère est capable de bien des choses pour protéger son enfant, si illégitime soit-il, et sa réputation.

— Et si elle l'a eu juste après le départ de Léon au bagne ? Par crainte du scandale, elle peut l'avoir abandonné ? Être fille mère à l'époque était très mal vu…

— Alors, dans ce cas, nous aurions tous deux un demi-oncle – ou tante – quelque part, né de parents inconnus…

— Et elle l'aurait retrouvé avant de mourir, pour qu'elle me dise que *Léon était présent à sa façon* ?

Lola ouvre les bras pour dire que toutes les hypothèses sont imaginables.

Autour d'eux, les serveurs du restaurant commencent à ranger les tables de la terrasse. Ils regardent l'heure : 14 h 30. Ils n'ont pas vu le temps passer.

Ils quittent le restaurant. Valéry reprend la parole.

— À ce stade, il faut qu'on trouve d'autres sources d'informations.

— À ce stade, il faut surtout qu'on trouve un autre endroit pour poursuivre cette conversation !

— Viens… Venez à mon agence. J'en profiterai pour demander à mon collègue Mario d'assurer mes rendez-vous. Il sera content, j'avais rendez-vous avec un apollon ! Ça vous ennuie si on passe au tutoiement ?

— Pardon ?

— Si ça vous ennuie, oubliez.

— Non, rit-elle. OK pour le tutoiement. C'est cette histoire d'apollon que je n'ai pas comprise !

— Tu comprendras dans dix minutes. Je suis venu à pied. C'est par là, dit-il en désignant une petite rue piétonne du centre. Et à part tout ça, tu m'as dit que tu étais mariée, Lola ?

— Oui, et j'ai deux enfants. Une fille de quatorze ans et un garçon de huit ans. Et toi ? Des enfants ?

— Marié, séparé depuis quinze jours ! Un garçon, dix-huit ans, parti faire le tour du monde pour fuir un foyer d'un ennui mortel et pour se trouver, je suppose, n'ayant pas de modèle satisfaisant autour de lui.

— Tu ne penses pas être un bon modèle ?

Il se tourne vers elle tout en marchant.

— Tu ne me connais pas encore assez pour comprendre, mais, comment te dire… J'ai été élevé dans une famille très bourgeoise. Mon père était banquier et nous avions le train de vie inhérent à ce milieu professionnel : un magnifique appartement, des domestiques, plus d'argent que d'occasions de le dépenser, une belle voiture, avec chauffeur cela va sans dire, des invitations aux chasses à courre dans des châteaux en Sologne… Enfin, tu vois le tableau… Tout ce que je déteste, en fait, je m'en rends compte maintenant. Ma mère, elle, ne venait pas de ce milieu, et je pense que j'ai hérité d'elle une espèce d'indifférence, voire de mépris pour cette vie-là. Mais je m'en accommodais bien puisque j'ai fait un mariage, pour ainsi dire, de convenance. Je n'étais pas amoureux d'Isabelle, mais je l'ignorais puisque je n'avais jamais été vraiment amoureux. Je suis rentré dans le moule à pieds joints et m'y suis complu. Mais le revers de la médaille, c'est que je n'ai jamais eu de vrais amis, de vrai amour, et je me suis engouffré dans ma vie d'adulte sans remettre en question ce type d'existence. Je n'ai pas eu le courage d'affronter mon père pour lui dire que non, je ne ferais pas d'études de commerce tel qu'il me le dictait, et que non, je n'aurais pas un métier lucratif, mais un métier pour lequel j'aurais une réelle inclination et qui me nourrirait autrement qu'en remplissant mon assiette. Et voilà, maintenant, cela fait presque vingt-cinq ans que je suis agent immobilier, encalminé dans une vie qui ne me ressemble pas, qui n'est pas en accord avec ce que je suis. J'avais le sentiment que, somme toute, le mariage, la famille, le travail étaient des valeurs sûres et que rien de tout cela n'était difficile à obtenir... Sur le papier seulement. J'ignorais à quel point c'est tout l'inverse. Avec le recul, je pense que j'ai vécu ces vingt-cinq ans en mettant un pied devant l'autre, sans m'interroger si tout cela avait du sens. J'ai l'impression de m'être trompé de vie. C'est comme si je marchais dans les chaussures de quelqu'un d'autre, tu comprends ? Après tout, cette vie-là me préservait de pas mal de soucis matériels, mais je n'ai compris que tout récemment que l'essentiel ne résidait pas là. C'est sûrement aussi pour cela que j'ai repensé à ma grand-mère et à ce qu'elle m'a dit ce jour de 1995 dans sa maison de retraite par rapport à ce qu'elle considérait comme *l'essentiel*. Elle m'avait mis en garde, à sa façon, mais je ne l'ai pas écoutée. J'étais plus préoccupé par mon propre mariage que par ses divagations sur la vie et je m'aperçois aujourd'hui combien j'ai eu tort et combien ma vie aurait pu être différente. Alors, oui, je comprends que mon fils ait pris la tangente, avec un père comme moi et un cadre familial comme celui que nous lui avons imposé. En fait, j'étais comme lui, à son âge, mais lui a eu le courage de faire ce que moi je n'ai pas osé faire à l'époque.

— Quel réquisitoire ! Je te trouve bien sévère avec toi-même. Ce que tu prends pour de la lâcheté, cela peut aussi être considéré comme une forme de respect ou d'obéissance à ce que te proposaient tes parents ? Tout le monde, a fortiori quand on est jeune, n'est pas en mesure de prendre des décisions avec un libre arbitre total, entier. Imagine que tu aies tenu tête à ton père, que se serait-il passé ? T'aurait-il coupé les vivres ? T'aurait-il rejeté ? Tu as dû sentir à l'époque qu'il était moins risqué de l'écouter que de le contredire ? Peut-être que tu n'étais pas prêt à ça ? Tu n'as pas à te le reprocher, selon moi, c'est que les choses devaient se passer ainsi. Non ?

— Tu as peut-être raison, mais quand même… Vingt-cinq ans, Lola, tu te rends compte ! J'aurais pu me réveiller avant !

— Quand on a une charge familiale, ce n'est pas si facile…

— Isabelle gagnait sa vie aussi !

— Bien sûr, mais ton éducation t'interdisait de divorcer. Sans faire de psychologie à deux balles, notre éducation est fondamentale dans notre appréhension de ces repères-là, la famille, le travail, la religion, etc. Ta famille est croyante ?

— Croyante et pratiquante au dernier degré ! Enfin, je dirais plutôt ma *belle*-famille. En fait, depuis que mon père est mort, en 2000, ma mère, mes sœurs et moi avons arrêté d'aller à l'église. En revanche, du côté d'Isabelle, ce n'est pas la même chose…

Ils arrivent à l'agence. Après les présentations, Valéry donne quelques consignes à Mario au sujet des rendez-vous qu'il ne pourra assurer. Puis Lola et lui s'isolent dans son bureau.

Elle regarde autour d'elle. La pièce est sobre, la décoration d'une simplicité et d'un goût qui lui plaisent. Peu de fioritures mais des objets d'art bien choisis. Et sans doute coûteux. La conversation se poursuit :

— Quelque chose m'intrigue. Comment ta mère a-t-elle pu tomber amoureuse de ton père si leurs origines sociales étaient si différentes ? Pour ton père, cela représentait tout de même… excuse-moi… mais une forme de déclassement par rapport à son milieu ?

— Ne t'excuse pas. C'était bien le cas. Mais il est tombé amoureux. Il faut dire que ma mère était très belle. Ce n'est pas parce que c'est ma mère, mais elle était vraiment canon. Même en ayant pris de l'âge, elle est toujours très belle d'ailleurs. Elle vit à Toulouse.

— Ah bon ? Tu as passé ton enfance à Toulouse ?

— Oui, c'est pour m'éloigner un peu, justement, que je suis venu m'installer à Montpellier. On habitait un hôtel particulier rue Ozenne, mais, quand mon père est mort, mes sœurs et moi l'avons vendu à la demande de ma mère pour lui acheter un appartement plus en rapport avec ses besoins et son mode de vie. Et, pour en revenir à l'énigme de leur mariage, mon père avait beaucoup de charisme et d'humour. Il n'a eu aucun mal à séduire ma mère. Je pense qu'ils sont vraiment tombés amoureux. Ils se sont rencontrés au lycée, puis perdus de vue, puis ils se sont retrouvés, je crois, quelques années plus tard. Au départ, elle a dû être aussi attirée par un mode de vie en apparence facile, loin des soucis liés au manque d'argent. Ses parents dirigeaient une maroquinerie prospère mais de taille modeste.

— La maroquinerie Ségur…

— C'est ça. Ils avaient un train de vie très simple. Et puis n'oublions pas l'effet que pouvait faire un tel mariage, aux yeux de sa famille à elle… Étonnamment, mon père a été plus préoccupé par mon mariage que par le sien. Il craignait qu'on ne m'épouse par intérêt. Et pour finir, c'est précisément ce qu'on a fait, un mariage d'intérêt… mais bilatéral ! C'est mieux, du coup, il y en a deux qui en bavent au lieu d'un !

— Ne sois pas cynique, il n'y a pas eu que du mauvais, je suppose…

— Ouais… Bon, et toi, ta vie ?

— Tranquille aussi, ne va pas croire !

— Mais tu as choisi ton métier et ton mari ?

— C'est vrai, j'aime mon métier… et mon mari. Même si en ce moment c'est un peu compliqué…

— C'est déjà beaucoup…

— Oui, sans doute. Je ne suis pas un animal solitaire. Je crois que j'ai besoin de partager. Les petits moments de la vie comme les grands. Savoir aussi que je ne suis pas seule en cas de coup dur… La vie ne nous épargne pas et ça me rassure de ne pas être seule.

— Et ton mari, il dit quoi de toute cette histoire ?

— Justement, nous avons eu une discussion houleuse, hier soir, quand je lui ai dit que je venais ici.

— Qu'est-ce qui le chiffonne exactement ?

— C'est l'ampleur que ça prend. Il faut dire que depuis que j'ai mis le doigt dans l'engrenage, ça m'obsède. Il a du mal à comprendre pourquoi et je n'arrive pas à lui expliquer ce que j'éprouve. Voilà en plus que tu entres en scène ! Je fais tous ces kilomètres pour venir rencontrer *un type que je ne connais ni d'Ève ni d'Adam*, c'est le cas de le dire ! Bref, c'est compliqué… Je ne me reconnais plus moi-même. Tu vois, par exemple, le rôle que j'ai joué, tout à l'heure, au début de notre rencontre ? Ce n'est pas moi du tout, ça ! Je ne sais pas ce qui m'a pris…

— Résumons-nous : je ne suis pas moi-même, tu n'es pas toi-même. Nous sommes deux inconnus l'un pour l'autre qui marchent tous les deux à côté de leurs pompes. Une situation très simple pour faire connaissance !

Ils rient de concert. Lola poursuit, reprenant son sérieux :

— Peut-être avons-nous besoin d'aller un peu dans la vie des autres voir ce qu'il s'y passe…

— J'ai déjà trop vécu par procuration. Maintenant, je vais rester dans ma vie mais la soigner, la rendre plus intense et surtout décider de ce qu'elle va devenir.

— Oui, en fait, toi, c'est l'inverse, tu réintègres ta vie après l'avoir laissée de côté trop longtemps. En revanche, moi, j'éprouve le besoin de sortir de la mienne, un temps du moins, pour faire le point. Parfois, je me donne l'impression d'être une enfant gâtée : j'ai tout pour être heureuse et là, en ce moment, je ne le suis pas…

— Moi aussi, je croyais avoir tout pour être heureux… Mais ça veut dire quoi exactement ? Tout dépend des objectifs qu'on se fixe. C'est là où je me suis planté : les seuls objectifs que je me suis fixés sont ceux que les autres m'avaient déjà assignés, sans les remettre en question.

— Je me demande parfois s'il ne faut pas simplement savoir se contenter de ce que l'on a, et ne pas placer la barre trop haut au risque de se prendre une claque ou de vivre dans une sorte de frustration perpétuelle.

— Bien sûr, Lola. Mais encore faut-il que cela ait du sens ! C'est ce que j'ai fait pendant vingt-cinq ans, me contenter de ce que j'avais. Mais ma vie n'avait pas de sens alors que j'avais tout ce que je voulais matériellement. Sauf l'essentiel, ce qui m'anime au quotidien : faire du bateau, me remettre au sport, apprendre à jouer de la batterie, prendre des cours de salsa, m'investir dans une association caritative, voyager avec la femme que j'aime… Toi, ta vie a un sens car tu as fait de vrais choix. Tu ne les as pas subis.

— C'est toi qui le dis ! Cette découverte sur tout un pan de l'histoire de ma famille m'a fait rebattre les cartes. En tout cas, les fondations sur lesquelles j'ai construit ma vie s'ébranlent. C'est un peu comme si cette histoire était le catalyseur d'une situation larvée. Et je ne suis plus sûre de rien. Pas même d'être encore amoureuse de mon mari. Ça me semble incroyable…

Il est bientôt 4 heures de l'après-midi. Lola se dit qu'il est temps pour elle de rentrer, mais l'idée même de retourner à Toulouse l'insupporte. Inquiète de l'émergence de ce sentiment inconnu, elle sent les larmes venir. Valéry lui touche le bras.

— Que se passe-t-il ?

— Je n'ai pas envie de rentrer chez moi. C'est physique. Je ne peux pas. Je ne sais pas ce qui m'arrive. Je n'ai pas envie de retrouver David et sa mauvaise humeur.

— Écoute, tu as été pas mal brassée ces derniers temps. Tu es fatiguée. Il faut que tu te reposes et tout rentrera dans l'ordre, tu verras.

— Je dois appeler David pour lui dire que je ne rentre pas ce soir.

Ce disant, elle récupère son téléphone dans son sac et se lève.

— Tu veux rester à Montpellier ?

Elle opine de la tête tandis que David décroche. Elle sort du bureau pour s'isoler. Quand elle revient, Valéry l'interroge du regard.

Elle hausse les épaules.

— Il est inquiet pour moi, pour nous…

Valéry remarque ses yeux humides.

— C'est normal. Mets-toi un instant à sa place…

— Oui, et tu as raison, c'est juste une mauvaise passe.

Elle prend une grande respiration comme pour chasser ses soucis, puis reprend :

— Dis voir, avec tout ça, on a un peu oublié nos aïeux. Comment va-t-on procéder maintenant ?

— Après ma visite aux Archives d'outre-mer, je me suis dit que les événements liés à l'arrestation de Léon, son évasion, etc., avaient dû être relatés dans la presse locale à l'époque ? Qu'en penses-tu ?

— Que c'est une très bonne idée. *La Dépêche du Midi*, par exemple ? Elle existait déjà en ce temps-là ?

Ils consacrent la fin de l'après-midi à réfléchir aux stratégies pour trouver de nouvelles pistes de recherche. Les journaux devraient être consultables dans des bibliothèques ou des services d'archives. Ils les éplucheront pour glaner ce qu'ils peuvent. Puis, pleins d'espoir concernant la suite de leurs investigations, ils décident d'aller dîner en compagnie de Mario, qui est revenu enchanté de sa journée.

*

Le lendemain, lorsque Lola sort de sa cabine, Valéry est en train de préparer le café. Ses courts cheveux bruns en bataille, les cernes sous ses yeux gonflés témoignent d'une nuit aussi brève qu'agitée. Elle porte un pantalon de pyjama trop grand pour elle. Elle regarde Valéry d'un air hagard.

— On est où là ?

— Dans mon bateau.

— Qu'est-ce qu'on fait là ?

— Tu ne te souviens pas ?

L'ineffaçable sourire en coin de Valéry ne la rassure pas. Lola fait un effort considérable pour tenter de retrouver dans sa mémoire ne serait-ce que quelques bribes de la soirée de la veille.

— Je me souviens qu'on était au restaurant, avec Mario. Puis on est entrés dans une espèce de bar très bruyant où des gens dansaient. Ensuite plus rien... Je suis désolée... Je crois que j'ai trop bu, non ?

— On peut dire ça comme ça, effectivement. Des mojitos.

— Arrête de plaisanter, Valéry, j'ai un trou de mémoire effrayant !

— Ce n'est pas bien grave, demain il n'y paraîtra plus rien.

— Combien... je veux dire, de mojitos ?

— Sept, huit, je ne sais plus, j'ai arrêté de compter.

Il rit en posant une main sur ses côtes douloureuses. Voir la tête affolée de Lola l'amuse beaucoup. À la mauvaise nuit de celle-ci s'ajoute l'angoisse de ce qui s'est réellement passé la veille.

— Mais pourquoi on est dans un bateau ?

— Parce que c'est chez moi ! Et que je n'allais pas te laisser dormir dans la rue, ni même à l'hôtel, vu l'état dans lequel tu étais.

— Tu vis dans ton bateau ? demande-t-elle, incrédule.

— Depuis que j'ai quitté Isabelle, oui. Et je m'y sens très bien. Pas toi ?

— Là, maintenant, tout de suite, très moyen, je dois dire. Mais je serais dans un palace, le malaise serait le même… Reprenons, Valéry. OK, j'ai bu. Plus que de raison. Mais comment je suis arrivée ici ? Purée, Valéry, pourquoi tu m'as laissée boire autant ?

Tout en parlant, Valéry continue de préparer leur petit déjeuner.

— J'ai essayé et tu m'as dit : « Qui tu es, toi, pour m'empêcher de vivre ? » Tu n'avais pas tort, du reste. Et tu en avais besoin. J'ai l'impression que cela faisait longtemps que tu n'avais pas lâché prise, alors j'ai décidé de rester sobre et de t'accompagner dans ton odyssée tout en restant au bord de la route. Voilà, il n'y a pas mort d'homme ! Mieux vaut en rire, ça restera entre nous. Et Mario, bien sûr !

— Tu m'as portée ?

— Pas vraiment, tu tenais un peu debout, malgré tout.

— Et tu m'as déshabillée.

— Je n'allais pas te laisser avec ton pantalon qui, entre parenthèses, a aussi profité du mojito…

Il le lui désigne du menton. Lola regarde son jean suspendu dans un coin de la cabine et remarque l'auréole poisseuse sur chaque genou.

— Bon sang ! Dans quel état je devais être… J'ai tellement honte.

Puis elle se décide à lui poser la question qui lui brûle les lèvres, mais dont elle craint la réponse.

— Et toi, tu as dormi où ?

— Là.

Il lui montre la couchette escamotable du carré. Valéry fait une pause dans ses préparatifs et la regarde.

— Tu prends des tartines ?

— Je veux bien. S'il te plaît.

Lola revient à la charge sur le déroulement de la soirée.

— Mais si j'étais si bourrée que ça, je n'arrivais pas à discuter ?

— Oh si, tu étais même plutôt bavarde !

— Est-ce que j'ai dit ou fait des choses… gênantes ? Pour toi ou Mario ? Ou moi-même d'ailleurs…

— Non, rien de gênant. Tu m'as dit que j'étais le meilleur pote que tu aies eu depuis longtemps.

Elle pouffe en faisant « non » de la tête. Se moquer d'elle-même est à ce stade ce qu'elle peut faire de mieux. Elle le voit hésiter à parler.

— Qu'y a-t-il ?

— Tu ne te souviens vraiment de rien ?

— Arrête, Valéry, tu me fais peur, là.

— On a dansé. Un slow.

— Un slow ? Et… c'est tout ?

Valéry répond par une moue sceptique. Lola bondit de sa chaise.

— Et tu t'es laissé faire ?

— Qui-j'étais-moi-pour-t'empêcher-de-vivre ?

— Mais enfin, Valéry, je suis mariée ! Et j'étais… ivre !

— Oh, ça va ! Juste un baiser… La Terre va continuer de tourner, tu sais…

Lola se prend la tête entre les mains, au-dessus de son bol de café.

— Tu aurais pu me raisonner…

— Pourquoi l'aurais-je fait ? Tu en avais envie et… je n'étais pas contre.

— Rassure-moi, il y a d'autres choses que je devrais savoir sur ce qui s'est passé hier soir ?

Il secoue la tête devant son bol de café.

— Promis ?

— Oui, Lola. Parce que *là* j'aurais eu l'impression d'abuser de la situation.

Ils terminent leur petit déjeuner en silence.

— Il faut que je rentre à Toulouse…, fait Lola d'une voix atone.

— Eh oui, retrouver le nid familial, ironise Valéry.

— Pour ce qu'il a d'accueillant, le nid familial, en ce moment… Je peux rester ici ? Je suis bien ici, sur ce bateau, avec toi, fait-elle avec une moue capricieuse.

— Qu'à cela ne tienne !

— Si c'était aussi simple…

— Il faut que je te ramène au centre de Montpellier.

— Ah bon ? Pourquoi ça ?

— Parce que ta voiture s'y trouve toujours, Lola !

— Oups ! c'est vrai ! Et dire qu'il va falloir que je renfile ce jean…

Elle pose un air dégoûté sur le pantalon qui pendouille dans la cabine.

Le trajet en voiture de Carnon à Montpellier est silencieux. Ni l'un ni l'autre n'a envie de parler. Au moment de se quitter, ils se promettent de se revoir très vite pour poursuivre leur quête devenue commune.

Chapitre 18

Mars 1928 – Retour

Le train entra en gare de Camalens sous une pluie battante. Léon regarda par la vitre le petit bâtiment surmonté d'une verrière destinée à protéger les passagers des caprices du ciel. Peu de monde sur le quai. Pas de journalistes. À la gare Matabiau, à Toulouse, avant qu'il ne prenne le train de Camalens, un correspondant du *Petit Parisien* l'avait photographié et rapidement interrogé. Ce qui ne l'avait pas surpris, car c'est dans ce même journal qu'Albert Londres avait publié ses articles sur le bagne, après son séjour en Guyane, en 1923. *Le Petit Parisien* avait par ailleurs évoqué son évasion. Les coupures de presse apportées par Albert Londres au Brésil lui avaient montré l'intérêt que la presse portait aux bagnards dont l'itinéraire était particulier, ponctué d'évasions, de demandes d'amnistie, de grâce ou de réhabilitation… Pour peu qu'un journaliste s'en mêlât, comme c'était son cas, il n'en fallait pas plus pour susciter la curiosité. La presse avait eu vent de la date de son retour et elle était au rendez-vous, ce dont Léon se félicitait, car aujourd'hui il était heureux de pouvoir crier au monde entier qu'il était innocent, libre, et qu'il rentrait au pays l'honneur sauf. Il chercha sa mère des yeux. Il lui avait adressé un télégramme pour l'avertir de sa prochaine arrivée. Dans un premier temps, il ne la vit pas. Il cherchait une femme droite comme un I, plantée sur ses deux pieds, la tête fière. Sa mère, quoi. La femme qui lui faisait des signes était pourtant bien celle qu'il cherchait, mais on aurait dit qu'elle avait reçu une enclume sur la tête tant cette dernière était rentrée dans ses épaules voûtées. Les coups dispensés par la vie lui étaient arrivés par le haut. Certains les prenaient au ventre, d'autres en pleine figure. Elle, c'était sur la tête. Et, tel un clou, elle s'était comme enfoncée dans son buste. Nulle trace de fierté ni de cette belle assurance qu'elle arborait autrefois. Et pourtant, il reconnut le regard doux de sa mère, la générosité de ses bras, la tendresse de ses baisers, les mêmes que ceux qu'elle lui prodiguait quand il était petit garçon et qu'elle venait lui souhaiter bonne nuit. Même l'odeur de la maison qu'elle portait sur elle lui revint en mémoire. Ce mélange de café, de pain qui cuit, mais aussi ce soupçon d'odeur de fumée que dégageait la cheminée quand les vents n'étaient pas favorables. Léon fut sidéré de la puissance de la mémoire des sens. Ils s'étreignirent longtemps pour bien prendre la mesure de ce qui leur arrivait. La vie leur avait ravi tellement de moments à partager, des plus joyeux aux plus tristes, que la faille à combler leur semblait sans fond. Mère et fils se séparèrent enfin pour mieux se regarder. L'un comme l'autre constatèrent les outrages du temps et du malheur. Léon se dit que, par chance, il avait pu se refaire une mine et une santé lors de son long séjour au Brésil. Au sortir du bagne, il suscitait plus la pitié que l'envie et il préféra que sa mère ne l'eût pas vu ainsi. Puis ils prirent le chemin de la maison. Personne d'autre n'était venu à la gare pour accueillir Léon. Sans doute sa mère avait-elle gardé cette information pour elle. Une mère privée de son fils pendant huit ans méritait bien l'exclusivité des retrouvailles. Ou bien personne n'avait voulu s'associer à cet événement... Mais Marguerite ? Léon se dit qu'il aborderait cette question après avoir parlé du décès de son père. Bien que, dans la conversation, l'ombre de celui-ci fût prégnante, chacun retardait le moment d'évoquer sa triste fin par crainte de l'émotion qui surgirait immanquablement. Pourtant, Léon se lança, pressé d'en arriver à celle dont dépendait son avenir.

— Parle-moi de papa, maman. Comment est-il tombé malade ?

— L'hiver dernier, ton père a attrapé une pneumonie. Au début, le médecin ne s'est pas inquiété. Il en a guéri plus d'un atteint de ce mal. Mais les choses ont empiré. Il faut dire qu'il a fait très froid... Et puis, deux mois plus tard, c'était fini.

Elle se garda bien de lui dire que les tracas liés à l'affaire du nouveau témoin, les démarches incertaines pour parvenir à blanchir Léon avaient probablement précipité sa fin. Nul besoin d'ajouter du tourment à la peine. L'issue ne s'en trouverait pas changée.

— A-t-il parlé de moi ?

— Il était tellement heureux que tu sois innocent !

— Il en doutait ?

— Non, mon fils, mais une chose, c'est de le savoir au fond de son cœur de père, une autre, c'est de voir les faits reconnus par la justice. Tu allais pouvoir rentrer, enfin, dignement, et leur faire bouffer leur chapeau, à ces langues de vipères...

— Les langues de vipères ?

— Tu te doutes bien que les mauvaises langues ont fait des gorges chaudes de ta situation… Et de la nôtre par la même occasion… Mais ne t'inquiète pas. Elles se sont calmées avec le temps. Dans un sens, ça permet de faire le tri parmi les amis.

Léon comprenait mieux, maintenant, l'absence de têtes connues à la gare. Il devait admettre que ce qui lui était arrivé n'était pas banal pour un village comme Camalens et qu'il avait dû être, un temps, au cœur des conversations, créant le clan des *pour* et celui des *contre*. Il jugerait de tout cela par lui-même plus tard. Il en vint à son autre préoccupation :

— Et Marguerite ? Elle n'est pas venue à la gare…

Madeleine s'attendait à cette question et avait maintes fois préparé la réponse qu'elle ferait à Léon le moment venu. Mais Dieu que c'était dur d'annoncer une mauvaise nouvelle à celui que l'on aimait plus que sa propre vie.

— Je suis allée voir Marguerite peu de temps après le décès de ton père. Elle était sur le point de se marier.

Elle l'observa à la dérobée pour s'assurer qu'il avait bien entendu.

— Je lui ai dit que tu allais revenir prochainement, en lui racontant tout ce qui s'était passé depuis ton évasion. Mais je n'ai pas réussi à la faire changer d'avis. Et elle s'est mariée le mois suivant. Si tu savais comme je m'en veux, mon Léon…

Léon s'était arrêté de marcher, encaissant le choc de la nouvelle, serrant la mâchoire.

— Que t'a-t-elle donné comme raison ?

— Elle avait peur de ne plus t'aimer, alors que moi, j'ai bien vu qu'elle était encore amoureuse de toi. C'est son mari qu'elle n'aime pas. Enfin, pas comme on devrait aimer un époux. Elle a fait un mariage de raison. Elle semblait un peu déboussolée quand je suis allée la voir. Elle était même presque agressive sur la fin de la visite. J'ai compris que je n'arriverais à rien.

— Tu n'as pas à t'en vouloir, maman. Tu as essayé et je t'en suis reconnaissant. J'irai la voir.

— Léon, je ne pense pas que ce soit une bonne idée.

— C'est quoi une année dans une existence ? Rien du tout. Si c'est avec moi qu'elle doit faire sa vie, elle pourrait divorcer…

— Léon ! Tu te rends compte de ce que tu dis ? On ne divorce pas comme ça par ici ! En plus, je crois qu'elle a eu un enfant.

De nouveau, Léon accusa le coup. Tout en marchant, ils étaient arrivés à la maison, croisant parfois des visages a priori familiers mais sur lesquels il ne s'était pas arrêté, se souvenant de ce que lui avait dit sa mère. Silencieux, ils s'installèrent à la table de la cuisine et Madeleine leur servit du café. Puis elle relança la conversation :

— Et toi, mon garçon, raconte-moi ce qui s'est passé. Pourquoi t'es-tu évadé si près du but ?

Léon entreprit de lui exposer les détails, la manière dont son évasion avait été organisée et l'aide précieuse qu'il avait reçue. Il lui expliqua qu'entre attendre la révision de son procès en doublage – ou quasi-détention –, en Guyane, ou en liberté au Brésil, le choix avait été vite fait, bien que risqué, il devait bien le reconnaître. Mais il était au bout de ses forces physiques et morales. Il pensait avoir les coudées plus franches en étant libre et ainsi pouvoir accélérer les choses. Pour revenir plus vite. Il lui raconta les mois au Brésil, l'interminable attente.

Puis le soulagement éprouvé à l'annonce par le consulat de France de sa grâce présidentielle et de l'établissement de son passeport. Et enfin, l'embarquement tant attendu sur le bateau de retour.

Madeleine souriait tout en écoutant son fils.

— Quels risques tu as pris ! Mais je dois avouer que tu as toujours eu beaucoup d'imagination et de courage. Ça, apparemment, tu ne l'as pas perdu au bagne !

Puis elle ajouta, sur un ton plus sérieux :

— Dis-moi, que comptes-tu faire, maintenant ?

— Savourer l'instant présent, d'abord, puis chercher du travail.

Ils passèrent la journée à reprendre leurs marques, à s'habituer de nouveau à la présence de l'autre. Léon travailla avec plaisir au jardin. Cela lui rappela son travail chez les Woillemont, mais il refoula bien vite cette pensée. Vrai, tout cela était bel et bien derrière lui. Mais Léon savait aussi combien l'homme qu'il avait été n'existait plus, broyé sous le rouleau compresseur du bagne. S'en remettrait-il jamais ? Tout dépendait d'une personne, d'une seule. Son avenir allait se jouer dans les prochains jours.

Le lendemain était jour de marché à Souloumiac. Léon avait décidé de s'y rendre pour tenter d'apercevoir Marguerite et, si possible, de parler avec elle. Si elle ne faisait pas son marché, il se présenterait à la maroquinerie Ségur sous un prétexte quelconque. Il était 9 heures du matin et le marché vivait son heure d'affluence. Beaucoup de monde se télescopait, parlant et riant fort. Les primeurs vantaient la qualité de leur marchandise, les bonimenteurs, l'incroyable efficacité de l'accessoire à la mode, le tout se mêlait aux caquètements des poules et canards enfermés dans des casiers, dans un tintamarre joyeux. Léon redécouvrait avec un réel bonheur la vie de village de sa jeunesse. Il décida de s'installer à un endroit stratégique, d'où il était facile d'observer les allées et venues.

Le cœur battant, il attendit. Mille questions lui passaient par la tête sur la manière dont elle allait réagir, allait-elle accepter de lui parler, pourrait-il seulement l'approcher… Malgré la brutalité des épreuves vécues ces huit dernières années, Léon se sentait comme un petit garçon attendant le verdict de la maîtresse sur la qualité de son devoir : serait-ce bien, serait-ce mal, aurait-il des reproches à essuyer, se ferait-il gronder ?… Bon sang, l'être humain ne se blindait-il donc jamais ? Mais Léon se rassura sur sa capacité à éprouver – encore – des émotions positives. Il y avait des situations pour lesquelles il était certes immunisé : il pouvait se faire houspiller par un policier, maltraiter physiquement par d'autres hommes, se faire voler ses économies, manger très mal ou trop peu… tout cela n'avait plus d'impact sur lui. Il avait développé une forme de résilience physique et morale qui, telle une carapace d'acier, le rendait insensible à ce type d'humiliations, vexations, souffrances et douleurs. Mais heureusement, songea-t-il, la sphère émotionnelle humaine était bien plus complexe qu'on ne l'imaginait et, oui, il lui arrivait de pleurer en voyant un chien blessé ou un arbre tombant inexorablement sous le coup des haches. Et il tremblait de tout son corps à l'idée de revoir sa bien-aimée.

Son attention avait été captée par une petite échauffourée provoquée par un mendiant qui, semblait-il, avait volé des fruits sur un étal, créant deux camps, ceux qui défendaient le pauvre hère et qui justifiaient le vol dès lors qu'il était question de se nourrir, et ceux qui le vouaient aux gémonies pour son acte jugé inqualifiable. La bêtise humaine était-elle crasse ! La compassion n'était pas de ce monde. Sur ces entrefaites, il faillit ne pas voir la jeune silhouette quittant le marché, portant dans chaque main un panier chargé de victuailles. Il ne la voyait que de profil et sa démarche était altérée par le poids des paniers. Si Léon eut le moindre petit doute, son cœur lui ne s'y trompa pas. La poitrine au bord de l'explosion, il lança :

— Margot !

La silhouette qui lui tournait presque le dos s'arrêta net et se figea. Elle lâcha ses deux paniers qui se déversèrent en partie sur le sol. Ce n'est qu'ensuite, après un temps qui parut infiniment long à Léon, qu'elle se tourna dans sa direction et qu'elle le vit. Elle savait que ce jour arriverait. Elle l'attendait comme on attend un jour important. Pendant un instant, ils ne purent bouger. Ils se regardaient, les bras pendant de chaque côté du corps, sans être totalement sûrs de ce qu'ils percevaient l'un et l'autre. Puis Léon sortit de son état hypnotique et se dirigea lentement vers Marguerite. Arrivé vers elle, il se baissa et commença à ramasser les légumes qui s'étaient répandus.

Longtemps après, il se demandait encore ce qui avait bien pu motiver une telle attitude. Alors qu'il aurait dû la prendre dans ses bras, ou tout au moins l'embrasser sur les joues, il avait entrepris de ramasser les fruits et légumes. Quel idiot ! Il se demandait si son action avait été dictée par la timidité ou le besoin de se donner une contenance… Ou encore la peur. Le besoin de repousser le plus possible l'instant où elle lui dirait que non, rien n'était envisageable entre eux.

Marguerite finit par se baisser aussi et terminer avec lui ce qu'il avait commencé, comme s'ils s'étaient vus la veille. Léon lança une boutade qui les fit rire tous les deux, tout en continuant de rassembler la marchandise éparpillée. Ce n'est que lorsqu'ils se relevèrent qu'ils échangèrent les premiers mots censés être prononcés dans ce type de situation. Puis Léon proposa à Marguerite de la raccompagner et de l'aider à porter ses paniers. Après une légère hésitation, elle accepta. En chemin, le naturel revint peu à peu. Ils abordèrent quelques banalités, se demandant des nouvelles de leurs familles respectives. Puis vint le moment d'entrer dans les détails.

— Tu sais pourquoi je suis ici, Margot ?

Marguerite savait que Léon n'allait pas tourner autour du pot. Elle décida de ne pas feindre ni d'entretenir un jeu cruel en badinant. Elle savait qu'il ne lâcherait pas l'affaire tant qu'elle n'aurait pas répondu à ses questions.

— Je suppose que oui, Léon. Mais…

— Je sais, tu es mariée. Mais je te demande de répondre à ma question le plus sincèrement possible, les yeux dans les yeux : es-tu heureuse ?

Margot ne s'arrêta pas de marcher.

— Cela ne te regarde pas, Léon, c'est ma vie…

— Les yeux dans les yeux, Margot.

Il l'arrêta en saisissant doucement son bras pour l'obliger à se tourner vers lui.

— Tu n'as pas changé, on dirait ! Oui, dit-elle doucement, j'ai trouvé une forme d'équilibre en épousant Raoul.

— Une forme d'équilibre…, fit-il en hochant la tête. Ce n'est pas bien convaincant tout ça… Je te parle de bonheur et tu me parles d'équilibre. Je vais essayer autre chose, alors : l'aimes-tu ?

— Je te l'ai dit, Léon, cela ne te regarde pas.

— Ça ne me regarde pas ? Ne m'oblige pas à être méchant, s'il te plaît.

Ses yeux trop clairs se vrillèrent dans le regard embué de Marguerite.

— Nos chemins se sont séparés, Léon, on n'y peut rien, ni toi ni moi. Je suis mariée et j'ai maintenant une petite fille.

Elle finit sa phrase dans un souffle en détournant le regard :

— Ne viens pas me tourmenter, s'il te plaît.

Léon perdit patience.

— Que je ne vienne pas te tourmenter ? Je te signale que je viens de faire huit ans de bagne parce que j'ai commis l'erreur de tomber amoureux de la même femme qu'une espèce de salopard qui, par jalousie, m'a envoyé dans cet enfer pour m'éloigner d'elle. Ça ne te rappelle rien ? Huit ans, tu sais ce que cela représente ?

— Tu me reproches tes années de bagne, c'est ça ? siffla-t-elle.

— Je ne te reproche pas mes années de bagne, Margot, je sais bien que tu n'y es pour rien. En revanche, ce que je ne comprends pas, c'est que tu ne m'aies pas attendu. On a vécu cette épreuve tous les deux, chacun de son côté. Tu savais que j'allais revenir dignement, innocenté. Ma mère te l'avait dit. Et tu as malgré tout préféré te marier… Crois-tu que cela m'a aidé de voir revenir une de mes lettres avec mention *retour à l'envoyeur* ? Je n'avais que toi, Marguerite, pour me maintenir la tête hors de l'eau. Sans toi, j'y serais mort dès les premiers mois.

C'est à toi et à l'idée que j'allais un jour te retrouver que je m'accrochais ! Parce que, je ne t'ai pas tout dit dans mes lettres, la censure nous interdisait d'écrire certaines choses. Tu n'as pas la moindre idée de ce que j'ai vécu. Tes lettres, au moins, m'apportaient une illusion de dignité. Et puis un jour, plus rien. Plus de nouvelles. Pas même un mot d'explication. Comment veux-tu que je l'aie pris ?!

Léon termina sa diatribe la voix fêlée. Marguerite se mit à pleurer. Elle voulut récupérer le panier que portait Léon, mais il l'en empêcha. Ils reprirent leur marche. Léon se radoucit.

— Tu vois, c'est ça que j'ai du mal à avaler, Margot, tu le comprends, ça ?

— Oui, souffla-t-elle. Mais j'ai mes raisons. J'avais peur. Peur de ne plus t'aimer, peur de ne pas savoir assumer ton passé. Peur de laisser passer ma chance d'avoir une famille, des enfants.

— Mais c'est ça que je voulais, avec toi, Margot, une famille, des enfants !

— Ton retour était trop incertain… Et puis le temps passait. Je ne voulais pas avoir des enfants à quarante ans !

— Tu exagères. Il te fallait juste patienter encore quelques mois.

La colère de Léon fit place à l'amertume. Un hoquet le souleva et une larme coula sur sa joue encore ambrée du soleil de Rio.

Ils passèrent devant un bâtiment dont le décalage avec l'alignement de la ruelle offrait un léger renfoncement à l'abri des regards. Léon y poussa Marguerite, laquelle se retrouva dos au mur.

— Que fais-tu ?

— Je te le demande encore une fois : regarde-moi dans les yeux et dis-moi que tu ne m'aimes plus. Alors seulement je m'en irai et je te laisserai tranquille.

— Tu ne peux pas faire ça, Léon. On va nous voir et j'aurai tout gagné !

— Dis-le-moi !

— Non, je ne te le dirai pas. Je suis aussi tête de pioche que toi, souviens-t'en ! Je ne parle pas sur commande.

— Donc, tu m'aimes ?

— Léon, ce n'est pas si simple, comprends-moi, à ton tour…

— Donc, tu m'aimes.

— Non ! J'aime mon mari !

— Alors, dis-moi : Léon, je ne t'aime plus.

— Ne cesseras-tu jamais de me torturer ?

— Demande le divorce, Margot.

— Tu dis n'importe quoi !

— Alors, dis-moi que tu ne m'aimes plus !

Elle se remit à pleurer et, cette fois-ci, attrapa les deux paniers puis chercha à s'échapper. Léon, qui était sur son passage et la maintenait dans l'ombre de la ruelle, ne lui permit pas l'esquive en se dressant de tout son corps devant elle. Ils étaient face à face. Il en profita pour approcher son visage du sien. Il chercha le contact de sa bouche, mais Marguerite le repoussa violemment, renversant du même coup les deux paniers. Elle partit en courant, laissant Léon interdit au milieu des légumes éparpillés au sol.

Chapitre 19

Mi-mars 2016 – Le coffret

Lola entend son téléphone vibrer, quelque part dans le salon. Les quelques instants qu'elle met à le localiser ne lui permettent pas de prendre l'appel. C'est Valéry. Depuis son retour de Montpellier, il y a quelques jours, elle a l'impression d'avoir une cocotte-minute à la place du cerveau, mais sans le bénéfice de la soupape. Que ne donnerait-elle pour ouvrir une vanne et laisser le magma de ses pensées se déverser une bonne fois pour toutes hors du siège clos de son intellect. Valéry rappelle. Cette fois-ci, elle décroche.

— Lola ?

— Oui, ça doit être moi… même si, en ce moment, j'ai de gros doutes !

— Tu es seule ?

— Oui.

— Ça va ?

— Bof…

— Ton mari ?

— Distant.

— Et toi ?

— J'ai l'impression d'être une autre personne qui observe la Lola qui vit ma vie d'avant. Et toi ? Comment vas-tu ?

— …

— Allô ?

— Oui, je suis là. Je ne sais pas, en fait. Est-ce que je vais bien ? Je suis en train de m'occuper de mon divorce. Je n'ai aucune nouvelle de mon fils depuis plus d'un mois. Une personne que je ne connaissais pas il y a encore une semaine vient de créer un grand courant d'air dans ma vie… Mais étonnamment, oui, je pense que je vais bien. Mieux qu'avant en tout cas. Comme quoi… Je change de sujet, quand va-t-on aux Archives pour consulter les journaux ?

— Pendant mes prochaines vacances ? C'est mi-avril.

— Mi-avril ? Mais c'est dans un mois, ça !

— Je ne peux pas m'absenter de l'école comme ça, Valéry !

Elle l'entend murmurer :

— Ça va être super long…

Lola ne sait s'il parle de son impatience à poursuivre les recherches ou de l'attente avant de la revoir. Elle opte pour la première hypothèse.

— On a attendu plus de quarante ans, on n'est plus à un mois près ! En même temps, ce n'est pas plus mal de faire une pause dans notre recherche. On va laisser un peu décanter et on saura mieux sur quoi on doit se concentrer.

— Arrête de dire des bêtises, Lola, on sait très bien ce qu'on cherche.

Elle lève la tête en l'air en fermant les yeux, le téléphone toujours à l'oreille. Valéry ouvre un peu plus la brèche. Doit-elle le laisser faire et s'engouffrer dedans elle aussi, ou continuer à feindre de ne pas comprendre ? Elle choisit de botter en touche.

— Je ne sais pas quoi te dire, Valéry. Je ne sais plus où j'en suis et je pense sincèrement que nous avons besoin de cette pause. Nos ancêtres aussi, d'ailleurs. Peut-être nous récompenseront-ils de notre patience à leur égard en nous dévoilant d'autres secrets ?

— Si tu le dis...

— Si tu veux, je peux y aller seule, aux Archives. Un mercredi après-midi, par exemple.

— Tu le penses vraiment ? grince-t-il.

— Si ça peut t'éviter un trajet depuis Montpellier...

— Mais j'ai envie de faire cette recherche avec toi ! Si tu peux le mercredi après-midi, pourquoi attendre tes prochaines vacances ?

— Pour qu'on ait du temps...

— Tu as un discours contradictoire : tu étais prête à faire la recherche seule et maintenant tu me dis que tu aimerais qu'on ait du temps pour la faire ensemble...

— C'est exactement ça, je ne sais pas moi-même ce que je veux. C'était juste pour voir si tu avais vraiment envie de venir.

— Bon Dieu de bois, que les femmes sont compliquées ! Puisque je venais de te dire que ça allait me paraître long d'attendre un mois, c'est bien parce que j'ai envie de m'en occuper avec toi ! Ça me paraît pourtant limpide !

— Tu as raison. Disons le 18 avril ? C'est le premier lundi de mes vacances.

— Bon, ça marche..., concède-t-il à contrecœur. On se rappelle d'ici là, quand même ?

— Bien sûr, on se rappelle d'ici là, Valéry.

Le mercredi suivant, Lola emmène ses enfants, Inès et Thomas, au complexe sportif des Argoulets. L'un à la piscine, l'autre à la patinoire. C'est un moment dans l'après-midi du mercredi qu'elle apprécie car elle est libre de ses mouvements tout en sachant ses enfants sainement occupés. Ensuite, elle a prévu de les emmener en ville pour faire quelques courses et savourer une crêpe au *Bol bu*, cet endroit qu'elle et les enfants aiment tant pour son côté décalé et bohème. Elle est tellement peu présente dans leur vie en ce moment qu'elle a à cœur de leur faire plaisir. D'autant qu'avec David la situation ne va pas en s'arrangeant.

Mais, pour l'instant, elle a deux heures devant elle : royal ! Elle regarde sur le siège arrière de la voiture. Le coffret est bien là. Hier, elle est passée chez son oncle Bernard, le frère de son père, pour récupérer les photos de famille que celui-ci stocke depuis la mort de sa grand-mère Marie. Lorsque Lola l'a appelé pour lui demander si par hasard il avait des photos de famille, il a d'abord hésité et lui a annoncé qu'il les conservait à la demande de Jean-Pierre, mais qu'il n'avait jamais mis le nez dedans. Elles devaient être au grenier, sous la poussière. Inconcevable, selon Lola. Comment pouvait-on reléguer des photos de famille au grenier ! Toujours et encore la politique de l'autruche. Quand on ne veut ni voir ni savoir, on planque… On enfouit. Du coup, ça ne gratte pas, ça ne pique pas, et on a la paix. La vie continue de glisser… Elle a, malgré tout, demandé à son oncle si elle pouvait les récupérer. Il a répondu qu'il ne voyait pas au nom de quoi il refuserait, mais que remuer le passé ne donnait en général rien de bon. Quelle réponse étrange ! Dans n'importe quelle autre famille, se plonger dans une boîte de vieilles photos représentait une activité plutôt plaisante. Bernard semblait redouter quelque chose, une autre révélation, peut-être ? Encore la chape de plomb. Le pauvre Léon n'était pas près de sortir de l'oubli avec un tel déni autour de lui… Jean-Pierre les avait sans doute regardées, lui. Ou pas. Lola soupçonne son père d'avoir cherché à comprendre. Mais pas au point de soulever ciel et terre comme elle est en train de faire. En réalité, il ne sert à rien de faire des suppositions. Lola a les photos en sa possession, c'est là le plus important. Elle n'a pas dit à son oncle la raison pour laquelle elle souhaitait les récupérer. Mais il devait bien se douter que c'était en rapport avec la lettre trouvée dans le coffre. Comme le reste de la famille, Bernard ne sait rien de ses recherches. Elle ne lui a donc pas parlé du bagne. De toute façon, Bernard n'en a aucun souvenir, sinon il l'aurait évoqué lors de la découverte de cette lettre… Elle se demande où elle va s'installer pour les regarder quand son téléphone sonne. Elle profite du feu rouge pour répondre. Valéry.

— Salut, amiral ! Je suis à un feu rouge, alors fais vite !

— Je suis à Toulouse.

Lola manque de lâcher le téléphone, interdite. Elle ne peut cacher l'agacement derrière la surprise.

— Qu'est-ce que tu fais à Toulouse ?

— Je ne sais pas vraiment. Je pense que je suis venu te voir. C'est mercredi… Tu as un moment ?

— On peut dire que… Attends, le feu passe au vert. Je te rappelle.

Sur les allées Jean-Jaurès, Lola cherche une place pour se garer. Depuis cinq minutes, son cœur s'affole. Valéry est à Toulouse. Elle est partagée entre l'agacement de l'intrusion de cet homme dans sa vie et la joie à l'idée de le revoir. Reste à définir lequel des deux sentiments prime sur l'autre. Le premier. Il n'a pas le droit de s'immiscer ainsi. Sa vie à elle ne tourne pas autour de Valéry Feldman. Il faut qu'elle le lui dise. Quitte à rompre le charme de leur intimité naissante. Les trois notes annonçant un SMS retentissent.

Je ne veux pas m'imposer. Pardon.
Je n'aurais pas dû venir.
Si tu préfères je rentre à MPL.
Val.

Bon sang, ce type est dans sa tête ou quoi ? Ses résistances tombent immédiatement.

RV médiathèque José-Cabanis
(vers gare Matabiau) asap[1].

Lola est à deux pas de la médiathèque. Elle ira à pied avec le coffret sous le bras. Ils le découvriront ensemble, ce n'est pas plus mal... Elle l'attend dans le hall, assise à l'une des tables faisant face à la citation en version XXL appliquée sur le mur. Elle est signée de José Cabanis, auteur toulousain, membre de l'Académie française, dont la grande médiathèque de Toulouse porte le nom. Elle est stupéfaite de l'à-propos de celle-ci au regard des événements récents :

« Chaque créature, unique et incomparable,
aurait mérité depuis que le monde existe
de laisser son témoignage ; ce serait celui d'une vie,
toujours pathétique, et riche, et imprévue,
même pour les plus humbles et les plus méconnus. »

---

1. *As soon as possible* : dès que possible.

La coïncidence la sidère. On ne peut pas dire que ce soit le cas pour son pauvre grand-père, qui, pourtant, a eu une vie hors du commun.

Toutefois, la citation de José Cabanis qu'elle préfère reste :

« Connaissant les hommes, je donne toujours raison aux femmes. »

En voilà un qui avait tout compris. Car Lola est convaincue que le monde se porterait mille fois mieux si les femmes se mêlaient un peu plus de son administration. Du moins si on leur permettait de s'en mêler… Or la misogynie qui règne, d'une manière éhontée, dans la sphère du pouvoir la scandalise. Les femmes feraient-elles peur pour qu'on les rabaisse à ce point et qu'on exige d'elles ce que jamais on exigerait d'un homme ? Pour autant, elle n'est pas misandre, loin de là. Il lui arrive juste de se moquer un peu des hommes pour leur manque de finesse à de nombreux égards, avec tendresse et bienveillance.

Elle est perdue dans ses pensées lorsqu'elle voit Valéry pénétrer dans le bâtiment. Il arrive vers le hall de la médiathèque, avec son assurance d'agent immobilier bien né, et Lola est saisie par son naturel. Tout à la fois désinvolte et attentif, il dégage un charme qu'elle n'a pas su voir jusque-là. Elle sourit en elle-même de le trouver aussi séduisant. Elle repense à ses divagations mentales sur les hommes et les femmes quelques instants plus tôt et sent naître une bouffée d'affection pour cet homme qu'elle découvre petit à petit. Comment ne pas lui pardonner son audace ?

Il la voit et s'approche d'elle. Sans être penaud, il arbore un regard inquiet.

— J'exagère ?

— Un peu…

Elle profite de sa gêne pour le faire marcher.

— Je suis désolé. Mais je t'ai dit, si tu veux, je m'en vais.

— Mais non. Regarde plutôt ce que j'ai là.

Elle ouvre légèrement la boîte pour en dévoiler le contenu.

— On va regarder ça ensemble. Je viens de la récupérer chez mon oncle qui l'avait confiée à la bonne garde des souris et des araignées, enchaîne-t-elle sur un ton caustique.

— Qu'est-ce que tu racontes ? pouffe-t-il.

— Dans le grenier si tu préfères. Ça ne te choque pas, toi, une boîte de photos de famille dans un grenier ? On ne peut même pas dire qu'elle soit encombrante…, s'agace-t-elle. Bref, on va s'installer quelque part. J'ai deux heures devant moi. Après quoi je dois récupérer les enfants au sport.

Ils décident de s'installer en rez-de-jardin. Au pied du grand escalier, une table et quelques chaises sont mises à la disposition des usagers de la médiathèque, mais personne ne les occupe pour l'instant. Ils pourront déballer et commenter le contenu de la boîte sans crainte de déranger quelqu'un. Lola pose le coffret devant elle et le regarde comme elle avait regardé la boîte de son père chez Carmen. C'est un vieux coffret de bois qui a vraisemblablement contenu, autrefois, deux ou trois bouteilles de vin et que l'on a affecté à un autre usage. Un capitonnage en satin rouge un peu fané recouvre les parois de bois. Il n'est pas très grand mais rempli de photos en vrac. Valéry attend, les yeux posés sur Lola. Le plaisir d'être à ses côtés l'emporte sur la curiosité du contenu de la boîte qui se trouve devant eux. Valéry a le sentiment que la quête qu'il a commencée seul n'est plus motivée que par une chose, ou plutôt une personne : Lola. Peu lui importe que sa grand-mère ait eu ou non une liaison avec un autre homme que son grand-père, qu'un enfant en soit né ou non, que ses parents soient les bons ou pas, pourvu que Lola reste dans sa vie à présent qu'elle y est entrée. Il a conscience d'y être allé un peu fort en lui imposant sa présence à Toulouse et espère ne pas l'avoir froissée.

Lola a ouvert le coffret et commence à sortir les photos une à une. Elles représentent pour l'essentiel des clichés de son père et de son oncle, lorsqu'ils étaient enfants. Avec Marie, sans Marie, avec la tante Victoire, aussi. Parfois, le dos comporte une date. Lola s'émeut de voir son père en petit garçon. Qu'il était mignon ! Beaucoup de clichés aussi sur des gens inconnus, des assemblées de village, des fêtes de la vigne et autres foires aux châtaignes. Une photo en particulier attire leur attention. Elle représente un groupe d'une cinquantaine de travailleurs posant devant une usine. Un panneau au sol porte l'inscription : « Mégisserie Batignes, 1919 ». Lola reconnaît le même type de photo que celle qu'elle a vue exposée à la médiathèque de Souloumiac, sur laquelle elle a reconnu Marguerite. Ces photos de personnel d'usines, rituels d'une autre époque.

— Mégisserie Batignes, c'est là que travaillait Léon quand il a été condamné. Et Marguerite, aussi, sans doute. Ils doivent être sur cette photo. Mais je ne sais même pas à quoi ressemble mon grand-père…

Tout en parlant, Lola scrute les physionomies figées sur le papier. Valéry se joint à elle.

— Moi, je sais, puisque j'ai vu sa photo dans le reportage sur Air France.

On ne distingue pas bien les visages sur ce cliché vieux de presque cent ans. Valéry l'observe attentivement.

— Je suis désolé, s'excuse-t-il, je ne suis pas sûr de moi. Sur la photo du reportage, Léon portait une moustache. Plus de dix ans séparent les deux photos et on ne peut être sûrs que Léon portait une moustache en 1919…

— Et Marguerite ?

— Je ne sais pas… Je ne la vois pas. Mais elle devait être tellement jeune… Peut-être qu'elle n'y est pas, après tout.

Le reste du coffret contient des photos sans grand intérêt pour eux. Lola sort la dernière photo qui repose sur le fond capitonné. Rien sur Léon.

— Ce n'est pas possible, fait Lola, terriblement déçue. Il a bien dû être pris en photo, cet homme, quand même !

La consternation de Lola est telle que ses yeux se mouillent et que sa voix se brise. Elle espérait tellement trouver un petit maillon de chaîne qui viendrait s'imbriquer dans ceux qu'ils avaient déjà découverts…

— Il ne me sera donc pas donné le plaisir de voir à quoi ressemblait mon grand-père ? C'est insensé, cette histoire !

Valéry sort un mouchoir de sa veste. Il prend le menton de Lola dans sa main, tourne son visage vers lui et entreprend de sécher les traces humides. Lola se laisse faire, fermant les yeux et appréciant la douceur du geste et du tissu.

— Tu utilises des mouchoirs en tissu, toi ?

— Oui, j'aime bien. C'est un reste de mon côté *seizième arrondissement.*

Ils rient et Lola le lui prend des mains pour observer de près cet ancêtre du kleenex. Elle remarque la broderie des initiales VF entrelacées, puis poursuit, goguenarde :

— Non mais je rêve, il y a encore des gens qui se font broder des mouchoirs avec leurs initiales ?

— C'était une idée d'Isabelle, pour un de mes anniversaires.

— Remarque, c'est joli… Elle a bon goût. C'est le concept qui est un peu vieille France. Mais pour ce qui est d'éviter les mouchoirs jetables, je valide à deux cents pour cent ! s'exclame-t-elle avant de revenir à la boîte de photos. Eh bien, je crois que ce n'est pas aujourd'hui que nous allons avancer sur le thème de nos origines… Et dans ta famille, il n'y a pas de photos ?

— Si, mais je ne vois pas pourquoi il y aurait des photos de Léon. Si tant est qu'elle en ait eu, ma grand-mère n'a pas dû les mélanger avec les autres…

Lola regarde l'heure et sursaute.

— Oups ! Je dois y aller !

Valéry regarde sans bouger Lola ranger le coffret, le fermer et le mettre sous son bras. Elle va partir. Elle va quitter le périmètre de son champ visuel pour plusieurs jours et il sent déjà la panique le gagner. Surtout ne rien montrer. Ne pas la brusquer. Ne pas mettre les pieds dans le plat. Prendre patience.

— Tu restes là ou quoi ?

Valéry sort de sa rêverie.

— Non… bien sûr que non.

Ils se quittent sur le parvis de la médiathèque.

Valéry reprend le chemin de Montpellier tout à la fois triste et heureux. Il met la radio et opte pour une chaîne musicale afin de chasser sa contrariété. J'ai besoin d'un phénomène *chasse d'eau*, se dit-il. Se laver les idées. Les mettre au propre et enfin y voir clair. La radio diffuse la chanson de Gaël Faye *Qwerty*. Il la chante à tue-tête avec le rappeur-slameur :

Parce que lui au fond il n'en veut pas de cette vie
de bureau
De ce métro boulot dodo juste pour payer ses impôts
Parce que lui depuis tout petit il voulait faire
du hors-piste
Il avait toujours rêvé de mener la vie d'artiste
Mon père m'a dit :
« Méfie-toi du cynisme, l'avenir appartient
aux idéalistes »
Quand je serai grand, je voulais être artiste
Aujourd'hui je suis pianiste sur un clavier QWERTY

La résonance avec son quotidien désabusé et son besoin de changement amuse Valéry. Il se sent sur la bonne voie. Le piment qu'il a tant désiré dans sa vie se manifeste de diverses façons.

★

Lola dort mal cette nuit-là. Elle reste éveillée longtemps. Elle se dit que quelque chose cloche, qu'il est invraisemblable que Léon n'ait jamais été pris en photo, ne serait-ce qu'avec ses enfants. Et le mariage ? Il n'y a même pas de photos de leur mariage… En outre, une phrase prononcée par Valéry la perturbe, mais elle ne se rappelle plus laquelle, ni quand il l'a formulée. C'est à peine si elle l'a entendue, d'ailleurs. Mais elle a la sensation d'avoir laissé quelque chose en suspens. Cela lui rappelle le commissaire Adamsberg dans les romans policiers d'une autrice de renom, qu'elle dévore à chaque nouvelle parution. Elle s'est toujours demandé ce que cela faisait d'entendre ou de voir quelque chose sans s'en rendre compte, comme il arrive souvent à ce personnage, lequel n'a de cesse de chercher à côté de quoi il a bien pu passer. Et c'est ce qui est en train de lui arriver à elle. Avec un peu de chance, cela va resurgir. Après tout, si ça marchait pour Adamsberg…

Elle revient à la question des photos de Léon, se forçant à se remettre dans le contexte, à la place de sa grand-mère Marie. Elle récapitule mentalement les étapes. Marie a dû chercher à faire oublier ce père pour que les questions gênantes ne soient pas posées et que les enfants en souffrent le moins possible. Qu'aurait-elle fait à sa place ? Elle imagine sa grand-mère devant le coffret de photos. Bien sûr, elle les aurait mises de côté. Elle ne les aurait pas détruites. On ne détruit pas les photos de quelqu'un qu'on aime, ne serait-ce que pour garder une trace. Mais cachées, sans aucun doute. *Elle n'a pas dû les mélanger avec les autres.* Voilà la phrase que Valéry a prononcée au sujet des photos que possédait peut-être Marguerite ! Marie a évidemment séparé les photos. Mais où diable les a-t-elle cachées ? Dans son bavardage mental, Lola se dit qu'elle ne les retrouvera probablement jamais et qu'il est temps de se rendormir. Dommage. La phrase lui est revenue, mais elle n'est pas plus avancée, à l'inverse de ce qui se passe pour le commissaire Adamsberg dans ses enquêtes. Un point pour Adamsberg, zéro pour elle.

Elle se repasse les images de l'après-midi. Valéry, au comportement bizarre. La médiathèque. Le coffret plein. Puis vide. C'est un beau coffret. Le vin qu'il a dû contenir était sans doute de qualité pour justifier un capitonnage soigné comme celui-ci. Elle revoit le satin rouge, ornant joliment la caisse en bois, et les bourrelets protecteurs. Lola se redresse vivement dans le lit. Bon sang, le capitonnage ! Avec les autres, mais *sans* les autres. Elle se lève en pleine nuit et se rend dans le bureau. Elle prend le coffret qu'elle a posé sur une étagère de la bibliothèque, dans un coin à l'abri des regards. Elle s'installe par terre sur le tapis, ouvre le coffret et le renverse pour aller plus vite, pressée de vérifier la pertinence de son raisonnement. Les photos tombent, s'éparpillant sur le sol. Lola observe le fond capitonné et essaie de l'extraire du coffret. Ainsi qu'elle s'y attendait, il n'est pas collé. Elle n'a même aucun mal à le retirer. Ce qu'elle trouve la stupéfie.

Chapitre 20

Été 1929 – L'espoir

— Donnez-moi des patates, s'il vous plaît.

— Combien je vous en mets ?

— Trois kilos. Pas plus parce qu'elles sont chères aujourd'hui vos patates…

— Elles poussent pas toutes seules ! Faut leur donner de l'amour, beaucoup d'amour !

— Et c'est payant l'amour ? Ben donnez-leur-en un peu moins et baissez vos prix ! Vous croyez qu'on roule sur l'or ou quoi ?

— Allez, Marie, arrêtez de râler et faites-moi confiance. Je fixe le prix au plus juste, vous le savez. Vous n'avez qu'à regarder les autres producteurs sur le marché ! Elles sont à quel prix ?

— Pareil, bougonna Marie.

— Bah alors ! J'ai droit à un sourire ?

— Vouais…

Et elle le gratifia d'un sourire forcé, de toutes ses dents.

— J'ai connu mieux… mais je m'en contenterai ! Aujourd'hui, Mlle Cabrol est de mauvaise humeur !

Depuis deux jours, Marie ne décolérait pas. Sa sœur Victoire avec qui elle vivait depuis la mort de leurs parents avait invité le fils Adam à dîner. Comme si elles avaient les moyens de ce genre de civilités ! Elle s'était entichée de ce pauvre diable qui revenait du bagne et maintenant elle n'avait que son prénom sur les lèvres ! Ils s'étaient trouvés ces deux-là. Deux cabossés par la vie. La boiteuse et le bagnard… Les compliments sur ce pauvre gars lui remplissaient la bouche et elle brûlait d'envie de le présenter à Marie. Qu'allait-elle s'imaginer, sa pauvre Victoire ? Qu'il allait tomber amoureux d'elle ? Non pas qu'elle fût laide, bien au contraire, mais la fée qui s'était penchée sur son berceau devait être indisposée à ce moment-là pour s'acharner sur elle à ce point. La pauvre enfant était née avec un pied bot sévère et une inclination à ce que Marie appelait la *sorcellerie*, qui lui valait les sarcasmes et la méfiance de ses concitoyens, quand ceux-ci n'en profitaient pas de façon éhontée. Son infirmité la condamnait à porter une épaisse chaussure trois fois plus haute que l'autre, été comme hiver, pour contenir son pied déformé et à boiter pour compenser le manque d'appui de sa jambe malade.

Son second handicap aurait pu être considéré comme un don de la nature si la population n'avait eu une conception médiévale de la sorcellerie. Victoire avait développé très tôt un talent naturel de guérisseuse, ôtant le feu aux uns et calmant les douleurs des autres. Un peu plus grande, elle avait complété ses talents en apprenant le pouvoir guérisseur des plantes. Elle s'était ainsi constitué une véritable pharmacopée que les villageois les plus téméraires – ou ouverts d'esprit, selon les points de vue – venaient quémander dans leurs mauvais jours, moyennant quelques œufs, légumes et autres paiements en nature.

Voilà pourquoi Victoire Cabrol, pourtant jolie fille, n'était pas mariée et ne le serait sans doute jamais. Marie partageait sa vie et la maison héritée de leurs parents. Tous deux étaient morts deux ans auparavant, à quelques mois d'intervalle. Leur père, d'abord. Au sortir d'un soir de beuverie, il était passé sous un fiacre sans même réaliser ce qui lui arrivait tant l'alcool coulait dans ses veines. Leur mère ne s'était pas relevée de ce coup du sort et avait développé une mauvaise fièvre qui l'avait précipitée dans la tombe. Marie lui avait juré qu'elle n'abandonnerait jamais Victoire, bien que celle-ci n'eût rien demandé de tel à sa sœur cadette. Trop exposée aux autres enfants et à leur méchanceté, Victoire avait très tôt délaissé l'école. C'était ensuite la perfidie des adultes qui l'avait isolée davantage. Ils lui souriaient par-devant avec condescendance – dame, cette pauvre gamine si peu gâtée par la nature – et se moquaient par-derrière. Qu'à cela ne tienne, elle se suffisait à elle-même, dès lors qu'elle avait des livres autour d'elle. Elle avait très jeune puisé dans ces derniers ce qu'elle ne trouvait pas chez les humains, du moins ceux qu'elle côtoyait, à savoir l'ouverture du champ des possibles et une nourriture intellectuelle en abondance susceptible de rassasier son appétit de découverte et de réflexion.

Victoire ne voyait donc pas grand monde, à l'exception de sa sœur et de ceux qui venaient pour soulager leur goutte, leurs verrues, voire des désagréments plus intimes, résultat de frasques pas toujours avouables, mais qu'ils savaient demeurer dans le secret du laboratoire de la sorcière bancale. Marie avait par conséquent été étonnée quand Victoire lui avait parlé de son amitié avec Léon, qu'elle avait rencontré un jour où elle fouinait dans la campagne à la recherche de plantes médicinales. Léon, qui se promenait souvent loin du bourg, avait pris l'habitude de l'accompagner et l'aidait parfois à cueillir ce qui était hors d'atteinte pour elle ou portait son chargement. Victoire souhaitait lui exprimer sa reconnaissance en l'invitant à déjeuner, en même temps qu'elle le présenterait à sa sœur, laquelle avait vu en ce projet un supplément de dépenses et de travail.

Pourtant, malgré son agacement à l'idée d'inviter Léon à leur table, Marie ne pouvait se départir d'une curiosité vis-à-vis de cet homme. Elle avait toujours eu un faible pour les figures marginales et elle tenait là un morceau de choix... Au village, il se disait tellement de choses sur Léon Adam qu'elle n'était pas fâchée de faire sa connaissance. Elle se forgerait ainsi sa propre opinion. La population de Camalens jacassait à tort et à travers sur son pauvre compte. Moins les gens en savaient et plus ils parlaient. Quoi qu'il en fût, ce Léon devait avoir des tonnes de choses intéressantes à raconter. Cette intrusion chez elles ferait sûrement parler toute la rue, ce dont Marie se moquait éperdument. L'infirmité et les bizarreries de sa sœur l'avaient endurcie à ce niveau-là.

★

Léon se demanda si le projet d'aller déjeuner chez deux jeunes femmes en âge de se marier était bien raisonnable. Non pour lui mais pour elles. Victoire et sa sœur, qu'il ne connaissait pas encore, semblaient ne pas se soucier des commérages. Sa réputation à lui était déjà faite : ancien forçat. Point. Il avait l'impression que ces deux simples mots étaient inscrits au fer rouge sur son front. L'estampille serait indélébile, il en avait eu la confirmation. Mais elles ? Il s'était pris d'une réelle affection pour Victoire, dotée d'une intelligence hors du commun, pour autant qu'il pût en juger. Cette jeune femme, dans une attitude assumée d'autodérision, se gaussait ouvertement de son statut de sorcière boiteuse. Elle faisait preuve d'une force de caractère elle aussi hors normes, qui l'aidait à retourner la situation et à tirer avantage de son originalité. Tous deux partageaient un goût prononcé pour la lecture. Quelques échanges de livres les avaient peu à peu amenés sur le terrain de la discussion, littéraire ou autre, ce dont ils ne se lassaient pas. Parfois, lors de leurs randonnées médicinales, ils s'arrêtaient se reposer au bord de la rivière et l'un d'eux sortait un livre de son sac pour faire la lecture à l'autre. Un passage apprécié, un poème, les propriétés de telle ou telle plante, tout était prétexte à provoquer l'étonnement ou l'émotion chez l'autre. C'était devenu un jeu entre eux. Si d'aucuns les avaient surpris au cours de leurs rendez-vous improbables, nul doute que leur réputation déjà bien amochée eût pris un tour totalement foutraque. Ils en riaient souvent.

L'amitié qui l'unissait à Victoire aidait Léon à réintégrer peu à peu la vie du village. Il lui en coûtait de rester à Camalens et, n'eût été la présence de sa mère, il aurait depuis longtemps pris ses cliques et ses claques pour aller vivre en ville. Il allait rencontrer Marie, la sœur de Victoire, pour la première fois et espérait qu'elle ne verrait pas d'ambiguïté dans la relation qui liait les deux amis. Ce déjeuner sonnait un peu comme l'officialisation d'une relation et le mettait mal à l'aise. Bien que Victoire fût une jolie femme, aux traits doux et réguliers

– malgré la rugosité de son caractère –, il n'éprouvait pas le moindre sentiment amoureux. Il espérait au fond de lui que l'infirmité de celle-ci n'y était pour rien. Mais non, Victoire lui ressemblait trop pour qu'une telle chose se produisît et Marguerite restait encore au centre de ses pensées. Il n'avait pas non plus surpris chez elle de regards caressants à son endroit, ni de sous-entendus prononcés l'air de rien. Qu'en serait-il de sa jeune sœur ? Accepterait-elle leur relation ? En l'absence des parents, jouerait-elle un rôle moralisateur ? Léon espérait bien que non. Il se rassurait en se disant que si une telle crainte était fondée, Victoire n'aurait jamais programmé ce déjeuner. Il n'y avait donc pas lieu d'être préoccupé.

Il finit de se préparer devant la glace car il souhaitait malgré tout se présenter à son avantage, et annonça à sa mère qu'il partait. Il lui avait parlé de l'invitation et celle-ci en avait conçu une inquiétude quant à la bienséance. À juste titre puisque lui-même l'éprouvait aussi. Elle ne fit pourtant aucun commentaire et salua son fils.

Lorsque Léon se réveilla, le lendemain matin, la journée de la veille lui revint immédiatement en mémoire. Il s'assit dans son lit. Il était encore très tôt, mais il entendait déjà sa mère s'activer dans la cuisine. Il reconnut le bruit du seau à charbon sur le sol et, quelques minutes plus tard, celui de la cafetière. Puis, très vite, l'arôme de café vint chatouiller ses narines. Il était d'humeur joyeuse car pendant sa pause de midi il avait rendez-vous avec quelqu'un qui aurait peut-être un travail pour lui. Lorsqu'il était arrivé à Camalens, dix-huit mois plus tôt, il avait été embauché chez un mégissier à la *rivière*, où commençait le circuit de traitement des peaux. Le bruit et la puanteur y étaient insupportables. Rien à voir avec sa chère mécanique. Il avait pris le poste pour rassurer sa mère et faire bouillir la marmite, mais il savait aussi que cela ne pourrait durer. Il espérait donc beaucoup de son rendez-vous avec M. Marty, directeur d'une entreprise qui vendait des machines agricoles à la pointe de la modernité. Il avait besoin de personnel qualifié pour s'occuper de la réparation des nouveaux engins dont la mécanique devenait complexe. Mais, pour l'instant, il avait tout loisir de repenser au déjeuner de la veille avec les sœurs Cabrol car il était encore très tôt.

L'appréhension d'abord ressentie s'était rapidement évanouie. Marie, la sœur cadette de Victoire, après un accueil mitigé, s'était révélée d'un abord très agréable. Il avait été d'emblée frappé par une légère ressemblance avec Marguerite, qui l'avait au départ mis mal à l'aise, l'image de son ancien amour venant s'imprimer sur sa rétine. Puis l'effet s'était estompé et il avait pu recouvrer son naturel. Il s'était cru obligé, les premiers instants de gêne réciproque évacués, de justifier son apparent malaise en expliquant à Marie qu'elle lui rappelait quelqu'un qui avait beaucoup compté pour lui. Sans être intrusive, Marie s'était beaucoup intéressée à sa vie outre-mer. Mais, à la différence des gens du village, il sentait sa curiosité guidée par l'envie de découvrir d'autres univers plutôt que celle, malsaine, de connaître les tenants et les aboutissants de son passé judiciaire. Avec le recul, il se rendait compte qu'il avait davantage parlé avec Marie qu'avec son amie, mais il avait senti tout au long du repas que Victoire était ravie de la bonne entente qui semblait s'établir entre sa sœur et lui.

En un mot, il avait réussi l'examen de passage et se surprenait d'avoir envie de retourner voir les sœurs dès que possible. C'était la première fois depuis son retour qu'on lui manifestait une amitié sincère. Il admirait le courage de Marie qui mettait sa vie personnelle entre parenthèses pour rester aux côtés de sa sœur à l'encombrante notoriété. Elle ne nourrissait pas non plus d'appétence pour la vie mondaine. Elle sortait peu et limitait, de fait, les rencontres. De sorte que toutes deux vivaient ensemble dans la maison familiale, et, loin d'être en reste en matière de joie de vivre, se suffisaient à elles-mêmes. Les gens du village ne les intéressaient pas. Seul leur travail, qui consistait à fabriquer de la petite maroquinerie à façon, leur permettait quelques rencontres, ainsi que les courses qu'elles faisaient au village pour compléter ce que leur petit jardin ne fournissait pas. Et bien sûr, les patients, que l'efficacité des traitements de Victoire contribuait à fidéliser, voire à multiplier.

Léon se leva et fit un brin de toilette avec la cuvette et le broc d'eau qui étaient dans sa chambre, puis se rendit à la cuisine pour prendre son petit déjeuner. Sa mère était déjà là, attablée, et l'odeur du café emplissait la pièce de ses arômes moelleux. Léon adorait cette ambiance du matin dans la cuisine. Sur la table étaient disposés les pots de confiture, que Madeleine réalisait elle-même lors de la pleine saison des fruits, une motte de beurre frais et du pain. Après avoir embrassé sa mère, il s'installa et emplit son bol. Alors qu'il beurrait une tranche de pain, il se décida à parler :

— J'ai rendez-vous ce midi chez M. Marty, le marchand de matériel agricole. Il a besoin d'un mécanicien.

— Ah… Tu ne m'avais pas dit… Tu n'es pas bien à la mégisserie ?

Tout en posant la question, elle connaissait la réponse.

— Non, maman, j'ai pris ça à mon retour car je me voyais mal faire la fine bouche… Et encore, je ne vois pas pourquoi. Comme si j'avais encore quelque chose à me faire pardonner. L'humilité, toujours l'humilité… J'ai voulu me couler à nouveau dans la vie du village en prenant le premier travail venu, mais ce n'est pas mon métier, maman. Mon vrai métier, c'est la mécanique, tu le sais bien. Je suis allé voir M. Marty récemment car il fait de la vente et réparation de machines agricoles. La mécanique de ces engins est plus élaborée qu'autrefois, donc il a besoin de personnel qualifié.

— Et tu sauras faire ça ?

— Bien sûr, maman ! Même en Guyane et au Brésil, j'ai travaillé en mécanique, toutes sortes de mécaniques : bateaux, petits et gros, automobiles, et n'importe quel outillage. Ils étaient bien contents de m'avoir, au bagne.

À l'évocation du bagne, Madeleine baissa la tête. C'était un sujet qu'ils n'évoquaient plus entre eux. Passé les premiers jours qui avaient suivi le retour de Léon où Madeleine avait voulu en savoir un peu plus, il n'en avait plus reparlé. Bien sûr, Léon n'avait pas tout dit à sa mère. Certains détails de sa vie de forçat relevaient de l'indicible et aucune mère n'en eût supporté le récit. Sans lui cacher la difficulté de vivre au bagne, il avait pris soin de ne lui en révéler que le strict nécessaire, à savoir la routine quotidienne qui était déjà bien assez terrifiante, la peur permanente de la punition et les anecdotes concernant surtout les autres détenus. Madeleine, de son côté, ne voulait pas remuer le couteau dans la plaie : ce qui était passé était passé. Léon, lui, se méprenait en croyant sentir chez sa mère une espèce de honte résiduelle là où il n'y avait qu'un désir d'oubli. D'une sorte de malentendu était né un silence confinant au tabou.

— Bien, mon garçon. J'espère de tout cœur que M. Marty va te prendre dans son entreprise. Tu le mérites. Il sait… enfin… il connaît ton histoire ?

— Non. C'est bien ce qui m'inquiète. Car pour ce qui est de mon expérience dans le métier, je pense vraiment être l'homme qu'il lui faut. Mais je vais jouer cartes sur table. Je ne veux pas qu'il apprenne mon passé par une autre bouche que la mienne. Au moins, je suis sûr qu'il aura d'emblée la bonne version.

— Tu as raison. L'honnêteté paie dans ce genre de situation. Je te souhaite bonne chance, mon garçon, dit-elle en se levant et en commençant à ranger les reliefs du petit déjeuner.

Léon sentait que sa mère avait quelque chose à lui dire ou à lui demander, il n'aurait su dire, car elle allait et venait dans la cuisine sans vraiment s'occuper, déplaçant une chaise, ouvrant un placard, fouillant la huche à pain, prenant un balai pour le reposer aussitôt. Léon se demandait quand finirait son manège et si elle allait enfin se décider à parler.

— Et chez les sœurs Cabrol ? finit-elle par lâcher.

« Nous y voilà », pensa Léon.

— Quoi, chez les sœur Cabrol ?

— Ça s'est bien passé ?

— Oui, très bien, je te remercie. Nous avons passé un moment très agréable.

— Rien d'autre ?

— Bah non, pourquoi ? Il devrait y avoir autre chose ?

— Je ne sais pas, moi… Elles sont gentilles ?

— Très. Je connaissais déjà bien Victoire, et j'ai fait la connaissance de Marie.

— Marie, tu dis ? Victoire, c'est la boiteuse ?

— Maman, s'il te plaît, pas toi. Victoire est une jeune femme charmante, bien plus intelligente que la moyenne et qui a eu la malchance de naître avec un pied bot. Par pitié, devant moi, n'emploie pas ce terme qui réduit Victoire à son infirmité alors qu'elle est tellement… tellement d'autres choses !

Il s'emballa, cherchant des arguments qui ne venaient pas.

— Tu es amoureux ?

— Mais non, maman ! Que vas-tu t'imaginer ? C'est une très bonne amie avec qui je partage de nombreux centres d'intérêt. C'est tout.

Il s'essuya la bouche et se leva pour quitter la table.

— Et sa sœur ?

— Quoi, sa sœur ? fit Léon en perdant patience. C'est quoi le problème, maman, leur réputation ?

Le ton commençait à monter dans la voix de Léon, malgré lui.

Piquée au vif, Madeleine enchaîna, élevant le ton elle aussi :

— Alors là, mon fils, s'il y a quelque chose dont je me contrefiche, c'est bien de leur réputation. Tu vois, notre malheureuse histoire m'a appris au moins ça, que la réputation des gens se construit, la plupart du temps, sur du mensonge, de la calomnie, de la jalousie. La malveillance en est le ciment. Parce que, à bien y réfléchir, on ne parle pas des gens qui ont *bonne* réputation. On ne fait que salir ceux qui ont fait un pas de travers ou qui ne rentrent pas dans le moule !

Puis Madeleine se calma.

— Ce que je voulais savoir, Léon, c'est si tu avais d'autres intentions à leur égard… Du moins à l'égard de l'une d'elles.

— Que les mères sont pénibles à vouloir marier leurs fils à tout prix ! dit-il en souriant pour faire baisser la tension.

— Tu as vingt-sept ans, Léon. Il va bien falloir que tu y songes, tout de même ! Ne me dis pas que tu as encore Marguerite dans la tête ? En tout cas, elle est mariée et j'ai même appris qu'elle avait eu une petite fille. Léonie, je crois.

— Je sais, maman, tu me l'as déjà dit. Ne me fatigue pas avec ça.

Puis, après une courte pause, il demanda, l'air de rien :

— C'est le prénom de la petite, Léonie ?

— Bah oui, sinon quoi ? C'est un joli prénom.

Marguerite lui rendait hommage à sa façon. Elle ne l'avait pas oublié. Elle ne lui avait pas dit qu'elle avait prénommé sa fille ainsi lorsqu'ils s'étaient vus à Souloumiac, à son retour du Brésil. Il faut dire que tout s'était passé tellement vite. Il sentait dans son for intérieur que leur histoire n'était pas finie. Un jour, Margot lui reviendrait, d'une manière ou d'une autre. Il ne savait ni quand ni comment, mais son intime conviction le lui soufflait. Pour autant, devait-il organiser son existence autour de cette hypothèse, si douce fût-elle ? Sa mère avait raison, il devait songer à se marier, mais il ne voulait pas d'un boulet qui l'empêcherait de vivre. Pour ça, il avait déjà donné pendant huit ans. Il avait conscience qu'un amour comme celui qu'il éprouvait pour Marguerite était unique. De là à accepter n'importe quoi avec n'importe qui… Il sortit sa montre de sa poche et bondit quand il vit l'heure. L'embauche allait sonner à la mégisserie. Il se précipita vers la porte de la maison, saisit sa veste et sa casquette sur le portemanteau au passage et posa une bise sur la joue de sa mère, qui s'était postée dans l'entrée.

— Ne t'en fais pas, maman, ne t'en fais pas…, parvint-il à articuler tout en se jetant à l'extérieur de la maison.

Lorsque Léon rentra ce midi-là pour un rapide déjeuner avant de retourner à la mégisserie, son visage rayonnait. Sa mère l'attendait, inquiète de savoir si les espoirs de son fils allaient être exaucés. Quand elle le vit arriver, par la fenêtre de la cuisine, elle comprit que la vie de celui-ci allait enfin prendre une tournure favorable.

— Ils m'engagent, maman !

Elle s'essuya les mains à un torchon et serra son fils dans ses bras.

— Je te félicite, mon fils. Je suis tellement contente ! Que t'ont-ils dit ?

Elle lui servit son déjeuner tout en l'écoutant.

— Comme je te disais, ils ont du mal à trouver des mécaniciens dans le coin. Quand j'ai expliqué sur quoi j'avais déjà travaillé, M. Marty m'a dit que c'était plus qu'il n'espérait, même si, il a ajouté en rigolant, des paquebots, ça ne circule pas beaucoup par ici !

— Et… pour le reste ?

— Il connaissait déjà mon histoire. Camalens n'est pas grand et des Léon Adam, il n'y en a pas trente-six… Mais il a apprécié ma franchise. M. Marty se souvenait même de mes activités syndicales autrefois. Apparemment, j'avais fait parler de moi ! Ça l'a fait sourire. Son comptable m'a annoncé mon salaire, je n'y croyais pas ! Je vais gagner presque le double de ce que je touche à la mégisserie ! Tu te rends compte, maman ? Je savais que dans les mégisseries on se faisait exploiter, mais quand même…

Il s'étranglait presque en mangeant.

— Bah, ils ne sont pas bêtes, si les travailleurs comme toi sont rares, ils vont vouloir te garder, et ce n'est pas avec du vinaigre qu'on attire les mouches…

Léon termina rapidement son repas et, pour la première fois depuis dix-huit mois, se rendit d'un pas léger à la mégisserie. Avant de partir, il avait déclaré à sa mère :

— Ce soir, j'irai l'annoncer à Victoire et à Marie !

★

— Des paquebots sur le Dadou ! Elle est bien bonne, celle-là ! clama Victoire lorsque Léon leur raconta son entretien de la mi-journée.

— En tout cas, c'est une très bonne nouvelle, Léon, enchaîna Marie avec plus de sérieux. Tu vas pouvoir enfin faire ce qui te plaît et je suis vraiment contente pour toi. Ton nouveau patron a l'esprit ouvert pour ne pas s'être laissé influencer par ton passé et les clabaudages qui vont forcément fuser. Je les entends d'ici. « Ah ben, s'il faut avoir fait le bagne pour décrocher les emplois bien payés, fallait le dire ! Y a de la chance que pour la canaille ! » fit-elle d'un ton narquois.

Victoire l'interrompit :

— Ça ne va pas, Marie, qu'est-ce que tu racontes ?

— Laisse, Victoire, répondit Léon, Marie a raison. C'est pour ça que je lui suis d'autant plus reconnaissant. Il va avoir droit aux sarcasmes, c'est sûr. Mais M. Marty est de taille à se défendre car, quand il a quelqu'un dans le nez, j'ai l'impression qu'il ne l'envoie pas dire. Tout à l'heure, je l'ai vu accueillir un fournisseur avec une volée de bois vert car celui-ci ne livrait que deux motoculteurs sur les trois commandés. La voix de M. Marty grondait jusqu'au bout de la rue que si le fournisseur ne savait pas compter jusqu'à trois, il irait chez la concurrence où d'évidence on pouvait espérer un meilleur niveau en arithmétique ! Ça bardait vraiment ! Donc m'est avis que les mauvaises langues vont vite comprendre qu'elles devront changer de trottoir et ne pas passer trop près du bureau de M. Marty !

— Mazette ! Il ne te fait pas peur ? demanda Marie.

— Non, car c'est un homme droit. Il aime que les choses soient carrées et moi j'aime ça aussi. Quand on fait mal son boulot, c'est normal de se faire remonter les bretelles. Après tout, on est payé pour faire un bon boulot. Mais c'est quelqu'un qui félicite aussi ceux qui travaillent bien. Mon ancien patron, Batignes, quand il te complimentait, c'était parce qu'il avait une idée en tête, quelque chose à te demander. Il était manipulateur. M. Marty, lui, c'est une grande gueule, mais il est sincère et juste.

— Eh bien, nous allons fêter ça ! Victoire, sors le vin de noix, s'il te plaît !

— Il est tard, je vais rentrer, ma mère doit m'attendre.

— Taratata, tu restes avec nous. Ta mère sait où tu es et tu ne vas pas te volatiliser. Tu es un grand garçon, non ? se moqua Victoire.

— Tu as raison, après tout, c'est vrai qu'elle sait que je suis ici. Trinquons, alors, mesdemoiselles !

Deux verres de vin de noix plus tard, les langues allaient bon train et les yeux brillaient dans la salle à manger des sœurs Cabrol. Léon se sentait bien. C'était décidément une bonne journée. Sans doute la meilleure depuis son retour du bagne. Avant de se séparer, Marie demanda à Léon :

— Léon, j'ai un service à te demander. On a un problème sur la porte de la remise... Elle ne ferme pas bien. Ça t'embêterait de venir voir demain ou quand tu auras un moment ?

Léon ne vit pas que Victoire ouvrait de grands yeux interrogateurs.

— Oui, bien sûr, je passerai demain après le travail.

Quand il fut parti, Victoire questionna sa sœur du regard. Marie, gênée, répondit d'une petite voix :

— Oui, j'ai l'impression que les gonds sont faussés et il faut forcer pour la fermer...

— Je te vois venir, petite sœur, avec tes gros sabots ! Les gonds faussés !... N'importe quoi !

— Si, je t'assure. Bon, je n'aurais pas appelé le menuisier pour ça, mais Léon va bien pouvoir faire quelque chose...

— Tu en pinces pour lui, ma parole ?

— Eh ! Il faut reconnaître qu'il a du charme... Surtout quand il est heureux et qu'il parle de ce qu'il aime, il a le visage qui s'illumine et ses yeux se mettent à pétiller. J'ai l'impression qu'il aime bien venir ici. Il est tellement malheureux au village...

— D'accord, n'en jette plus ! Tu as le béguin !

Du coup, elles se resservirent un petit verre de vin de noix. Après tout, c'était la première fois que l'amour passait la porte de cette maison.

Le lendemain, quand Léon se présenta pour réparer la porte capricieuse, Marie était seule à la maison. Victoire était allée faire le plein de plantes médicinales dont les champs, les fourrés, les chemins regorgeaient en cette fin d'été. Il n'avait pas plu depuis quelque temps et le moment était propice à la cueillette. Elle s'était équipée de son sécateur et de son panier à compartiments que l'artisan vannier lui avait fabriqué sur mesure pour lui permettre de ne pas mélanger les différentes variétés de plantes.

Léon avait apporté sa caisse à outils et, sans attendre d'y être invité, se dirigea vers la remise du jardin. Marie l'accompagna. Après avoir ouvert et fermé plusieurs fois la porte, il demanda à Marie :

— Qu'as-tu remarqué au juste ?

— Tu vois, il faut un peu forcer pour pouvoir donner un tour de clé...

— Oui, le gond du bas a l'air cassé, rien de bien méchant... On le changera.

— Laisse tomber, Léon, dit-elle gênée.

— Comment ça, laisse tomber ?

— Tu as raison, rien de bien méchant...

Ils revenaient dans la maison.

— Je ne comprends pas, Marie... Pourquoi m'avoir demandé de venir alors ?

— Je ne sais pas… Pour te voir, je pense, tout simplement…, parvint-elle à bredouiller malgré la honte qui s'emparait d'elle.

Ils entrèrent et Léon, désemparé, se laissa tomber sur une chaise qui se trouvait là, posa les coudes sur ses genoux et se prit la tête dans les mains.

— Tu veux quoi, Marie, exactement ? finit-il par demander, n'osant pas la regarder dans les yeux.

Marie s'agenouilla près de lui. Elle se rendait compte du caractère audacieux de son entreprise et commençait à regretter de l'avoir mise en œuvre. Maintenant, elle était dedans jusqu'au cou et ne savait plus que dire ni que faire. Qu'allait-il advenir de leur jeune amitié si Léon se fâchait ? Elle non plus n'osait pas le regarder et se tordait les mains pour se donner une contenance.

— Tu sais, Léon, finit-elle par murmurer, je n'y connais rien dans les relations entre les hommes et les femmes, comment ils se séduisent, enfin, tu vois ce que je veux dire ? Alors moi, je fais à ma manière, sans trop savoir si c'est bien ou pas bien… Je suis en train de me rendre compte que ce n'est apparemment pas la meilleure…

Elle marqua une pause.

— Pour répondre à ta question, on ne se connaît pas beaucoup, mais ce que je veux, c'est être avec toi, parler de tout et de rien… te prendre dans mes bras… et…, bafouilla-t-elle, hésitante, sans savoir comment clore sa décision.

Elle ne savait pas comment finir sa phrase. Elle s'approcha encore de lui et posa un baiser sur sa joue un peu râpeuse, se disant qu'elle n'avait plus grand-chose à perdre vu la tournure de la situation. Elle prit le visage de Léon dans ses mains et posa son front sur le sien. La proximité et le contact de leurs peaux l'enivrèrent. Elle sentit pour la première fois son odeur, une odeur à la fois masculine et de linge propre qu'elle respira profondément pour s'en griser. Elle ferma les yeux pour se donner du courage et avança ses lèvres vers celles de Léon, qui ne bougeait plus et semblait accepter l'étreinte. Il se laissa faire et la hardiesse de Marie fit le reste jusqu'à ce qu'ils entendent la porte d'entrée dénonçant le retour de Victoire. Lorsque celle-ci s'avança vers le couloir donnant sur le jardin pour déposer son butin, elle les trouva là, l'un assis, l'autre à genoux, rouges et stupides de confusion, de la fièvre dans les yeux. Elle fit demi-tour invoquant une soif subite pour justifier sa volte-face, et leur laisser le temps de se reprendre. Pourquoi diable s'étaient-ils installés dans le couloir ? Depuis la cuisine, elle leur demanda d'une voix un peu forte s'ils souhaitaient boire également, ce qu'ils acceptèrent tout en lui sachant gré de sa discrétion.

Ils s'installèrent autour de la table, un verre de tisane fraîche devant eux. Avec son naturel habituel, elle meubla la conversation en leur racontant de manière volubile toutes ses trouvailles dans la nature : elle avait dégoté des matricaires, sorte de camomille sauvage très utile pour la digestion et les douleurs liées aux embarras féminins, s'ils voyaient ce qu'elle voulait dire, du millepertuis contre la mélancolie et les dérèglements de l'humeur, des achillées millefeuilles pour la circulation et les problèmes de peau, des coquelicots en pagaille pour le sommeil des enfants et soulager la toux, et enfin, vers la mare de la ferme Bousquet, elle avait même trouvé de la potentille dont elle allait préparer un distillat pour calmer les rougeurs et irritations des fesses des bébés. Elle aurait parlé de son sujet de prédilection pendant des heures mais, lorsqu'elle jugea que ses auditeurs avaient retrouvé un aspect normal, elle cessa son verbiage et en profita pour dire à Léon :

— D'ailleurs, j'ai vu des ronces bien belles aujourd'hui et je vais avoir besoin de tes services, Léon, car j'ai du mal à les atteindre… Si tu veux bien…

— Eh bien, si ce n'est pas un guet-apens, c'est avec plaisir, Victoire, répondit-il avec humour et un sourire en coin.

Ils éclatèrent tous de rire.

— Léon ! Est-ce que je t'ai déjà déçu ? feignit-elle de s'indigner.

— Non, certainement pas, Victoire. Marie non plus, du reste !

De nouveau, ils rirent.

— C'est vrai ? demanda Marie, l'air contrit.

— Mais oui, la rassura-t-il en lui prenant la main. Je ne m'attendais pas à ça, c'est tout.

— Séduisant comme tu es, tu ne t'attendais pas à ce qu'une jeune femme célibataire te mette le grappin dessus ? fit-elle en riant un peu faussement.

— D'abord, je ne suis pas si séduisant que cela, et puis c'est toujours moi qui ai pris l'initiative jusqu'à présent, même si les occasions se sont comptées sur les doigts d'une main ! Si les filles s'y mettent, maintenant, où va-t-on ? répondit-il, goguenard.

— Eh bien, justement, il est temps que les choses changent ! ponctua Marie avec une moue décidée, en tapant des deux mains sur la table.

— Bon ! On va fêter ça alors ! clama Victoire en sortant une nouvelle bouteille de vin de noix car celle de la veille n'était plus qu'un souvenir.

Le jour commençait à décliner lorsqu'il rentra chez lui. Chemin faisant, il réfléchit à ce qu'il venait de se passer et eut le sentiment que sa vie amorçait un tournant.

Chapitre 21

Mi-mars 2016 – La cachette

Accroupie sur le tapis du bureau, en pleine nuit, Lola regarde ébahie le coffret débarrassé de son capiton rouge. Rangées en petits paquets bien alignés de manière à gagner de la place et à ne pas créer de surépaisseur, des photos ont été dissimulées là. Les mains tremblantes, Lola sort le paquet. Il lui semble que quelque chose s'en échappe à ce moment-là, mais elle jette un œil autour d'elle et ne trouve rien. Elle revient à sa trouvaille. D'emblée, Lola comprend que c'est ce qu'elle cherche : un homme avec les enfants, le même homme seul, puis avec Marie. Léon. Son grand-père. Elle l'observe plus attentivement et sa bouche s'arrondit.

Toutes les photos comportent une date au dos. Les choses ont été bien faites. Lola remercie mentalement sa grand-mère. Une photo plus grande de leur mariage se trouve au-dessous de toutes les autres, plaquée contre le fond du coffret. Lola s'arrête dessus un instant ; un joli couple, vraiment, au regard franc et au sourire discret. Avec un tambour à la place du cœur, elle poursuit son exploration. Un dessin et une photo déchirée l'intriguent. De ses doigts agités, elle tente de mettre bout à bout la dizaine de morceaux. Le puzzle reconstitué représente Léon et une jeune femme que Lola pense reconnaître pour l'avoir déjà vue en photo à la médiathèque de Souloumiac, sur le cliché de la mégisserie : Marguerite. La photo est prise en extérieur, dans un pré. Lola retourne les morceaux pour trouver la trace d'une date éventuelle. 1933. Les deux amants se sont donc revus après le retour de Léon et, surtout, après leurs mariages respectifs. Marguerite porte une jupe mi-longue joliment étalée sur l'herbe, et un corsage ravissant, à la mode de l'époque. Léon est vêtu de vêtements amples et décontractés. Il arbore une fine moustache. Une mèche rebelle lui tombe sur les yeux, froncés en dépit de son apparente jovialité.

Puis Lola s'intéresse au dessin. Il a été réalisé au fusain et représente également Léon et Marguerite assis dans l'herbe. Tous deux regardent l'artiste qui les croque, avec un sourire éloquent. Si le trait imprécis du dessin autorise le doute sur leur identité, la comparaison avec la photo le dissipe totalement. Une signature et une date soulignent le côté inférieur droit : *Rachel, sept. 1933.* Il lui semble se souvenir que Babeth Chassagne avait évoqué une amie de Marguerite se prénommant Rachel. Le dessin et la photo ont dû être réalisés le même jour. Lola s'attarde ensuite sur les portraits de son grand-père. Mettre enfin un visage sur le spectre qui l'accompagne depuis plusieurs semaines lui procure une émotion indicible, comme si le simple fait de sortir ces photos ressuscitait un peu son grand-père disparu trop tôt. Elle prend son visage dans ses mains et libère ses larmes.

Lola a envie d'appeler Valéry pour lui annoncer sa découverte. Elle regarde l'heure. Il est 3 heures du matin et il doit dormir. Mais ce qu'elle doit lui annoncer est plus important que la qualité de sa nuit. Il décroche. Une voix sortie d'outre-tombe grommelle à l'oreille de Lola.

— Lola ?

— Valéry, j'ai trouvé !

— Trouvé quoi, purée, Lola, il est 3 heures du mat !

— Fallait laisser ton portable sur silencieux si tu ne voulais pas être dérangé…

— J'attends un coup de fil important demain matin. Bon, tu as trouvé quoi ?

— Les photos de Léon.

— Ah bon ? Mais… où ?

— Dans le double fond du coffret !

— Ingénieux… Et ça t'a pris comme ça en pleine nuit de fouiller le double fond d'un coffret ?

— Je n'arrivais pas à dormir et j'ai repensé à tout ça, au contexte de l'époque, et aussi à une phrase que tu as dite hier sur le fait que ta grand-mère n'aurait pas laissé les photos de Léon mélangées avec les autres.

— Waouh ! Bravo ! Et ça donne quoi ?

— Ça donne Léon, sous toutes les coutures ! Attends, je t'envoie une photo.

Lola cherche un bon éclairage pour prendre le cliché et l'envoie à Valéry.

— C'est bon, je l'ai.

— Il n'y a rien qui te frappe ?

— Qui me frappe ? Non. Si ce n'est une vague impression de déjà-vu, comme si j'avais déjà rencontré cet homme… Je te l'ai dit quand j'ai vu le reportage.

— Ses yeux, tu as vu ses yeux ?

— Oui, et… ?

— Mince, Valéry, tu ne veux pas voir ou quoi ?!

— Oui, je sais, ils sont très clairs, mais c'est courant les yeux clairs !

— Pas des yeux comme ça !

— Moi, j'ai hérité de ceux de ma mère…, fait-il, tout en se rendant compte que ses paroles l'enfoncent un peu plus dans le déni. Rien ne dit pour l'instant qu'il s'agisse de mon grand-père…

— Bah tiens ! Je viens de trouver une photo et un croquis de Léon et de Marguerite datés de 1933. Tu vois ce que ça veut dire ?

— Qu'ils se sont revus après leurs mariages…

— Je comprends maintenant pourquoi ta grand-mère t'a choisi pour recevoir ses révélations ! En quelle année ta mère est-elle née ?

— 1934. Mai 1934. Le 30.

Lola réfléchit rapidement.

— Valéry, ça colle. S'ils se sont vus et aimés à la fin de l'été ou au début de l'automne 33, il est tout à fait possible qu'un enfant ait vu le jour en mai 34.

— Ne nous emballons pas. Ça ne prouve rien. Ce n'est pas parce qu'ils se sont revus qu'ils ont couché ensemble. L'enfant peut tout aussi bien être de Raoul.

— Avec ces yeux-là, j'en doute, Valéry. Surtout si tu me dis que ta mère avait les mêmes. Il avait les yeux de quelle couleur ton grand-père Raoul ?

— Marron.

— Et Marguerite ?

— Idem.

— Et leurs parents ?

— Qu'est-ce que j'en sais, moi ? Je ne les ai pas connus !

— Tu te rends compte, on est sûrement cousins !

— Demi-cousins, s'empresse-t-il de rectifier.

— Cache ta joie ! L'idée ne te plaît pas ?

— Mais si, seulement il y a encore des choses à tirer au clair…

— Quelles choses ? À mon avis, on est allés au bout de ce que l'on pouvait trouver sur eux. Ce que l'on découvrira aux Archives nous éclairera seulement sur ce qui a pu arriver à Léon. Tiens, je t'envoie la photo de Léon et de Marguerite pour que tu me confirmes que c'est bien elle. Ils étaient tellement beaux, tous les deux ! Elle était en pièces. La photo, pas Marguerite ! Elle n'a pas dû plaire à ma grand-mère, et pour cause… Mais je l'ai reconstituée. Le croquis est très joli. Je crois qu'il a été fait par Rachel, une amie de Marguerite, en tout cas elle l'a signé.

— Rachel ? Oui, elle m'en parlait souvent. Son histoire l'avait secouée. C'est bon, j'ai reçu la photo.

— Alors ? C'est elle ou pas ?

— Mais… Non !

— Ce n'est pas possible !

— Non, je t'assure, ce n'est pas ma grand-mère…

— Valéry…

— Mais je ne vais pas te dire que c'est elle juste pour te faire plaisir, Lola ! Je suis désolé…

Lola entend comme un sourire dans la voix de Valéry.

— Tu me fais marcher, hein ?

— Mais bien sûr que c'est elle ! Tu as tellement bien enquêté, Miss Marple, que tout concorde, forcément !

— Tu me fais crier, je vais réveiller toute la maisonnée… Bon, je crois que je vais te laisser dormir.

— Attends…

— Quoi, tu as une autre idée ?

— Non, pas vraiment. C'est juste que je voudrais continuer à parler.

— De quoi ?

— De tout et de rien.

— Tu es sérieux ? À 3 heures du matin ?

— Eh bien, au revoir, alors !

— Attends !

— Il faudrait savoir !

— Oups, j'entends du bruit. Sûrement David qui s'est réveillé…

— OK. On se rappelle très vite, alors ?

Lola raccroche rapidement, comme prise en faute. David entre dans la pièce, avec la tête de quelqu'un tiré du lit à la grue.

— Avec qui parlais-tu ?

Lola doit décider en un quart de seconde si elle va mentir ou dire la vérité.

— … Valéry.

— À 3 heures du matin ? C'est une blague ?

— Non… Regarde ce que j'ai trouvé cette nuit.

Encore tout excitée, elle lui montre le coffret et le double fond. Lola n'a pas encore parlé du coffret à David. La colère pointe dans la voix de celui-ci.

— Tu comptais m'en parler quand ?

— Je ne l'ai récupéré qu'hier soir. Tout ça te met en colère depuis quelque temps, alors comprends que je t'en parle de moins en moins…

David s'assoit sur le canapé-lit et fait un effort sur lui-même pour parler calmement :

— Lola, tu crois que c'est normal de fouiller dans des photos en pleine nuit et d'appeler un inconnu dans la foulée ?

— Mais Valéry n'est plus un inconnu !

— Tu l'as vu UNE fois ! Ah oui, c'est vrai, j'avais oublié que tu as passé la nuit dans son bateau ! Comment peux-tu savoir s'il n'a pas de mauvaises intentions ?

— Mais enfin, David, c'est probablement mon cousin !

— Et alors ?

Lola éclate. La contrariété qu'elle a étouffée jusque-là dans sa relation de couple se mue en une colère telle qu'elle ne contrôle plus ni ses mots ni ses larmes. C'est un volcan qui explose en plein milieu du tapis, de la pièce et de la nuit.

— Putain, tu fais chier, David ! En quelques semaines, je perds mon père, j'apprends que j'ai eu un grand-père dont tous les membres de ma famille ont, en conscience, balayé l'existence sous le tapis parce qu'il a eu le mauvais goût d'aller faire un petit tour au bagne… Moyennant quoi il s'est fait virer de chez lui ! Hop hop ! À dégager ! Et comme le pauvre homme avait beaucoup de chance, tu vois, il s'est fait aussi voler sa fiancée, dont il était raide dingue… Bref, trois fois rien ! En plus, je viens de dénicher la quasi-preuve que ce même zèbre a eu le culot de chercher un peu de réconfort dans les bras de son ex-fiancée et qu'ils ont peut-être bien eu un enfant ensemble, qui serait mon demi-cousin… Et toi, tu t'arrêtes à quoi ? Que je me lève la nuit regarder des photos et que j'appelle ce cousin pour lui annoncer ma découverte ?

David serre la mâchoire.

— Tu exagères tout…

— J'exagère tout ? Mais quel que soit le sens dans lequel tu considères cette histoire, on a pourri la vie de mon grand-père ! Qu'est-ce qui te gêne dans le fait que je souhaite reconstituer ce qu'a été sa vie et le faire sortir de l'ombre ? C'est quoi le problème ? C'est le cousin ? Quel mal y a-t-il à continuer les recherches avec lui puisqu'il est concerné aussi ?

— Depuis quelques mois, je ne te reconnais plus…

— Évidemment ! Tu n'imagines même pas les bouleversements que tout ça peut générer !

— Oh que si, je commence à entrevoir ! ironise-t-il.

— Je parlais de bouleversements émotionnels, de l'impact des non-dits… Tu ne peux t'empêcher de ramener tout à toi. Mets-toi une seule minute à ma place !

— Tu es en train de f… le bordel dans deux familles, et je ramène tout à moi ?

— Non ! Je rétablis la vérité. C'est une question de point de vue…

— C'est toi qui ne penses qu'à toi dans cette histoire !

— Pourquoi tu dis ça ? Parce qu'on ne baise plus depuis plus d'un mois ? C'est ça, en fait, le vrai fond du problème ?

— Ne sois pas vulgaire, par-dessus le marché, ça ne te va pas !

— Ah non, hein ? La petite intello de service dit des gros mots ? C'est moche ! Mais si tu réfléchissais avec autre chose que ta b…, mon pauvre ami, tu comprendrais que depuis deux mois, effectivement, je vis un bouleversement et que j'ai besoin d'aide, besoin d'être entourée, soutenue ! C'est trop demander à quelqu'un qui est censé m'aimer et tout partager avec moi ? Si c'est le cas, on n'a plus rien à faire ensemble !

Lola se rend compte qu'elle prononce des paroles insultantes, susceptibles d'être saisies au vol par David pour mettre un terme à tout cela, y compris à leur couple. Pourtant, elle ne veut surtout pas atteindre le point de non-retour en prononçant la phrase de trop. Elle souhaite simplement crever l'abcès pour que leur relation sorte de ce magma toxique. C'est peut-être l'occasion de faire le point sur leur vie, leurs sentiments respectifs. Elle sent que cela ne pourra avoir lieu à froid, dans la routine du quotidien où chacun prendra sur soi pour supporter l'autre et préserver ainsi les enfants, et que seul un bon coup de poing sur la table fera jaillir le début d'une discussion. Même en pleine nuit. Le moment est sans doute venu… Elle est prête.

— Écoute, Lola, on est fatigués et on dit n'importe quoi. Allons nous coucher.

— Tu plaisantes ?

— Pourquoi dis-tu ça ?

— Il faut qu'on parle, David, cette situation ne peut plus durer… Je n'en peux plus !

— Pas à cette heure-ci. On est en pleine nuit, on va réveiller les enfants. Allez, viens te coucher.

David tourne les talons et rejoint la chambre. Lola reste dans le bureau, abasourdie par l'attitude de son mari. Encore une fois, elle est témoin d'une stratégie d'évitement, celle-là même qui depuis le début de toute cette histoire a fait tant de mal. Mais qu'ont-ils tous à ne pas vouloir affronter la réalité ? Que gagnent-ils au bout du compte ? Incapable de retourner dans la chambre conjugale, elle s'installe sur le petit canapé du bureau pour finir sa nuit. Tout au moins essayer. Et malgré sa profonde tristesse de voir son couple s'enfoncer, elle repense au commissaire Adamsberg et à sa fameuse phrase en suspens et elle éprouve une petite, une toute petite jubilation : match Adamsberg-Lola, *un* partout !

Chapitre 22

Été 1933 – Le serment

Léon entra au *Bar de la paix* en compagnie d'Achille. Tous deux étaient collègues et s'étaient liés d'amitié au travail. Depuis son retour du bagne, Léon s'était fait peu d'amis et ceux d'autrefois avaient quitté Camalens. Achille s'occupait de la partie commerciale, dans l'entreprise de M. Marty. Sa personnalité extravertie le rendait parfait dans le rôle du vendeur. Parfois, Léon riait quand il l'observait, de loin, vanter les mérites de tel ou tel engin agricole et embobiner l'acheteur au point que celui-ci en arrivait à se demander comment il avait vécu jusque-là sans l'outillage en question. Rien à dire, il avait un don pour ça. Et il en jouait beaucoup. Parfois, le soir après le travail, ils allaient tous deux prendre un verre au café, dans ce bistrot à peu près tranquille, histoire de clore la journée de manière agréable. Quand Marie n'avait pas besoin de Léon. Car depuis que leur fils était né, un an plus tôt, la vie avait changé. Après leur mariage, Léon s'était installé chez Marie et Victoire et il devait reconnaître que cette période avait été l'une des plus douces de sa vie. L'arrivée de l'enfant, pour extraordinaire qu'elle fût, avait mis tout le monde au garde-à-vous et chacun avait dû revoir son emploi du temps. Mais c'est Victoire qui le plus souvent prenait soin du petit. Marie, elle, se consacrait au travail de maroquinerie. Et Léon, quand il n'était pas à son travail, s'occupait de la maison, du jardin et, dès qu'il en avait un moment, de son fils. Les repas étaient préparés indifféremment par Marie ou Victoire. Ou Léon quand ces deux dernières avaient décrété qu'elles faisaient grève. Parfois, Léon avait l'impression qu'elles se liguaient contre lui, mais c'était toujours bon enfant et le jeu finissait invariablement dans la rigolade. Il se disait souvent que sa rencontre avec les sœurs Cabrol l'avait sauvé. Sans elles, que serait-il devenu ? Il refusait d'y penser.

Il avait beaucoup aimé sa mère, disparue quelques mois plus tôt. Mais en vieillissant elle était devenue très sombre. Elle voyait le mal partout et n'avait plus le cœur à rire. Tout en ayant appelé de ses vœux le mariage de Léon, elle avait déchanté quand celui-ci était parti vivre chez son épouse. Elle eût sans doute préféré que ce soit cette dernière qui rejoigne la maison familiale. Mais c'était sans compter sur la relation fusionnelle entre les deux sœurs. Et pour Léon, la compagnie des jeunes femmes était infiniment plus joyeuse que le tête-à-tête avec sa mère. Pour autant, après le mariage, il allait lui rendre visite tous les jours ou presque. La solitude avait précipité la pauvre femme dans la tristesse puis la sénilité. Elle avait rendu son dernier soupir, un après-midi, juste avant l'heure de la visite quotidienne de Léon. Il l'avait trouvée allongée dans son canapé, l'air serein, comme si, sentant la mort arriver, elle s'était couchée pour ne pas s'avachir sur elle-même, mais au contraire offrir une vision tranquille d'un corps accueillant la fin de son existence. Il avait juste eu à lui fermer les yeux, irradié de chagrin mais soulagé de voir sa mère enfin apaisée. Elle n'avait pas souffert et était morte, comme certains se plaisaient à dire, *de sa belle mort*, même si pour lui il n'existait pas de *belle mort*. Toutefois, maintenant qu'il voyait sa mère ainsi, l'expression prenait du sens. Elle n'était pas très âgée, à peine plus de soixante ans, mais elle faisait partie de ces nombreuses femmes que la vie n'avait pas épargnées. Il lui avait demandé mentalement pardon pour les souffrances qu'il lui avait causées, lui avait dit qu'il l'aimait et posé un baiser sur sa joue. Les obsèques passées, il avait pu entamer un travail de deuil que la présence de l'enfant avait facilité. Léon adorait son fils, Bernard. Ce bébé joufflu confié aux bons soins de Victoire débordait de vitalité et de joie. Le moindre petit bobo était soulagé par les potions confectionnées avec les plantes dont Victoire continuait de développer la science et les résultats étaient spectaculaires. Nul autre bébé au village ne se portait aussi bien ni ne semblait aussi heureux. Pourtant, Léon ne parvenait pas à trouver le bonheur à Camalens.

Si harmonieuse que fût sa vie familiale, deux sujets de préoccupation l'obsédaient. Le premier concernait le souvenir de Marguerite qui ne s'effaçait pas malgré le temps, le mariage, la venue de l'enfant, et l'équilibre que Léon semblait avoir trouvé dans sa vie. Lui-même ne s'expliquait pas une telle longévité dans la persistance du sentiment. Bien entendu, il ne pouvait se confier à quiconque sur ce sujet. Victoire était bien trop proche de Marie pour être en mesure de comprendre et d'aider Léon à surmonter sa souffrance. Il aimait beaucoup Marie, mais sans le feu qu'il avait ressenti pour

Marguerite. Il en arrivait à la conclusion que, de deux choses l'une, soit il n'était pas normalement constitué pour se consumer ainsi, soit seule une infime partie de la population en âge d'aimer avait réellement rencontré ce que l'on appelait pompeusement le *grand amour*, celui que l'on ne ressent qu'une fois et qui ne meurt jamais. Le fait de ne pouvoir en parler à personne le minait. Donc il enfouissait. Comme on enfouit un objet dont la vue nous importune pour ne plus le voir, dans l'illusion qu'il ne sera plus là dans quelque temps, Léon enfouissait sa détresse. Son second sujet de préoccupation était son fils et son avenir au regard de son passé à lui. Où qu'il aille, sa réputation le précédait et lui était renvoyée en miroir. Comment allait-il protéger son fils ? Il n'était pas question que Bernard pâtisse d'une quelconque façon de l'histoire de son père. Et Léon ne supporterait pas non plus l'humiliation que le regard de son fils ne manquerait pas de susciter en lui, si innocent fût-il.

Ce jour-là, il réalisa combien son inquiétude était fondée. Lorsqu'ils entrèrent, Achille et lui, dans le bar, quelques clients étaient attablés, savourant le plaisir de partager un coup à boire après le travail dans une ambiance amicale et enfumée. Un groupe inhabituel était accoudé au zinc. Léon eut une appréhension, mais ne se décida pas à faire demi-tour, estimant qu'il n'allait pas toute sa vie s'écarter pour éviter les confrontations. Aurait-il dû le faire ? Il se posa longtemps après cette question pour finalement considérer que c'était juste la goutte d'eau qui avait fait déborder le vase. Autrement dit, il était prêt à accepter les conséquences qui en découleraient puisque ses interrogations ne dataient pas de la veille, mais au contraire semblaient attendre le déclenchement de quelque chose, l'étincelle qui ferait tout sauter. Le groupe avait vu les deux amis entrer, et l'un d'eux lança :

— Tiens, Adam ! Le repris de justice !

Léon serra la mâchoire tout en s'asseyant à une table face à Achille et en tournant le dos au groupe. D'un regard, Achille l'invita à ignorer la remarque, signifiant d'un haussement de sourcils la bêtise de celle-ci. Léon alluma une cigarette.

— Qu'est-ce que tu fous là ? Ils voulaient plus de toi en Guyane ? C'est vrai que môssieur a préféré s'évader parce que les lits étaient un peu trop durs au bagne !

Cette dernière remarque provoqua l'hilarité du groupe. Les autres clients firent mine de n'avoir rien entendu, mais tendaient maintenant l'oreille.

— Messieurs, s'il vous plaît, un peu de décence, demanda le patron du bar dans une tentative d'apaisement.

— De la décence ? C'est qui qu'est indécent ? Celui qu'a fait du bagne ou celui qu'en a pas fait ? rétorqua l'agresseur déjà bien alcoolisé, fiérot de sa répartie.

— Vous savez très bien ce que je veux dire..., insista le patron, peu sûr de lui.

— Ouais... Mais bon, on se retrouve pas au bagne par hasard, quand même. Ma femme dit toujours : « Il n'y a pas de fumée sans feu ! » Pour une fois qu'elle a raison !

De nouveau, une rigolade s'ensuivit. Les autres clients gardaient le nez dans leur verre, n'osant ni intervenir ni regarder la scène.

Léon ne savait que faire. Partir, c'était leur laisser croire qu'ils avaient raison. Rester, il n'était pas sûr de garder son calme encore très longtemps malgré les interventions du patron et de son ami. Ce n'était certes pas la première fois que cela lui arrivait, mais plus le temps passait, plus il estimait mériter la paix. Or les avanies et les humiliations persistaient. Quelques tocards, à Camalens, lui menaient la vie dure, et ce n'était pas près de s'arrêter, semblait-il.

— Et ton gosse, t'as pensé à ton gosse ?

— Ta gueule, Nespoulous ! Je t'interdis de parler de mon gosse !

Le type avait touché le point sensible, il le savait et afficha sa satisfaction.

— Qu'est-ce que tu crois qu'il va en penser, de ça, ton gosse ?

— Il n'en pensera rien si ton connard de fils ne l'emmerde pas !

Léon regretta immédiatement ses paroles. Ses mots laissaient entendre qu'il y avait un fond de vérité et qu'une part de lui-même se sentait coupable. Mais, plus que tout, ce qui le mit en rage, c'est qu'au tréfonds de son être il éprouvait réellement cette infime sensation de culpabilité. Il n'arrivait pas à s'en départir, même quand il avait eu dans les mains la lettre du ministère reconnaissant officiellement son innocence. Il se sentait coupable d'avoir été au bagne, non pour les méfaits qu'on lui avait reprochés autrefois et qui aux yeux de la justice avaient justifié sa peine, mais simplement d'y avoir séjourné. Avoir été un forçat était une faute en soi. Et n'importe quelle grâce, révision, amnistie, réhabilitation n'y pourrait rien. C'était un ex-bagnard, point final. Il poursuivit :

— D'ailleurs, pour quelle raison tu le dirais à ton fils, toi ? Qu'est-ce qu'il en a à faire, que Léon Adam soit allé au bagne ? Hein ? Sache que la méchanceté des enfants naît de celle de leurs parents !

— C'est que je vais le mettre en garde, moi, mon fils ! Il s'agirait pas qu'il fréquente n'importe qui !

Léon se leva d'un bloc et manqua de renverser la table. Jusque-là, il avait répondu par-dessus son épaule. Il allait devoir en découdre, ce n'était plus possible. Achille eut la présence d'esprit d'attraper Léon par le bras et de le tirer vers la porte d'entrée. Il eut du mal à faire sortir son ami dehors tant le corps de celui-ci était tendu en direction de son détracteur. Avant de quitter les lieux, Achille leur jeta :

— C'est dégueulasse ce que vous faites ! Vous ne l'emporterez pas au paradis !

Une fois dehors, ils allèrent s'asseoir au bord de la fontaine qui ornait la place pour tenter de recouvrer leur calme. Puis Léon éclata en sanglots. Achille, surpris de tant de détresse chez un garçon qui affichait habituellement force et détermination, comprit à quel point Léon souffrait de sa situation. Il lui tapota l'épaule pour lui témoigner son soutien.

— Je ne pourrai pas ! Je ne pourrai pas, Achille ! hoquetait Léon.

— Qu'est-ce que tu ne pourras pas, l'ami ?

— Faire porter ça à mes enfants ! Les laisser vivre dans ce panier de crabes où on leur dira pis que pendre de leur père ! Je ne pourrai pas ! Je ne pourrai pas supporter leurs questions. Car ils viendront forcément, un jour, me demander si ce qu'on leur dit est vrai ! Je leur dirai quoi, Achille ? Je leur dirai quoi ?

Ses pleurs reprirent de plus belle.

— La vérité, Léon, que tu es innocent.

— Mais l'innocence n'engage que celui qu'elle concerne. Le doute persiste toujours chez les autres !

— Tu ne peux pas dire ça ! Moi, je…

— Enfin, presque tous les autres. Si je te disais que même moi, parfois, je me demande si je suis réellement innocent. Je me sens coupable de je ne sais quoi… Comme si, finalement, je l'avais bien mérité, ce séjour au bagne ! Et puis le mal que j'ai fait à mes parents ! Il faut qu'on parte ! Il faut vraiment qu'on parte d'ici, sinon je vais devenir fou !

La discussion avait rapidement tourné au vinaigre. Quand Léon était rentré ce soir-là, il avait raconté la désagréable scène à Marie et lui avait proposé de parler de leur avenir après le dîner, quand le petit serait couché et que Victoire vaquerait à ses occupations. Ce qu'ils avaient fait, en se servant un verre d'eau-de-vie. Marie craignait ce qu'il allait lui annoncer et avait besoin d'un petit remontant pour lui donner la force d'affronter Léon.

— Tu ne peux pas me demander ça, Léon, répondit doucement Marie, une fois qu'il lui eut exposé ses projets de départ pour Toulouse. Ma vie, notre vie est à Camalens. Tu n'es pas tout seul dans l'aventure, il y a aussi Bernard maintenant… Qu'est-ce qu'il irait faire à Toulouse ? Petit bout de chou… Alors qu'on est si bien ici.

— Si bien ici ? ironisa-t-il. J'espère que tu plaisantes ? C'est justement pour lui que je veux que l'on parte ! Tu ne vois pas la belle étiquette qu'on est en train de lui coller sur le front ?

— Tu t'inquiètes pour rien, il saura bien se défendre. On lui apprendra à avoir les bonnes réparties !

— Et moi ? Que crois-tu que ça me fera lorsqu'il me demandera si ce qu'on lui dit de moi est vrai ?

— La meilleure des choses à faire est de lui dire toi-même, avec les mots justes, avant que les autres n'aient eu le temps de lui pourrir les idées !

— Tu ne peux pas me demander ça, Marie, lui renvoya-t-il en écho.

— Mais pourquoi ? Tu es innocent, Léon, un enfant peut comprendre ça !

— Non, je ne peux pas, c'est au-dessus de mes forces. Et je t'interdis de le lui dire également.

Sa voix trahissait une émotion qui surprenait Marie. Ils n'avaient jamais évoqué la question sous cet angle jusqu'à présent et Marie comprit rapidement que la vie allait devenir très compliquée. Elle connaissait Léon mieux qu'elle-même et, lorsqu'elle mesurait l'amour qu'il portait à son petit garçon, elle se disait qu'il serait capable de tout pour défendre son fils. Elle lui savait gré de cet amour. Tant de pères manifestaient de l'indifférence envers leurs enfants, mais ce sentiment ne devait pas le conduire à faire n'importe quoi sous le prétexte hypocrite de protéger le petit.

— Tu me promets de ne jamais le lui dire ?

— Mais lui dire quoi, Léon ?

— Que j'ai été bagnard, tiens !

— Tu n'as pas été bagnard, tu as été victime d'une erreur judiciaire !

— Ne joue pas avec les mots, Marie. Pour le respect des souffrances que j'ai endurées là-bas, promets-moi de ne jamais lui dire la vérité !

Léon criait presque, les yeux humides, la voix tremblante.

— Mais on ne pourra pas lui cacher la vérité puisqu'il l'apprendra de la bouche d'autres personnes !

— On niera, Marie ! On dira que ce sont des bêtises ! Promets-moi, Marie, promets-moi que tu ne lui diras jamais, ni à lui ni à nos autres enfants, si nous en avons !

— Donc, tu veux vivre dans le mensonge ?

Marie sentait que le serment qu'il exigeait d'elle représentait la fin de la paix familiale. Elle n'avait jamais su vivre dans le mensonge et elle allait devoir le faire. En outre, elle était une gaffeuse incorrigible et se demandait comment elle arriverait à ne pas se trahir.

— C'est bien pour ça que je veux partir, Marie. Pour ne pas avoir à mentir…

— Mais il y a Victoire… On ne peut pas la laisser seule… Si on lui ôte Bernard, je ne donne pas cher de sa joie de vivre ! Et si on l'emmène, comment fera-t-elle pour ses plantes ?

— Je te parle de notre avenir et tu me parles des plantes de Victoire ? Des plantes, il y en a partout !

— Et mon travail ?

— Je gagnerai assez pour deux !

— Mais je veux travailler, moi !

— Pense à ton fils !

Le ton monta.

— Toi aussi, pense à ton fils ! C'est un peu facile, quand même. Tout ça parce que tu ne veux pas affronter son regard !

— Mets-toi un instant à ma place. Imagine que ce soit toi qui aies vécu ce que j'ai vécu…

Marie se radoucit.

— Comment veux-tu que je fasse ça, Léon, c'est impossible. C'est bien ce qui te met dans cet état, d'ailleurs.

Ta pensée est déformée par ce que tu as vécu et tu as l'impression qu'on lit en toi comme dans un livre. Mais c'est faux, Léon. Personne ne connaît dans le détail ce que tu as vécu, à part moi peut-être et ta pauvre mère. Et encore, je ne suis pas sûre que tu nous aies tout raconté. Ce que je veux dire, c'est que tu es innocent et que tu dois vivre ta vie comme tel. Débarrasse-toi de ta fichue culpabilité !

— Marie, il faut que tu comprennes. Des scènes comme celle que je viens de vivre au café, je ne veux plus, je ne PEUX plus en vivre. Je ne pourrai plus le supporter. Si je reste, on va me renvoyer au bagne pour avoir trucidé quelqu'un. Mais cette fois ce sera vrai !

Ils gardèrent le silence quelque temps et se resservirent un verre d'eau-de-vie. Ils réfléchissaient chacun de son côté aux différentes solutions, mais aucune ne réglait tous les problèmes. C'est Léon qui, après avoir analysé la situation, reprit :

— Si toi tu ne veux pas partir, il faut que je m'éloigne, Marie. Je ne vois pas d'autre solution. Il faut que j'aille à Toulouse où personne ne me connaît.

— Mais tu ne verras plus Bernard ! Ni moi !

— Je rentrerai le samedi soir.

— On ne se verra pas beaucoup… Et le problème restera le même par rapport à Bernard. Il va entendre des choses sur ton compte.

— Tu nieras, comme je te l'ai dit. Promets-moi que tu ne lui diras jamais que son père était au bagne. J'ai besoin de ta parole. Il ne doit pas le savoir ! Je t'en prie !

Marie savait qu'il ne lâcherait pas l'affaire. Mais tout bien pesé, puisqu'il lui demandait de vivre dans le mensonge, elle préférait que ce soit à Camalens plutôt qu'à Toulouse. Elle verrait le moment venu comment elle gérerait cette situation inconfortable. Peut-être que finalement, ce ne serait pas si compliqué…

— Je te le promets.

— C'est une vraie promesse ? Je peux compter sur toi ?

— Tu peux. C'est une vraie promesse, mais tu me mets dans une situation très difficile.

— Tu le savais en m'épousant, Marie… Épouser un ex-forçat est un acte courageux.

— L'amour fait faire des folies, parfois, dit-elle avec un petit sourire.

— Je ne te le fais pas dire…, murmura Léon en songeant à son évasion de Guyane, qu'il avait entreprise pour Marguerite.

Il s'en voulut de cette pensée.

— Tu veux vraiment partir, alors ?

— Je ne *veux* pas, je *dois*.

— Tu partirais quand ?

— Il faut que je voie avec mon patron. Et que je trouve un travail. J'ai lu dans *La Dépêche* qu'à Toulouse une compagnie aérienne vient d'être créée. Elle va transporter des passagers. Ils cherchent des mécaniciens pour la maintenance des avions. C'est à l'aérodrome de Montaudran, là d'où ont décollé les pionniers de l'Aéropostale. Je devrais trouver du travail facilement. Qui sait, peut-être pourrai-je voler moi aussi, un jour ?

Il était parti dans ses rêveries, cette histoire de l'aviation qui le passionnait tant et qu'il avait suivie depuis Saint-Laurent-du-Maroni grâce à la complicité de la folle Héloïse Woillemont. D'humides, ses yeux étaient devenus pétillants d'excitation.

— En fin d'année serait le mieux.

— Et tu vivrais où ?

— Je trouverai bien un petit logement pas cher… Je n'ai pas besoin de grand-chose pour vivre.

— Bon, on va y réfléchir, alors…

— C'est tout réfléchi, Marie, si tu ne veux pas partir avec moi, je pars seul.

★

Achille prit congé de son client et se dirigea vers l'atelier où Léon terminait une réparation sur un moteur de batteuse Deutz. Une pièce semblait résister et il entendait ce dernier pester et jurer par saint Éloi[1] que le jour n'était pas encore arrivé où la machine résisterait à l'homme et que nom de nom cette bourrique-là allait finir par céder, il y passerait la nuit si besoin. Achille sourit et s'approcha de son ami.

— Un souci ?

— Une emmerdeuse… j'ai affaire à une emmerdeuse !

Léon sortit le nez de son moteur, une cigarette qui se consumait au coin des lèvres. Il poursuivit, en continuant de râler :

— Saleté de moteur allemand ! C'est costaud que c'en est exaspérant ! Tu voulais me parler ?

— En fait, oui. M. Marty aimerait que tu ailles voir quelques clients à Souloumiac. Des machines à réviser, d'autres à réparer. Éventuellement aussi, aller à la ferme Piquemal pour enfoncer un peu le clou de la négociation que j'ai entamée et voir s'ils se décident pour un tracteur Deutz MTZ 120 ou le 220… ou le Lanz Bulldog HR6. Je te vois venir, je sais : c'est allemand…

1. Saint patron des mécaniciens.

— Font chier, ces Boches. Mais ils sont forts dans ce domaine, il faut bien le reconnaître !

Il jeta son mégot par terre.

— Tu connais les machines aussi bien que moi, tu pourras répondre à leurs questions. Je parle des Piquemal bien sûr.

— Je ne vais pas pouvoir faire ça en une journée. Il a prévu combien de temps, M. Marty ?

— Deux jours. Un vendredi et samedi, je crois. Il te précisera ça. Tu iras avec la Peugeot.

— Il va réussir à s'en passer pendant deux jours ?

— Il faudra bien. Tu ne vas pas te trimballer les outils en train.

Deux jours à Souloumiac... Léon sentit naître un sourire sur ses lèvres.

Chapitre 23

Avril 2016 – La presse

— Un café, s'il vous plaît.
— Pour moi aussi.

Attablés à une terrasse de café de la place Wilson, Lola et Valéry se retrouvent après quelques semaines classées *mortes* dans leurs recherches. La place est animée du klaxon des voitures qui râlent contre un véhicule bloquant la circulation autour du square. Ils se sont appelés, quelquefois, au téléphone. Juste pour le plaisir de bavarder. Ils se sont raconté les petites choses du quotidien, les plus importantes aussi. Lola lui a exposé combien la vie devenait difficile à la maison. Elle et David ne parviennent plus à communiquer. Il a décrété que puisque chacun faisait ce qu'il voulait dans cette maison, il passerait son permis moto, sujet qui avait été longtemps sinon source de conflit, du moins sujet à débat dans le couple. Lola avait toujours été réticente en raison de la dangerosité de l'engin. Elle avait vu autour d'elle tant d'accidents. David avait compris, jusque-là, la frilosité de son épouse à l'égard de ce projet et l'avait respectée. Puis il avait récemment changé son fusil d'épaule et, sous prétexte que Lola ne lui demandait plus son avis sur rien, il ne voyait pas pourquoi il n'en ferait pas autant. Désir de provocation ou réelle envie de conduire un bolide à deux roues, Lola s'interrogeait encore sur ce revirement soudain quand David lui avait annoncé qu'il s'était d'ores et déjà inscrit à l'école de conduite.

Elle s'en est ouverte à Valéry, qui s'est revu une dizaine d'années en arrière, lorsqu'il avait décidé de s'acheter un bateau. Il s'est bien gardé d'évoquer cet épisode avec Lola car cela ne la rassurerait pas sur l'issue de la crise. Il a juste pu bafouiller des arguments qu'il jugeait bidon et en lesquels il ne croyait pas lui-même, la mauvaise passe, laisser le temps au temps, ça va aller... Rien de bien convaincant. Valéry revêt l'habit inconfortable de l'hypocrite car il sent bien que plus Lola se détache de David, plus elle se rapproche de lui, et plus elle se rapproche de lui, plus il est heureux. Il n'y peut rien, c'est un fait. Il lui en coûte de le reconnaître, mais un léger tressaillement de joie l'irradie quand Lola évoque ses problèmes de couple.

Ils se retrouvent ce jour-là, comme convenu, à Toulouse pour poursuivre leurs recherches. Valéry, qui fait confiance à Lola sur la marche à suivre, pose clairement la question.

— Alors, quel est le programme aujourd'hui ?

— Il faut qu'on aille dans les services d'archives. Je pense qu'aux Archives départementales nous trouverons ce qu'il nous faut, notamment les exemplaires de *La Dépêche* des années 1920. Le problème, c'est que nous allons devoir éplucher des dizaines, que dis-je, des centaines de journaux, car nous ne savons pas exactement quand la presse a relayé l'information sur l'évasion de Léon. On sait juste qu'il s'est évadé en 1926.

— Et qu'il est revenu en... ?

— C'est justement la question, on ne sait pas vraiment... On sait juste qu'il s'est marié avec Marie, ma grand-mère, en 1930.

— Admettons que l'on trouve mention de son évasion dans l'édition de 1926 de *La Dépêche*, on n'aura pas forcément d'infos sur ce qui s'est passé ensuite, pour qu'il puisse rentrer en France la tête haute. Et c'est quand même ce qui nous intéresse...

— C'est vrai. Et rien ne dit que son retour ait été relaté dans la presse. Quoi qu'il en soit, on ne peut pas se permettre de chercher une improbable trace dans les cinq années de parution d'un quotidien. C'est un travail de fourmi... Cela dit, on peut raisonnablement ôter 1930, car il n'a pas épousé ma grand-mère en descendant du train qui le ramenait du bagne. Ils ont dû se rencontrer, se séduire d'abord.

— Mais ça fait quand même quatre ans. C'est énorme...

— Je n'avais pas pensé à ça... Il faudrait trouver ces journaux en version numérique pour chercher avec le nom de Léon en mot-clé, fait Lola. Attends un peu... Tu crois qu'on a pu en parler dans la presse nationale ? Je parle de son évasion... Tu sais, il y a eu des bagnards qui se sont évadés et qui sont devenus célèbres.

— Ils étaient célèbres auparavant, si tu parles de Dieudonné, par exemple. C'est sans doute pour ça que leur évasion a défrayé la chronique. Mais Léon Adam...

Lola poursuit son raisonnement :

— Si la presse nationale en a parlé, il se peut qu'on trouve l'info sur le site de la Bibliothèque nationale de

France. Ils ont numérisé tout un tas de journaux, accessibles en ligne et interrogeables par mots-clés, justement. Les numérisations remontent très loin dans le temps. On n'aura peut-être pas besoin d'aller aux Archives... du moins dans l'immédiat.

— Comment ça ?

— On va regarder sur le site Gallica de la Bibliothèque nationale accessible en ligne si un journal de l'époque a mentionné le nom de Léon Adam.

— Comment tu sais ça, toi ?

— Comment je sais quoi ?

— Que la Bibliothèque nationale a numérisé tous ces journaux ?

— J'ai eu à faire un travail documentaire, au cours d'une formation, et les profs nous avaient branchés sur cette source d'information qui est colossale. Comment n'ai-je pas eu l'idée avant ? J'étais trop cramponnée à la presse régionale peut-être. Cela étant, rien ne dit qu'on va trouver quelque chose, car seule la presse nationale est numérisée ou quasi. Viens chez moi !

— Pardon ?

Valéry ouvre de grands yeux incrédules.

— Il faut qu'on ait un ordinateur pour faire la recherche.

— J'ai une tablette dans ma sacoche, si tu veux. Dans ma voiture. Il faut juste qu'on trouve où s'installer.

— Viens chez moi, je te dis. David est en formation à Bordeaux pour deux jours et les enfants sont à l'école. On sera tranquilles.

— Sérieusement, tu crois que la presse nationale en a parlé ?

Lola sent fondre sa détermination. Puis rebondit :

— Si on ne cherche pas, on ne saura pas ! Vu ce que l'on a trouvé jusqu'ici, je ne m'étonnerai plus de rien !

Ils quittent le café et se rendent au domicile de Lola, dans le Sud toulousain. Valéry se demande si c'est une bonne idée. Il redoute d'être confronté à l'intimité de Lola, ce qui touche à sa vie de tous les jours, son couple, ses enfants. Mais il ne sait comment le lui expliquer.

Comme il s'y attendait, en pénétrant dans la maison, il réalise à quel point il ignore tout d'elle. Tiens, il ne savait même pas qu'elle avait un chat. Celui-ci se prélasse sur le canapé, au milieu des plaids moelleux. Et ce perroquet incroyable ! Elle ne lui en a jamais parlé non plus. À peine Valéry est-il entré dans la cuisine que celui-ci a cherché à attirer son attention, genre « t'es qui toi ? ». Tout dans la maison parle de Lola. Il la reconnaît dans le choix des tableaux suspendus aux murs, des couleurs, des matériaux choisis, des menus détails de la décoration intérieure. Il la reconnaît même dans ce qui est absent : les portraits de famille, par exemple. À l'exception d'une : son père. Seuls les morts ont le privilège de l'exposition. Ses enfants, elle les voit vivre et grandir chaque jour sous ses yeux et dans son cœur. Inutile de les afficher, de les figer dans des photos sur ses murs ou ses meubles. Pas de bibelots, non plus, ou seulement quelques-uns, sûrement triés sur le volet, que Valéry devine rapportés de leurs différents voyages. Sa maison lui ressemble et Valéry en est troublé. Il a même eu l'impression de sentir son parfum en entrant. Ce qui n'aurait rien d'étonnant car elle a dû se parfumer avant de sortir ce matin. Il est partagé entre le bonheur d'être immergé dans la vie de Lola et l'angoisse de devoir en sortir très vite, sitôt qu'ils en auront terminé avec les branches emmêlées de leurs arbres généalogiques.

Lola prépare un café sans remarquer l'analyse muette de Valéry et apporte son ordinateur sur la table de la cuisine. Elle se connecte au site de la BNF.

— Bingo, s'exclame-t-elle, on peut mettre des dates et réduire la recherche à la presse uniquement. Je mets quoi comme dates extrêmes, entre 1926 et 1928 ?

— *Bingoooo*, entendent-ils en écho.

Depuis la cuisine, Ernesto ne perd pas une miette de ce qui se passe dans la pièce d'à côté. Lola et Valéry éclatent de rire.

— Oui pour les dates, confirme Valéry en tenant ses côtes blessées, tant la répartie de l'amazone le fait rire.

Apparaissent alors à l'écran tous les journaux parus entre ces deux années.

— Voilà, il suffit maintenant de renseigner notre mot-clé : « Léon Adam ».

Ce qu'elle fait. Valéry est ébahi par l'apparente facilité de la requête. Des réponses fantaisistes apparaissent, ne conservant que « Léon » ou que « Adam ». Puis, plus bas, une série de journaux mentionnent la totalité du nom recherché.

Valéry et Lola se regardent médusés. Un entrefilet dans un exemplaire du journal *L'Humanité* du 15 octobre 1926 titre :

L'INCOMPRÉHENSIBLE ÉVASION D'UN FORÇAT

Que s'est-il passé pour que leur aïeul ait pu faire l'objet d'un article dans la presse nationale ? Ils ont rapidement la réponse car, juste au-dessous de cet article, un autre journal, *Le Petit Parisien*, daté du 14 octobre 1926, a apparemment traité le même sujet avec un titre plus explicite. Ils l'ouvrent :

EN PLEINE DEMANDE DE GRÂCE,
UN FORÇAT CHOISIT DE S'ÉVADER

Après avoir grossi l'article à l'écran, ils lisent en silence et ce qu'ils découvrent les stupéfie. Ils apprennent non seulement que Léon s'est évadé, évanoui dans la nature, mais aussi que le journaliste Albert Londres s'est fait le porteur de sa demande de grâce auprès de la présidence de la République. Selon le journal, Léon Adam se cache quelque part en attendant la signature du précieux document ou la révision de son procès, qui lui permettront de rentrer au pays dignement. L'article fait état d'un nouveau témoignage, surgi sur le tard et qui disculpe Léon. Le forçat venait de commencer sa période de doublage lorsque cet élément nouveau est apparu. Sachant que le délai d'attente risquait d'être long, il a vraisemblablement préféré prendre la poudre d'escampette et attendre quelque part en liberté que son sort soit acté. Il devait être sûr de son fait pour prendre un tel risque.

Plus loin, le même journal daté de mars 1928 propose un autre article titrant :

LE RETOUR AU PAYS D'UN INNOCENT
OU LA FIN D'UN CAUCHEMAR

Une photo illustre l'article représentant un homme, Léon, sur un quai de gare. Lola reconnaît la gare Matabiau, à Toulouse. Le journaliste a interviewé Léon, qui explique comment il est parvenu à prouver son innocence, et comment Albert Londres a, tout comme pour Eugène Dieudonné quelques mois plus tôt, soutenu sa requête. Il déclare vouer une reconnaissance indéfectible au journaliste sans le soutien duquel l'espoir l'aurait abandonné. Quelques questions sont posées sur son évasion et ce qui s'est passé ensuite.

C'est ainsi que Lola et Valéry prennent connaissance de l'ingénieuse évasion de Léon et de son séjour au Brésil sous un faux nom, et surtout de l'irruption du témoignage décisif.

— C'est pas vrai ! souffle Lola, la voix altérée. Tu te rends compte, c'est carrément dingue ! Et il a connu Albert Londres, rien que ça !

— Albert Londres, c'est ce journaliste qui a fait fermer les bagnes ?

— Disons que sa campagne médiatique sur les conditions de détention a alerté l'opinion et les pouvoirs publics. Il a lancé le mouvement. À la suite de quoi on a commencé à envisager d'arrêter d'envoyer des condamnés là-bas. C'est un vrai héros de roman, notre grand-père !

Valéry reste coi. Tout cela semble tellement surréaliste qu'il ne peut détacher son regard de l'écran. *Notre* grand-père… Lola fusionne déjà dans son esprit les deux familles.

Sentant combien son partenaire est ému, Lola pose sa main sur celle de Valéry. Le regard toujours fixé sur l'écran, ce dernier répond à la caresse en mêlant ses doigts à ceux de Lola. Ils sont côte à côte, leur esprit tourné vers le même point de fuite, l'écran de l'ordinateur, qui leur révèle à leur formidable stupeur ce que le déni a empêché de porter au grand jour. Le contact de leurs bras, la chaleur du corps de l'autre si proche leur apportent à chacun une sensation nouvelle, douce et magnétique à la fois. Ce qu'ils sont en train de réaliser est exaltant et, même si la cartographie des deux familles risque d'en souffrir, ils peuvent d'ores et déjà affirmer que cela aura valu le coup. À tous points de vue.

Ils se taisent quelques instants, les yeux toujours rivés sur l'écran qui affiche l'article du *Petit Parisien* où le mot-clé *Léon Adam* apparaît en surbrillance à maintes reprises. Deux petits mots dissimulés dans les méandres du Web et dont la simple saisie a fait jaillir la vérité.

Chapitre 24

Septembre 1933 – Retrouvailles

Léon était heureux, au volant de la Peugeot de son patron, sur la route qui le menait à Souloumiac. Il l'utilisait parfois lorsqu'il devait se rendre dans les fermes alentour pour la maintenance du matériel. Il adorait ça. M. Marty lui avait fait passer son permis de conduire.

Mais il n'y avait pas que ça qui le rendait heureux. Lorsque son patron lui avait demandé d'aller à Souloumiac, il avait décidé d'en profiter pour former un autre projet : essayer de revoir Marguerite une dernière fois avant son grand départ pour Toulouse. Il ignorait si elle accepterait de le rencontrer, mais il avait deux atouts pour lui. D'une part, les Journées parisiennes de la maroquinerie qui avaient lieu cette fin de semaine et qui attireraient les maroquiniers du Tarn. Le mari de Marguerite devait s'y rendre et elle serait seule chez elle avec ses enfants. Son second atout résidait en l'amie de Marguerite : Rachel. Madeleine, sa mère, lui avait parlé de sa rencontre avec les deux jeunes femmes. Elle la lui avait décrite à l'époque comme une personne posée, perspicace et surtout très liée à Marguerite. Il s'était arrangé pour faire un aller-retour éclair à Souloumiac en train, quelques jours auparavant, pour aller la voir et lui demander de convaincre Marguerite d'accepter un rendez-vous avec lui. Il avait eu de la chance, Rachel était en train de travailler chez elle. Cette jeune femme avait beaucoup de talent. Des dessins, des croquis figuraient un peu partout, sur la table, les chaises, les murs et même par terre. Dans un premier temps, elle avait été très surprise de la requête de Léon, embarrassée, même, à l'égard de son amie, puis elle avait fini par accepter. Ils convinrent qu'elle proposerait à Marguerite d'aller se promener en fin d'après-midi le vendredi, après le travail. Les journées étaient encore longues et c'était le meilleur moment pour une balade. Elles iraient dans un coin tranquille qu'elles connaissaient bien toutes les deux. Léon les y rejoindrait. Rachel ignorait encore si elle préviendrait Marguerite de la vraie raison de cette promenade.

— Je ne sais pas si je dois lui dire que vous serez là. Je crains qu'elle ne refuse de m'accompagner. Mais je n'ai pas envie de la trahir non plus…

— Je comprends.

— Que cherchez-vous, au juste, Léon ? Je connais bien votre histoire à tous les deux. Marguerite m'a tout raconté. Nous avons partagé cet appartement pendant presque deux ans juste avant son mariage. Elle a été très malheureuse, vous savez. Je ne voudrais pas qu'elle sombre à nouveau dans le désespoir.

— Je veux juste parler calmement avec elle. La dernière fois que j'ai cherché à la voir, elle m'a rejeté. Je n'ai rien pu faire pour la retenir et tenter de lui expliquer… Il faut dire que je venais de rentrer du bagne et, dans ma hâte de la retrouver, j'ai été maladroit. J'ai besoin de la revoir. Un besoin d'une force que vous n'imaginez pas.

Il marqua une pause.

— Je vais devoir aller vivre à Toulouse et il faut que je la revoie une dernière fois avant d'aller m'installer là-bas.

Mis en confiance, il lui avait parlé de ses problèmes relationnels à Camalens, de sa volonté de protéger sa famille, de son besoin de s'éloigner.

— Autre chose, Rachel, son mari se rend-il aux Journées parisiennes de la maroquinerie ?

— Oui, il part trois jours, du vendredi au lundi. C'est justement pour cela que je vous aide, sinon, je n'aurais pas fait prendre ce risque à Margot. J'y pense : vous n'avez pas choisi cette date par hasard, n'est-ce pas ?

— Disons que mon patron m'a demandé de prévoir une tournée des clients à Souloumiac et, comme je savais qu'il y avait ce salon professionnel à Paris, je me suis dit que c'était le bon moment…

Il sourit en baissant les yeux. Puis Rachel enchaîna :

— Pour Margot, ne vous en faites pas, je verrai si c'est opportun de lui dire avant ou pas. J'essaierai de l'amener sur le chemin de la confidence pour qu'elle me dise où elle en est par rapport à vous, je veux dire, à ses sentiments pour vous.

— Je vous fais confiance, Rachel. Et surtout, je vous remercie. Vous ne pouvez pas savoir à quel point l'idée de revoir Margot me rend heureux. Je crois que je ne suis pas encore guéri d'elle…

— Ne me remerciez pas. Et ne vous faites pas trop d'illusions quand même. Margot est maintenant une femme mariée et – je déteste ce mot mais il ne m'en vient pas d'autre à l'esprit – très *rangée*. J'espère qu'elle sera dans de bonnes dispositions et que tout se passera bien. Tiens, je prendrai mon appareil photographique ce jour-là. On fera des clichés. Elle adore ça !

*

Le vendredi suivant, Rachel et Margot se dirigeaient vers le petit coin de verdure qu'elles affectionnaient. Il s'agissait d'un pré, bordé d'un côté par un petit bras de rivière d'où émanait une délicieuse fraîcheur, et de l'autre par un petit bois. Quelques arbres abritaient les berges du ruisseau, de sorte que, suivant l'heure de la journée, le promeneur avait le choix entre le soleil du pré ou l'ombre de la rivière. Chemin faisant, Rachel avait réfléchi à la manière d'annoncer à Margot la surprise qui l'attendait. Elle était préoccupée et Marguerite le sentit.

— Qu'as-tu, Rachel ? Je te sens nerveuse.

Elles poursuivaient leur marche en silence, puis Rachel décida de jouer franc-jeu.

— Tu as raison, je suis nerveuse.

Elle fit une pause puis ajouta :

— Quelqu'un nous attend au pré.

— Quelqu'un ? Que veux-tu dire ? Qui nous attend ?

— Je devrais plutôt dire : quelqu'un *t'attend* au pré.

— Je ne comprends pas, Rachel. Un rendez-vous ? Mais avec qui ? Organisé par toi ?

— Écoute, je ne t'en dis pas plus. Jure-moi juste que tu m'aimeras quand même.

— Enfin, Rachel, tu es ma meilleure amie ! De quoi doutes-tu ? Mais tu me fais peur, Rachel... Qu'as-tu donc inventé qui puisse risquer de nous brouiller ?

Tout en parlant, elles arrivaient au point de rencontre. Léon était assis au bord de la rivière, sur une souche que les jeunes femmes elles-mêmes utilisaient souvent pour ne pas s'asseoir à même le sol humide. Il fumait une cigarette. Il entendit leurs voix, se leva, mais continua à regarder la rivière. Son cœur cognait dans sa poitrine trop exiguë pour le tumulte qui s'y jouait. Les deux jeunes femmes s'arrêtèrent lorsqu'elles virent Léon de dos. Marguerite le reconnut immédiatement. Ses cheveux bruns, son corps musclé et son maintien fier malgré sa petite taille. Elle porta une main à sa bouche, ouverte par la violence du choc. Lorsque Rachel fut sûre que son amie ne s'enfuirait pas, elle prétexta des photos à prendre de l'autre côté du pré et s'éloigna. Léon se retourna lentement. La tête d'abord, puis le corps entier. Il se trouva face à Marguerite à seulement cinq mètres d'elle. Cette fois-ci, il parvint à entrer en contact avec elle par le regard. Quelques secondes, ou minutes, ils n'auraient su le dire, ils restèrent ainsi, immobiles, à se regarder, peinant à croire ce qu'ils voyaient. Puis ils s'avancèrent l'un vers l'autre, avec le sourire fataliste de ceux qui savaient que cela finirait par arriver. Cinq ans étaient passés depuis leur dernière entrevue. Margot vint se blottir dans ses bras. C'était comme si son expérience du mariage et de la maternité lui avait fait oublier les convenances et perdre son ancienne pudeur de jeune épouse. Très naturellement, ils se retrouvèrent.

— Ma petite fleur, murmura-t-il à son oreille comme pour s'assurer qu'il ne rêvait pas.

Leurs bouches ne tardèrent pas à se reconnaître et le temps suspendit sa fuite. Une dizaine de minutes plus tard, Rachel revint. Elle sourit de les voir enlacés, profitant de l'instant présent. Un clin d'œil complice de Léon acheva de la rassurer.

— Venez, dit-elle, nous allons faire des clichés tant que la lumière est encore bien présente.

Ils la suivirent, main dans la main, et écoutèrent ses consignes. Elle réalisa quelques prises de vue, debout, assis, puis sortit sa boîte à dessin.

— Vous voulez bien que je vous croque rapidement ? Vous êtes si beaux, tous les deux. Et vous verriez vos têtes ! On dirait deux enfants qui viennent de voir le père Noël !

Ils rirent un peu fort et s'installèrent confortablement dans l'herbe, l'un contre l'autre. Rachel prépara son matériel tandis que Léon et Marguerite continuaient d'échanger des gestes tendres. Puis elle leur ordonna de ne plus bouger. Ils figèrent leur pose dans une attitude sans équivoque. Ces deux-là étaient encore amoureux. Le bonheur s'était invité dans le pré. Margot arrangea sa jupe en plis harmonieux. Léon se passa la main dans les cheveux pour relever une mèche rebelle qui retomba aussitôt. Tant pis. C'est ce qui ferait le charme de l'instantané. Il lissa tout de même sa moustache.

Puis, la séance de dessin terminée, ils firent une dernière promenade ensemble, se repassant en accéléré les années vécues loin de l'autre. Tous trois retournèrent au village. Avant d'arriver à la maison, Léon demanda à Marguerite s'ils pouvaient se revoir le lendemain. Ses visites étaient surtout programmées en matinée et en fin d'après-midi. Il avait donc un peu de temps libre. Marguerite hésita et lui proposa de venir chez elle à l'heure de la sieste des enfants. La porte de l'arrière-cour donnait sur une ruelle moins passante de l'autre côté de la maison. Il n'aurait qu'à passer par là pour éviter les regards indiscrets.

★

Un grattement se fit entendre à la porte de l'arrière-cour. Margot alla ouvrir à son visiteur sur la pointe des pieds pour ne pas réveiller Léonie et Jean qui dormaient à l'étage. La journée était très chaude et ils avaient eu du mal à s'endormir à cause de la chaleur. Elle prit subitement conscience de ce qu'elle était en train de faire. Elle allait braver l'interdit en accueillant son amant chez elle, au domicile conjugal. Elle ne savait pas encore ce qui allait se passer, mais son intime conviction lui chuchotait qu'aujourd'hui elle ne pourrait pas résister aux gestes tendres de Léon. Lorsqu'elle l'avait reconnu, la veille, au bord de la rivière, son cœur avait fait un tel bond dans sa poitrine qu'elle avait compris sur l'instant qu'il ne servirait à rien de résister. Depuis qu'elle l'avait revu, à son retour d'exil, cinq ans auparavant, elle n'avait eu de cesse de le chasser de son esprit. Ou tout au moins d'essayer. Car c'était sans espoir... Comment avait-elle pu imaginer, durant toutes ces années, que ses sentiments s'étaient évanouis ? Pourquoi ne l'avait-elle pas attendu ? Elle se souvint avec amertume de la pénible entrevue, avec Madeleine Adam, dans son appartement. Comment avait-elle pu se mentir à elle-même de la sorte ? Alors oui. Aujourd'hui, elle allait jeter l'éponge, offrir une trêve à son combat intérieur, et laisser libre cours à son désir, même si elle savait que cela ne viendrait pas l'amoindrir, mais au contraire l'enfoncerait un peu plus dans sa passion et ses regrets. Parfois, elle se demandait si elle n'aurait pas dû écouter Léon et quitter Raoul en 1928, lorsque leur union n'était qu'un embryon de mariage. Mais la raison la ramenait toujours à ce qui constituait sa vie : son mari, ses enfants, son travail. Si elle laissait le premier, elle devait abandonner tout le reste. Y compris le village où une divorcée serait persona non grata. Et alors ? La belle affaire ! Jusque-là, elle n'avait pas osé prendre ce risque. Devrait-elle ? Léon lui avait dit que son projet était d'aller vivre à Toulouse. Pourquoi ne pas le suivre et unir leurs destinées ? Rester, partir. Partir, rester... Depuis la veille, plus encore, la question l'obsédait. Mais, comme chaque fois qu'elle s'imaginait faisant ses malles pour rejoindre son amour, la raison et la prudence lui dictaient de rester auprès de ses enfants.

Elle allait ouvrir la porte à Léon et elle savait que, lorsqu'il partirait, ce serait pire encore. Elle n'aurait rien réglé, tout resterait en l'état. Mais elle aurait donné à son corps ce qu'il réclamait, une toute dernière fois, et garderait en mémoire le souvenir de cette bulle de félicité. Et elle aurait le reste de ses jours pour regretter de ne pas avoir sauté le pas, et être parti avec lui. Elle n'en éprouverait même pas de culpabilité tant ses émotions, ses sensations seraient tournées vers ce qu'elle n'avait *pas* fait.

Lorsque la porte s'ouvrit sur Léon, Marguerite lui attrapa la main et le fit entrer rapidement. Elle lui fit signe de ne pas faire de bruit en lui désignant l'étage de son index. Ils marchèrent en silence jusqu'à la chambre située au fond du couloir.

Ils pénétrèrent dans la pièce où, malgré la chaleur extérieure, un peu de fraîcheur était maintenue par les volets rabattus. Margot poussa la porte derrière eux et Léon ne lui laissa pas le temps de la fermer. Il l'avait déjà entourée de ses bras et commençait à la couvrir de baisers. L'ivresse s'empara d'eux. Dans leur folle étreinte,

Léon constata non sans plaisir que Marguerite avait pris soin de se débarrasser de ses sous-vêtements, avant même qu'il n'arrive. Il sourit de cette initiative et n'eut qu'à ôter la légère robe de cotonnade pour découvrir dans la pénombre la silhouette entièrement nue de la jeune femme. Leurs vêtements volèrent dans la pièce. Fous de désir, ils basculèrent sur le lit.

Tout en se livrant corps et âme à Léon, Margot ne pouvait s'empêcher de se crier à elle-même : « Réalise ce qui t'arrive, ma fille, car c'est à ces instants inoubliables que tu te raccrocheras, désormais. » Elle le voulait tout entier. En elle. Tout en désirant, à l'inverse, se fondre en lui. Prendre l'empreinte de son corps, mémoriser son parfum, la douceur de ses mains sur elle. Jamais elle ne s'était abandonnée avec autant de volupté et si peu d'inhibition. Une sorte de magie avait aboli le temps, le lieu, leur vie à chacun. Seuls subsistaient la danse de leurs corps et le réveil des sensations. Toute à son bras de fer amoureux, elle perçut à peine un grincement du côté de la porte. Cela l'alerta et elle tendit l'oreille, les yeux rivés vers l'entrée. Se pouvait-il que les enfants soient réveillés ? Comme nul autre bruit ne lui parvint, elle conclut à un courant d'air et son attention revint vers les caresses de Léon. Plusieurs fois, il lui murmura de partir avec lui. De poursuivre leur vie ensemble. Ce à quoi elle répondait en resserrant son étreinte et en laissant couler ses larmes.

Lorsque, épuisés, haletants, ils s'écartèrent enfin, Margot revint rapidement à la réalité. Cette fois-ci, sa fille allait bientôt descendre et elle ne devait pas voir Léon. La fillette l'avait croisé la veille, au retour de leur balade. Léonie était sortie en courant à leur rencontre. Marguerite n'avait eu d'autre choix que de présenter Léon comme un *vieil ami*, ce qui n'était pas tout à fait faux, se rassurait-elle, tout en espérant que sa fille n'en parlerait pas à son papa. Léon devait quitter la maison.

Ainsi que Margot s'y attendait, leur étreinte sonnait comme un chant du cygne. Ils se quittèrent simplement, sur un dernier baiser, la mort dans l'âme, avec le secret espoir qu'un jour peut-être…

Chapitre 25

Fin avril 2016 – L'adieu

La musique résonne dans toute la maison. Lorsque l'heure est au ménage, Lola aime mettre de la musique fort. Au grand dam du reste de la famille qui ne comprend pas ce besoin de se saturer l'audition dans le seul but de passer la serpillière. Aujourd'hui, elle a opté pour la *Septième Symphonie* dont le deuxième mouvement *allegretto* la bouleverse. Un besoin d'évacuer le trop-plein d'émotions, sans doute. Et puis elle ne gênera pas grand monde puisque la maison s'est transformée en moulin ces temps-ci, chacun fuyant l'ambiance viciée qui y règne. Les enfants ont voulu aller chez leurs grands-parents paternels pour le week-end et son mari a prétexté une journée bricolage chez des amis qui sollicitent de bonnes âmes pour les aider à restaurer leur vieille ferme. David a sans hésiter répondu présent, échappant ainsi à la compagnie de sa femme. Allez ouste, tout le monde dehors ! Lola se retrouve seule, enchantée de cette solitude préférable à une cohabitation forcée. Seuls les enfants la préoccupent. Elle aurait préféré que les choses n'évoluent pas de cette façon car à l'évidence ils en souffrent, mais elle ne sait comment faire pour soulager leur quotidien, le rendre moins pesant. Elle leur a promis de leur révéler ce qu'elle était en train de découvrir dès que tout serait bien ficelé pour ne pas que les hypothèses se succèdent, voire s'enchevêtrent et brouillent les pistes. L'histoire de la famille était bien assez compliquée comme cela. Elle leur livrera une version claire et définitive.

Au début des recherches de Lola, ils ont approuvé leur mère dans son entreprise, mais l'aînée, Inès, qui est en pleine adolescence, a vite senti que le couple de ses parents en pâtissait et s'est rangée du côté de son père pour juger l'engagement de Lola abusif. Petit à petit, deux clans se sont formés et Inès, considérant sa mère comme responsable du délitement de l'ambiance familiale, a adopté à son égard une attitude insolente. Plusieurs fois, Lola a dû manifester son exaspération et l'a mise en garde quant au ton qu'elle adoptait pour communiquer avec elle, qui, devait-elle le rappeler, n'était pas une copine mais sa mère, laquelle entendait recevoir tout le respect inhérent à ce statut. Elle a, à plusieurs reprises, tenté d'ouvrir le dialogue. Mais Inès refuse la discussion et voue à sa mère un mépris blessant. Pourtant, *qui a patience a paradis*, et Lola, s'appuyant sur la sagesse populaire, se fait une raison.

En s'affairant de la sorte dans sa maison, Lola a l'impression de prendre du recul sur sa vie, de poser les choses. Sa réflexion est stimulée par le rythme de ses activités. C'est comme si elle rangeait dans sa tête, séparait l'important du futile, l'urgent du moins pressant. Elle classe ce qui est résolu, tout en prenant soin de rester en éveil sur le reste.

Ses pensées l'emmènent vers son père. Un fait récent lui a fait réaliser, une fois encore, combien il lui manque. Elle se trouvait dans un magasin, avec Inès. Elles regardaient des articles quand elle a entendu derrière elle une voix appeler « Papa ! ». Elle s'est retournée et a vu une femme d'à peu près son âge qui appelait son père à l'autre bout du magasin. Sa gorge s'est serrée en se disant que jamais plus elle n'aurait à prononcer ce mot de cette façon. Jamais plus elle n'interpellerait son père, que ce soit pour des choses anodines : « Papa, tu veux un café ? », ou plus sérieuses : « Papa, tu as entendu les récentes déclarations du gouvernement sur l'accueil des migrants ? » Tout à coup, elle a eu envie de crier ce mot tout simple, mais symboliquement fort et chargé d'affect. Deux syllabes. La même. Un des premiers mots qu'un enfant apprend. Heureusement, sa fille, toute à sa virée shopping avec sa mère, l'a ramenée dans l'instant présent. Ce serait ainsi, désormais. Régulièrement, Lola prend conscience de ce qui ne *sera* plus. Elle suppose que c'est ce qu'on appelle *faire son deuil.*

Toute à ses divagations mentales, elle entreprend de mettre un peu d'ordre dans le bureau. Depuis la nuit où elle a trouvé les photos, elle a décidé de s'y installer pour dormir. Le lit conjugal n'est plus assez accueillant pour qu'elle ait envie de le rejoindre. On verra une fois la crise passée s'il sera possible de le partager de nouveau. D'abord choqué par l'aspect symbolique de la décision de faire chambre à part, David n'a finalement pas contesté l'évidence. Nul besoin d'ajouter au pourrissement de la situation une hypocrisie qui minerait tout le monde et ne tromperait personne, pas même les enfants. Pour y voir plus clair dans la pièce, Lola replie le canapé-lit. Elle ramasse l'oreiller et plie la couverture dont elle se sert la nuit. Une fois le tapis bien dégagé, elle remarque, cachée aux trois quarts sous le canapé, ce qui semble être une petite enveloppe grise. Elle se penche pour la ramasser. C'est une lettre. Elle est adressée à Marie, sa grand-mère. Que fait-elle là ? Lola réfléchit et se dit qu'elle a dû tomber lorsqu'elle a exhumé les photos de leur cachette dans le double fond du coffret quinze jours plus tôt. Elle ne voit pas d'autre explication. Le cachet est daté du 14 novembre 1952. Elle se souvient que Léon est mort cette année-là. Son cœur s'emballe. La main tremblante, elle sort la lettre et la lit :

Toulouse, le vendredi 14 novembre 1952

Ma chère Marie,

Quand tu recevras cette lettre, je ne serai plus de ce monde. Trop de blessures en moi ne cicatriseront jamais et la souffrance devient chaque jour plus difficile à supporter. La plus grande d'entre elles vous concerne, toi et les enfants. Je n'ai pas su vivre à vos côtés, pour vous protéger de ma réputation, ou par manque de courage sans doute, ou peut-être égoïstement pour vivre mon rêve… Je ne sais plus. Mon esprit embrouillé ne parvient même plus à faire la part des choses. Je n'ai pas voulu que mes enfants apprennent qui j'étais, et je crois que j'en suis le plus puni. Je me suis effacé de leur existence petit à petit et je le regrette infiniment, à un point que tu ne saurais imaginer. J'ai certes fait en sorte qu'ils ne manquent de rien, mais qu'est-ce que le confort matériel quand on passe à côté de quelque chose d'aussi essentiel que l'amour d'un père et celui de ses fils en retour… Je l'ai compris trop tard. Trop tard pour revenir en arrière, trop tard pour rattraper le temps perdu. C'est toi qui avais raison, ma chère Marie. Rien ne valait la vérité, si dure, si compliquée fût-elle... Aujourd'hui, je suis un homme brisé. Je pleure sur ma vie ratée. Même si j'ai accompli mon rêve en apprenant à piloter, je ne peux plus vivre en sachant que mes deux fils que j'aime tant ignorent tout de moi, par ma faute. Tu as tenu ta promesse de ne rien leur dire et je t'en sais gré, même si j'en ai payé les dures conséquences. Je considère cela comme une grande preuve d'amour dont je ne me sens pas digne. Ma mort te libère de ton serment. Pour ce qui est de dire la vérité aux enfants, fais selon ton souhait. J'aimerais tant qu'ils sachent que je suis mort en pensant à eux très fort... Mais tu n'es obligée de rien. Quant à toi, je te demande infiniment pardon pour le mal que je t'ai fait et continue de te faire en décidant de mettre fin à cette mascarade. J'ai pris mes dispositions pour que tu entres en possession de mes quelques biens et de mes économies. Mon notaire te contactera bientôt pour t'en faire part. Tu as été une mère et une épouse parfaites. C'est moi qui n'ai pas été à la hauteur et je n'aurai pas assez de ma mort pour le regretter... Tu méritais tellement mieux...

Ton mari qui t'aime, Léon

Lola se laisse tomber sur le canapé. Une nouvelle fois, une déferlante s'abat sur elle. La vérité nue, simple, est là, entre ses mains, tracée de la plume du principal intéressé, vingt-cinq ans après la lettre qui a constitué le point de départ de cette quête. Il lui faut quelques instants pour prendre la mesure de ce qu'elle vient d'apprendre et ce que cela a pu signifier à l'époque pour Marie et sa vie avec les enfants. C'était donc ça... De toutes les hypothèses émises, personne n'avait imaginé cela. Même le suicide de Léon était passé sous silence...

Sans trop savoir pourquoi, Lola n'a pas envie d'en parler, dans l'immédiat, à Valéry. Son contenu touche davantage sa propre famille que la sienne, car Léon y mentionne l'amour qu'il portait à ses fils et fait son mea culpa auprès de Marie sur son rôle d'époux et de père. Elle a conscience qu'elle devrait quand même partager la nouvelle avec Valéry. Mais elle veut garder son grand-père pour elle seule un moment. Mentalement, elle engage la conversation avec lui : *tu vois, grand-père, je sais maintenant pourquoi tes enfants t'ont peu connu, et je sais aussi que tu en étais tellement malheureux que tu as décidé d'en finir avec la vie. Je suis la seule de la famille à savoir ça. Je le dirai, bien sûr, à ton fils, tes petits-enfants, tes arrière-petits-enfants. Je ne suis pas tenue par le serment de Mamie, moi. Mais je dois trouver la bonne manière. Surtout avec ton fils Bernard, celui qui reste. C'est dommage, Jean-Pierre n'aura pas su combien tu l'aimais… Je suis sûr que sa vie en aurait été différente car c'était quelqu'un de très sensible. Peut-être t'a-t-il retrouvé, là où tu es ? Je ne te reproche rien. Tu as fait ce qui t'a semblé bon pour eux, en ton âme et conscience. Mais vois-tu, je crois que tu as raison dans ta lettre. Tout le monde l'a payé très cher, ce secret. Marie, ton épouse, ma mamie, ne t'a jamais trahi, même après ta mort. Nul n'a su ce qui t'était arrivé. Elle craignait sûrement la réaction des garçons et surtout que ça leur fasse beaucoup de mal. Puisqu'ils avaient grandi comme ça, après tout, pourquoi ne pas garder le silence… C'était plus simple de rester fidèle à la promesse qu'elle t'avait faite. Il faut que je te dise, aussi, on a découvert que tu avais été très amoureux de Marguerite. Sans doute es-tu mort avec son image à l'esprit… J'ai fait la connaissance de son petit-fils, Valéry. On s'apprécie beaucoup tous les deux. Et on parle beaucoup de toi et de Marguerite. Il faut que l'on vérifie, mais nous soupçonnons qu'elle a eu un enfant de toi. Le savais-tu ?*

Apaisée par son monologue intérieur, Lola se lève. Elle considère que la séance de nettoyage a assez duré et décide de prendre un peu de temps pour elle. Elle se rend dans la salle de bains avec l'idée de prendre un bain et de se détendre dans l'eau chaude. Un bavardage mental commence à la harceler. *Tu devrais appeler Valéry, tout de même...* Mais elle s'efforce de chasser les idées qui la ramènent sans répit vers Léon et Valéry. Elle doit faire le vide, un peu, relâcher la pression, éviter l'obsession. Elle s'y trouve déjà bien assez. Tandis que la baignoire se remplit, elle se déshabille. Elle s'observe dans le miroir. Le temps commence à laisser sa marque. Son corps autrefois lisse et ferme n'est plus tout à fait le même et son visage pourtant encore juvénile présente les premiers signes de la maturité. Lola trouve que ça lui va plutôt bien. Les traits deviennent plus fins, plus expressifs, notamment ses yeux qui semblent rire encore plus qu'avant, grâce aux petites marques imprimées de part et d'autre. Et puis, accueillir les prémices du vieillissement avec bienveillance lui permet d'en accepter l'implacable processus.

Son bain est prêt. Elle se glisse dedans avec volupté.

L'image de Valéry s'impose à son esprit. Cette pensée lui est douce. Elle sent bien qu'il se passe quelque chose entre eux deux, mais elle ne parvient pas à en identifier la nature. Valéry lui manifeste une tendresse que David ne lui prodigue plus depuis longtemps, ce qu'elle savoure, elle qui en a tant besoin en ce moment. Elle refuse pourtant de jouer le jeu de la séduction, car ils ont maintenant la quasi-certitude d'être demi-cousins. Ils se connaissent depuis tellement peu de temps que Lola n'a pas encore intégré cette information, ni ses conséquences. Valéry a eu presque l'air contrarié quand ils s'en sont rendu compte. Qu'est-il permis de faire ou de ne pas faire lorsqu'on partage un aïeul ? Le Code civil autorise le mariage entre cousins, on ne peut donc qualifier la relation d'incestueuse. La littérature regorge d'histoires d'amour entre cousins… Dans quoi ses pensées l'embarquent-elles ? Elle est encore très mariée, même si son mariage bat de l'aile. Mais la seule évocation d'une histoire entre elle et Valéry la trouble. Elle se demande ce qu'il en pense de son côté, s'ils auront l'occasion d'en parler ensemble… Pour l'instant, rien ne presse. Ils vont terminer leurs investigations. Ensuite, il sera bien temps de décider. Tout dépendra aussi de sa relation avec David. Saura-t-elle l'aimer à nouveau ? Elle se reproche de replonger dans le fatras de ses pensées négatives.

Le contenu de la lettre lui revient à l'esprit. Tout en jetant la lumière sur une partie de la vie de Léon, il ouvre une autre zone d'ombre concernant sa mort. Comment Léon s'est-il donné la mort ? Elle pense à son oncle Bernard et imagine sa réaction à la lecture de cette lettre. Et s'il savait déjà ? S'il avait été au courant depuis le début, mais qu'il n'ait rien dit en espérant que la vérité ne surgirait pas ? Mais à quelles fins, au juste ? Maintes hypothèses naissent dans le cerveau de Lola pour s'éteindre aussitôt faute d'arguments recevables.

Chapitre 26

Début mai 1940 – Le quai

La soupe fumait dans les assiettes. Marie distribua un bout de pain à chacun.

— Profitons-en car quelque chose me dit que nous allons bientôt manquer de tout, annonça-t-elle. La soupe n'est déjà plus la même que celle d'avant-guerre…

— Elle est quand même bien meilleure que celle qu'on nous sert là-bas, répondit Léon. Vous avez bien fait d'agrandir le potager. C'est encore le moyen le plus sûr de se nourrir.

— Oui, mais pour les œufs, le lait et la viande, ça devient difficile. Même pour le pain. Les fermes qui ne produisent déjà pas beaucoup à cause du manque d'hommes sentent la pénurie venir et rationnent ce qu'elles vendent. Pareil pour les commerçants. Je me demande d'ailleurs s'il n'y en a pas qui profitent de la situation.

— De toute façon, quand il y a de la misère d'un côté, il y a toujours des gens pour en profiter de l'autre. C'était déjà le souci pendant la Grande Guerre. Il y en a qui ont bien compris comment faire de l'argent !

— Les enfants risquent de manquer de viande. Heureusement que Victoire nous piège quelques gibiers de temps en temps.

Léon se tourna vers sa belle-sœur.

— Ça, je te fais confiance ! Je n'aimerais pas être un garenne par les temps qui courent !

— Je me demande comment font ceux qui habitent les villes comme Toulouse, ou Albi…, reprit Marie. Nous encore, à la campagne, on peut se débrouiller avec un petit jardin ou un réseau de connaissances. Mais quand tu vis entre le béton et le macadam, et que tu ne connais personne…

La famille était de nouveau réunie à l'occasion d'une permission de Léon. Les deux garçons de Marie et de Léon avaient hérité des cheveux bruns de leur père, mais seul Jean-Pierre lui avait emprunté son incroyable regard bleu. Léon voulut recouper du pain. Il ouvrit le vieux laguiole qu'il tenait de son père. Voyant son fils bouder son assiette, il suspendit son geste.

— Ben alors, Jean-Pierre, tu ne manges pas ?

— J'ai pas faim.

Puis il s'adressa à Marie :

— C'est normal qu'il n'ait pas faim ?

— Je crois qu'il couve quelque chose…

— Tiens, un futur client ? plaisanta Victoire. Qu'as-tu mon Jeannot ?

— Mal au ventre… et aussi à la tête, geignit l'enfant.

— Je vais m'occuper de toi, mon chéri.

— Tu ne veux vraiment pas manger même un tout petit peu ? C'est important quand on est malade, de manger, insista sa mère.

Devant le refus catégorique de l'enfant et sa mine blafarde, personne n'osa insister. Léon se leva pour porter Jean-Pierre jusqu'à la chambre. Il lui posa un baiser sur la tête.

— Il a le front chaud.

— Ne t'inquiète pas, demain ton gamin sera debout, assura Victoire, qui partit dans son atelier-laboratoire chercher le remède *ad hoc*.

Marie, Léon et Bernard restèrent à table. Léon était rentré la veille en permission et devait repartir le lendemain. Cette bouffée d'oxygène dans sa vie de soldat de l'armée de l'air lui faisait un bien fou. Il regrettait qu'elle soit de si courte durée. Parfois, il se demandait s'il n'était pas préférable de ne pas revenir du tout plutôt que de renouer avec les plaisirs liés à la famille, être chez soi, pouvoir se laver, dormir, se nourrir correctement et quitter tout cela quarante-huit heures après pour rejoindre l'ambiance mortifère de la guerre et l'inconfort de la vie de soldat.

Depuis sa mobilisation, il n'avait eu que trois permissions et chaque fois il lui en avait coûté de retourner là-bas. Il y trouvait une certaine similitude avec le bagne : l'inconfort, la violence, l'absence de liberté, la mort… Grâce à son expérience dans l'aviation, il avait été incorporé aux effectifs de l'armée de l'air. Affecté au début de la guerre à la maintenance des avions, il participait depuis peu à des opérations au sein de la défense aérienne du territoire, à bord d'avions de chasse. Ces missions visaient à empêcher l'aviation ennemie d'attaquer les métropoles urbaines et industrielles françaises. Il en concevait une sorte de fierté et déplorait le mauvais procès dont était victime l'armée de l'air, jugée inefficace par sa consœur terrestre. La vérité, c'était que l'armée de l'air avait commencé le conflit avec un matériel insuffisant, hétérogène et parfois obsolète, et un personnel peu instruit de ces nouvelles technologies. Un renouvellement avait bien été entrepris, mais les quelques mois qui s'étaient écoulés entre-temps avaient été déterminants. Il n'en demeurait pas moins que l'aviation faisait ce qu'elle pouvait, avec les moyens dont elle disposait, et que la Luftwaffe, quant à elle bien équipée en quantité et en qualité, se posait en ennemie implacable et occupait le ciel de France. L'aviation allemande avait le cynique avantage de s'être fait les dents lors de son engagement dans la guerre civile espagnole et de signer là-bas de sanglants succès, notamment à Guernica. Il en résultait un goût amer dans la bouche. La France peinait au combat et on s'acheminait vers une défaite. Mais cette dernière incombait-elle à la seule aviation mal préparée ? Le raccourci était un peu facile et injuste, selon Léon. C'était le premier conflit dans lequel les technologies de l'aviation étaient mises en œuvre et les états-majors semblaient ne pas savoir comment les mettre à profit, faute d'expérience. En outre, l'aviation avait eu à déplorer de nombreuses pertes, matérielles et humaines. Néanmoins, Léon se sentait à sa place dans son corps d'armée et entendait mettre ses compétences au service de la nation et ainsi rendre opérationnels les aéronefs de combat récemment réceptionnés, en assurer un usage optimal pour enfin en découdre avec les Allemands.

Dans cette ambiance générale, le moral des troupes n'était pas au beau fixe. Forte de ses succès, l'Allemagne n'allait pas en rester là, et les semaines à venir risquaient d'être décisives. L'Angleterre, elle aussi, se trouvait en mauvaise posture. On n'allait donc pas vers le meilleur, ni pour les combattants ni pour la population qui commençait à se répandre sur les routes de France en direction du sud. Marie avait raison, les pénuries allaient bientôt se faire sentir de manière cruelle. Léon s'inquiétait pour sa famille.

Tandis que Victoire s'occupait de Jean-Pierre, Marie, Léon et Bernard avaient terminé leur repas. Marie sortit deux petits verres pour servir de l'eau-de-vie de prune.

— Ton train est à quelle heure demain ? demanda Marie.

— À 18 h 47.

— Je vais finir de laver tes affaires pour qu'elles sèchent dans la nuit.

Après avoir fini son verre, elle se leva et, quand elle passa devant la chaise de Léon, celui-ci l'attrapa par la taille et la serra contre lui.

— Merci, ma petite femme ! Ma chère Marie !

Il enfouit sa tête contre le ventre de Marie qui lui caressa les cheveux. Ils nourrissaient l'un pour l'autre des sentiments étranges. Depuis qu'ils ne partageaient plus la vie quotidienne, l'amour semblait s'étioler comme une plante qu'on arroserait de loin en loin, laissant place à une indéfectible tendresse. À chacun de ses retours, ils se retrouvaient dans le lit conjugal pour faire l'amour avec un désir décuplé par l'abstinence, mais avec chaque fois l'impression de s'être éloignés un peu plus.

Quant à Bernard, âgé de huit ans, il était très impressionné par ce père si souvent absent et depuis presque un an combattant dans l'aviation française. Quand Léon était à la maison, il jouait avec lui et son petit frère autant qu'il le pouvait. Comme pour compenser le temps perdu à ne pas être ensemble. L'année d'avant, ils avaient même construit une cabane au fond du jardin. Mais Marie avait dû la détruire lorsqu'elle avait agrandi le potager. C'est le cœur gros que Bernard avait vu le fruit de son travail avec son père anéanti. Les planches avaient fini dans la cheminée. Léon lui avait promis qu'ils en reconstruiraient une nouvelle. Il témoignait beaucoup d'affection aux garçons. Il les prenait sur ses genoux, les embrassait, les consolait lorsqu'ils pleuraient. Peu de pères exprimaient autant de tendresse à l'égard de leurs enfants. Les câlins, c'était plutôt l'affaire des mères, pas des pères. Bernard ne voyait pas souvent son papa, mais quand il était là, il était vraiment là. Chaque fois, l'enfant regrettait qu'il reste si peu de temps. Quand Léon était à Camalens, il l'emmenait chercher des champignons derrière une ancienne mégisserie qui tombait en ruine, près de la rivière. Après la cueillette, ils allaient s'installer sur les escaliers du bâtiment pour y prendre le goûter qu'ils avaient emporté. Il sentait que son père aimait bien s'installer là. Il sombrait dans ses pensées et ne parlait plus. Bernard n'osait rompre le silence et appréciait d'être simplement là, avec son papa qu'il admirait tant.

Le lendemain, après être allé au cimetière sur la tombe de sa mère, Léon avait aidé Marie et Victoire au jardin. Il s'était ensuite rendu dans une ferme voisine dont il connaissait les propriétaires pour négocier l'achat de deux poules vivantes afin d'assurer à la famille un approvisionnement en œufs. L'affaire avait été difficile à traiter, mais Léon avait fait valoir l'argument des enfants à nourrir, ce à quoi il lui avait été répondu que Camalens regorgeait d'enfants à nourrir. Il avait payé les volatiles bien trop cher, mais l'heure n'était pas aux comptes et il devait prémunir sa famille de la faim. Le temps avait été maussade toute la journée et les humeurs aussi. Lorsque l'heure du train arriva, bien trop vite au goût de tous, Léon prit ses enfants dans ses bras avec une force qui les étouffa.

— Attention, papa, tu me fais mal, se plaignit Jean-Pierre, qui s'était remis de son état maladif de la veille.

— Pardon, mon chéri. C'est que je ne sais pas quand on va se revoir... Alors j'en profite !

Il les embrassa à tour de rôle en tentant vainement de masquer sa tristesse pour ne pas la leur communiquer. Bernard, qui comprenait mieux la situation, se mit à pleurer.

— Ne pleure pas, mon grand...

— Là, tu ne pars pas à Toulouse, tu pars à la guerre, ce n'est pas pareil...

— Ne t'inquiète pas, toi, tu es ici avec Jean-Pierre, maman et Victoire, tu es en sécurité. C'est ça l'important. Et puis tu sais, tout le monde n'est pas blessé à la guerre...

— Je sais, il y en a même qui meurent !

Léon réalisa à quel point son fils avait grandi. Jusque-là, ses enfants exhalaient l'innocence liée à leur âge. Bernard avait passé un cap. Du haut de ses huit ans, il comprenait maintenant beaucoup de choses. À cette idée, le cœur de Léon se serra. Après avoir embrassé sa belle-sœur, veillant bien à la remercier pour son dévouement à sa famille, Léon partit avec Marie à la gare.

Beaucoup de monde se télescopait sur le quai du train qui allait partir en direction de Toulouse, où Léon prendrait une correspondance pour rejoindre son corps d'armée. Il serrait Marie dans ses bras quand il crut voir, par-dessus son épaule, un visage familier, un peu plus loin. Un visage de profil, rehaussé d'une chevelure blonde et souple, parmi la foule. Le temps qu'il réalise, son cœur avait déjà bondi dans sa poitrine. Marie sentit que Léon desserrait son étreinte et que son attention était portée sur autre chose. Le temps qu'elle se détache de lui pour voir ce qu'il se passait, Léon avait de nouveau les yeux tournés vers elle.

— Que se passe-t-il ?

— Rien, pourquoi ?

— Je ne sais pas, tu avais l'air occupé à regarder ailleurs.

— J'ai cru apercevoir quelqu'un que je connaissais, mais je me suis trompé, mentit-il.

Jamais il n'avait été question de Marguerite entre eux, même si Marie se doutait qu'il avait eu un grand amour avant elle. Elle n'avait jamais posé de questions, mais avait compris bien des choses. La mère de Léon avait fait une allusion, une fois, mais s'était reprise.

— Le train va partir, tu devrais monter.

Ils s'étreignirent une dernière fois et Léon en profita pour regarder si le visage aperçu était toujours sur le quai de gare. Il le trouva, et le regard intense qui l'habitait était tourné vers lui. Marguerite l'avait vu aussi. Léon embrassa Marie et se tourna pour monter dans le train. Il devait détacher son regard de celui de Marguerite pour retrouver celui de Marie, mais combien il lui en coûtait ! Il fit signe à son épouse qu'il devait rentrer plus avant dans le wagon et qu'ils devaient se dire au revoir. Un dernier geste de la main et ils se quittèrent du regard. Léon se précipita alors un peu plus loin dans la rame dans l'espoir de revoir Marguerite. Le convoi s'ébranla et avança doucement vers la partie du quai où elle se trouvait. La gare s'était un peu vidée. Ne restaient que les passagers du train qui allait partir dans l'autre sens, et leurs proches. Il la repéra aisément. Elle était entourée de trois enfants. Léon ne se souvenait que de deux. Il calcula que c'était normal. Le plus jeune des trois, une petite fille, ne devait avoir que dans les cinq ou six ans. Lorsque le train passa devant eux, Marguerite regarda Léon, la bouche entrouverte. Elle l'avait aperçu dans le wagon. Elle aussi avait dû le chercher. Léon posa la main sur la vitre comme pour entrer en contact avec l'extérieur. Il vit la plus jeune des filles de Margot qui, se méprenant sur son geste, lui fit un signe de la main. Ses lèvres articulèrent doucement « Margot… ». Leurs regards s'aimantèrent l'un à l'autre jusqu'à ce que la distance rompe le lien. Mais ce qu'il n'avait pas vu, c'est que Marie avait couru sur le quai pour essayer de suivre Léon le plus longtemps possible, rejoignant ainsi l'endroit où se tenaient Marguerite et les enfants. Lorsqu'elle vit que Léon fixait des yeux cette jeune femme blonde, qui lui rendait son regard avec la même intensité, elle baissa le bras qu'elle avait levé pour lui adresser un dernier signe. Le train avançait toujours lentement quand Léon se rendit compte que Marie était à deux coudées de Margot. La tristesse de son expression lui confirma ses doutes. Mais le convoi s'éloignait et il était trop tard pour réagir.

Sept ans ! Sept ans qu'il n'avait pas revu Margot. Le voyage du retour se fit avec le souvenir de leur dernière rencontre. Il avait gardé précieusement la photo et le dessin que lui avait envoyés Rachel. Il ne pensait pas avoir vécu moment plus délicieux dans sa vie. Effet sans doute renforcé par l'idée qu'ils le savaient, tous deux, éphémère. Ils avaient décidé d'un commun accord que se revoir serait une torture au regard de leurs situations respectives. Marguerite lui avait fait promettre de ne pas chercher à la revoir. Il avait obtempéré, la mort dans l'âme mais la raison en garde-fou. Depuis lors, il ne s'était pas passé une journée sans que ses pensées aillent vers elle. Cette histoire le poursuivrait donc toute sa vie ? Ce qu'il avait surpris sur le quai de la gare, cette profondeur dans le regard et l'émoi bien visible, l'invitait à penser que Marguerite vivait, de son côté, dans la même confusion que lui, avec cette vague impression qu'on lui avait usurpé sa vie.

Chapitre 27

Mi-mai 2016 – La dispute

Le port de Carnon n'est plus qu'à quelques kilomètres. Lola sait que Valéry est à bord de *L'Insoumis* car elle a pris la précaution de l'appeler quelques heures plus tôt sous prétexte de bavarder. Il lui a dit qu'il rentrerait tôt chez lui ce samedi soir. Il a eu une semaine éprouvante. En revanche, Lola ne lui a pas annoncé qu'elle comptait le rejoindre sur son bateau. Elle veut lui parler de la lettre d'adieu de Léon qu'elle a passée sous silence jusque-là, sans trop savoir pourquoi. Il va être surpris de la voir débarquer, mais elle espère que ce sera dans le bon sens.

Elle se gare sur le parking du port et s'avance sur le ponton. Le flottement de celui-ci lui rappelle la nuit qu'elle a passée à bord, le jour même où elle a fait la connaissance de Valéry. Elle sourit au souvenir du léger balancement et du clapotis de l'eau sur la coque qu'elle avait perçu cette nuit-là malgré la profondeur de son sommeil éthylique.

À l'approche de *L'Insoumis*, elle aperçoit Valéry sur le pont, pieds nus, vêtu d'un bermuda ocre et d'un pull léger de demi-saison de couleur claire. Elle remarque une fois de plus le soin qu'il met dans le choix de ses tenues, qui lui prêtent toujours une élégante décontraction. Il fume une cigarette, ce qui l'étonne car elle ne lui connaît pas cette habitude. Il semble perdu dans ses pensées. Entendant du bruit sur le ponton, Valéry tourne la tête en direction de Lola. Il hausse les sourcils, l'air de ne pas y croire. Le temps d'assimiler qu'il s'agit bien de Lola, son visage s'éclaire d'un sourire tandis qu'il sent une onde de joie monter en lui.

— Lola ? Que fais-tu ici ?

— Je passais dans le coin et j'ai vu de la lumière ! C'est comme ça qu'on dit, non ?

Il l'aide à monter à bord. Elle se déchausse pour se mettre à l'aise. Ils s'assoient tous les deux sur le banc du cockpit. Valéry bout d'impatience de connaître la raison de la présence de Lola à Montpellier, caressant l'espoir qu'elle n'est pas là pour leur projet commun mais pour le seul plaisir d'être avec lui. Il l'interroge du regard.

— Il y a quelque chose que je ne t'ai pas dit quand on s'est parlé au téléphone, se lance-t-elle.

Il est sur le point de plaisanter sur toutes les choses qu'ils n'ont pas encore eu le temps de se dire, mais, devant l'air sérieux de Lola, il renonce.

— Ah bon ? Quoi donc ?

— J'ai trouvé un autre document au sujet de Léon. Il devait être mélangé aux photos cachées, mais il a dû tomber sans que je le voie, car je ne l'ai découvert que bien après sous le canapé en faisant du ménage.

Elle sort l'enveloppe et la lui tend. Il la prend, profitant au passage pour frôler la main de Lola. Un contact volé, comme il les aime, quand il s'agit d'elle.

L'attention lui fait froncer les sourcils, ce que ne manque pas de remarquer Lola. Plus elle le regarde, plus elle voit son grand-père en Valéry.

Il commence la lecture et sa mâchoire se serre au fil des lignes. À la fin de la lettre, son visage n'est plus le même. Elle revoit le Valéry de leur première rencontre, quand le ton désagréable de Lola l'avait irrité. Il détourne ostensiblement la tête et regarde les allées et venues dans le port, semblant chercher dans les mouvements ambiants les mots qui vont rompre son silence. Puis son regard revient vers Lola.

— Donc, ça fait environ deux semaines que tu as trouvé cette lettre ?

Elle confirme d'un mouvement de tête, confuse, cherchant dans le regard de Valéry un signe de clémence.

— Je suis quoi pour toi au juste ?

— Que veux-tu dire ?

— Lola, c'est toi qui m'as convaincu que Léon était selon toute vraisemblance mon grand-père. Si c'est le cas, nous partageons donc le même aïeul. Nous faisons ces recherches ensemble depuis plus de deux mois. On ne s'est rien caché jusqu'à présent. Et toi, deux semaines après, *deux semaines après*, insiste-t-il, tu me montres ta dernière découverte qui nous apprend primo que notre grand-père s'est ostracisé tout seul, de son plein gré, et que deuzio il a décidé de mettre fin à ses jours. Explique-moi comment tu as pu attendre autant de temps avant de me parler de cette lettre !

Son ressentiment est tel que même son indélébile sourire en coin parvient à s'effacer sur ses traits marqués par la colère.

— Je… je ne sais pas, Valéry. Cette lettre m'a fait un tel effet quand je l'ai lue que je voulais être là quand tu la lirais à ton tour. Mais apparemment, c'est plus le fait que j'aie attendu pour te la montrer qui te pose un problème que son contenu lui-même.

— Dis donc, elle n'est pas un peu facile, celle-là ? Tu pouvais au moins m'en parler et me dire que tu préférais qu'on soit ensemble pour la lire. J'aurais compris.

Le ton monte et Lola se sent de plus en plus mal à l'aise, consciente de sa maladresse.

— Si je te l'avais dit, j'aurais eu envie de te l'envoyer sur-le-champ. Et je ne m'y résolvais pas. Ce type de lettre ne s'envoie pas par photo ou mail… Essaie de me comprendre.

— Je comprendrais si cette lettre ne concernait pas quelqu'un qui est mort depuis plus de soixante ans, Lola ! Apprends à relativiser !

— Oui, mais c'est mon grand-père. Je sais bien qu'il est mort il y a longtemps. Je ne l'ai pas connu, mais j'ai envie qu'il existe dans ma vie, dans mon imagination. J'ai besoin de l'aimer, même s'il n'est pas physiquement présent. Petit à petit, sa vie prend forme, et lui-même prend chair.

Sa voix se serre et les larmes ne sont pas loin.

— Et alors ? Je te rappelle que c'est aussi sans doute le mien…

— Mais je vois bien que tu prends les choses moins à cœur que moi, Valéry. Oui ou non ?

— Peut-être… Ce n'est pas sûr.

— Aurais-tu poursuivi les recherches sur l'évasion de Léon si je ne l'avais pas fait avec toi ?

— Je ne sais pas, si, probablement…

— Probablement ? Moi, je remuerais ciel et terre pour découvrir le reste de l'histoire. Elle a eu trop d'impact dans ma famille sans que personne veuille se l'avouer. Mais maintenant je le vois bien. Je comprends la névrose de mon père et cette relation bizarre qu'il entretenait avec son propre frère. Toutes nos questions d'enfants, restées sans réponses ou auxquelles on nous répondait par des mensonges vaseux.

— Et alors ? Ça t'autorisait à me cacher ça ?

— Je ne te l'ai pas cachée puisque je te la montre aujourd'hui !

Il se lève et va prendre une cigarette dans le paquet resté sur la table à cartes dans la cabine. Valéry remonte les quelques marches mais reste debout, près du roof.

— Tu fumes ? s'étonne Lola.

— Aujourd'hui oui, répond-il sèchement.

— Je suppose que je dois te demander pardon ?

— Tu supposes ? Quelle mauvaise foi !

Il fait *non* de la tête, un sourire amer aux lèvres.

Lola sent que le seul moyen de sortir de cette conversation pénible consiste à faire son mea culpa, de prononcer de plates excuses et qu'ils en finissent.

— Je te demande pardon, Valéry. Je ne me rendais pas compte à quel point c'était égoïste de ma part de garder cette lettre pour moi, même si c'était temporaire. J'ai tout faux, en ce moment. Je n'ai plus de discernement. Je fais n'importe quoi. Au boulot, je ne suis que l'ombre de moi-même et à la maison je ne suis pas moi, je suis une autre personne. Mes enfants sont complètement largués. Et mon mari, n'en parlons pas…

En prononçant ces mots, elle a baissé la voix. Valéry écoute sans réagir.

Le silence est rompu par la sonnerie d'un téléphone. Celui de Valéry. Plutôt qu'une sonnerie, une chanson :

Lolaaaaa,
J'suis qu'un fantôme quand tu vas où j'suis paaaaas
Tu sais ma môme que j'suis morgane de toi

La voix du chanteur envahit l'espace, dépassant le périmètre de *L'Insoumis* où quelques plaisanciers dînent sur les embarcations voisines.

Valéry, rendu maladroit par la gêne, s'escrime à extirper son téléphone de la poche de son bermuda. Il lui échappe des mains et tombe sur le banc. Le refrain s'achève avant qu'il ait eu le temps de faire quoi que ce soit pour l'étouffer. Rouge de confusion, il regarde Lola. De toute évidence, elle a reconnu la chanson. Elle le regarde, incrédule et goguenarde. Cela a pour effet de balayer d'emblée leur désagréable discussion.

Il bafouille pour se justifier :

— Je voulais juste que ce soit quand c'est toi qui m'appelles. Je me suis sûrement planté en paramétrant…

Lola se met à rire, doucement d'abord, puis franchement.

— Du coup, je n'étais pas censée l'entendre…

— C'est ça… Tu me prends en flagrant délit de niaiserie.

Le ton badin qui leur est maintenant familier revient petit à petit.

— Mais non, c'est mignon.

— Pas de condescendance, je te prie.

— Non… mais si, c'est mignon !

Et elle pouffe de plus belle.

— Bon ! Ça suffit, maintenant, voilà, c'est drôle, c'est concon, j'en conviens, mais voilà…

Il fait un geste évasif des mains pour accompagner sa phrase restée en suspens.

— Voilà quoi ?

— Rien.

Il fait mine d'être absorbé par la vue d'un bateau qui rentre au port. Il hausse les épaules.

— Ce n'est pas honteux, Valéry. Tu as juste… abattu un peu ton jeu. Mais…

— Bon, on se boit un petit apéro ? la coupe-t-il pour changer de sujet, en tapant des deux mains sur le roof afin de mettre un terme à cet échange qui l'embarrasse.

Lola le regarde en souriant de ce revirement. Elle se lève et pose un baiser sur la joue de Valéry.

— Un verre de vin, ça te va ? Je crois bien que je n'ai que ça. Je suis désolé, je n'ai pas de mojito !

Elle sourit à l'évocation de leur folle soirée à Montpellier.

— Ce sera parfait.

Le temps de servir les deux verres, de trinquer et de commencer à savourer le vin en silence, ils reprennent le sujet épineux qu'ils ont laissé en suspens, mais de manière moins tendue cette fois. Valéry se lance :

— Je repense à la lettre d'adieu de Léon. Ainsi, c'est lui qui a exigé le silence sur son passé… D'où l'attitude de ta grand-mère.

— Oui, je reconnais que j'ai fait un faux procès à ma grand-mère, et je m'en veux.

— Il dit aussi qu'il va mettre fin à ses jours, mais as-tu une idée de la manière dont il s'est suicidé ?

— Aucune. C'est terrible... C'est bizarre, je me sens coupable.

— Coupable de quoi ?

— C'est un peu comme si j'étais responsable, au même titre que les autres membres de la famille, du silence qui s'est instauré autour de lui.

— Mais puisque c'est lui qui l'a voulu...

— Je sais, mais il l'a payé tellement cher. Je voudrais qu'il soit encore là et lui dire qu'on l'aime fort, quoi qu'il ait vécu. L'entourer de notre affection. Si fort qu'il en arrive à changer d'avis et à accepter que ses fils qu'il a tant aimés secrètement connaissent la vérité. J'aimerais prendre la machine à remonter le temps et le convaincre que sa décision n'est pas la bonne.

Elle marque une pause et poursuit, regardant loin devant elle :

— Cet homme dont j'ignorais l'existence il y a seulement quelques mois, je me suis mise à l'aimer, et plus je découvre qui il était, plus ce sentiment est fort. Je crois bien que je me suis prise d'affection pour un fantôme !

— Pas un fantôme, un proche disparu.

— Mais qui n'a pas de réalité matérielle pour moi, sinon quelques photos. Je ne peux même pas parler d'un souvenir ! Et cet homme n'est autre que le père de mon père. Son sang coule dans mes veines. Tu imagines un peu ? À quoi ça tient ? Si je n'avais pas trouvé cette lettre, dans les affaires de mon père, on serait passés à côté de tout ça.

— La plupart des grandes découvertes sont le fait du hasard.

— Quand tu vois comment les choses se combinent depuis le début, c'est à se demander si c'est vraiment *le fait du hasard*, comme tu dis…

— C'est vrai que parfois c'est troublant. Comme ce reportage sur Arte que j'ai pu visionner car j'étais à l'hôpital. Jamais je ne regarde la télé à cette heure-là de la journée. Pour un peu, on ne se serait jamais connus… Et chacun de son côté, on n'aurait eu qu'un bout de l'histoire.

Après un court silence, il reprend :

— En admettant que ma mère soit la fille cachée de Léon, crois-tu qu'il l'ait su ?

— Aucune idée…

— Malgré toutes les réponses que nous avons obtenues jusqu'à aujourd'hui, grâce à ta persévérance, il faut bien le dire, il y a encore des zones d'ombre. Et on n'est même pas sûrs à cent pour cent que Marguerite ait enfanté un rejeton de Léon ! Les mots d'une vieille dame sénile, des dates qui coïncident, une ressemblance physique… C'est léger…

— On va chercher ! Et on va trouver !

— Mais comment ? Je pense que la presse nous a appris à peu près tout ce qu'on voulait savoir. Il doit y avoir d'autres articles, dans la presse locale, mais que vont-ils nous révéler de plus à part recouper l'information ?

Il regarde Lola et devine qu'elle réfléchit déjà à de nouvelles pistes à explorer.

— Peut-être que l'on peut trouver des éléments sur le suicide de Léon. Nous avons une date, cette fois, ce sera plus facile. Le 14 novembre 1952, ou le 15… Il faudrait chercher dans *La Dépêche* s'il y a quelque chose là-dessus. Parfois, les journaux mentionnent les suicides. Et si *La Dépêche* a déjà évoqué les péripéties de Léon dans ses lignes comme l'a fait *Le Petit Parisien*, on peut espérer qu'ils aient parlé aussi de son suicide. Les journaux aiment ça en général, les nouvelles trash… Cela nous permettrait de savoir comment il est mort.

— Dans un service d'archives, c'est ça ?

— Oui. Peut-être aux Archives départementales. Je vais me renseigner si on peut y consulter les anciens numéros de *La Dépêche*.

— Quand pourrait-on y aller ?

— Mercredi, si tu peux venir à Toulouse.

— Il faut que je voie avec Mario.

— Ah, Mario ! Comment va-t-il ?

— Très bien ! Il est amoureux, donc il rayonne de bonheur ! Déjà qu'en général il est très bon vendeur, en ce moment, il cartonne. Il a l'art de transformer les points faibles des maisons en points forts. Trop de bruit ? trop de travaux ? pas assez grand ? il trouve toujours l'argument qui retourne le client. Ce garçon vendrait des frigos à des Esquimaux ! Les clients sont complètement maraboutés. Heureusement que je peux compter sur quelqu'un comme lui.

Ils continuent à deviser naturellement, comme ils l'ont toujours fait. Ils se préparent un repas frugal qu'ils dégustent dans le cockpit, sous les étoiles. L'expérience est inédite pour Lola. Dîner à bord d'un bateau, même amarré, comporte une bonne dose d'exotisme à ses yeux. L'humeur du repas est joyeuse. Grisée par le vin, Lola ne résiste pas quand Valéry prend son visage entre ses mains et dépose un baiser sur ses lèvres. Un premier, tout léger. C'est elle qui prend l'initiative du second. Un vrai, cette fois.

Ni l'un ni l'autre ne sauraient dire à quel instant précis l'ambiguïté de leur relation a été levée, mais la question ne se pose plus.

— Tu restes dormir ici ?

— Oui, mais... pas avec toi. Pas encore. Tu comprends ? J'ai besoin de temps.

Il hoche la tête. De toute façon, lui non plus n'est pas prêt. Malgré le désir que lui inspire Lola, il n'est pas question de brûler les étapes et de saboter leur relation naissante. Il veut qu'elle soit sûre d'elle. Il a attendu presque cinquante ans pour éprouver ce qu'il ressent pour elle et il espère bien ne pas voir s'échapper ce bonheur qui l'irradie chaque fois un peu plus quand il est en sa présence.

*

Le mercredi suivant, comme convenu, Valéry se rend à Toulouse. Ils se sont séparés le dimanche matin et depuis ils se sont appelés trois fois par jour. Ils s'amusent du changement de ton de leurs conversations, passé de la badinerie à la complicité, la confidence, l'intimité. D'amis, ils sont devenus, de manière implicite, futurs amants. Sans passer par la case *cousins*. À quoi bon ? Ils n'ont même pas évoqué ce lien. Ou plutôt l'éventualité de ce lien. Comme ils n'en auront de toute évidence jamais la confirmation, l'un et l'autre se sentent libres.

Valéry arrive devant le bâtiment des Archives avant Lola. Il en profite pour fumer une cigarette tout en se disant qu'il devra de nouveau couper court à cette stupide habitude. Autant cela lui a été nécessaire lorsqu'il a quitté Isabelle, autant maintenant le besoin repose sur le geste et sur le bien-être que la cigarette lui procure. Mais lorsqu'il est occupé, son organisme ne réclame pas le poison. Il se fait une promesse mentale : il arrêtera quand Lola et lui…

Elle arrive sur ces entrefaites. Il s'approche de sa voiture et lui ouvre la portière. Elle sort encombrée de son sac à main et de sa pochette de documents qu'elle remplit au fur et à mesure des résultats de leurs recherches. Ils s'embrassent rapidement. Cela gêne Lola qui regarde alentour s'il n'y a personne de sa connaissance sur le parking. Elle doit se montrer prudente, car sa mauvaise relation avec David ne simplifiera pas les choses en cas de divorce. Ils n'en sont certes pas là, mais, au train où vont les événements, elle préfère envisager toutes les hypothèses. Même les pires.

Ils entrent dans le bâtiment qui compte plusieurs étages et dont la façade aux décors géométriques borde le canal du Midi. La salle de lecture, au rez-de-chaussée, n'est pas très grande et son décor, assez impersonnel. Tout comme à Aix, il y règne un silence intimidant.

Lola se remémore à voix haute les dates qui les intéressent. Les 14, 15, 16 ou 17 novembre 1952. Puis elle demande les journaux au président de salle.

Ils n'ont pas à chercher longtemps. L'article fait la une du quotidien du 15 novembre. La mention d'Air France attire leur attention.

ÉCHEC D'UN VOL D'ESSAI,
UN AVION D'AIR FRANCE S'ÉCRASE :
DÉFAILLANCE TECHNIQUE
OU IMPRUDENCE HUMAINE ?

En guise d'illustration, une photo d'un avion avec un pilote devant, alors âgé d'une cinquantaine d'années mais qui en paraît dix de plus. Léon. Une note de la rédaction invite à poursuivre la lecture dans les pages intérieures.

Hier après-midi, un avion d'Air France, un Breguet BR 763 deux-ponts encore à l'essai, s'est écrasé dans les plaines du Lauragais avec le pilote seul à son bord. Les origines du crash restent pour l'heure mystérieuses. Une enquête est en cours.

L'aéronef faisait partie d'un lot d'appareils BR 763 reçus récemment par Air France, destinés à être mis en service en début d'année prochaine et faisant encore l'objet d'ajustements sur la base de maintenance de la compagnie, à l'aérodrome de Toulouse-Montaudran, avant l'embarquement des premiers passagers, en mars prochain. A priori, le pilote était expérimenté. Léon Adam, ancien chef du service maintenance de la compagnie et enrôlé dans l'armée de l'air pendant la guerre, était devenu l'un des pilotes d'essai chargés notamment de réceptionner et de tester les nouveaux appareils de la compagnie, et d'organiser leur préparation aux futurs vols. Hier avait lieu, sur le site de Montaudran, un vin d'honneur pour le départ en retraite d'un salarié. Selon des témoins, Léon Adam avait consommé de l'alcool, mais de façon modérée. Puis il avait annoncé qu'il allait conduire l'appareil aux cuves pour y faire le plein, ainsi, le Breguet serait prêt pour les tests de vol du lendemain. Nul ne s'est inquiété, car l'avion devait rester au sol. Contre toute attente, il n'a pas pris le chemin des cuves, mais s'est rendu en bout de piste pour effectuer un décollage devant les témoins sidérés puisque les réservoirs de l'aéronef étaient censés être vides. Lorsque la tour de contrôle entra en communication avec Léon Adam, il expliqua qu'il souhaitait connaître la capacité précise des réservoirs avant la mise en service des appareils. Il comptait donc les vider entièrement. Il atterrirait quand il penserait être au maximum du vidage, sans toutefois prendre de risques. Tous attendaient, anxieux, dans l'aérodrome. Une vingtaine de minutes plus tard, l'appareil s'écrasait dans le Lauragais, sur une zone, fort heureusement, non habitée. Pourquoi le pilote n'a-t-il pas pu revenir à bon port ? Les jauges des avions BR 763 sont-elles fiables ? Y a-t-il eu une erreur humaine ? L'enquête en cours devrait permettre de définir les conditions exactes de l'accident.

L'article, signé des initiales J.D., se termine là, mais un encadré apporte d'autres informations.

UN HOMME TRÈS COMPÉTENT
MAIS PSYCHOLOGIQUEMENT FATIGUÉ

Tous les collègues et amis de Léon Adam s'accordent à dire qu'il était, depuis quelque temps, psychologiquement fatigué. La compagnie, jusqu'alors très satisfaite des services de ce cadre modèle, avait eu à déplorer des rappels à l'ordre, notamment concernant l'intempérance de ce dernier, en particulier sur le lieu de travail. Léon Adam avait été recruté lors de la création de la compagnie, en 1933, en qualité de mécanicien, et cette dernière n'avait eu qu'à se féliciter de son choix car Léon Adam, passionné et compétent, avait gravi rapidement les échelons. Devenu directeur du service maintenance, il avait passé ses brevets et avait fini par réaliser son rêve : piloter. Quelques années après son arrivée sur le site de Montaudran, il avait perdu un ami en la personne de Jean Mermoz. Cette disparition et celle de l'équipage l'avaient beaucoup affecté. Puis deux autres de ses compagnons, Henri Guillaumet et Marcel Reine, avaient ensuite péri aussi tragiquement, fin 1940, avec leur mécanicien Franquès, lui aussi un grand ami à qui Léon devait beaucoup dans son parcours aéronautique. Et puis tant d'autres avaient suivi. Sans parler du conflit mondial auquel il avait pris part dans l'armée de l'air, qui, comme à beaucoup d'hommes, lui avait laissé des traces indélébiles. Léon Adam restait très discret sur sa vie privée. Même ses plus proches collègues ne savaient que peu de chose de lui. « C'était quelqu'un de très droit et de très amical. Il ne supportait pas l'injustice. Il était capable de monter au créneau très rapidement pour défendre un collègue ou les conditions de travail des salariés dans ses équipes. Mais toujours correct et la plupart du temps dans son bon droit. Cela lui valait le respect de tous. Ce qui lui est arrivé est terrible. Nous ne comprenons pas pourquoi il aurait commis une telle imprudence. Certes, il était très professionnel, mais de là à risquer sa vie... En tout cas, c'est une très grande perte », confie François Pujol, un de ses collègues de travail, très ému par la violence de la nouvelle.

Léon Adam vivait seul. Nos investigations ont fait apparaître que cet homme apparemment sans histoire aurait été condamné autrefois aux travaux forcés et aurait bénéficié d'une grâce présidentielle en 1927, ce dont nos pages de l'époque s'étaient fait l'écho.

C'est donc un homme malmené par l'existence qui a disparu, hier. Comme ces hommes de l'Aéropostale devenus ses amis, quelles que soient les causes du crash, son destin était peut-être de finir ses jours en assouvissant sa passion : l'aviation.

L'archiviste de permanence ne comprend pas d'emblée ce qui se passe. Une femme a éclaté en sanglots et ne semble pouvoir s'arrêter. L'homme qui l'accompagne la tient dans ses bras et la berce comme on le ferait avec un enfant. Les autres usagers ont levé le nez de leurs dossiers respectifs, surpris par le bruit, puis ont repris le cours de leur lecture. Interdit, l'archiviste s'est toutefois approché du couple pour voir s'il pouvait leur être d'une aide quelconque. L'homme a fait non de la tête et l'a remercié. Ça va passer, rien de grave.

— Vous avez trouvé ce que vous cherchiez, c'est ça ? demande-t-il à Valéry lorsque celui-ci lui rapporte les journaux.

— Oui, c'est ça. Disons que nous ne nous attendions pas à découvrir quelque chose d'aussi fort, d'aussi violent.

Lola se calme peu à peu. Une fois passé le feu de l'émotion, ils commencent à échanger leurs impressions.

— Tout de même, il n'est pas question de suicide dans cet article… Comment se fait-il que Léon ait adressé une lettre à Marie annonçant qu'il souhaitait mettre fin à ses jours ?

— Je formulerais les choses dans l'autre sens : comment se fait-il que l'article n'évoque pas la thèse du suicide *puisque* Léon avait adressé une lettre annonçant qu'il souhaitait mettre fin à ses jours ?

— Tu veux dire que l'article ne dit pas la vérité ? Il est question d'une *enquête en cours*. Cette enquête aura peut-être conclu, *in fine*, qu'il pouvait s'agir d'un suicide. Mais comment en connaître l'aboutissement ?

— On ne peut quand même pas passer en revue tous les numéros du journal pour trouver des traces de la suite de l'enquête…

Ils cherchent dans l'exemplaire du journal quel nom se cache derrière les initiales *J.D.* Jean Desplats.

— Peut-être que ce journaliste pourrait nous en dire plus ?

Après un rapide calcul, ils réalisent qu'il est peu vraisemblable qu'il soit encore en vie.

S'ajoute à cette nouvelle interrogation celle qui les tenaille depuis quelque temps : comment les enfants de Léon n'ont-ils pas eu connaissance de cet article ? Ils étaient alors respectivement âgés de quinze et vingt ans. Bernard était parti étudier à Lyon, donc on pouvait comprendre qu'il soit passé entre les mailles du filet, mais Jean-Pierre ?

L'article mentionne une date, 1927, année au cours de laquelle il avait déjà été question de Léon dans le journal, à propos de sa grâce. Ils décident de profiter de leur présence aux Archives pour tenter leur chance en feuilletant quelques exemplaires de cette année-là.

Les journaux de 1927 leur offrent un réel divertissement. Dans les colonnes très resserrées, de nombreuses et savoureuses publicités émaillent les articles parfois fort sérieux.

— Regarde celle-là ! suggère Lola.

Dragées Blot
Remède radical, discret, agréable
qui guérit sans injections, sans sérum,
sans lavages, sans mercure, sans privations,
maladies secrètes,
écoulements, blennorragies des deux sexes,
cystites, maladies de vessie. Prix 9,60 plus port.
Bd de Strasbourg, Toulouse.

— Incroyable ! Et celle-là !

Les pilules Dupuis
préviennent, combattent,
suppriment la constipation.
Elles réussissent là où tout a échoué !

S'ensuit tout un développement sur les caprices de l'intestin humain et « l'évacuation quotidienne des résidus et déchets intestinaux », exhortant le lecteur à essayer le remède en cas de constipation « ancienne » et « opiniâtre ».

— Ils étaient cash à l'époque !

Ils s'entraînent tous deux dans un fou rire nerveux qui leur vaut un regard réprobateur de l'archiviste et de leurs voisins de salle. Pliés en deux sur leurs sièges, ils ne parviennent pas à contenir leur hilarité. D'un signe de tête, ils s'entendent pour sortir de la salle avant d'y être invités. Ils laissent leurs affaires en place et quittent momentanément les lieux. Lorsqu'ils reviennent, Valéry s'excuse auprès de l'archiviste.

— Pardonnez-nous, les nerfs lâchent !

— Je comprends, mais essayez d'être un peu plus silencieux, s'il vous plaît.

Ils retournent à leurs places comme deux enfants fautifs.

Les journaux tardent à leur révéler ce qu'ils cherchent. Toutefois, alors qu'ils allaient tout arrêter, se disant à juste titre que, finalement, ils n'apprendraient rien qu'ils ne sachent déjà, Valéry repère un entrefilet dans un numéro de décembre 1927 :

UN BAGNARD CONDAMNÉ À TORT
OBTIENT ENFIN SA DEMANDE DE GRÂCE

L'article ne leur révèle effectivement rien de nouveau.

— Boh… tout ça pour ça…, résume Lola, déçue.

— Mouais…

— Enfin, ça nous dit quand même que ses péripéties ont été relatées dans le journal. Si on cherchait bien, on trouverait peut-être d'autres articles. Mais bon, je pense qu'on a déjà tout, dans les grandes lignes. Les deux seuls points qui restent à déterminer et qui demeureront peut-être à jamais un mystère, ce n'est sans doute pas dans le journal que l'on va trouver les réponses…

— Mon lien avec Léon… Papi ou pas papi ? Et suicide ou accident ?

Chapitre 28

Début décembre 1952 – L'appartement

Marie cherche dans son sac la lettre sur laquelle est inscrite l'adresse du notaire. Le froid engourdit ses doigts et elle peine à extirper le papier. Rue des Sept-Troubadours à Toulouse. Il lui a précisé, au téléphone, que son étude était non loin de la gare Matabiau.

Elle a noté quelques indications qu'elle tente de déchiffrer. Elle commence à longer le canal du Midi, passe sous la statue de Pierre-Paul Riquet qui domine l'œuvre de sa vie, dépasse les allées Jean-Jaurès, puis, après quelques centaines de mètres, tourne à droite dans la rue mentionnée dans le courrier du notaire. Elle trouve sans peine l'étude et sonne. Un secrétaire vient lui ouvrir et la conduit dans une salle d'attente. Marie s'interroge sur ce qu'a voulu dire le notaire lorsqu'il a mentionné les « biens » de Léon. Autant qu'elle sache, il disposait de peu de choses. Elle calcula depuis quand elle n'avait pas vu son mari. Trois ou quatre ans, au moins. Il lui envoyait tous les trimestres une somme d'argent, mais de visite, point. Il avait cessé de venir à Camalens après la guerre. La dernière fois qu'elle l'avait vu, c'était par hasard, à la foire de Toulouse où elle s'était rendue avec Victoire, sans les enfants. Elle avait eu du mal à le reconnaître tant il avait changé. Elle lui avait demandé de venir au village, voir ses fils. Mais il avait refusé. Elle avait lu cette sempiternelle crainte dans son regard clair, mouillé par l'évocation de ses garçons. Elle lui avait demandé si tout allait bien pour lui. Il l'avait rassurée. Et réciproquement. Voulait-il qu'elle dise quelque chose aux enfants ? Mais comment leur expliquer que leur père les aimait plus que tout sans venir les voir ? Alors non, il n'avait rien à leur dire. Rien. Puis ils s'étaient quittés sans effusion. Tous deux bouleversés. De même que Victoire, qui les avait laissés seuls mais qui avait assisté à la rencontre de loin, comprenant que le destin de Léon était maintenant scellé et qu'il ne reverrait jamais ses fils.

Marie sentit sa gorge se serrer à ce souvenir. C'est à ce moment-là que le notaire ouvrit sa porte et l'invita à entrer dans son étude. Après l'avoir invitée à s'asseoir, il lui exposa les faits :

— Ainsi que je vous l'ai écrit dans le courrier, votre mari, Léon Adam, m'a demandé de régler sa succession. Il m'a écrit une lettre avant de… mettre fin à ses jours. Il vous a désignée comme sa légataire universelle. Son patrimoine comporte un petit appartement, avenue de la Gloire, ainsi que quelques avoirs, placés çà et là, sur lesquels je reviendrai plus tard. Dans l'immédiat, il m'a demandé de m'occuper de son logement, de le faire évacuer pour que je puisse le vendre à votre profit. Mais, avant de mettre cette étape en œuvre, je souhaitais vous proposer de vous y rendre pour récupérer certains de ses effets personnels, papiers…

Marie écoutait en approuvant mécaniquement de la tête.

— Les clés sont à demander au concierge de l'immeuble dont je vais vous donner l'adresse. Lorsque vous aurez choisi ce que vous désirez conserver, je me chargerai de tout.

★

L'appartement sentait le renfermé. Cela faisait plus de quinze jours, maintenant, que son occupant avait déserté les lieux. Marie ouvrit les volets et laissa les fenêtres ouvertes quelques instants malgré le froid coupant qui enveloppait la ville. Elle observa le logement. Son mari avait habité là, et pourtant elle se sentait comme une intruse. Ils ne partageaient plus rien depuis tant de temps... La pièce principale était assez spacieuse, mais elle était encombrée de livres, de journaux, entassés çà et là, prenant la poussière. Elle commença par ouvrir la grosse armoire qu'elle identifia comme celle de la mère de Léon, de sa maison à Camalens. L'odeur qui s'en échappa la frappa : elle reconnut l'odeur encore familière, malgré les années, qui émanait des vêtements de Léon. Son cœur se serra. Comme elle avait aimé cet homme ! Des larmes coulèrent sur ses joues. Elle attrapa une chemise suspendue à un cintre et enfouit son visage dedans pour mieux en respirer les effluves, un temps oubliés. Elle s'arracha au tissu et referma l'armoire. Son regard fit le tour de la pièce. Elle se demanda ce qu'elle allait conserver. Sans doute rien. Elle avait dit aux enfants que leur père était mort dans un accident. Marie décida qu'elle ne leur révélerait jamais le secret de leur père. À quoi bon ? Il était trop tard. En dévoilant la vérité, elle prenait le risque de les voir se détourner d'elle pour leur avoir menti si longtemps. Que vaudrait à leurs yeux le serment contracté autrefois ? Elle n'allait rien garder. Tout serait liquidé par l'entremise du notaire. Et ce serait très bien ainsi. Elle s'approcha du lit et s'y assit. Sur la table de nuit, elle trouva un cahier. Elle l'ouvrit. Léon avait pris soin de coller des photos sur les pages pour en faire une sorte d'album. Elle fut surprise de trouver en première page un cliché qu'elle ne connaissait pas, la montrant au cours d'une partie de pêche avec les enfants. D'autres photos des enfants suivaient. Puis ses sourcils se froncèrent en remarquant d'autres prises de vue qui représentaient une scène champêtre et, au cœur de celle-ci, Léon aux côtés d'une jeune femme. Tout en regardant l'objectif, les deux jeunes gens étaient penchés l'un vers l'autre dans une posture sans équivoque. Puis la même scène, dessinée cette fois. Avec une signature et une date : 1933. Marie reconnut la jeune femme : elle l'avait vue sur le quai de la gare, à Camalens, alors que Léon repartait au front en 1940. Marie avait toujours su que le cœur et l'âme de Léon étaient habités par le souvenir d'une femme qu'il avait aimée, avant elle, mais jamais elle n'aurait imaginé qu'ils s'étaient revus après leur mariage. Une onde de dépit la traversa. Elle décolla la photo et la déchira pour regretter aussitôt son geste qu'elle jugea idiot. De toute évidence, leur liaison n'avait pas duré puisque la femme de la gare était accompagnée de trois enfants. Pour autant, les regards qu'ils avaient échangés alors étaient sans équivoque. Marie se souvenait très bien des faits, et de la jalousie mêlée à l'humiliation qu'elle avait ressentie sur l'instant. Jamais Léon ne lui avait donné l'occasion d'éprouver des émotions de cette nature.

Mais à quoi bon ressasser le passé. Décidée, elle décolla toutes les photos de l'album pour les emporter. Même le cliché mis en pièces, qu'elle glissa dans une enveloppe usagée. N'importe quelle autre épouse l'aurait jeté, mais elle ne s'y résignait pas. Après tout, c'était l'homme qu'elle avait aimé elle aussi. Elle disposait de si peu de photos de lui…

Elle décida de ne pas s'attarder davantage. Cette visite la bouleversait plus qu'elle ne l'avait imaginé. En l'espace de dix minutes, une foule de sensations avaient resurgi au gré des caprices de la mémoire. Elle se leva et son regard fut attiré par une boîte en bois, au pied du lit. Elle l'ouvrit et en apprécia le joli capiton de satin rouge. Toute une correspondance était rangée là. Quand elle vit les dates, elle comprit que les missives étaient celles que Léon avait reçues au bagne. Toutes avaient été rédigées de la même main, d'une fine écriture. « Margot », « Marguerite », « Ta petite fleur ». La signature variait, pour désigner une même personne. Au fond du paquet, une seule écrite de la main de Léon. L'enveloppe était barrée d'un *Retour à l'envoyeur*. Puis, après celle-ci, plus rien. La correspondance s'était apparemment arrêtée après 1925. Marie lut la lettre et sa gorge se serra lorsqu'il fut question du « mariage à son retour », de leurs « bons moments passés ensemble », mais surtout « tu es et resteras la seule et l'unique ». Elle vida le coffret des lettres de la femme, les yeux à nouveau noyés de larmes, et y déposa la lettre de Léon et les photos.

Elle referma les volets et, après un dernier regard sur la pièce, tira la porte, le coffret calé sous son bras.

Chapitre 29

Juin 2016 – L'oncle Bernard

— Allô, Lola ? C'est maman.

Lola sent tout de suite que Carmen a sa voix des mauvais jours. Ce coup de fil ne lui dit rien qui vaille. Elle prend sur elle pour ne rien laisser paraître.

— Bonjour, maman, comment vas-tu ?

— J'irais mieux si tu m'expliquais ce qui se passe, ma fille ! J'ai eu Inès au téléphone. Elle dit que tu fais n'importe quoi en ce moment. Il paraît que ça ne va pas fort avec David ? Qu'est-ce que tu as fichu ? Tu as un mari en or et tu ne fais rien pour le garder ?

— Allez, c'est parti, le couplet de la mère espagnole ! Il ne t'est pas venu à l'esprit que c'est lui qui a une femme en or et qu'il ne fait rien pour la garder ?

— Qu'est-ce qui se passe, Lola ?

— Mais tu sais bien, depuis qu'on a trouvé la lettre dans le casier de papa, je cherche des informations sur le grand-père Léon. Et ça me préoccupe, c'est tout. Et je ne trouve aucun soutien, tu entends bien ? AUCUN SOUTIEN dans ma propre famille, alors, effectivement, en ce moment, on a connu mieux comme ambiance à la maison.

— C'est qui le type dont Inès m'a parlé ?

— Le type ? Quel type ?

— Celui avec qui tu cherches.

— Justement, c'est ce qu'on est en train d'élucider. C'est peut-être un cousin, un petit-fils illégitime de Léon. Mais rien n'est encore sûr. Je t'en dirai plus le moment venu.

— Mais je m'en fiche de ce cousin ! Ce qui m'importe, c'est la vie de ta famille, Lola ! Tu es en train de tout fiche en l'air pour un homme que tu ne connais même pas !

— Mais ce n'est pas pour lui que je fais ça ! C'est pour nous tous, les enfants, moi, Paco, Bernard, tous les descendants de Léon. Il se trouve qu'on a fait connaissance en faisant les mêmes recherches et, du coup, on continue ensemble. Ce n'est tout de même pas un crime !

— Mais ça fait plusieurs mois que tu as entrepris tes recherches, qu'est-ce que tu trouves donc qui te prend autant de temps ?

— C'est juste que mon grand-père a eu une vie digne d'un héros de roman. Tu n'imagines même pas ce qu'il a enduré, le pauvre…

La fibre sensible de Carmen reçoit un stimulus. Cette femme dont les parents ont vécu la guerre civile espagnole de l'intérieur, avec toute l'horreur, la douleur, la misère qu'elle a engendrées, ne supporte plus la souffrance humaine.

— Qu'a-t-il donc vécu, cet homme, à part, comme tout le monde à cette époque, une ou deux guerres ?

— Je vais te faire la même réponse qu'aux enfants et à David. Je veux avoir le fin mot de l'histoire avant de tout vous raconter car c'est assez compliqué. Il y a encore des questions sans réponses. Pour l'instant, il faut que je voie Bernard car c'est le plus concerné de tous. Dis-moi juste une chose, tiens. Sais-tu à quel âge papa a quitté Camalens ? Je veux dire, pour l'école.

— Il me semble qu'il est parti au collège en pension à Castres dès la sixième.

— C'est jeune pour partir en pension... C'était donc en 1948 ou 49 ?

— Oui, il l'a mal vécu. Il était tellement proche de sa mère et de Victoire. Il était très sensible et a souffert de cet éloignement. Il ne rentrait qu'aux vacances, je crois. Tu connais ton père, il ne parlait jamais des choses douloureuses et, pourtant, ça lui aurait fait du bien. Certains sujets le minaient. Il ne m'en a parlé que deux ou trois fois. Il en voulait un peu à sa mère. En même temps, elle n'avait pas trop le choix. À Camalens, il n'y avait rien pour étudier. Je crois que c'est ce que Bernard avait fait aussi quelques années plus tôt.

— Il va falloir que je te laisse, maman, je dois aller voir Bernard en début d'après-midi et j'ai des tonnes de choses à faire avant... pour ma famille, rassure-toi. Rien que des choses passionnantes : les courses, prendre rendez-vous chez le dentiste pour Thomas, aller à la poste récupérer un envoi recommandé, enfin, comme tu vois, je n'en suis pas encore à déserter le domicile conjugal.

— Ne prends pas la mouche, ma fille, mais comprends que ça m'inquiète.

— Ça n'a pas à t'inquiéter, maman, et je dirais même plus, tu n'as pas à t'en mêler. Pardonne-moi, mais ce qui se passe dans ma vie et chez moi, somme toute, ne regarde que nous. D'accord, ça te touche aussi car tu nous aimes... Mais dis-toi bien que si un jour je dois quitter David, je le quitterai. Je ne resterai pas avec lui pour te faire plaisir.

— Eh bien, au moins, toi, tu n'y vas pas par quatre chemins…

— Je fais comme toi, maman ! J'ai été à bonne école pour ça !

— D'accord, d'accord… Je te laisse, ma petite fille. Bon courage alors.

— Merci, maman.

Lola raccroche soulagée. Elle a été directe avec sa mère comme jamais elle ne l'a été, et réalise qu'elle aurait dû le faire bien plus tôt. Sans être intrusive, Carmen est une mère présente, parfois un peu trop, et aime donner son avis sans même qu'on le lui demande. Lequel avis est toujours le meilleur à ses yeux, et ne pas l'adopter suscite chez elle de l'incompréhension. Cela crée souvent des situations lourdes, accompagnées d'explications sans fin. Qu'il est difficile de bien communiquer avec les gens qu'on aime, se dit-elle.

*

Elle a appelé son oncle pour lui dire qu'ils devaient se voir. Il a deviné qu'elle avait des choses à lui dire sur son père. Effectivement, elle a maintenant assez d'éléments pour présenter à Bernard sinon un portrait, du moins les grandes lignes de la vie de Léon. Lorsqu'elle a entrepris son enquête quelques mois plus tôt, elle l'a senti réticent. Avait-il la moindre idée de ce qu'elle allait découvrir ? Il devait se douter que le résultat, s'il y en avait un, serait douloureux. Son père les avait abandonnés. Quel que soit le motif, il serait difficile à accepter.

D'autant que le silence orchestré autour de cette absence avait fait tourner le moulin à hypothèses à plein régime. Tout le monde avait semblé s'en accommoder, en apparence, mais les dégâts collatéraux avaient été terribles sans être visibles. Le tabou familial avait emporté avec lui les fondations de l'enfance et l'espoir d'une douce vie de famille. Lorsque cette dernière s'était réduite à un ancien souvenir, chacun dans son coin avait décidé d'aller de l'avant tout en souffrant dans son cœur, son corps et son âme. Le mot *pourquoi* avait été banni des conversations et le défaut d'explications avait produit généreusement son lot d'émotions négatives telles que la culpabilité, la tristesse, la colère, la honte, et surtout, surtout, le manque.

Lola va devoir expliquer à Bernard. Elle espère que ces révélations seront salutaires. Elle n'ose dire salvatrices, même si elle pense en son for intérieur que son père, lui, les aurait reçues comme telles. Elle tient la réponse que Jean-Pierre a, sans le savoir, cherchée toute sa vie. Qu'en sera-t-il de Bernard ? Il est âgé et, bien qu'il soit en forme pour ses quatre-vingt-quatre ans, Lola craint sa réaction. En premier lieu pour sa santé.

Lorsqu'il entend le gravier crisser sous les pneus de la voiture de Lola, Bernard est occupé à mettre une dernière touche au tableau qu'il est en train de peindre.

Lola rejoint son oncle dans son atelier et se plante près de lui devant la toile.

— Je viens de la ressortir pour la terminer… Je l'avais mise de côté il y a quelques années.

— Tiens, c'est surprenant venant de toi, je veux dire le style…

— Oui, je vais t'expliquer. Bonjour, ma nièce !

— Bonjour, tonton Bernard !

Ils s'embrassent en riant.

Leurs yeux se reposent sur la toile. Il lui raconte l'histoire de celle-ci. Ils parlent de nuances, d'esthétique, d'émotions ressenties, de ratés, de marge d'amélioration. Tantôt ils se plongent dans la vie des personnages, tantôt ils adoptent un regard extérieur, surtout Lola dont l'objectivité prévaut sur celle de Bernard.

— C'est marrant, on pourrait croire que tu as peint ta famille, je veux dire mamie Marie, Victoire, toi et papa.

Cette remarque frappe Bernard, qui se croit obligé de justifier ses choix.

— Pour moi, c'étaient deux femmes et deux enfants. Mais après tout, pourquoi pas. Mon inconscient a dû faire des siennes !

— Et ça, c'est quoi ? demande Lola en désignant une ombre vague dans l'angle inférieur du tableau, proche du ruisseau.

Bernard scrute l'endroit désigné par Lola.

— C'est rien. Juste un effet de lumière et de peinture. Je n'ai rien voulu peindre de précis à cet endroit-là.

Pourtant, il semble bien qu'une forme évoquant une silhouette se dégage des contrastes de peinture. Une espèce de corps flottant s'extirpant du ruisseau ou du bord de la toile.

— Tu as voulu faire dans la mythologie ? plaisante Lola.

— Si c'est une nymphe, elle est plutôt hommasse ! renchérit Bernard, le premier surpris par ce qu'ils découvrent ensemble.

— De quoi tu parlais à l'instant ? De ton inconscient ? s'amuse Lola.

— Arrête un peu !

— Ah ! Je crois ce que je vois !

Maintenant, elle rit franchement.

— Bon sang… À quoi tu penses ?

— À rien, tonton, à rien. Mais voilà qui nous fait une bonne transition pour parler de ce qui m'amène.

Le sourire de Bernard s'efface tout doucement.

— Je t'avoue que j'ai un peu peur de ce que tu vas m'annoncer, Lola.

— Je pense que tu as compris de quoi je vais te parler, tonton. Mais il n'y a aucune raison d'avoir peur. Il est certain que ce que j'ai découvert sur votre père, à papa et toi, est assez incroyable. Tellement incroyable que je me demande comment vous avez pu n'en rien savoir…

Ce préambule attise la curiosité de Bernard.

— Tu veux qu'on s'installe au salon ou qu'on reste ici ?

Lola balaie la pièce d'un regard. Elle aime l'atmosphère de cet atelier où chaque petit coin recèle un trésor peint par son oncle.

— Restons ici, si tu veux bien.

Un vieux canapé a été installé là pour les siestes de Bernard. Ils s'y assoient côte à côte. Le chat qui les observait du pas de la porte vient se lover entre eux deux.

Lola a plus ou moins préparé ce qu'elle avait à dire et surtout comment elle allait le dire. Mais, au pied du mur, elle a le sentiment d'avoir tout oublié. *Garde ton naturel, quoi qu'il arrive, garde ton naturel.* C'était sa devise quand son cerveau reptilien lui jouait des tours. Elle prend une grande respiration et commence son récit.

— Tout est parti de la lettre, tu te souviens, trouvée dans les papiers de papa.

— Oui, je me souviens qu'on se demandait quels en étaient l'expéditeur et le destinataire. On s'était dit que ça devait être en lien avec la famille puisque Jean-Pierre l'avait conservée.

Bernard a le sentiment qu'en parlant il retarde un peu le moment où sa nièce va lui annoncer ce qu'il n'a pas envie d'entendre. Lola enchaîne :

— Voilà. Et j'ai trouvé de qui il s'agissait. Comme nous nous en doutions, l'expéditeur était Léon, ton… je veux dire votre père. Donc mon grand-père, même si j'ai eu beaucoup de mal à le dénommer ainsi au début de cette histoire, puisque je ne l'ai jamais connu ni même vu en photo jusqu'à il y a peu.

— Et la destinataire ?

— C'était Marguerite Amalric épouse Ségur. C'était la fiancée de Léon avant de…

— Avant de connaître notre mère.

— Oui, mais plus précisément avant sa…

Elle marque une pause. Elle se dit qu'elle va procéder par étapes.

— Avant sa… ? reprend Bernard.

— Avant sa condamnation.

— Sa condamnation ? Mais de quelle condamnation parles-tu, Lola ?

— Léon, au début des années 1920, a été victime d'un complot et il a été jugé coupable. Mais il était innocent.

Bernard accuse le coup. Lola le laisse encaisser le choc et attend que son oncle poursuive avec des questions.

— Il a pris combien ?

— Cher… Six ans… de bagne.

— De bagne ?

Il fronce les sourcils, incrédule. Puis, semblant fouiller dans sa mémoire, il reprend :

— Alors, c'était vrai ?

Lola sursaute.

— Comment ça ? Tu le savais ?

— Non, on ne peut pas dire ça comme ça. Disons qu'un jour des voyous de Camalens, plus grands que moi – je devais avoir dans les dix ans –, m'avaient chopé je ne sais plus sous quel prétexte, et m'avaient dit un truc comme « de toute façon, ton père est un malfrat, on va pas au bagne sans raison ! ». Comme il s'agissait de garçons qui avaient très mauvaise réputation à Camalens, je n'y avais pas prêté attention. À l'époque, mon père était au front. On ne le voyait déjà plus beaucoup depuis un moment. Et puis j'ignorais ce qu'était le bagne. Quand j'ai raconté ça à ma mère, elle s'est mise en colère et m'a dit : « Alors toi, tu crois tout ce que tu entends ? » Son ton était tellement péremptoire que le sujet a été évacué vite fait ! Mais ensuite, j'ai entendu une autre allusion au bagne, je ne sais plus dans quelles circonstances, et les réflexions des gamins m'étaient revenues en mémoire. Puis j'ai fini par oublier, fait-il, accompagnant ses mots d'un geste de la main simulant un balayage de la mémoire. Même le jour où on a trouvé cette lettre, je n'y ai pas du tout pensé. C'est ce que tu viens de me raconter qui a fait resurgir ce souvenir… Comment as-tu découvert tout ça ?

Lola entreprend de relater par le détail tout ce qu'elle a pu compiler sur l'histoire rocambolesque de Léon. Bernard tombe des nues à chaque révélation et reste bouche bée.

— Albert Londres ? Tu es sûre que c'est l'histoire de mon père que tu me racontes là ?

— Lui-même !

Elle poursuit et sort ce qu'elle a trouvé sous le capitonnage du coffret en bois. Bernard n'en croit pas ses yeux. Lola lui présente la photo déchirée et reconstituée par ses soins.

— Tu vois, là, c'est Léon et Marguerite. Et la photo est datée… Mamie les avait gardées, mais cachées pour que vous ne les trouviez pas. Tout a été fait pour que vous oubliiez votre père, tonton. Je suppose qu'elle l'avait déchirée car elle lui faisait mal. Léon avec une autre femme, on peut comprendre…

— Tu crois qu'il a vraiment trompé ma mère avec cette femme ?

C'est amusant. Lola n'a jamais vu les choses sous cet angle. À ses yeux, la belle histoire d'amour a primé sur la trahison.

— On n'en a pas la certitude, mais plusieurs indices concordent pour étayer cette hypothèse. À commencer par cette photo. Ils ont l'air très amoureux, n'est-ce pas ? Marguerite a laissé entendre à Valéry, avant de mourir, qu'ils s'étaient revus à son retour du bagne. Et pour être tout à fait complète, on suppose même qu'ils ont eu un enfant ensemble, qui pourrait être la mère de Valéry.

— Mais c'est dingue ! Tu veux dire que cet homme que tu as retrouvé, Valéry, serait ton demi-cousin ? Et sa mère ma demi-sœur ?

— Nous ne sommes sûrs de rien… Mais c'est plus que probable.

Puis elle prend son courage à deux mains pour aborder la question sensible :

— Tonton, que vous a dit mamie sur la mort de votre père exactement ?

— Qu'il était mort dans un accident.

— Elle ne vous a pas donné de précisions sur l'accident en question ?

— Non, pourquoi ? Tu as des informations là-dessus aussi ?

Lola se remémore ses recherches auprès du quotidien *La Dépêche du Midi* pour essayer de retrouver ce Jean Desplats qui avait signé l'article. Cela n'avait pas été facile car elle avait dû justifier pourquoi elle s'intéressait à un journaliste dont l'activité remontait à soixante ans. Puis, quand elle avait enfin pu parler à quelqu'un qui avait connu le journaliste avant son départ en retraite, c'était pour s'entendre dire qu'il était décédé quelques années auparavant. Et zut. Mais son interlocuteur avait pris ses coordonnées pour la rappeler s'il lui venait une idée. Il avait dû être, comme toutes les personnes jusque-là, touché par l'histoire de Léon, même si Lola avait bien sûr écourté le récit. Elle avait pris soin de noter au préalable les éléments clés de la vie de son grand-père pour aller à l'essentiel tout en mettant en évidence les points les plus surprenants. La référence à Albert Londres, notamment, avait semblé impressionner son correspondant. Quelques jours plus tard, ce dernier l'avait rappelée pour lui donner le nom de quelqu'un qui avait beaucoup travaillé avec Jean Desplats dans les années 1950-1960, et qui lui était encore en vie car il était plus jeune. Il s'agissait du photographe qui avait pris le cliché représentant Léon devant l'avion, en une du journal. Roland Doumenc. C'était son nom. Lola l'avait rencontré. C'était un homme affable, d'environ quatre-vingt-cinq ans. Le rendez-vous avait été donné au café Le Florida, place du Capitole. Ils s'étaient installés en terrasse.

— Comme je vous l'ai dit au téléphone, je cherche à comprendre ce qui est arrivé à mon grand-père en 1952.

Lola lui avait exposé les grandes lignes de l'histoire de Léon. Quand elle était arrivée à l'accident d'avion, elle avait commencé à poser les questions qui lui brûlaient la bouche. Elle avait sorti la photo agrandie de l'article de journal avec la une.

— On m'a dit que vous étiez l'auteur de cette photo ?

Le photographe avait regardé attentivement le document et son sourire s'était estompé.

— Oui. Je m'en souviens bien. Triste histoire. J'avais pris cette photo le jour de l'arrivée des nouveaux Breguet, car c'était une page nouvelle qui s'ouvrait pour l'aviation civile.

— L'article mentionne un accident ou une erreur humaine. Vous souvenez-vous de l'issue de l'enquête qui a eu lieu après le crash ?

— Tout a été dit et son contraire, à l'époque. Évidemment, parmi ses collègues, certains affirmaient qu'il n'était question ni d'une panne ni d'une faute de jugement de la part d'Adam, mais qu'il avait tout simplement choisi de mettre fin à ses jours. Les mauvaises langues lui reprochaient d'avoir sacrifié un avion pour accomplir l'acte. Mais en l'absence d'éléments sérieux mettant en cause la mécanique, l'enquête avait rapidement conclu à l'erreur d'appréciation humaine.

— Et le suicide, personne n'y a cru, à part ses collègues ?

— Si, bien entendu. Mais comment en être sûrs ? Pourquoi Adam aurait-il menti à la tour de contrôle ? Pour les enquêteurs, Adam était parti avec les réservoirs vides, il ne pouvait se passer autre chose. On a vite classé l'affaire faute d'éléments avérés. Certains salariés étaient choqués que l'entreprise ne reconnaisse pas le jusqu'au-boutisme professionnel d'Adam : d'après la tour de contrôle, il avait voulu voir quelle était la jauge réelle des réservoirs pour mieux connaître l'appareil et rendre le service aux clients plus sûr. Mais comme d'aucuns y ont vu un mensonge, on a préféré clore le dossier.

— Ça arrangeait bien tout le monde en fait..., avait murmuré Lola.

Doumenc, sentant que Lola était touchée par le peu de considération dont la fin de son grand-père avait fait l'objet, crut bon d'ajouter :

— Certains salariés proches de la victime croyaient à un complot visant à étouffer l'affaire : remettez-vous dans le contexte. L'aviation civile amorçait un tournant. Il n'était plus simplement question de courrier ou de marchandises. On allait commencer à emmener des passagers en nombre dans les airs. Ça allait être aussi lucratif qu'exaltant... De là à soupçonner un complot... La vérité, c'est qu'il n'y avait rien dans le dossier. Les boîtes noires de l'appareil n'indiquaient rien de suspect. Sinon des réservoirs à sec...

Lola était restée silencieuse. Le témoignage du photographe qui avait suivi l'événement clarifiait sa perception des choses.

— Vous voulez connaître la vérité ? avait-elle demandé à Doumenc, subitement.

— Parce que vous la connaissez ?

— Oui, mais je n'étais sûre de rien car les éléments ne concordaient pas. Vos réponses me permettent de comprendre ce qui s'est passé. Mon grand-père s'est bel et bien suicidé. Il avait rédigé une lettre d'adieu à ma grand-mère pour lui annoncer qu'il allait mettre fin à ses jours. Mais, après vous avoir écouté, je pense qu'il ne voulait pas que son geste soit interprété comme tel à son travail.

— Vous voulez dire qu'il voulait mourir en héros ?

— Oh non, il n'avait pas besoin de ça pour être un héros... Et puis ce n'était pas son genre. Il voulait surtout que personne ne l'en dissuade, ni ne l'en empêche. Et il préférait que l'on croie à un accident... C'était une forte tête, mon grand-père !

Elle avait souri à l'évocation du caractère de Léon, lequel l'avait conduit à commettre toutes ces folies qui avaient jalonné sa vie.

— Il ne voulait pas ajouter de la tragédie à la tragédie, si vous voyez ce que je veux dire. Les journaux adorent ça, les histoires tragiques, non ? Je pense que c'est pour ça qu'il a menti à la tour de contrôle. Mais, selon moi, il savait parfaitement ce qu'il était en train de faire.

Lola se demande comment annoncer la nouvelle à son oncle. Elle le regarde et lit l'inquiétude sur son visage. Elle hésite entre lui montrer la lettre directement ou le préparer à ce qu'il va lire.

— Oui, j'ai des informations sur la mort de Léon. Votre père est décédé dans un accident d'avion... provoqué par lui...

— Tu veux dire... qu'il se serait suicidé ? Mais comment ça en avion ? Il était seul ?

— Oui, il était seul. Commence par lire ceci.

Tout en parlant, elle extrait la lettre d'adieu du dossier qui la suit partout ces derniers mois. Elle la tend à son oncle qui la saisit sans hâte. Bernard sent monter l'appréhension, car il ne peut que deviner la teneur de la lettre. La profonde inspiration qu'il prend n'échappe pas à Lola. Elle se doute que l'apparente indifférence manifestée par Bernard jusque-là pour son passé et celui de sa famille va se fissurer. Elle ignore à quel point. Elle le laisse lire en silence. Bernard réprime d'abord une espèce de hoquet qui effraie le chat. Celui-ci en profite pour décamper. Puis Lola voit les épaules de Bernard se secouer sous l'effet de spasmes. Et enfin seulement elle voit pour la première fois son oncle pleurer. Elle le prend dans ses bras, dans un geste de consolation, même si elle sait qu'il est grand temps pour lui d'évacuer cette souffrance muette et que le meilleur moyen de l'exorciser, du moins dans l'immédiat, est de laisser libre cours à ses larmes. Émue, elle a beaucoup de mal à retenir les siennes. Lorsque enfin il peut parler :

— Quel gâchis… quel dommage… quel dommage que Jean-Pierre n'ait pas pu lire cette lettre.

— Ils ne se sont pas rendu compte, Léon et mamie, à quel point cela avait pu vous détruire, ce silence.

— Et comment se fait-il que l'on n'en ait rien su ?

— Justement, c'est ce que Valéry et moi on se demande aussi. Au point qu'on s'est même demandé, excuse-moi tonton, si vous nous aviez tout dit ou si à votre tour vous aviez cherché à nous protéger de la violence de l'acte. Souvent, dans les familles, on cache les suicides, surtout aux enfants.

— Je t'assure qu'on l'ignorait. Il est vrai qu'à l'époque j'étais parti étudier à Lyon, et en 1952 Jean-Pierre devait déjà être à Castres en pension. Pourquoi diable a-t-il fait ce choix terrible de nous quitter ? Nous aurions pu l'aimer, l'aider, avoir une vie de famille harmonieuse…

Sa voix se casse.

— Depuis que je m'intéresse à ce sujet, j'ai lu des textes, des articles sur le bagne, visionné des vidéos sur Internet. Il apparaît souvent, dans les témoignages, que le bagne pouvait vraiment démolir un homme. Il s'y passait des choses effrayantes dont peu d'hommes sortaient indemnes. Supposons qu'il ait voulu tirer un trait sur son passé, les témoins de son histoire qui vivaient encore à Camalens l'en empêchaient… Je pense qu'il est parti parce qu'il vous aimait trop. Il avait peur de votre regard.

— Mais s'il était innocent !

— Je sais, Bernard. J'essaie de comprendre, moi aussi. Regarde, les combattants de la guerre d'Algérie ou les témoins de la Shoah. Pendant des décennies, ils n'ont pu exprimer les atrocités qu'ils avaient vécues. C'est peut-être du même ressort.

— On aurait pu s'éloigner de Camalens, voire de Toulouse. Toute la famille, ensemble. Pour que mon père ne subisse pas ça.

— Après, on touche à des choix familiaux. On peut supposer que cette éventualité a été évoquée entre tes parents, mais je crois que malheureusement on ne saura jamais ce qui s'est tramé dans le couple et comment ce choix précis a été fait.

— Mais, Lola, cette lettre ne dit pas comment il comptait s'y prendre pour mettre fin à ses jours. Comment l'as-tu su, toi, qu'il avait choisi de mourir en avion ?

Lola raconte à Bernard ses recherches dans les pages du quotidien régional de l'année 1952, puis sa rencontre avec Doumenc pour chercher le lien entre la lettre de Léon et l'article de *La Dépêche*.

— Mais tu es incroyable, ma nièce ! Quelle détermination, c'est… impressionnant ! Je ne sais pas si j'aurais été capable d'en faire autant !

— C'est normal, tonton, tu étais trop directement concerné pour mener ce genre d'enquête toi-même. Mais je me suis vite prise au jeu, si je puis dire. Je ne sais pas pourquoi, j'ai senti, quand on a ouvert le casier chez maman en janvier, que cette lettre manuscrite n'était pas anodine. Je pense qu'inconsciemment j'ai pendant toutes ces années ressenti le tabou qui pesait sur la famille, et cette lettre a été le déclencheur qui m'a donné envie de découvrir ce qu'on nous avait caché.

Des larmes coulent encore des yeux de Bernard. Lola lui prend la main.

— Pardon, tonton. J'ai remué… ce qu'il ne fallait pas, et c'est douloureux.

— Oh non, ne dis pas ça, Lola. Certes, c'est douloureux ou plutôt très émouvant pour moi. Au contraire, je te remercie d'avoir découvert tout cela, ce secret de famille, en somme. Ça répond à tellement de questions restées sans réponses. Ça explique tellement de choses… un peu tardivement, certes, mais, comme disait ton père, hein, « vieux motard que jamais » !

Ils éclatent de rire à l'évocation d'une des multiples plaisanteries potaches dont Jean-Pierre était coutumier.

— Je suppose que tu vas exposer le résultat de tes recherches à toute la famille ?

— Bien sûr. Je voulais t'en parler d'abord car la vérité te revient de droit, en priorité. Il faut qu'on décide ensemble de la manière dont on va procéder. Peut-être veux-tu leur annoncer tout ça toi-même ?

— Oh non ! Le mérite de la découverte de cette vérité te revient, Lola. Tu l'expliqueras mieux que moi. De toute façon, je ne sais même pas si je pourrai… sans craquer de nouveau, je veux dire. J'aurais tellement, tellement voulu que mon frère ait lu cette lettre !

— Ce n'est pas la peine de se torturer, Bernard. Moi aussi, je pense que ça lui aurait fait du bien, mais c'est ainsi… On se donne le temps de la réflexion pour l'annonce à la famille ? Je t'appelle dans quelques jours, pour que tu digères un peu tout ça ?

Elle accompagne son geste d'une main sur le ventre comme s'il s'agissait de faire passer un aliment trop lourd ou inhabituel. Lola commence à se préparer à partir.

— Une dernière chose, Lola. Cette autre branche de la famille qui potentiellement descend aussi de Léon, nous aurons l'occasion de la rencontrer ?

— Valéry, sans doute. Peut-être l'inviterai-je quand nous parlerons de tout cela en famille… ou pas. Je ne sais pas encore. Quant à sa mère, il faudra voir si elle est d'accord. Elle ne sait rien pour l'instant. Pour elle aussi, ça va être un choc. Bien que ce ne soient que de fortes présomptions…

Bernard se lève et serre sa nièce dans ses bras. Elle répond à son étreinte. Ils restent quelques instants ainsi. Puis, en se dirigeant vers la porte, elle passe devant la table où Bernard prépare ses peintures.

— Tiens, tu prépares tes peintures avec des pigments naturels ?

— Oh, pas toutes, non ! Mais parfois, pour certaines couleurs, j'essaie. C'est un reste de ce que m'a transmis ma tante Victoire. Quand j'ai commencé à peindre, elle m'avait expliqué quelles étaient celles dont on pouvait tirer des pigments naturels. Depuis, je m'y essaie. Le résultat n'est pas toujours à la hauteur du temps qu'on y passe ! Mais j'aime bien. C'est comme une petite madeleine de Proust qui me rappelle Camalens et les trésors que nous dénichait tante Victoire avec ses plantes.

— Ah oui, c'est vrai ça ! Je me souviens que quand on allait à Camalens, petits, elle nous soignait nos rhumes et nos bobos avec des potions qu'elle faisait elle-même ! Elle aussi, c'était un personnage qui gagnait à être connu, non ?

— On peut dire ça comme ça, oui… Un sacré personnage, Victoire…

Chapitre 30

Juillet 2016 – Révélation

Valéry regarde sa mère qui essaie tant bien que mal de remettre le bouchon sur la bouteille de vin entamée. Sa perte d'agilité et de force ne lui autorise plus ce type de gestes quotidiens. Valéry prend doucement la bouteille des mains de sa mère et y plante le bouchon de liège. Lucie hausse les épaules. Chaque fois que Valéry revoit sa mère, elle perd un peu plus en autonomie. Il s'agace de constater qu'elle persiste à laisser le petit tapis sur le sol de l'entrée. Le parquet est une vraie patinoire et ce tapis, une menace. Valéry le lui a dit plusieurs fois déjà : « Un jour, tu vas te prendre les pieds dedans et tu vas glisser... » Mais Lucie n'en a cure. Elle n'a que quatre-vingt-deux ans et elle ne changera rien à sa maison. Quelqu'un vient déjà l'aider pour le ménage, ça suffit comme ça. Elle ne veut pas devenir dépendante à ce point, des choses autant que des gens, en sacrifiant à la facilité. Elle est convaincue que moins elle en fera et plus elle sombrera dans la dépendance. Son tapis l'oblige à faire attention, et c'est une très bonne chose. La vigilance vaut cent fois mieux que la facilitation. Son cerveau risque de ramollir à tout simplifier. Elle se rappelle que sa mère a agi de la même façon. Elle n'a jamais voulu d'aide ni d'aménagement spécial chez elle. Ce n'est qu'à plus de quatre-vingt-dix ans que Marguerite a montré les premiers signes de sa maladie dégénérative. À partir de ce moment-là, il a fallu l'installer en maison de retraite car elle ne pouvait plus vivre seule. Lucie fera comme elle. Pas besoin d'une maison adaptée pour l'instant. Si elle doit se faire mal, elle se fera mal, tant pis. Elle lève les yeux au ciel quand elle entend ceux qu'elle nomme *les imbéciles* dire que la vieillesse ressemble à l'enfance.

Maintenant qu'elle entre gentiment dans le quatrième âge, elle entend bien ne pas se laisser marcher sur les pieds. Elle vivra comme bon lui semble jusqu'à ce qu'elle n'en puisse plus. Alors, seulement, elle décidera d'aller dans un endroit approprié. Ou autre chose. En prenant de l'âge, elle a pris aussi du caractère.

Toute sa vie, elle a vécu dans les sillons tracés par la famille Feldman, ayant peu voix au chapitre du fait de ses modestes origines. Modestes au regard de sa belle-famille, on est toujours le pauvre de quelqu'un, parce que dans les faits, chez les Ségur, on n'a jamais manqué de rien. Elle s'est contenue par amour pour Charles, son mari, mais maintenant qu'elle vit seule et qu'il n'y a plus personne pour lui dire ce qu'elle doit faire, elle compte bien en profiter encore un peu. Valéry a attrapé le manteau de sa mère pour l'aider à l'enfiler. Elle le lui arrache presque des mains.

— C'est bon, ça, je peux faire, lui dit-elle d'un ton plus sec qu'elle ne voudrait.

— Maman, je t'ai toujours aidé à enfiler ton manteau. C'était déjà une habitude de papa. Tu ne te souviens pas ? On m'a inculqué ça, dans le cadre, je suppose, de ma *bonne* éducation, raille-t-il.

— Pardon, tu as raison. Mais quand tu n'es pas là, je dois bien le faire toute seule, argue-t-elle. On y va ?

Lucie a demandé à Valéry de l'accompagner voir sa sœur Léonie à l'hôpital toulousain de Rangueil. Cette dernière, de six ans son aînée, vient d'être victime d'une légère attaque cardiaque. Elle doit y rester quelques jours pour subir des examens. Les deux sœurs, bien qu'éloignées en âge durant leur enfance, se sont toujours bien entendues. Petite, Léonie taquinait Lucie en la surnommant « la petite-chouchoute-à-sa-maman ». Son statut de petite dernière chatouillait un peu la jalousie de sa sœur, mais toutes deux avaient vite réalisé qu'elles avaient grand intérêt à unir leurs forces pour tenir tête aux parents ou à Jean, cadet de la fratrie et seul garçon. Leur vie durant, elles ont été présentes l'une pour l'autre, en toutes circonstances. L'une est aussi blonde que l'autre est brune, avec les yeux aussi foncés que l'autre les a clairs. Enfin, autrefois, car aujourd'hui, elles ont toutes les deux les cheveux courts grisonnants et elles apportent beaucoup de soin à leur apparence, sans outrance. Sans se ressembler, elles ont toutes deux conservé des traits assez fins et un visage avenant. Elles font partie de ces femmes que la nature a gâtées.

Lorsqu'ils arrivent à l'hôpital de Rangueil, l'odeur caractéristique des hôpitaux les met dans l'ambiance, cette espèce de relent associé aux accidents de la vie, des plus infimes aux plus violents, et qui, pour cette simple raison, met mal à l'aise. Ils s'orientent vers le service de cardiologie. Avec l'aide d'un membre du personnel, ils trouvent rapidement la chambre de Léonie.

Ils frappent et entrent sans attendre la réponse. Une toute jeune aide-soignante est présente. Elle tripote la tubulure de la perfusion. Puis elle dit d'une voix très forte, comme pour se faire entendre du malade de la chambre d'à côté :

— Ma collègue va venir vous changer la perfusion, mamie, d'accord ?

Lucie sursaute. Avant même de dire bonjour à sa sœur, elle s'adresse à l'aide-soignante.

— Permettez-moi, ma petite dame, mais ma sœur n'est ni sourde ni débile et encore moins votre *mamie*. Donc vous pouvez lui parler tout à fait normalement, et elle s'appelle Mme Lautrec ! D'accord ?

Stupéfaite, la jeune femme bredouille :

— D'accord… Dans ce cas, je ne suis pas votre *petite dame* non plus, ose-t-elle.

— Tout à fait ! Veuillez m'en excuser. Au moins nous sommes d'accord.

Lucie apprécie la répartie de la jeune femme. Peut-être cette dernière réfléchira-t-elle, à l'avenir, avant de s'adresser à une personne usée par le temps.

Lorsqu'ils se retrouvent seuls dans la chambre, Léonie accueille sa famille, puis s'adresse à sa sœur :

— Tu as l'air en forme, dis donc !

— Tu ne trouves pas ça insupportable ? Tu ne leur dis rien ?

— Elles ne sont pas toutes comme ça… Mais si, ça m'arrive parfois de leur dire de parler moins fort.

— Cette manière qu'ils ont de nous diminuer dès qu'on prend un peu d'âge. Tous les vieux ne se ressemblent pas !

Certains sont un peu sourds, mais d'autres ne le sont pas ! Et puis cette manie de mettre du « mamie » ou « papi » sous prétexte d'apporter un peu d'attention, c'est déplacé. Passé un certain âge, tu n'as même plus d'identité, tu es renvoyé à ton statut de *vieux*. Tu peux être prévenant en appelant les gens par leur nom, quand même ! En plus, ici, ce n'est pas difficile, il est affiché sur le devant du lit. Bref ! Comment te sens-tu ?

— Écoute, plutôt bien. C'est gentil de passer car je m'ennuie comme un rat mort ici. Et les programmes de la télé, ce n'est pas terrible-terrible en journée…

Valéry saisit les mots de sa tante au vol.

— C'est marrant que tu dises ça, tante Léonie, car précisément, c'est à l'hôpital, quand j'ai eu mon petit accident en février, que j'ai vu un des reportages les plus importants de ma vie !

— Ah bon ? Et ça ressemble à quoi « un des reportages les plus importants de ta vie ? »

— Il évoquait quelqu'un dont Manou m'avait parlé en 1995 juste avant de mourir. Tu te souviens, j'étais même venu te voir pour te demander si ça te disait quelque chose ?

Léonie fait mine de réfléchir, puis annonce enfin :

— Oui, vaguement…

— Manou m'avait fait venir pour me parler de quelqu'un, un homme qu'elle avait connu autrefois, dont elle avait été très amoureuse. Cet homme avait été condamné au bagne et ils ne s'étaient revus que bien des années après. Mais elle était déjà mariée.

— Et pourquoi Manou t'avait appelé, toi, pour te raconter tout ça ? interroge Lucie, étonnée de n'avoir jamais entendu parler de cette histoire.

— Je n'en sais rien, maman. Ou plutôt j'ai une petite idée, mais…

— Et le reportage que tu as vu parlait de lui ? coupe Léonie, intriguée.

— Oui, c'était un reportage sur Air France et les débuts de l'entreprise à Toulouse-Montaudran. Et cet homme, Léon Adam, avait travaillé là. Tout concordait avec les révélations de Manou et je me suis dit qu'il s'agissait du même homme.

— Tu t'es souvenu de ce que t'a dit ta grand-mère il y a vingt ans ? s'étonne Lucie.

— Oui, maman. Parce que ça paraissait tellement important pour Manou, ce qu'elle me racontait, que je me l'étais repassé cent fois dans ma tête en me demandant ce qu'elle avait voulu me dire… Elle me recommandait de ne pas passer à côté de l'essentiel, dans ma vie, car, semblait-il, c'est ce qu'elle avait fait, elle. Mais elle me disait aussi autre chose, à demi-mot.

— Et tu as trouvé ce que c'était ? demande Léonie de plus en plus attentive.

— Je crois…

— Manou serait passée à côté de l'essentiel dans sa vie ? C'était une femme exemplaire ! Sérieuse, fidèle, appréciée de tous… Pourquoi avait-elle le sentiment d'être passée à côté de l'essentiel ?

— Ne confonds pas l'image qu'elle donnait et ce qu'elle vivait vraiment, de l'intérieur… Pour elle, ne pas avoir su attendre l'homme qu'elle aimait a été un de ses grands regrets, précise Valéry.

— Mais enfin, elle nous a eus quand même ! Ce n'est pas rien, trois beaux enfants…, s'indigne Lucie, très sérieusement.

— Bien sûr. Et c'est certain qu'elle vous a adorés, tous les trois. Mais elle aurait préféré passer sa vie avec Léon, en tout cas c'est ce que j'ai compris.

— Comment on n'a pas su ça, nous ?

— Maman, tu imagines ta propre mère t'annonçant cela ?

— Non, certainement pas ! Tiens, d'ailleurs, ça m'énerve, je vais me chercher un café ! Tu en veux un, Valéry ? Léonie, je ne te propose pas, je suppose que tu n'y as pas droit.

Valéry est étonné de la réaction de sa mère. Même à l'âge de Lucie, une mère reste une femme intouchable, dépourvue de sentiments et de désir. Ses enfants n'entendent pas la partager. Encore moins avec un autre homme que leur père. C'en est touchant. Lucie sort. Aussitôt, Léonie, qui est restée silencieuse depuis un moment, intervient en attrapant la main de Valéry comme pour mieux sceller la confidence et déclare :

— Je crois que moi aussi je sais ce que Manou a voulu te dire ce jour-là. C'est vrai que quand tu étais venu me voir à l'époque, je t'avais dit que je ne voyais pas de quoi elle avait voulu parler. Tu devais déjà craindre la réaction de ta mère, c'est pour ça que tu étais venu vers moi ?

— Oui, et aussi parce que tu étais l'aînée et que peut-être tu avais plus de souvenirs.

— Et tu avais raison. J'en avais, des souvenirs. Mais à ce moment-là, je n'ai pas eu le courage de te raconter ce que j'avais vu. Je craignais moi aussi la réaction de Lucie. Disons que ce que Manou t'avait révélé confirmait que je ne m'étais pas trompée. Je ne voulais pas non plus te perturber. Tu allais te marier, et à ton tour fonder une famille… Je te demande pardon de t'avoir menti.

— Tu te souviens de quoi, tante Léonie ?

— Faisons vite car Lucie va revenir.

Léonie raconte ce qu'elle a vu, un après-midi d'été, dans la chambre de ses parents, alors qu'elle était une petite fille.

— Si je te montrais une photo, tu reconnaîtrais l'homme que tu as vu ?

— Oui, je pense, même si à vrai dire j'ai surtout vu ses fesses ! dit-elle en riant. Mais la veille, je l'avais rencontré.

Valéry sort son téléphone portable et cherche la photo de Léon que Lola lui a envoyée la nuit où elle a découvert le double fond de la boîte. Il la montre à sa tante.

— Oui, c'est lui. C'est bien lui. Ils ont l'air très amoureux...

Elle regarde Valéry, puis ses yeux se reposent sur la photo. Son regard fait plusieurs fois l'aller et retour entre son neveu et le cliché. Elle écarquille les yeux et hoche la tête.

Valéry comprend ce qu'elle a remarqué, mais n'en dit rien. Chaque chose en son temps. La porte de la chambre s'ouvre et Lucie entre, coupant court à la conversation.

— Eh bien, dis donc, il faut le trouver le distributeur de café, ici ! clame-t-elle, dans le silence tranquille de la chambre.

Léonie et Valéry se disent d'un regard « on en reparle plus tard ».

— Je repensais à une chose, enchaîne Lucie en s'adressant à Valéry, pourquoi diable le reportage où tu as vu cet homme, dont on parlait tout à l'heure, était-il si important pour toi ?

Elle accompagne ses paroles d'un geste un peu méprisant à l'évocation de l'*homme*.

Valéry se sent pris au piège. Il n'aurait pas dû parler du reportage à la légère. Il s'est dit au départ que cela serait une bonne manière d'amener la conversation sur ses recherches, mais il sent bien que sa mère n'est pas prête à entendre ce que Lola et lui ont percé à jour. Il regarde Léonie qui se demande comment il va se sortir de cette planche savonneuse. Il se lance. Il improvisera au fur et à mesure.

— Dans ses révélations, Manou m'avait laissé entendre qu'elle l'avait revu après son mariage.

— *Laissé entendre*. C'est ce qu'elle a *dit* ou c'est toi qui interprètes ?

— C'est ce qu'elle m'a dit.

— Sois précis, s'il te plaît, c'est important, les mots. Et quand tu dis qu'ils se sont *revus*, ça veut dire… qu'ils ont *couché* ?

Valéry fait un geste d'impuissance à répondre à la question.

— Oh, mon Dieu ! Ils ont couché ! clame-t-elle d'un ton si sérieux qu'il fait sourire Valéry.

— C'est ce que je pense aussi.

— Donc, notre mère a trompé notre père… Impensable ! Tu n'as pas dit qu'il avait été condamné au bagne, en plus ? Maman choisissait bien ses amants ! dit-elle d'un ton acide. Tu le savais ? demande-t-elle à Léonie.

Cette fois, c'est Léonie qui se sent acculée. Que répondre ? Valéry sauve sa tante en éludant la question et en reprenant la parole.

— Manou avait aussi beaucoup insisté sur le fait que cet homme était encore très présent dans sa vie, sans y être, bien sûr, mais *à sa manière*.

— On sombre dans l'ésotérisme, ironise sa mère. « Tu veux dire présent *en pensées* ?

— Hum... pas que.

— Il lui écrivait ?

— Pas que je sache.

— Bon sang, sois plus clair ! s'emporte Lucie. Tu m'agaces à parler par ellipses !

Valéry ne répond pas.

— Et ça ne me dit toujours pas pourquoi ce reportage était important pour toi...

— Parce que ça a fait remonter ces souvenirs de 1995, et j'ai eu envie d'en savoir plus sur cet homme que Manou avait aimé.

— Tu veux dire que tu as fait des recherches ?

— Oui.

— Et qu'as-tu trouvé ?

Valéry ne sait que dire en premier. La partie *bagne* n'apportera que de la diversion, mais ne détournera pas sa mère de son objectif : qu'a-t-il trouvé ? Il y va franco.

— Qu'il avait des yeux bleu très clair, hors du commun...

— Et... ?

— Comme moi. Et toi.

Lucie se fige. Valéry la voit déglutir comme si elle commençait à saisir la teneur de ce qu'on va lui apprendre.

— Et ? ose-t-elle à nouveau, la voix altérée.

Léonie, qui est restée silencieuse jusque-là, se tourne vers Valéry et lui dit :

— Montre-lui la photo, Valéry.

Lucie les regarde tour à tour, suspicieuse, tandis que Valéry fouille dans son téléphone portable.

— Qu'est-ce que vous manigancez tous les deux ?

— On ne manigance rien, maman, je vais t'expliquer.

Ce disant, il lui montre la photo de Léon et Marguerite.

— Je ne connaissais pas cette photo de maman...

Elle approche le cliché de ses yeux pour mieux voir Léon. Elle zoome sur lui à l'aide de ses doigts. Elle porte une main à sa bouche et fronce les sourcils, se croyant atteinte de berlue.

— Elle a été prise en 1933, septembre 1933. Huit mois avant ta naissance, maman.

— Mon Dieu...

Elle arrondit la bouche. Elle se lève en jetant le téléphone de Valéry sur le lit. Elle se dirige vers la fenêtre d'un pas décidé, puis, après une pause, se retourne.

— Mais, en même temps, on ne peut être sûrs à cent pour cent qu'ils ont couché ensemble. Ils ont l'air proches sur la photo, mais de là à les mettre dans un lit...

Valéry regarde Léonie. Il sent qu'elle va dévoiler ce qu'elle sait.

— Je les ai vus, Lucie, avoue enfin Léonie. J'étais petite, mais j'ai compris plus tard. Quand j'ai été plus grande, j'ai commencé à avoir des doutes sur le fait que papa, Raoul, était ton père. Tu étais la seule à avoir ces yeux-là dans la famille, où nous avons tous les yeux marron. La veille du jour où je les ai vus dans la chambre, j'avais croisé Léon, que maman m'avait présenté comme un *vieil ami* à elle. Il avait des yeux incroyablement clairs, comme les tiens. Et puis il y avait l'attitude de maman à ton égard, Lucie. Tout le monde mettait ça sur le compte de ton statut de petite dernière, mais elle te manifestait une affection que ni Jean ni moi n'avons reçue, même si elle nous aimait aussi, on ne peut prétendre le contraire. Je n'en ai jamais conçu de jalousie – à part peut-être lorsque nous étions encore petites – parce que ce n'était pas de ton fait. Tu n'avais rien demandé à personne. Quand Valéry est venu me voir en 1995, j'ai compris que j'avais vu juste. Je ne l'ai dit à personne, car je ne voulais pas bouleverser les familles que nous avions tous formées. Peut-être ai-je eu tort ? Pour ma défense, je n'avais aucune certitude. Maintenant que je vois la photo de Léon, ses traits, son regard, mes doutes se dissipent... Je ne dois pas mon prénom au hasard.

Lucie se met à pleurer. Apprendre à son âge que toute sa vie a été fondée sur le mensonge et que son père supposé ne l'était pas lui donne l'impression de recevoir le ciel sur la tête. Valéry la prend dans ses bras.

— Vous croyez que papa le savait ? finit-elle par prononcer.

— Je ne pense pas, répond Léonie.

— Mais il ne s'est pas douté, quand même ? Il ne s'est pas posé de questions sur le fait que j'avais les yeux bleus ? Et pas n'importe lesquels en plus...

— Il a pu penser que cela venait de ses ancêtres... À l'époque, on s'intéressait sans doute moins à la génétique. Et concernant la similitude avec les yeux de Léon, les deux hommes ne se connaissaient probablement pas...

— Et Léon, vous pensez qu'il a su que maman avait eu un enfant de lui ?

— Je ne sais pas, car Manou m'avait dit qu'après ils ne s'étaient plus revus jusqu'à ce qu'elle apprenne sa mort qui l'avait beaucoup affectée, en 1952.

— 1952 ?

Lucie réfléchit.

— Ce n'est pas l'année où maman est tombée en dépression ? Ça avait bien duré un ou deux ans, tu te souviens, Léonie ? J'étais en première année de faculté. Je m'en souviens, car j'ai passé mes premiers examens alors qu'elle était hospitalisée et qu'elle n'allait pas bien du tout. Ça me tracassait énormément. J'étais allée la voir et elle s'était mise à pleurer, pleurer, comme je ne l'avais jamais vue pleurer. Mais quand même, quand papa est mort, elle aurait pu me le dire sans le trahir...

— Oui, mais c'était reconnaître qu'elle avait trompé notre père. Ça aurait terni son image de mère parfaite, telle que tu la décrivais tout à l'heure et telle qu'on la voyait tous.

— Et pourtant elle a éprouvé le besoin d'en parler juste avant de mourir...

— Vous vous souvenez de ce film *Sur la route de Madison* avec Clint Eastwood et Meryl Streep ? demande Valéry.

— Le film où il est photographe ? répond Lucie.

— Oui, c'est ça. Le film commence avec la mort de l'héroïne et ses enfants qui viennent chez elle pour trier ses affaires. Ils trouvent une lettre de leur mère qui leur est adressée où elle leur parle d'une histoire d'amour qu'elle a eue avec un homme de passage, et la suite du film raconte cette histoire d'amour. En fait, elle ne veut pas que ses enfants l'imaginent en mère parfaite, justement, mais qu'ils sachent qu'elle a aimé prodigieusement un homme pour lequel elle a bien failli tout quitter, ce dont ils n'ont rien su, et que, toute sa vie, elle a continué à aimer cet homme. Marguerite a fait pareil, elle ne voulait pas trahir plus que nécessaire. C'est pour cela qu'elle a jeté une bouteille à la mer avec un message un peu codé, ce qui a eu pour effet que j'ai mis du temps à comprendre. Mais elle voulait qu'on sache, j'en suis persuadé. Je me souviens des derniers mots qu'elle m'a dits : « Je ne voulais pas emporter ça dans la tombe. »

Après une pause, Lucie reprend :

— Ça fait bizarre quand même d'avoir eu un père et de ne l'avoir jamais connu, ni même vu…

— Tu l'as vu, Lucie.

Léonie évoque la scène sur le quai de gare, à Camalens.

— Tu ne te souviens pas ? Tu lui as même fait un signe de la main.

— Et pourquoi lui ai-je fait un signe ?

— Parce qu'il avait posé sa main sur la vitre et que tu as cru qu'il disait au revoir. Tu as répondu spontanément, comme on le fait à cet âge, sans chercher à comprendre.

Le silence se réinstalle dans la chambre, chacun focalisé sur ses propres pensées.

Puis Lucie regarde Léonie, subitement inquiète.

— Ça va toi ? Quand je pense qu'on est en train de dézinguer l'organigramme familial devant une cardiaque ! Si ton médecin nous entendait, il nous mettrait dehors illico !

— Ça va, ne t'inquiète pas. Contrairement à toi, l'idée s'est imposée à moi petit à petit. Ce n'est pas une réelle surprise.

Puis Lucie regarde son fils.

— En tout cas, qu'est-ce que tu ressembles à ce Léon, c'est incroyable ! Même le froncement entre les sourcils, là.

Tout en parlant, elle pose son index sur le front de Valéry.

— *Ce Léon*, c'est ton père, maman !

— Oui, bon, ce n'est pas à quatre-vingts printemps que je vais l'appeler *papa* de toute façon !

Ils gardent le silence quelques instants, chacun de nouveau dans ses pensées, puis Lucie le rompt :

— C'est perturbant, quand même… Cette nouvelle bouleverse tellement de choses. On n'est sœurs qu'à cinquante pour cent, ma pauvre Léonie ! fait-elle en se remettant à pleurer. Il faudra peut-être faire des tests ADN pour vérifier que toutes ces suppositions sont vraies. Des ressemblances, est-ce suffisant pour être affirmatifs ?

— Oui, on pourra faire ça, confirme Valéry. Si c'est important pour toi, on le fera.

— Du coup, la famille de Léon serait un peu notre famille aussi, à toi et moi ?

— Exactement.

— Tu la connais un peu ?

— Un peu.

— Ça donne quoi ?

Tous trois rient de la manière dont Lucie pose cette question, comme s'il s'agissait d'un petit objet insignifiant à évaluer.

— Je connais surtout une de ses petites-filles avec qui j'ai fait les recherches.

À l'évocation de Lola, Valéry ressent une onde de plaisir.

— Elle s'appelle Lola et c'est une femme très sympathique.

Il meurt d'envie de parler d'elle, mais il pense que ce n'est pas le moment. Il doit d'abord raconter à Lucie et Léonie tout le processus de recherche qui les a menés, Lola et lui, à l'ultime conclusion.

Chapitre 31

Juillet 2016 – Babeth

— Et comment elle a réagi ? demande Lola à Valéry.

— Elle a été choquée, bien sûr… Ce n'est pas rien d'apprendre, à plus de quatre-vingts ans, que ton père n'est pas ton père.

— C'est sûr…

— Qu'on lui ait menti tout ce temps l'a beaucoup contrariée, même si elle comprend les raisons. Elle aurait aimé que ma grand-mère le lui dise après la mort de Raoul. Elle se demande aussi si Léon a su qu'elle était sa fille. Et ce qui l'a chagrinée également, c'est qu'elle soit la seule à être la fille de Léon dans la fratrie, ou plutôt la seule à ne pas être un enfant de Raoul. Du coup, elle n'a *que* des demi-frères et demi-sœur.

— Mais la famille s'agrandit, pour elle…

— Oui, et je crois qu'elle a envie de connaître Bernard.

Ils roulent sur une route de campagne en direction de Souloumiac. Lola avait promis à Babeth Chassagne de lui rendre visite lorsqu'elle aurait élucidé le mystère de la lettre. La vieille dame semblait attacher tellement d'importance à ce qui avait pu arriver au jeune couple…

— Tu lui as parlé de moi, à ta mère ?

— Bien sûr, c'était difficile de faire autrement puisque je lui ai raconté nos péripéties.

— C'est tout ?

— Que veux-tu dire ?

— Tu vois très bien ce que je veux dire, Valéry !

— Mais quoi ? Je n'allais quand même pas lui raconter que toi et moi on se faisait bisou-bisou !

— Non, pas ça, mais lui parler de ce qu'on éprouve l'un pour l'autre…

— Une chose après l'autre. Je lui ai déjà trouvé une nouvelle famille… Et puis on est encore mariés, toi et moi.

— Mais elle sait que tu divorces ?

— Bien entendu. Je pensais surtout à toi. Tu n'es pas libre de tes mouvements.

Lola s'est refermée sur elle-même. Et si Valéry était comme tous ces hommes, qui sont amoureux cinq minutes, le temps de mettre la fille dans leur lit et clap ! fin de l'histoire ? Elle se refuse à l'imaginer ainsi. Sa fidélité envers Isabelle en est une preuve. Elle le sent sincère. Elle se raisonne en pensant qu'il ne se rend pas compte de l'impact de ses paroles. Elle aurait tant aimé qu'il lui dise : « J'ai parlé à ma mère de notre rencontre incroyable et de notre relation naissante. Elle a hâte de te rencontrer. » Mais non. Elle non plus, du reste, n'en a parlé à personne, mais elle n'est pas encore séparée de David. Cela ne saurait tarder, au regard de la situation familiale et de son inclination pour Valéry. Son mari l'a tellement déçue, ces six derniers mois, qu'elle s'en est beaucoup éloignée. L'aime-t-elle encore ? Elle se demande ce qu'il serait advenu si elle avait senti davantage de compréhension de sa part dans la quête de ses origines. Aurait-elle été séduite de la même façon par Valéry, ou la brèche ouverte par David avait-elle favorisé le rapprochement ? Elle ignore si elle saurait résister à un changement d'attitude de David ou s'ils ont atteint le point de non-retour. Pour l'instant, elle vit au jour le jour, avec Valéry dans sa ligne de mire. Il s'installe déjà dans son quotidien, au moins par téléphone.

— Tu boudes ? s'inquiète-t-il.

— Non, je réfléchis.

— Je m'inquiète quand tu es silencieuse…

— À tort.

— Tu veux bien me dire à quoi tu réfléchis ?

— À David, à nous, aux mois à venir…

— Tu as peur ?

— Peur, ce n'est pas le mot. Je me pose des questions, c'est tout. Je me demande où je serai dans un an et avec qui…

Valéry attrape la main de Lola qui est posée sur le levier de vitesse et la porte à ses lèvres. Elle sourit.

Ils arrivent à Souloumiac. C'est le milieu de l'après-midi et Lola espère que Babeth Chassagne sera disposée à les recevoir. Lorsqu'ils arrivent devant chez elle, ils observent un étrange remue-ménage. Des gens vont et viennent, parlant doucement. Un mauvais pressentiment assaille Lola. Elle s'approche de la porte qui est grande ouverte et s'adresse à quelqu'un qui semble familier de la maison.

— Bonjour, je viens rendre visite à Babeth Chassagne.

— Lui rendre visite ou la voir ?

Lola est désarçonnée. Elle ne saisit pas bien la différence.

— Eh bien oui, la rencontrer, bavarder avec elle, quoi.

— Alors ça, ça ne va pas être possible. Elle est décédée il y a deux jours. Aujourd'hui, c'est la mise en bière et demain les obsèques. Si vous voulez la voir, c'est par là.

L'homme désigne la salle de séjour. La désinvolture avec laquelle il lui annonce la mort de cette femme si attachante la choque.

— Oh, mon Dieu. Comment est-ce arrivé ?

— Vous savez, elle n'était plus toute jeune quand même ! Elle est morte dans son sommeil, tranquillement. Vous voulez la voir ? répète-t-il comme s'il proposait un divertissement.

— Ce ne sera pas nécessaire, monsieur. Je préfère me souvenir d'elle… vivante, se croit-elle obligée de justifier.

L'ambiance dans la maison rappelle tout à coup à Lola celle de la maison de ses parents sept mois plus tôt. Elle sent poindre une vague de chagrin. Elle entraîne Valéry dehors. Depuis la mort de son père, la morsure du deuil se rappelle à elle régulièrement. Elle pleure sur l'épaule de Valéry, un peu honteuse vis-à-vis des autres personnes présentes du quiproquo qu'elle génère en pleurant pour quelqu'un d'autre que la pauvre Babeth.

Ils s'éclipsent discrètement.

— Tu veux aller voir Camille Goupil ?

— Non, j'ai peur de lui porter la poisse ! Et je ne lui avais pas fait la même promesse.

— Bon… eh bien, on dirait qu'il ne nous reste plus qu'à aller exposer à nos familles tout ce que nous avons découvert…

Valéry soupire. L'aventure s'achève et il sent monter en lui une tristesse diffuse. La fin de cette quête partagée avec Lola, l'idée qu'il va devoir reprendre le cours de sa vie quotidienne, gérer son divorce et ses conséquences, qui ne seront que matérielles mais qui n'annoncent rien de bien palpitant pour les mois à venir, toutes ces perspectives le plongent dans un état d'abattement dont il est peu coutumier… Un silence s'installe. Puis Lola le rompt en reprenant là où Valéry s'était arrêté.

— Mais qu'a-t-on découvert au juste ? Pas grand-chose… Nous avons simplement reconstitué un puzzle, ou une chaîne à laquelle il manquait de nombreux maillons. Regarde, ta grand-mère que tu as connue pourtant, que sais-tu vraiment de sa vie, de ce qui l'animait, de ses passions ? Peu de chose, finalement. Car ce qu'elle donnait à voir n'était pas la réalité. C'est ce qu'avait bien perçu Babeth Chassagne… Marguerite te l'a avoué avant de mourir et avant ton mariage pour te mettre en garde contre l'imposture. Une manière de te dire « vis ta vie, pas celle de quelqu'un d'autre ».

— C'est vrai. Mais justement, c'est un peu cette facette-là de Marguerite que nous avons percée à jour…

— Alors, du coup, tu peux légitimement douter de tout le reste…

— Je ne pense pas. Même si elle a bien su garder son secret, Manou n'était ni menteuse ni dissimulatrice. Concernant l'amour qu'elle portait à Léon et le fait qu'il soit le père de ma mère, elle n'a guère pu faire autrement, mais pour le reste, c'était quelqu'un de très sincère, de spontané, de franc.

— Soit. Et Léon, qu'a-t-on appris sur lui ? À part, là encore, les grandes lignes de sa vie ?

— Ce n'est déjà pas si mal. Je te rappelle qu'en janvier tu ne savais même pas qu'il avait existé ! Au cours des derniers mois, tu as non seulement découvert les grands axes de sa vie – et non des moindres –, mais aussi qu'il a eu une maîtresse, dont il a eu un enfant à son insu. Tu mérites une médaille !

Ils rient.

— Bien sûr, mais ce que je veux dire, c'est que je ne sais pas qui était mon grand-père. Qui il était *vraiment* ? Aimait-il la vie ? Lisait-il des livres ? Je ne sais pas s'il préférait le miel ou la confiture le matin, s'il aimait chanter ou danser, s'il avait une voix douce, grave ou aiguë, s'il aimait les câlins, s'il mangeait des bonbons, s'il préférait les légumes ou la viande… que sais-je encore ? C'est cet homme-là que j'aurais voulu connaître, pas l'ancien bagnard, ni même le super mécanicien des pionniers de l'Aéropostale… Bon, OK, j'en aurais profité quand même pour lui poser quelques questions sur le sujet, reconnaît-elle en riant, mais au fond, quand on est enfant, on se fiche pas mal de connaître le métier de nos grands-parents ou s'ils ont fait de la politique, ou ont eu des engagements personnels. On les aime de manière inconditionnelle, comme ils sont. On les aime parce qu'ils jouent avec nous, parce qu'ils nous préparent nos repas, nos goûters, parce qu'ils nous font des confitures, des gâteaux, parce qu'ils nous emmènent en forêt ou à la mer, parce qu'ils nous lisent des histoires, voire les inventent – ce qui est encore mieux ! –, parce qu'ils font les fous avec nous, ils nous font des blagues, nous font rire, nous apprennent à jardiner ! On les aime parce qu'ils nous aiment. Ça, je ne l'ai pas connu avec Léon, et ce sera je crois mon plus grand regret, surtout maintenant que je l'ai un peu découvert… Et puis il y a autre chose qui me chiffonne…

— Quoi ?

— La lettre que j'ai trouvée dans les papiers de mon père.

— Oui ? Eh bien ?

— Que faisait-elle là ? D'où sortait-elle ? Cette lettre aurait dû se trouver en toute logique dans le double fond du coffret, avec les autres papiers de Léon que ma grand-mère a dû récupérer à sa mort. Pourquoi cette lettre n'était-elle pas avec les photos ? Et dans l'hypothèse où mon père aurait découvert l'existence de ce double fond, il aurait découvert la lettre d'adieu de Léon. Et il l'aurait sans aucun doute montrée à son frère, lequel ne l'avait jamais vue, donc ça ne tient pas.

Tous deux gardent le silence, réfléchissant aux hypothèses probables.

— Écoute, cela ne sert à rien de se perdre en conjectures… Selon moi, la vraie question, la seule question, à vrai dire, c'est : à quel dessein ton père a-t-il récupéré et conservé cette lettre-ci…

Lola est songeuse.

— Tu as sans doute raison. Quant au dessein de mon père, j'ai ma petite idée là-dessus… et je suis tombée dans le panneau jusqu'au cou ! fait-elle en riant de bon cœur. Mon père a toujours été un peu manipulateur !

La voiture s'éloigne en direction de Toulouse. La route est tranquille en cette fin d'après-midi de juillet. Comme le cœur de Lola. Ils passent sur le pont, le même que Lola a emprunté quelques mois plus tôt. L'eau trouble de la rivière est devenue claire, limpide. Elle fait miroiter les rochers qui la regardent couler, impassibles, depuis des siècles.

Épilogue

Novembre 2016 – Le voyage

Ils survolent *la forêt de brocolis* lorsque Lola se réveille. Il est vrai que, vue d'avion, Sa Majesté la forêt amazonienne ressemble à des bouquets de brocolis et offre le même dégradé de verts. Le Paris-Cayenne termine sa traversée de l'océan Atlantique en faisant une incursion à l'intérieur des terres pour procéder à l'atterrissage, offrant alors aux passagers le survol de cette terre de Guyane tapissée à quatre-vingt-quinze pour cent de la mythique forêt. Poumon de la terre, réserve d'oxygène, tous les surnoms ont été donnés à cette étendue majestueuse aussi belle qu'indispensable, aussi sauvage que nourricière, abritant une biodiversité exceptionnelle et mise à mal au nom d'un profit à court terme partagé entre quelques individus. En Guyane, c'est l'exploitation de l'or, dont les terres regorgent, qui pollue les fleuves et les poissons au mercure, matériau utilisé pour l'orpaillage – ou *l'orpillage*, comme disent les opposants –, rendant la vie des peuples autochtones impossible. Ceux qui préfèrent ne pas quitter la terre de leurs ancêtres n'ont d'autre choix que de se laisser intoxiquer à petit feu.

Et, dans le reste de l'Amazonie, c'est l'équivalent d'un terrain de football qui est rasé toutes les sept secondes, saccageant ainsi la biodiversité pour des décennies, voire des siècles, et détruisant l'habitat de multiples populations indigènes et espèces animales, à seule fin d'installer de lucratives activités agricoles qui épuisent la terre, dégradent les sols et les fleuves. Rien ne semble résister au rouleau compresseur de la cupidité humaine. Et pendant ce temps, les dirigeants des pays du monde regardent ailleurs.

L'inexorabilité du processus donne la chair de poule. Un crève-cœur… Lola chasse ses idées noires et observe Valéry. Il lui sourit. La fin du voyage. Enfin, pas tout à fait, car ils doivent se rendre à Saint-Laurent-du-Maroni, à l'extrême ouest du département ou du *péyi*, comme on dit là-bas. C'est à Saint-Laurent que se trouvent les vestiges du camp de la transportation, plaque tournante du bagne que l'on nomme à tort *bagne de Cayenne*. C'est là que Lola et Valéry ont rendez-vous avec leur passé. C'est là que se jouera le dénouement de leurs quêtes respectives, chacun retrouvant les sources de sa propre histoire, lesquelles se sont rejointes en chemin.

En août, ils ont organisé une rencontre entre les deux familles, chez l'oncle Bernard. Lola et Valéry ont raconté l'histoire de Léon avec photos sur grand écran à l'appui. Tous ont été très touchés de découvrir les méandres de sa vie et sa triste fin. Les plus émus de tous ont été sans conteste Lucie et Bernard, devenus en l'espace de quelques semaines demi-frère et sœur. La scène des deux octogénaires faisant connaissance et s'embrassant a fait monter l'émotion dans l'assemblée. Lola a été surprise par la réaction de ses enfants, en particulier

Inès, qui a posé moult questions sur son arrière-grand-père. Tous se sont amusés à repérer leur propre place sur le nouvel arbre généalogique, dans une bonne humeur naturelle. Seul David a refusé de se joindre à eux. Considérant que cette quête de vérité était à l'origine du naufrage de leur mariage, il a préféré se dérober à l'exposé final. Ce qui a attristé Lola, plus pour les enfants que pour elle-même.

Arrivés à Cayenne, Lola et Valéry ont loué une voiture pour faire les trois cents kilomètres qui les séparent de Saint-Laurent. Une liaison aérienne existe, mais ils se sont dit que ce trajet en voiture leur permettrait de se préparer à ce singulier pèlerinage. Chargée de sens, la réalisation de ce voyage s'est posée comme une évidence lorsque toutes les pièces du puzzle de l'histoire de leur grand-père commun ont trouvé leurs places respectives. Ils iraient là-bas, pour se rendre compte, sentir l'air moite que respirait leur aïeul, voir ce qu'il voyait, même si l'environnement a dû bien changer depuis lors. Mais la végétation, le fleuve Maroni et le Suriname sur l'autre rive, l'océan Atlantique avec les îles du Salut face à Kourou, autre lieu de purgation autrefois, autre lieu de souffrances, sont, eux, toujours là. Et puis Cayenne, là où il a embarqué pour son évasion.

⋆

Lola et Valéry se tiennent là, devant l'arche de l'entrée rehaussée de la mention sans équivoque *Camp de la transportation*, à Saint-Laurent-du-Maroni. Ils devinent à l'intérieur de l'enceinte les pavillons de détention, alignés, juste derrière un vaste espace où trône un manguier majestueux. Ils se demandent si le manguier a été témoin du quotidien des habitants de ce lieu. Son immense stature peut le laisser supposer et, pour mettre un peu de poésie dans leur épopée, ils décident que oui. Ils sont arrivés la veille au soir et ont pris possession de leur chambre à *La Tentiaire*, ancien bâtiment de l'administration pénitentiaire transformé en hôtel. Ils sont allés ensuite savourer un dîner au restaurant *La Goélette*, au village Balaté, quartier amérindien de Saint-Laurent, au bord du Maroni. Puis, de retour à l'hôtel, ils ont fait l'amour, pour la première fois. Très naturellement, leurs cinq sens en éveil, ils ont laissé libre cours à leur désir longtemps contenu. Leurs corps n'ont eu aucun mal à se trouver, à se découvrir grâce à la complicité qui les a unis ces derniers mois. La justesse de l'instant leur a donné le sentiment de se connaître déjà.

On est en pleine saison sèche et le soleil darde ses rayons brûlants sur le camp ouvert devant eux. Juste au-dessus de leurs têtes, Lola et Valéry entendent un étrange raffut. Sur les palmes d'un cocotier situé devant l'entrée du camp, un couple d'amazones échange de bruyants *craaaïk ! craaaïk !* dans leur bel habit vert. Tous deux rient du spectacle.

Puis, retrouvant son sérieux, Valéry regarde Lola et lui prend la main.

— On y va ?

— On y va.

L'envol des amazones leur donne le signal et ils franchissent le porche du camp, disposés à entrer en communion avec le fantôme qu'ils ont appris à connaître, puis à aimer, et qui leur est désormais si familier. Ils passent devant le magnifique manguier, qui, sous l'effet d'une subite bourrasque, leur offre à chacun une de ses fines feuilles encore vertes.

NOTE FINALE

Démêlons le vrai du faux…

Cette histoire est une fiction. Les personnages sont totalement inventés, à l'exception d'Albert Londres et d'Eugène Dieudonné. Les relations du journaliste avec les personnages du roman sont bien sûr fictives, mais fondées sur des faits réels, notamment la présence d'Albert Londres en Guyane en juin 1923 pour rencontrer les bagnards et au Brésil en juillet 1927, ainsi que ses interventions dans *Le Petit Parisien* pour dénoncer l'horreur du bagne d'une part et son action en faveur d'Eugène Dieudonné d'autre part.

En décembre 1920, lorsque Léon part au bagne, il ne peut le faire à bord du *Martinière*, qui a été mis en service seulement quelques mois plus tard, en 1921. Mais, ce bateau étant tristement célèbre pour ses nombreux allers et retours entre la métropole et la Guyane, j'ai pris la liberté de le faire entrer en service quelques mois avant la date réelle.

En ce qui concerne les lieux, Camalens et Souloumiac sont des villages imaginaires, situés quelque part dans les environs de Gaillac et Lavaur, dans le département du Tarn. Ceux qui connaissent bien cette région pourraient reconnaître en Camalens la ville de Graulhet (notamment par les références aux grèves de 1909 et 1910 qui ont bien eu lieu dans cette ville) et un peu de Saint-Sulpice-la-Pointe. Ce qui a trait au travail du cuir dans cette région est bien réel et les informations à ce sujet sont, je l'espère, le plus proches possible de la réalité.

Les avions Breguet BR 763 d'Air France ont bien existé. Le crash est une invention pour étayer l'histoire de Léon.

REMERCIEMENTS

Cette page est la plus difficile à rédiger de toutes car elle vous est dédiée, à vous qui m'avez aidée, d'une manière ou d'une autre, dans mon travail d'autrice.

L'exercice est délicat car je ne peux nommer tout le monde et ne voudrais oublier personne…

Je vais tout d'abord remercier les personnes qui m'ont permis d'accéder à de la documentation spécifique : Cristiana Brindeiro, Véronique Degy, Christine Enjalbert, Gilles Poizat. Un merci particulier à Monique Fauré, pour son livre *Le Journal de Jeanne*, très documenté, sur lequel je me suis beaucoup appuyée pour ce qui concerne le travail en mégisserie.

Merci aussi à celles et ceux qui ont lu, relu le manuscrit et partagé leur ressenti avec honnêteté : Jean-Sébastien Maisonnave, Nathalie Pican, Nelly Pillon, Nadine Szczepocki.

Merci à François Juncker et à Barbara Stratmann, les libraires de mon village tarnais, pour leur indéfectible soutien.

Plus largement, un grand merci à tous ceux qui témoignent de l'intérêt pour mes histoires et mon travail, en général. Je pense à tous mes amis et relations, de Guyane et de métropole, mais aussi aux rédacteurs de la blogosphère et des réseaux sociaux, les passionnés de lecture qui partagent des chroniques souvent bien tournées sur leurs découvertes littéraires.

Un merci particulier à mes proches, Pascal, Clément, Salomé, Maéva, Émilia, Sylvia, pour les lectures, relectures (re-relectures…), les conseils et encouragements qu'ils ont prodigués sans compter. Ils m'insufflent une belle et indispensable énergie.

Et enfin, un merci des plus chaleureux à l'équipe formidable des éditions Préludes et du Livre de Poche : Audrey, Zoé, Martin, Florence, Céline, Vincent, Paul-Étienne, Véronique, et je pense que j'en oublie… (pardon !), pour leur écoute et leur patience.

LA QUÊTE DES ORIGINES D'UNE FRATRIE À TRAVERS LE MONDE

LES SEPT SŒURS

LUCINDA RILEY

N° 35831

À la mort de leur père, énigmatique milliardaire qui les a ramenées des quatre coins du monde et adoptées lorsqu'elles étaient bébés, Maia d'Aplièse et ses sœurs se retrouvent dans la maison de leur enfance, Atlantis, un magnifique château sur les bords du lac de Genève. Pour héritage, elles reçoivent chacune un indice qui leur permettra peut-être de percer le mystère de leurs origines. La piste de Maia la conduit au-delà des océans, dans un manoir en ruine sur les collines de Rio de Janeiro. C'est là que son histoire a commencé... Secrets enfouis et destins brisés : ce que Maia découvre va bouleverser sa vie.

UN AVENTURIER QUI EMBARQUE POUR LA GUYANE POUR ÉCHAPPER À LA PRISON – OU À PIRE...

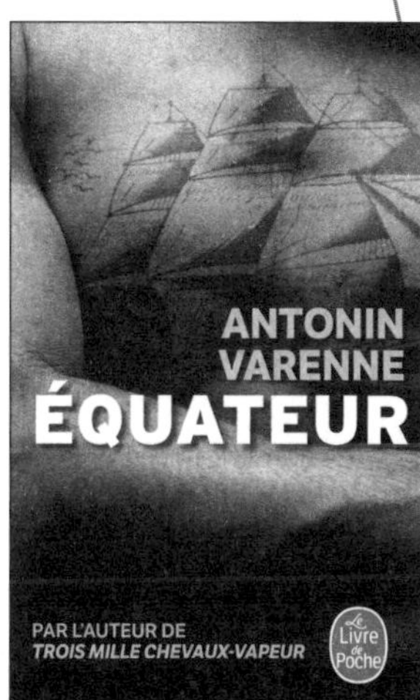

ÉQUATEUR

ANTONIN VARENNE

N° 35112

États-Unis, 1871. Voleur et incendiaire dans le Nebraska, déserteur de l'armée, meurtrier dans le Nevada : Pete Ferguson est en fuite. Embauché par des chasseurs de bisons, qu'il quitte après un différend sanglant, il s'embarque pour l'Amérique centrale. Sur la piste de l'équateur, là où le monde tourne à l'envers et où les rêves sont vrais, trouvera-t-il cette terre promise qui changera son destin ? Des grands espaces de l'Ouest américain ravagés par la guerre civile au Guatemala de la révolution libérale, jusqu'à la frontière entre Guyane et Brésil, l'odyssée envoûtante et poétique de Pete Ferguson célèbre et renouvelle le grand roman d'aventures.

PAPIER À BASE DE
FIBRES CERTIFIÉES

Le Livre de Poche s'engage pour
l'environnement en réduisant
l'empreinte carbone de ses livres.
Celle de cet exemplaire est de :
850 g éq. CO_2
Rendez-vous sur
www.livredepoche-durable.fr

Composition réalisée par PCA

Achevé d'imprimer en avril 2022 en Espagne par
ROTATIVAS
Dépôt légal 1re publication : mai 2022
LIBRAIRIE GÉNÉRALE FRANÇAISE
21, rue du Montparnasse – 75298 Paris Cedex 06

15/2612/0